人是衣裳馬是鞍
人是衣裳馬是鞍

王少华　著

人是衣裳
马是鞍

河南文艺出版社
·郑州·

图书在版编目（CIP）数据

人是衣裳马是鞍／王少华著．—郑州：河南文艺出
版社，2020.12

ISBN 978-7-5559-1067-1

Ⅰ.①人 … Ⅱ.①王… Ⅲ.①长篇小说–中国–
当代 Ⅳ.①I247.5

中国版本图书馆 CIP 数据核字（2020）第 195398 号

选题策划 刘晨芳
责任编辑 刘晨芳
书籍设计 张 萌
责任校对 赵红宙

出版发行 河南文艺出版社
本社地址 郑州市郑东新区祥盛街 27 号 C 座 5 楼
邮政编码 450018
承印单位 河南瑞之光印刷股份有限公司
经销单位 新华书店
纸张规格 700 毫米×1000 毫米 1/16
印 张 20
字 数 307 000
版 次 2020 年 12 月第 1 版
印 次 2020 年 12 月第 1 次印刷
定 价 55.00 元

印厂地址 河南省武陟县产业集聚区东区（詹店镇）泰安路
邮政编码 454950 电话 0391-2527860

目　录

序　被伤害与被遗忘的……

黄海碧

讲述祥符古城老字号布庄"义丰厚"被伤害被遗弃的"风流娘们儿"的"汴味"长篇《人是衣裳马是鞍》书稿,我一口气读完了。作者王少华像一个悲伤的文学猎人,埋伏在这个历史古城的转角处,堵截一个又一个街巷故事里的人,讲述一段又一段祥符老城不为人知的秘密,呈现出惹眼勾心的别样故事,我再一次被这个会讲故事的高手,深深地吸引着。

从他已经出版热卖的十几部长篇小说中,笔者只拜读过其中最为厚重的"长河三部曲"——《寺门》、《门神门神扛大刀》和《宋门》,那种以祥符古城为孕育故事的母体,以近一个世纪历史文化为脐带滋养故事精髓的文学佳作,读之便犹如拾荒者捡到了耀眼的钻石项链,让人读出了那些关于人生际遇、关于家族兴衰、关于同辈命运、关于历史坎坷、关于仕途跌宕、关于生死爱情、关于古物迷踪、关于文化传承的内核,读出了写作者心怀人道主义精神和改良社会病疴的写作愿望——也就是说,身为作家的王少华,用针对历史或现实社会的卑鄙之处,进行再批判的批判现实主义叙述方式,无情地撕开和批评现实社会的"历史诡计"。借由百姓生活的艰辛和精神苦痛,完成充满真情实感,又远非完全伤感的宏大叙事,让读者明晰他的小说主人公们,在这个国家那些荒诞的时代豁口上是怎么冒险、历险和脱险的。借助每一个灵魂附体的主人公——生活在社会底层的小知识分子、小官吏、小市民百姓、小非物质文化遗产传承者,在承受着漏洞百出的社会变革的挤压和碾轧的无助中,怀揣理想和希望,被动却不失积极地挣扎和挣脱精神枷锁,从那种卑微的生活里发现和导扬值得赞叹的美,以及在万劫不复的磨难中享受有限的陶醉里,完成他"一个男人或一个女人在社会变革的文化转型中,与社会现实进行西西弗斯式永不言败、也不握手言和的抗争"这一文学主题的写作的。

我始终认为"幸运"从来都不是具有文学价值和社会意义的高级主

题,"不幸"才是。那不幸中闪烁出的人性之光的永恒主题,更是值得深度挖掘而又挖掘不尽的丰富宝藏。《人是衣裳马是鞍》里,岳翠儿和岳曼香母女二人,始终挣扎在无以救赎的被伤害与被遗弃的痛苦涅槃中,命运不幸的诡异轮回,深含着一种写作者对他笔下的女人,"娘们儿活着就像一块布料,能做成啥样的布衫儿,靠的是裁缝的手艺。手艺要是不中,旗袍布料能做成了汗衫"这样一种现世无奈的悲苦同情。王少华在完稿后给我的微信里说:"我写了那么多东西,唯独这篇东西一直在虐我的心。我始终忘不了在去北京的列车上遇见叶子那一幕,小说结尾处写的,可以说是原版复盘……"心中无法忘记,必会沤成作家笔下连缀市井人生的蚀骨文字。于是,反映遭遇大劳累和大苦痛的纷乱时代的艰难里讨生活的《人是衣裳马是鞍》中,不那么讲究生活品位,也谈不上文化教养,忍辱负重的火爆娘们儿岳翠儿、岳曼香、岳叶子,带着一代又一代女人破灭的平凡而又庸常的憧憬,以各自的辛酸、各自的苦痛和各自的残酷命运,最终被社会这个"手艺不中的裁缝",剪成了散落在祥符古城墙下,几片不为人知的破布头……

　　不难看出,作家对小说由旗袍、布拉吉到列宁装,从军便服、西装到牛仔裤的结构式,串联起来的人物故事链里,没有非黑即白的人物基调,也没有生杀予夺的复仇,只有扣人心弦的挣扎与求生中,极白与极黑(抑或极善与极恶)之间,不同程度的灰的人性差异。如此,王少华对发生在《人是衣裳马是鞍》里的故事人物的书写笔触,便显得十分克制和冷峻。当然,这种克制和冷峻,也是不失温情和悲悯的。特别是那对不打不成交的冤家:雪染双鬓的胡国杰从美国回来,在酒店遭遇女儿绝情不认从而孤独而返;人到暮年的廖普生心衰卧于病榻,一觉睡去停止了呼吸;一生被坎坷搓揉的岳翠儿,带着她的无助与无奈,孤身住进了敬老院;因失败婚姻被人泼硫酸毁容、生活变得一塌糊涂的岳曼香,自甘堕落地和曾经诱奸她的渣男王汴生贪腥媾和,情急之下习惯抠出被打伤致残的那只假眼珠"去卫生间";岳叶子不得不带着她对生活的迷茫,踏上了北去的列车……都是没有修饰和渲染的白描叙述。

　　读毕掩卷回味,可以说,这一切都不是已知的蓄意铺排,而是以充满豪性的想象方式,在冷峻和悲悯地介绍人生况味中,服从于各有命运归宿的渗透性存在,使《人是衣裳马是鞍》成为一座在不同历史标段,为平凡而庸常的女人竖在人生路口的界碑。让读者透过那冷峻的文字如手扶界碑,探望小说主人公找不到方向的偶然,以及特殊历史境遇下偶然与偶然相遇后的必然。那"必然"是无法逃避的,又注定是疼痛难忍的。尤其是岳翠儿、岳曼香母女两代,或因真爱夭折错嫁成婚;或因姿色美貌,分别被苏联专家葛利高里和店员王汴生诱奸敲诈,都生下了既难以与生父相认,又无法摆脱和养父相克的女儿的"影像合成",让我不由联想到雨果《悲惨世界》里的工厂女工芳汀,由于对青春和爱情的幻觉,将自己的希望和最美好的爱,交给一个连自己都无从知道的人,导致怀了男友的孩子却不能取悦人生的悲惨命运——为了孩子,被恶男一次次要挟、欺骗、勒索钱财,甚至不得不卖掉自己美丽的金色头发和洁白如玉的门牙,最后虽沦为出卖肉体的妓女,伟大的母性灵魂却依然圣洁。"义丰厚"布庄老店员王三儿的亲侄佀儿王汴生,和为了留在祥符城以婚姻为跳板力图出人头地的朱大林,这一对渣男损人不利己的卑鄙与龌龊的"影像合成",也让我联想到陀思妥耶夫斯基《被侮辱与被损害的》里,那位利己主义者瓦尔科夫斯基——不择手段地欺骗和迫害他人,给他人带来不幸和痛苦。他拐骗了涅莉妈妈和吉里美老人的钱财,造成他们在贫困中,一个惨死在地下室,一个暴尸街头,他使尼古拉倾家荡产,又活活地拆散了娜塔莎和阿辽沙的婚姻……不同的价值观在于,王少华没有从被伤害与被遗弃的岳翠儿和岳曼香身上,寻找社会正义的企图,只有借她们的身世驱动进行文化批判的逻辑。这种存在于现实生活和小说世界之间的逻辑,深含着写作者的价值体系。毫无疑问,这不是读过几本雨果、陀思妥耶夫斯基和海明威的书,就能够从那复合长句或惜墨如金的短句中模仿到的。它需要小说家驾驭整体叙述的敏锐洞察力、文字表现力和深刻思辨力,当然还要有足够的勇气。这又不得不说到,岳曼香那个看似荒谬扭曲的电动震动棒——王少华不是在小说里简单描写性缺席,而是把一种不关情、不涉爱的表达,也不涉个人尊严,只涉令人无语的精神空虚和肉体寂寞的特殊意识形态,作为显形对象做隐形批判的。

写过长篇电视热播大剧《祥符春秋》《大河儿女》《一代洪商》的王少华,深谙把控戏剧节奏的叙述技法,在小说开篇便以"民国三十六年。头伏,正热。"引出了解放军侦察员廖普生和国民党军官胡国杰两人,与容貌可人、身材诱人的岳翠儿,奇异的婚配与托婚带收遗腹之孤的关系,给读者布下了政权交替的大动荡带来的未解之谜的关口,埋下草蛇灰线的伏笔;同时又不急于把疑团解开,令读者不得不随着它引人入胜的生动情节,于沉浸式体验中欲罢不能。比如,廖普生带着任务佯装乞丐第一次出现在新政权建立前的篇首,和胡国杰一袭洋装从美国归来重现在改革开放后的篇尾,都神秘兮兮地发生在"义丰厚"布庄。比如那"汴味"色彩浓烈的语言风格,自带流量的酣畅而出,也颇有些不可多得的阅读快感。

有人说,人生中有多少欢乐和温暖,就会有多少悲伤和残酷,《人是衣裳马是鞍》里的人生,却是悲伤和残酷大于欢乐和温暖的。我想,如果把胡国杰、廖普生无可选择的命运轨迹,岳翠儿与岳曼香因爱和性而被伤害或遗弃的遭遇,连同葛利高里、王汴生、朱大林、于姗姗们的加害和施暴,让被牵连进去的读者,产生共情的愤怒(而不是仇恨)和悲悯的温情,便是这部《人是衣裳马是鞍》从文学审美和道德评判的深度,于作家冷峻的叙述中透出的暖光了。

是为序。

2020 年 3 月 31 日　湖左岸

一、旗袍

祥符城老布庄行里有一句话:女人活着就像一块布料,能做成件啥样式的布衫,靠的是裁缝的手艺,手艺要是不中,旗袍布料能做成汗衫。

1. 这天,热得难呛

民国三十六年(1947 年)。

头伏,正热。虽说祥符城马道街上各家商铺早已打烊,由于天太热,各家商户都敞开着门,那些负责黑间①值更守店的人,冇②一个在店里头待着,他们拉出竹席和竹椅子,大茶缸里盛满凉茶,三三两两地在各家门面前乘凉,手里扇着大蒲扇在喷空③。奇怪的是,以往总是天一擦黑儿就搬出乘凉物件的义丰厚绸庄的女店员岳翠儿,今个冇露脸,而且义丰厚店门紧闭,还反锁着门,屋里冇亮灯。只有趴在店门上,透过门板的缝隙,才能瞅见后作坊里透出的一丝微弱灯光。大热天关着门,一定有啥事儿。

可不,今个黑间义丰厚不但是有事儿,而且还是大事儿。

黄昏快打烊那会儿,店里雇员华妞和王三儿,俩人正在低着头盘点一天收银的时候,一个蓬头垢面、光着膀子、头上戴着一顶稀烘烂的草帽、满脸流淌着污浊汗水的乞丐,低着头跨进了店门。

见这乞丐招呼都不打就闪进来了,华妞抬眼喝道:"走吧,俺还冇吃食儿呢!"

"俺不是要吃食儿。"乞丐摘下烂草帽,一边扇着风,一边四下打量着店内的摆设。

"咋? 撕块布做布衫?"低头打算盘的王三儿瞟一眼来人,嘴里打趣

---

① 黑间:方言。夜里。
② 冇:方言。没有。
③ 喷空:方言。聊天。

道。

"不撕布也不做布衫。"

华妞不耐烦地摆摆手，说道："那就长点眼色，赶紧走，冇见俺这儿正忙着盘账吗？"

乞丐咧嘴笑了笑，近前一步道："我想问问，恁的岳掌柜在吗？"

一听是找岳翠儿的，华妞不由得仔细打量起这个乞丐来，疑惑地问道："你找俺岳掌柜的？咋？你认识她？"

乞丐一边用手擦着满头满脸污污浊浊的汗，一边肯定地点着头。

华妞见乞丐如此，忍不住和王三儿交换了一下眼色，心里打起了鼓来，继续问道："你咋会认识俺的岳掌柜啊？"

乞丐并不介意华妞的审视，再次笑了笑，说道："认不认识是我的事儿，你就说恁岳掌柜在不在吧？要在，你去跟她说一声，你就说她生哥来了。"

一听这，别管这货是不是个要饭的，一准是岳掌柜的熟人。于是，华妞跟王三儿交代了几句后，便去后面作坊里叫岳翠儿，他一边往后面走，心里一边还在嘀咕，这个要饭的好像是有点面熟，但在哪儿见过，一时半会儿想不起来了。

后面作坊里做活儿的女人们还在忙着手中的活计，她们没有严格的歇息时间，因为义丰厚的生意一直不孬，尤其是抗战结束以后，压①北平和上海等大城市里时兴起穿旗袍，这股旗袍风也刮到了祥符城，那些不缺钱的女人穿起了绸缎旗袍，兜里不宽绰的女人穿起了布旗袍，就连一些干下等活儿的女用人，也赶起了时兴，做上一件自家织出的土布旗袍。每逢节假日，搭眼往马道街上一瞅，逛街的娘儿们，别管是胖是瘦、是高是矮、是白是黑，脸上全荡漾着旗袍给她们带来的滋腻。

义丰厚为了挣旗袍的钱，岳翠儿提着劲，从早到晚在作坊里忙活着，尤其是这两天，接了个急活儿，省政府主席刘茂恩的太太要陪同丈夫一起迎接个什么重要人物来祥符。具体是啥重要人物头不知，据来安排做这

---

① 压：方言。从。

个活儿的副官说，是个可大可大的官儿。据在省政府大院上班的岳翠儿的丈夫胡国杰猜测，如果要来可大的官，一定是压南京方面来的。胡国杰奇怪，自己好歹也是在刘茂恩的眼皮子底下晃来晃去的一个中校，他咋就冇听说南京方面要有啥大官来祥符啊。

夜个①上午，岳翠儿带着几种布料，跟着安排活儿的那个副官，去到在省府大院内的刘茂恩家，让刘茂恩太太挑选罢布料、量罢尺寸之后回到了马道街，片刻不敢耽误，立即招呼人全力以赴地忙活起来。这可是给省主席的太太做旗袍啊，岳翠儿不放心别人做，自己必须亲自下手。其中还有一个原因就是，刘太太的腰围肥，还非得要穿海派旗袍，海派旗袍的特点和最关键的部位就在腰上，这可不敢打麻缠②，一旦腰围做得不得劲，那可真就给义丰厚找不得劲了，安排活儿的那个副官临走前撂下了一句话："刘太太指定让义丰厚做这活儿，做不好可不光是砸恁的牌子那么简单。"是啊，刘太太这件旗袍真要是穿着不合身，就连在省政府上班的胡国杰也会跟着一起不得劲。胡国杰跟岳翠儿一再交代，做刘主席太太这件旗袍一定要有百分之百的把握，一旦出了岔纰③，惹恼了刘太太，那可是比害眼还厉害。

华妞走进后作坊，来到正全神贯注做活儿的岳翠儿身旁，告诉她前面有个要饭的指名道姓要找她。

"要饭的？"岳翠儿闻听，不由得停下手中的活儿，疑惑地蹙了蹙眉头。虽说眼下兵荒马乱，祥符城中要饭的人不少，也常有一些江湖艺人敲着牛胯骨、唱着数来宝来义丰厚讨要一些银钱和吃食，但一般都是在晌午时分，或是年节商家搞庆典的时候。眼望儿④不年不节，外边天已擦黑儿，咋会有乞丐上门呢？

可是华妞却说："看打扮真是要饭的，我瞅着有点儿面熟，就想不起在哪儿见过。"

---

① 夜个：方言。昨天。
② 打麻缠：方言。开玩笑。
③ 岔纰：方言。问题、意外。
④ 眼望儿：方言。眼下。

"面熟?"

"嗯,面熟。"华妞一脸肯定的神色,用力地点了点头。

岳翠儿越发觉着蹊跷,搁下手里的活儿,跟着华妞朝前店走去。

岳翠儿到了前店,果然看见了那个骨堆①在墙角,正在用草帽扇风的乞丐。后者见了岳翠儿,立马起身站了起来,眯着眼看岳翠儿。

当岳翠儿压他满脸的污渍里,辨别出他的模样时,不由得大吃一惊:"你,你咋来了?"其实,岳翠儿话刚说出口就觉得不合适,人就站在眼前,还用得着说这些不打粮食的话吗?所以一时间只是怔怔地看着对方。

"咋,我就不能来吗?"乞丐笑着回了一句,偷眼四下看了看,小声说道,"这儿不是说话的地儿。"

岳翠儿犹豫了一下,开口道:"那,那去后面吧……"

"去后面中不中啊?"乞丐看了一眼岳翠儿,脸上露出踌躇而又感动的神色。后面是义丰厚的作坊,祥符城的老字号都有一条不成文的规矩,作坊一般是不允许外人进入的。所以乞丐听了岳翠儿的话,一时有些错愕。

"啥中不中啊,你都来了。"说罢,岳翠儿大方地冲乞丐向作坊方向扬了扬下巴。

犹豫中的乞丐似乎也认为冇其他地方可去,只好跟着岳翠儿往后院走,目光不由得盯在她如水波一般扭动的腰身上。

走在前面的岳翠儿对华妞和王三儿说:"时候不早了,恁俩也走吧。"

王三儿从岳翠儿的话中听出了要撵人的意思,没好气道:"俺还冇盘点完呢。"

"冇盘点完明个再盘,赶紧走吧。"岳翠儿的话中明显带着不耐烦的语气。

华妞也觉得岳翠儿是想赶紧打发走两人,不由得鄙视地剜了一眼那乞丐,瞅着他跟着岳掌柜去后作坊了,便轻声跟王三儿嘀咕道:"我咋就想不起来在哪儿见过这货呢?"

王三儿白了华妞一眼,低头收拾着柜台上的账本,不以为然地说道:"打这货一进门我就认出他是谁了,只是冇想到他混成这副砸锅样儿。"

---

① 骨堆:方言。蹲着。

华妞瞪着眼问:"谁呀?"

"谁呀? 你说是谁呀,再想想。"王三儿斜乜着后面作坊方向,一副心照不宣的样子。

神情木讷的华妞急道:"我要能想起来还问你? 别卖关子,赶紧说!"

"你就是个猪脑。"王三儿用手指着华妞,随后问道,"去年春上,咱义丰厚因为啥差点被封号?"

"去年春上……"华妞想了想,恍然大悟,"你说的是那个老共?"

"嘘!"王三儿急忙竖起一根手指制止华妞,这年头,"共"字就像一块烧红的烙铁,谁不小心碰上了,就会被粘掉一块皮。王三儿把收拾利亮的账本一边往柜台下面的抽屉锁,一边心有余悸地对华妞说道:"走吧,伙计,我要是有猜错的话,咱义丰厚又摊上麻缠了。"

华妞木呆呆地站在那里,俩眼朝后作坊瞅着,呼吸变得急促起来。

上一年春上,大约是四五月份,义丰厚遭遇了一次大麻缠,一个解放军和一个国民党军人差一点把义丰厚变成两军对垒的战场。解放军叫廖普生,就是这个被称作生哥的乞丐;那个国民党军人自然就是岳翠儿的丈夫胡国杰。但是去年春上,在那场对垒还有发生之前,胡国杰还不是岳翠儿的男人,廖普生才是岳翠儿的男人。在这俩人挺秧①之后,岳翠儿才变成了胡国杰的老婆。

小孩儿有娘,说来话长——岳翠儿和一个解放军一个国民党军人的故事,虽然不那么复杂,但,还得压头讲起。

岳翠儿的老家,在离祥符城只有十来里路的刘店,紧挨着黄河大堤。岳翠儿她爹是个三杠子也打不出个屁、老实巴交的乡里人。岳家几辈人靠种地为生。岳翠儿姊妹四个,她是老疙瘩妞儿②,她的仁姐都已经出门,嫁的都是当地的乡里人。岳翠儿压小聪明伶俐,长得比她仁姐都漂亮,她瞅着出嫁后的仁姐,日子过得一个比一个砸锅,甚至过年连件新布衫都穿不上,于是,她不甘心再走她仁姐的老路,说啥也要嫁到祥符城里去。

---

① 挺秧:方言。干架、挑衅。
② 老疙瘩妞儿:方言。最小的女儿。

就在岳翠儿到了谈婚论嫁岁数的时候,村里的本家族长上门向她爹提亲,要把邻村一廖姓家的二孩儿说给她当男人。岳翠儿死活不愿意,可又别不过爹妈的筋,哭了整整一宿之后,不得不接受那个也不知长得是啥模样的廖家二孩儿来家相亲。

岳翠儿想嫁进祥符城里的美好愿望破灭了,她第一次认识到,人来到这个世上并不是为自己活,比如苦口婆心地劝她,口口声声说是为了她好、为了岳家好的爹妈;比如已经嫁人却过得并不如意的三个姐姐;再比如村里的那些老少媳妇,有哪一个上花轿的时候不是哭哭啼啼的? 老话说,来世莫做女儿身,百年苦乐不由人。左邻右舍的"过来人"告诉她,女子成婚之所以被称为"出嫁",是因为咱终究要找个可依靠的男人,而在"找"的中间,若是缺了父母之命、少了媒妁之言,那成何体统? 更别说想自己找男人了,名不正言不顺,与奸夫淫妇何异? 在坊间被骂作"半掩门儿"的女人,哪个能在人前抬起头来?

其实,岳翠儿知道,这些来讲"大道理"的媳妇和娘们儿家,个个心里都藏着不甘,只不过少了那么点勇气,抱着嫁鸡随鸡、嫁狗随狗的念想,把穿不起新布衫的苦日子当作命中注定而已。她更知道,即便是没有这些人来"说合",自己在婚事上也很难当自己的家儿。大家都在猪圈里,你想独自跳出来,谈何容易?

然而,正所谓人算不如天算,原本已经打算认命的岳翠儿咋着也没想到,廖家二孩儿的突然爽约,使她的命运有了彻底的转变——

就在岳廖两家商定罢相亲的日子那天,岳家人咋等也冇等来廖家的二孩儿,直到本家族长垂头丧气地来到岳家,告诉岳翠儿她爹妈,廖家那个二孩儿,不是个省油的灯,嘴里答应相亲,却在相亲的前一个晚上窜了,窜到哪儿谁也不知,差点儿把廖家老头给气翻肚①。廖家老头是出了名的犟筋头,极要面子,更何况在此之前已经让族长把彩礼送到了岳家,一事八节的,搞得两个村的人都知岳廖两家要成亲家。这可好,廖家二孩儿一窜,让廖老头这张老脸冇地儿搁了。廖老头彻底恼了,让族长给岳家捎来一句话,岳家的老疙瘩妞儿廖家娶定了,只要二孩儿不死在外面,只要二

---

① 气翻肚:方言。气死。

孩儿还认这个爹妈,岳家老疙瘩妞儿铁定就是他廖家的儿媳妇。

尽管族长把话捎到了,岳翠儿还是长舒一口气,深感自己逃过了一劫,不管咋说,给她赢得了一个机会。岳翠儿此时,已经把那个从冇见过面的廖家二孩儿当成了冤家,当成了想赶紧甩掉的碍噎①,她暗自发誓,奤,说啥也要奤,再不奤,不定哪天那个二孩儿回来就把生米做成熟饭了,即便是二孩儿真的不回来,族长不定又领来个三孩儿四孩儿的,那可就真砰圈②了,就彻底离不开刘店这个穷窝窝了。

时隔不久,岳翠儿她爹让她跟着一起进城里卖红薯,借这个机会,她奤了。其实,这是岳翠儿有备而奤的,在此之前,她每次进城,都会跑到马道街上的义丰厚布店溜一圈,她喜欢那里头琳琅满目的各色布料和绸缎,喜欢那些手拉着手或挽着胳膊、满脸带着惬意进进出出义丰厚的女人,更喜欢那些展示在前店柜台内外一件件款式不同赏心悦目的新布衫,尤其是那几件光彩夺目似镇店之宝的绸缎旗袍。每一回进到义丰厚,就让她流连忘返,恋恋不舍,每次离开的时候,她俩脚都可沉,就像挪不动似的。

奤进祥符城的岳翠儿,直奔马道街而去,因为在她上一回进城的时候,瞅见义丰厚店门外贴着一张招募雇员的告示,她虽然不认字儿,但她知义丰厚缺人手,因为她亲眼瞅见一个冇被录用的娘们儿,压义丰厚店门出来时嘴里在骂嘟噜壶③,大概意思是,冇被录用的原因是嫌弃她的针线活儿不中。义丰厚在祥符城是大布店,门面宽绰,前店后作坊,不光是卖绸缎卖洋布,手工针线活儿才是让义丰厚这块招牌锵实④的根本。岳翠儿恰恰符合这个标准,手工活儿不孬。

在刘店,十里八乡谁不知岳家女人们的针线活儿好啊,廖家之所以楞中⑤岳家的老疙瘩妞儿,其中一个重要原因,就是在族长他老娘做七十大寿的时候,老太太身上穿的那件红缎子寿衣,就是出自岳家老疙瘩妞儿之手。那年岳翠儿还不到十六岁,就能做出让众人口服心服的针线活儿,令

---

① 碍噎:方言。麻烦。
② 砰圈:方言。完蛋。
③ 骂嘟噜壶:方言。不满意。
④ 锵实:方言。厉害。
⑤ 楞中:方言。看中。

人刮目相看。

那时义丰厚的刘掌柜,对岳翠儿当面展示的手工活儿很满意,给岳翠儿开出收留的条件是,三年不拿工钱,等学徒期满当上了师傅,根据业绩按月分账。岳翠儿连连点头,她的表态就一句话:管吃管住就中。

岳翠儿留在了义丰厚,可婚约的事儿冇她想得那么简单。俗话说"跑得了和尚跑不了庙",更何况,义丰厚这座"庙"离城外的刘店又那么近,别以为你天天窝在后面的作坊里不出来,就发现不了你了。很快,岳家人和廖家人就知道了岳翠儿的去处就在马道街上的义丰厚布店。岳翠儿她爹原本要去义丰厚把她拖回家去,被廖家二孩儿他爹制止住。廖家老头是这样想的:反正老疙瘩妞儿板上钉钉是廖家的人了,二孩儿窜的冇影儿,也不知窜哪儿了,等他啥时候窜回来,啥时候再去义丰厚把老疙瘩妞儿拖回来上花轿也不迟,免得打草惊蛇,再让老疙瘩妞儿窜了可就是麻烦事儿。

廖家老头这么一说,岳家人觉得有道理,那就先让老疙瘩妞儿在义丰厚布店里待着吧。可出乎岳廖两家人意料的是,岳翠儿去义丰厚不到一年的工夫,就爱上了另一个男人,这个男人就是胡国杰。

抗战胜利不久,一天,在省政府军需调配处任职的年轻军官胡国杰来到了义丰厚,他来的目的,是想把自己刚发的美式军服稍加调整。美式军服比较宽松,袖子偏肥,穿在身上有些晃荡,他想把袖子略加修改,更合体一些。美式军服都是洋布做的,料子硬不说,还是机器缝纫,一般的裁缝作坊缝纫技术很难让他满意。想要保把①,在祥符城里挑选做这种活儿的地儿,首屈一指就是义丰厚。

面对胡国杰这套美式军服,义丰厚大掌柜不敢慢待,胡国杰已经把狠话说到了头里,这身美式军服要是改毁了,就要以破坏军需物资论处。胡国杰来改军服那天,恰巧店里手艺活儿最好的师傅家里有事儿,冇来店里,后作坊里的其他师傅并不是不能完成这个活儿,他们担心一旦有个啥闪失,或是达不到胡国杰的标准,不是尽给自己找不得劲啊,所以他们纷纷冲大掌柜摇头,推托说胜任不了这个活儿。后作坊里冇人愿意接这个

---

① 保把:方言。保险。

活儿,这可咋办啊? 就在大掌柜为难之际,岳翠儿神态淡定地接过那套美式军服,说了一句"交给我吧"。一圈人都用不信任的目光瞅着她,尤其是那个已经瞅了她老半天的胡国杰。随后胡国杰用一种半开玩笑的口气说道:"军中无戏言。我可没结婚,如果你把军服改坏了,你要付出的代价就是嫁给我。"

军服有改毁,岳翠儿却真要嫁给胡国杰了。啥叫一见钟情? 一见钟情就是俩人一见面都剜住对方了。压胡国杰跟着大掌柜走进后作坊里的那一刻,岳翠儿的俩眼就被这名年轻潇洒、毕业于黄埔军校的年轻军官吸引住了。胡国杰也是一样,当这个老家是南方的年轻人,从头到脚打量了一番面前这个朴实敦厚、略带点儿古意又透着灵秀和乖巧的女孩儿后,就断定自己已经喜欢上了这个小女裁缝。

他俩能成两口子,对义丰厚来说当然是件大好事儿。美式军服改好以后,义丰厚立马就得到了实惠,胡国杰把省府军需调配不合格或需要重新加工的布料,全部处理给了义丰厚,然后被义丰厚改做成了中小学的校服。高兴得屁颠颠的大掌柜问岳翠儿啥时候大婚啊? 岳翠儿虽嘴上有说,心里却在催促自己,免得夜长梦多,赶紧的,只要把生米做成熟饭,和廖家的那门亲事儿就彻底煞戏,谁说啥也白搭,晚八秋①。

巴不得赶紧结婚的还有胡国杰,因为他知道战事吃紧,自打进入民国三十五年(1946年),整个中原一带就冇安生过。刚过罢元旦,张岚峰部五十五师两千多人,在一个叫王继贤的副师长带领下,压夏邑脱离国民党军队,窜到了解放区。紧接着,绥靖公署主任刘峙在安阳召开国民党军队团级以上军官会议,加强剿共部署。虽然晋冀鲁豫军区司令员刘伯承由邯郸抵达新乡,跟国民党部队和美方代表进行商谈,划定了国共双方的防御区,双方也都保证不再互相进攻,呵呵,这可能吗? 谁撅屁股屙啥屎谁都可清亮,只不过是缓口气,摆摆样子罢了,胡国杰天天在省府大院上班,形势啥样他比谁都清亮。所以,他才着急结婚,一旦形势突变,想娶媳妇都不可能。

可是谁也冇想到,就在胡国杰张罗着和岳翠儿办喜事儿的时候,岳家

①　晚八秋:方言。太晚了。

老头儿领着廖家二孩儿突然出现在了义丰厚。这才是真见了鬼，廖家二孩儿压外面窜回来了？早不回晚不回，偏偏在这个节骨眼上回？咋就让人感觉到有点装孬的意思啊。

这还真不是装孬，似乎是天意。廖家二孩儿窜出去这一年多时间，长了大出息，加入了共产党的解放军，还混上了个首长的警卫员，这次他窜回祥符，就是跟着首长来办一件非常重要的事儿。就在几个月前，国民政府成立了黄河堵口复堤工程局，一开春，花园口堵口工程开工。三月初，军调部周恩来、张治中、马歇尔三位大员视察了新乡，一致认为堵口工程必须马上进行。中共的周恩来指派黄镇同国民党代表洽商黄河堵复工程中的具体问题。与此同时，中共晋冀鲁豫中央局城市工作部在祥符成立了工作委员会。廖家二孩儿这次回祥符，就是给工作委员会的郭书记当警卫员的。借此机会，廖家二孩儿向郭书记请了一天假，说要回刘店看看二老。

廖家二孩儿回到刘店，遭爹妈一通臭骂之后，不得不面对的一个现实问题，就是咋样把两家老人定下的这桩婚事儿给摆平，这件事儿要是拆洗①不干净，他以后恐怕是真回不了这个家了，话又说回来，也不能耽误人家岳家老疙瘩妞儿吧。最后，双方父母的意思是，让二孩儿去义丰厚见见岳翠儿，楞中了，这桩婚事儿还算数，选个合适的日子把事儿一办。楞不中，去球，各回各家，各见各妈。

于是，岳翠儿她爹领着廖家二孩儿搞了个突然袭击，猛地出现在了义丰厚。

廖家二孩儿大名叫廖普生，个头不高，身板结实，长相一般。用郭书记的话说，把这货搁进人堆里扭脸就找不着，所以很适合当警卫员。廖普生这次跟岳翠儿她爹来义丰厚，本来是抱着楞不中去球、走人的心理，就是来走个过场，回家对爹妈好有个交代。可谁知一见岳翠儿的面，立马就下了死眼②，心道，老天爷啊，俺廖家坟头冒青烟了，这是哪辈子修来的福啊！岳家的老疙瘩妞儿长得咋恁好看呢，眉清目秀，白里透红，个头不高

---

① 拆洗:方言。化解。
② 死眼:方言。紧盯不放。

不低,身材不胖不瘦,就跟画儿一样。满脸桃花盛开的廖普生,嘴上有说,心里却说了一大串:中中中中中,可中……

他可中,岳翠儿可不中。老疙瘩妞儿一下子跟她爹撕破了脸,父女俩在义丰厚大闹了起来,岳翠儿她爹是个老八板儿,往义丰厚大门口一骨堆,不走了,要走就领着岳翠儿一起走。刘大掌柜一瞅这阵势,谁也拆洗不了,不得不跑到省府大院去把胡国杰喊来,想用官大一级压死人的法儿把事儿给了结,更何况胡国杰是国民党部队的军官。但是,有想到的是,别看廖普生只是个解放军的小警卫员,可他根本不买身穿美式军服的胡国杰的账,俩人在义丰厚大门口一照头,他冲着胡国杰嗷嗷叫,说是上茅厕也得有个先来后到吧,他和岳翠儿的婚事儿早就被两家大人定罢了,你想挖这个墙脚,门都有!

胡国杰见了廖普生,一时间有点蒙,他咋着都有想到,眼望儿结婚请柬都发罢了会半路杀出个程咬金,还口口声声说自己的未婚妻是他的未婚妻,心道怪不得都说恁是匪,难道光天化日之下还敢抢人不成?但他毕竟是受过教育的人,便让岳翠儿率先表个态。

可是在廖普生看来,岳翠儿说啥都有用,婚姻大事啥时候能轮到她来当家儿?胡国杰忍住气,一五一十跟廖普生讲了一通自五四运动以来所提倡的婚姻自主和妇女解放的理论。但廖普生根本就不认他这一壶,你就是说破大天,岳翠儿也是俺没过门的媳妇,三媒六证俱在,名正言顺!一时间,两人公说公有理,婆说婆有理,各不相让。

胡国杰一看,对方既然不论理了,自己再说啥都是对牛弹琴。你不就是个首长的警卫员嘛,我不跟你说了,我找恁首长说,我看恁首长是不是也跟你一样不论理!胡国杰恼了,气冲冲去了省府大院,把事情捅给了正与国民政府代表开会的共产党郭书记。

对这位郭书记来说,一桩婚姻不是啥大不了的事儿,但,要是处理不妥,很可能会影响到国共两党共同认可的黄河堵复工程,眼下的国民政府,正有窟窿娀蛆①,这要是被小题大做,上升到另一个层面,那周副主席前期做的恁多工作岂不就打了水漂?这要是被中央怪罪下来,就得吃不

① 有窟窿娀蛆:方言。想没事找事。

了兜着走。郭书记可清亮，事儿不大，影响大，不能因小失大。

郭书记即刻赶到了义丰厚，铁青着脸命令廖普生断绝与岳翠儿成亲的念头，并强调这是组织的决定，如果不服从，将以军法论处。这一下廖普生觉得彻底冇戏了，岳翠儿不跟自己一势儿还好说，有父母之命媒妁之言，不认账不中，可组织一出面，他就冇招儿了，自己是共产党员，不服从组织那不是自取灭亡吗？再有，来祥符之前，郭书记私下告诉他，只要这次黄河堵复工程谈判工作完成得好，提升他当排长不在话下，松松的。

廖普生气得两眼噙泪，他在离开义丰厚的时候，走到岳翠儿跟前，咬着牙低声对岳翠儿说道："你等着，乖乖，这事儿咱俩不算拉倒，不信走着瞧，早晚你都是俺媳妇。"

岳翠儿才冇把他这句话当回事儿，低声回了一句："你也等着，乖乖，明个我就跟胡国杰拜天地，只要一进洞房，我就是他媳妇。"

岳廖两家的婚事儿算彻底黄啦。黄河堵复工程虽说还在如期进行之中，但也冇了中共什么事儿。当年冬天，中共的晋冀鲁豫野战军发起滑县战役，干掉了国民党部队两个旅，国民党部队计划打通平汉线的企图彻底泡汤。紧接着，国民党翻脸，撕毁了黄河谈判的历次协议，开始装孬，实施了引河放水工程，目的是要水淹解放区。周恩来发表严正声明，号召国内外所有正义之士，紧急制止蒋介石政府这一狠毒的放水行径。

共产党在黄河堵口复堤工程局里的这帮人，是趁着黑间匆忙逃离祥符城的，如果他们晚走一步，后果不堪设想。话虽这样说，但是他们能够脱险出城，却是另有隐情，因为国民政府军事委员会密查组祥符站已经接到南京的指令，要将这些人全部缉拿。其实，压郭书记和廖普生等人进入祥符城的那一天起，祥符站行动组长艾三的精干手下就把他们的行动轨迹全部纳入了视线，抓人是手掐把攥的事儿。而这次之所以能让他们逃出去，完全是因为艾三的一念之差。艾三作为祥符城名声显赫的豪豪，虽然跟胡国杰交情一般，但是跟义丰厚有着较深的渊源，他知道廖普生与胡国杰之间的过节，也知道要是冇共党的郭书记压着，廖普生这货一定会闹翻天；更知道义丰厚已经把岳翠儿当成了顶梁柱。所以，他在当晚的行动部署中网开了一面，并非是有意放虎归山。一来，若真抓了人，岳翠儿难免官司缠身，最后恐怕耽误的还是义丰厚的名声和生意；二来也是想通过成全胡国杰的这桩婚事,让岳翠儿在义丰厚稳稳当当地挑大梁。

连夜逃亡的几个共产党并不知道这背后所发生的一切,还以为密查组百密一疏,犯了愚蠢的错误,廖普生冒死保着郭书记,压祥符城的西南城墙翻爬了出去。几个人拼命跑了一阵儿,见后面有人追来,终于松了口气。廖普生回头瞅着祥符城墙,眼里充满了愤怒和不甘。郭书记用手拉了他一把,"别瞅啦,有啥可瞅的啦,眼下人家得势,城是人家的,人也是人家的。咱的眼光要放远一点,眼睛往南京瞅,江南妹子要比祥符妹子好看得多……"

艾三的苦心没有白费,岳翠儿和胡国杰就是在廖普生他们逃离后,拜天地入洞房的。那天的义丰厚好不热闹,岳翠儿刘店的娘家人来了不少,参加婚礼的人都认为,岳家的老疙瘩妞儿是攀了高枝,这辈子就光剩下享不完的福了。义丰厚的刘大掌柜趁机发牌,做了个顺水人情,在岳翠儿和胡国杰的婚礼上高调宣布:压今个开始,岳翠儿就是义丰厚的二掌柜!

大婚那天,岳翠儿穿了一件自己亲手裁剪缝纫的新式绸缎旗袍,真丝面料,刺绣着牡丹,雍容华贵,招人眼球,迈下花轿的那一刻,赢得了围观人群的一片赞美声,就连夫君胡国杰在拜天地的时候,两眼都不挪地儿盯在岳翠儿的旗袍上,似乎连他自己都不敢相信,娶了这么一位美若天仙的媳妇。当晚,入洞房上婚床的时候,胡国杰都不忍心让岳翠儿把绸缎旗袍脱掉。在胡国杰眼里,岳翠儿简直就像南京上海那些富家女子,他一边欣赏一边用他的南方口音不住口地夸奖道:"纤纤淑女,婀娜旗袍,曼妙多姿,笑靥如花,绫罗绸缎,艳之韵之,旗袍,美哉……"洞房花烛夜,胡国杰犯怪,也不知哪根神经出了毛病,就是不让岳翠儿脱旗袍。岳翠儿说,不中,会把旗袍压坏的。可胡国杰就是不听,他说穿着旗袍造孩儿,一准能生出个龙凤胎……

结罢婚有多长时间,有一天下班回家,岳翠儿发现胡国杰的脸色十分难看,她问出了啥事儿,胡国杰心情沉重地告诉她,时局越来越不妙,共产党的华东野战军在山东莱芜进行了一场战役,歼灭了国民党军队五万多人,连同南线和胶济路东段的作战,国民党军队共损失了七个旅七万六千多人。这还不算完,眼望儿刘伯承、邓小平正率领晋冀鲁豫野战军的主力约十二万人强渡黄河,不出意外的话,突破国民党军队的黄河防线已成定局。听罢胡国杰对局势的哀叹后，岳翠儿坐在一旁安慰胡国杰。她说，打仗嘛，胜负乃兵家常事，再说了，山东离祥符还远着呢，只要打不到咱这儿来就中。胡国杰为岳翠儿的妇人之见叹息，他说，一旦解放军突破了黄河天险，转入外线作战，那将是灭顶之灾的开始，这就意味着共产党的军队从防御转变成了进攻，别说祥符，就是南京也离他们不远了。听罢胡国杰神色黯淡的话，岳翠儿问那咋办啊，胡国杰叹道：咋办？咋办咱说了也不算，省主席刘茂恩说了也不算，蒋介石委员长能不能说了算，也很难说。

就在岳翠儿接了省政府刘主席太太那件旗袍的活儿后，胡国杰压刘太太的这件旗袍上琢磨出了一件大事儿，这件大事儿极有可能关乎每况愈下的战局。胡国杰冇敢跟岳翠儿多说，只是说，南京即将要来的这个大官，很有可能就是蒋委员长，如果是，他一定是冲着眼下不利的局势而来。

冇错，让胡国杰猜准了，即将要来祥符的就是蒋介石，他在这个时候来祥符，就是为了时下的战局。

岳翠儿却猜不准，在这个时候，廖家的二孩儿廖普生这个冤家皮，咋也突然冒了出来？他可是解放军啊，他窜回来的目的是啥？肯定不会是为了那段耿耿于怀、八字冇一撇的订婚了，更让岳翠儿猜不透的是，这货咋就变成了一个要饭的，即便真是走投无路，也不可能跑到义丰厚来丢人现眼吧？

自打廖普生离开祥符后，就冇走远，他跟着郭书记去了在杞县驻扎的水东游击队。虽说他只在义丰厚见了岳翠儿一面，却把肠子都悔青了，埋怨自己，两年前窜出去弄啥，早知家里能给自己说个恁好看的媳妇，打死他也不会往外窜，成天提心吊胆，冒着枪林弹雨，脑袋掖在腰带上过日子，当初要不是摊为[①]把村里的大户高满堂家的牛牵走偷卖了，被高家人发现，他也不至于被吓窜。这下可好，漂亮媳妇是人家的了，他越想越恼丧，越想心里越觉着窝囊。

在水东游击队待了一段日子，这天，上级突然交给了廖普生一个任务，让他化装潜入祥符城，去省府前街上一个挂着"春发堂"招牌的膏药

---

① 摊为：方言。因为。

铺，找一个叫刘鸿声的小伙计，这个人是地下联络站的联络员，此人通过省政府内的关系，搞到了一张河堤修复分布图。这个图十分重要，上面详细标注了黄河由山东进入河南后的水文数据以及重点防护河段。如果拿到这张图，将在军事上确保解放军的部署安全。别管是国民党还是共产党，心里都跟明镜似的，利用好黄河，是决定这场你死我活战争的一个重要环节，而仗能不能打赢，对解放军来说，全指望这张分布图了。民国三十五年（1946 年），在晋冀鲁豫边区成立了晋冀鲁豫区黄河水利委员会，成立这个委员会就是为了掌控好黄河，不让国民党在黄河上做文章。压历史看，黄河决口基本上都是人为的，被战争利用的。

上级派廖普生去取这张图，是基于他是祥符城郊人的考虑，对祥符城熟悉，长相、口音、神情都不太会遭别人怀疑，再扮成个要饭的，露出破绽的概率就更小。郭书记瞅着已经扮成叫花子样儿的廖普生，笑着花搅①道："瞅瞅这样，长得本来就粗糙，黑蛋皮脸，穿着破衣烂衫，谁瞅谁恶心。中，小子，可像那么回事儿。"

原本，廖普生进城后并行打算去义丰厚，虽说他对岳翠儿一直念念不忘，对胡国杰也还有那么点"夺妻之恨"，但他心里清亮，岳翠儿那已经是胡国杰的女人，他就是再喜欢，也是狗咬尿泡瞎喜欢，跟他已经是八竿子打不着了。可是，当他进入祥符城以后，情况却出乎了他的意料。当他来到省府前街，走进那个叫春发堂的膏药铺，伸出手里的要饭碗向店里的那个小伙计讨食儿的时候，店内那个面无表情的小伙计冲他下了死眼。警觉的廖普生立马意识到这个春发堂膏药铺出了岔纰，这个冲他下死眼的小伙计很有可能是个密查组的特工，当他又一眼瞅见那个伙计腰间还揣着个鼓鼓囊囊的玩意儿时，他就做出了正确的判断，那小伙计腰上别着的是一支小八音②。廖普生不敢在春发堂逗留，赶紧转身走了出来。

离开春发堂膏药铺的廖普生，站在四面钟街口发呆了好一会儿，不知下一步该如何是好，就这么出城去吗？临走前，郭书记代表上级明确对他下达的命令是，一定要拿到那张图，有了那张图，才能摸清黄河上的情况，

---

① 花搅：方言。开玩笑。
② 小八音：方言。手枪。

才能给最高领导提供在黄河区域作战的依据……就在他左右为难不知该咋办的时候，脑袋里突然冒出一个想法，如果能换一身可派司的行头，混进省政府大院里的黄河水利协管处，或许还能获取一点有价值的情报。在国共双方还有彻底翻脸那会儿，上一次来祥符的时候，他曾经跟着郭书记去过省府大院里头那个黄河水利协管处，在他的印象里，在那个小院子和屋子里的墙壁上，处处可见一张张大图小图，他想，别管看懂看不懂，只要能混进省府大院里的那个院子，就是偷也要偷一张图出来，要不冇法儿回去交差。

就在廖普生做出要去偷图的决定同时，他又想到了岳翠儿的新婚丈夫胡国杰。

为啥廖普生会想到胡国杰？因为在廖普生的印象里，胡国杰并不是一个敌人，既不是政治敌人，也不是情敌。虽然曾因为岳翠儿的事儿，俩人发生过激烈的冲突，但是，在整个冲突中，胡国杰始终保持着斯文的风度，一点也冇觉着自己是国民党的军官就噎胀①得不轻，而是摆事实，讲道理，从始至终嘴里连一句脏话都冇。在那场两个男人的冲突中，倒是他廖普生噎胀得不轻，好像岳翠儿真的就是自己的女人，最后是冇法儿弄了，胡国杰才去把郭书记叫来收场。单从这一点上来看，廖普生认为胡国杰属于君子，即便是得理也会让人。他想，如果去找胡国杰来帮这个忙，别管有没有这种可能，至少不会出太大的岔纰。在坚信了自己的分析和判断之后，廖普生决定去义丰厚找岳翠儿，别管她认不认这壶酒钱，都是刘店老乡，总有那么一道吧。

廖普生出现在义丰厚，对岳翠儿来说，似乎也没感到有多么意外，这倒也不是因为上次廖普生临走前低声威胁她的那句话，别管那句话是高声还是低声，她心里清亮，那都是一句气头上的话。岳翠儿觉得廖普生还会来，是她在廖普生的身上感觉到了，除了给人一种犟筋头认死理儿的孬劲之外，还有一种貌似哩戏流皮、遇事却严肃认真的感觉。这样的人并不少见，夜个把你给得罪了，今个跟冇事儿人一样还照样来找你。虽然这只是岳翠儿的一个感觉，但她这个感觉真准，廖普生就是这样个主儿，冇啥

---

① 噎胀：方言。不可一世。

坏心眼儿,也冇啥好德行。

天已经渐渐黑了。

此时此刻,在义丰厚后面的作坊里,岳翠儿斜愣个眼听完廖普生说明来意后,半晌冇吭声。

廖普生催促道:"你咋不说话啊?"

岳翠儿还是心怀戒备,说道:"你冇布衫,我可以送你一身新布衫,你非得见俺家老头弄啥?"

听岳翠儿嘴里说出"俺家老头"四个字,廖普生不由得开始揣测她跟胡国杰之间相处的状态,觉得这果然是个好女人啊,嫁给谁心里便处处替谁着想。这使他感到了一丝失落,毕竟,自己今生是没这个福分了。按说,话说到此,他就该拍屁股走人,可是想到心里的那个计划,他不得不耐下心来说道:"不是跟你说了吗,我找他,是想求他帮俺办点事儿。"

"帮你办啥事儿? 不能跟我说吗?"岳翠儿继续试图为丈夫挡驾。

廖普生语气中不免带着沮丧和恼怒:"你个娘们儿家,跟你说不着。"

岳翠儿却不紧不慢地回道:"求俺办事儿你还恁锵实,你也不瞅瞅,你算哪根葱。俺老头上班去了,冇搁①家!"

这明显就是下逐客令了,廖普生不甘心:"俺等他下班。"

"冇见过你这号热沾皮儿,还赖上俺了!"

"说话别恁难听中不中,我这也是为恁家老头着想,你信不信,冇准他还得感激我呢。"换个角度,廖普生真觉得自己这话说得没毛病,看着岳翠儿心道,这也就是摊为你,换个家儿我还不找他呢,也不看看眼望儿是个啥形势,"恁家老头"到时候是死是活还难说呢。

岳翠儿使眼上下扫着廖普生,咂着嘴说:"啧啧,瞅瞅你,都混成这副砸锅样了,感激你? 饿不饿呀,要不要我给你个馍吃,挡挡饥?"

"中啊,给我个馍吃呗。"廖普生往裁剪案子下面一骨堆,摆出了一副谁也别想撵我走的样子来。

岳翠儿气得鼓鼓地:"廖二孩儿,我不欠你啥吧? 你咋还讹住我了!"

廖普生闻听脖子一梗:"你咋不欠我啥,原本你应该是俺的媳妇。"

---

① 搁:方言。在。

"又来了，又来了，说这话有意思冇？你都不嫌丢人！"

"我才不嫌丢人，俺就是个要饭的，只要你不嫌丢人就中。"

在岳翠儿眼里，廖普生眼望儿这个鳖孙样儿，正应了祥符城里的那句老话，卖白薯的冇带秤——论堆儿了。无奈之下，岳翠儿指着廖普生恼怒道："廖二孩儿，你可是个老共啊，俺男人是弄啥的你也清亮，你要不走，信不信俺家那口子一句话就能把你给绳起来。"

廖普生抬头满不在乎地说道："那我也实话告诉你，我要是真怕恁男人把我绳起来，今个我也不会来这里。"

岳翠儿冇招了，只能等胡国杰的来到，可让她大为不解的是，这个廖家二孩儿非得要见自己丈夫的原因到底是啥？

因为顺路，胡国杰每天下班后都要来义丰厚接岳翠儿回家，他俩婚后的新家安在了胭脂河，离义丰厚不远，走到马道街南头一拐弯就是，马道街也是胡国杰每天上下班的必经之路，两口子每天一起回家也显得恩爱。最近一段时间，胡国杰忙得四仰八叉，尤其是这两天，整个省府大院内的各个部门像抽筋一样，都处在高度戒备的待命状态，各种猜测，各种说法，各种预想，虽然都知这种高度戒备与战局有关，但也不至于到下班的点儿也不让回家的地步吧。特别是今个，压大早起开始，省府院里就戒备森严，上面下达指令，所有机关人员晚上十点后才能离开省府大院。胡国杰猜测，一定是南京的大人物来了，而且已经进入了省府大院，很可能就在离自己办公室不到五十米距离的水利协管处的小院子里。

临下班前，胡国杰站在自己办公室的窗户跟儿，瞅着被端着美式卡宾枪的士兵们里三层外三层地围着的那个水利协管处小院子，更加夯实了自己的猜测，这要不是有相当级别的大人物头进入了水利协管处的小院子里，那就出鬼了。不知咋的，胡国杰不由又联想到了岳翠儿给刘茂恩夫人做的那件旗袍……

胡国杰猜得很准，就在廖普生化装成叫花子进城的那天晚上，蒋介石和陆军总司令顾祝同压南京乘军用飞机飞抵了祥符城。河南省主席刘茂恩携他的第二位夫人，陪同蒋介石和顾祝同共进了晚餐。在晚餐进行的过程中，蒋介石称赞刘茂恩有眼光，二太太的穿戴和气质很具有民族气韵。蒋介石说，旗袍可不是谁想穿谁就能穿的，要看穿在什么人身上，宋氏姐妹就是穿旗袍的典范。蒋介石微笑着冲刘茂恩点头，夸奖这位二房太太娶对了。刘茂恩是个生性耿直的人，而且疾恶如仇，他的第一个老婆王氏，因为吸食鸦片成瘾，让他非常厌恶，根本不愿意见面，于是他就把大太太安置在西安陪同自己的母亲，他来祥符上任之后便娶了这位二太太，今天能得到蒋总统的夸奖，虽说表面上很高兴，可心里却一点也高兴不起来。压蒋介石和顾祝同一下飞机那一刻，刘茂恩的那颗心就枯楚①着，甚至有些沮丧。刘茂恩心里清亮亮的，蒋总统和顾总司令这次祥符之行，可不只是关乎战局，与战局关联着的还有更要命的事儿。

刘茂恩所担心的是更要命的事儿，压他早些天接到蒋介石电话的那一刻开始，就惶惶不安了。特别是蒋介石在电话里，引用的那句出自唐人韩愈《厚道》中的成语，"不塞不流，不止不行"，听上去好像是破除旧的、错误的东西，才能建立起正确的东西。啥是错误的东西？啥是正确的东西？蒋总统的那个电话时间很短，表面上好像只是跟刘茂恩打了个招呼，要来祥符，想瞅瞅黄河，但他心里再有那么清亮了，在这个节骨眼上，谁也不会相信蒋介石有这种去瞅瞅黄河的闲情雅致。

那顿忐忑不安的晚宴结束罢，完成了礼节的二太太，告辞蒋介石和顾祝同以后就先回了家，刘茂恩陪同着两位首脑去到了黄河水利协管处的那个小院子里。这时的蒋介石，站在那张巨幅黄河水文标注图前，面色严峻，低沉着嗓音，一字一顿地说出了他蓄谋已久的设想……

俺的个娘吔，蒋介石的设想差点冇让刘茂恩背过气去，蒋总统不但停止了复堤工程，还想再次把黄河扒开，以水退兵，阻挡刘伯承的部队挺进中原。我的个天啊，这对中原老百姓来说岂不又是一次灭顶之灾！这样的以水退兵，在黄河的历史上不是没有记录。金章宗五年，黄河在阳武也就是眼望儿的原阳县决口，主流在祥符城北二十里处，距今已经有近八百年的历史。根据史料记载，压金代到民国，黄河在祥符境内共有过七次大的变迁，也就是决口之灾，其中祥符城就遭灭顶之灾四次，而这四次都与战争有关。第一次是 1128 年，南宋将领杜充为了阻挡金兵南下，决开了

---

① 枯楚：方言。皱着。

黄河;第二次是在1232年,南下的蒙古军队为了拿下金朝,决开了河堤,那一次决口迫使黄河改道入海;第三次是在1642年,也就是崇祯十五年,朝廷为解祥符城被李自成围困,使用的绝招还是扒开河堤,那一次祥符城可真是惨透了,偌大座城池存活下来的不足两万人;第四次扒开黄河就是跟老日作战的民国二十七年(1938年),为阻止老日,蒋介石下令扒开了花园口,这一次祥符城虽说损失有前三回那么大,但也让老百姓吃尽了苦头。压民国二十七年到眼望儿才九年的工夫,为阻挡解放军挺进中原,再把黄河给扒开一次? 能不能挡得住解放军且不说,会给中原老百姓造成什么样的灾难却可想而知。三伏天,蒋介石不紧不慢的一番话,让站在一旁的刘茂恩感到一种透心的凉。

其实,再次用以水退兵之计,蒋介石压产生这个念头那一刻开始,同样有一种惶惶不可终日的感觉,身为中华民国的总统,他心里比谁都清亮,这要是扒开了黄河,落下个千古骂名是可想而知的。最让蒋介石纠结的是,九年前他已经下令扒开一次河堤,如果他再次下令扒开……蒋介石不敢再往下想。可是,确实没有比以水退兵更有效的办法来阻止解放军挺进中原。九年前,若不是扒开了花园口,日军机械化部队受阻,辎重被淹在水里,那后果更难想象,虽说淹死了那么多老百姓,但让蒋介石心里还有所安慰的是,有得有失嘛,那是在跟外来的侵略者打仗,可是眼望儿再用以水退兵的战法,被淹死的那可就全是咱中国人啊……

蒋介石见刘茂恩有表态,也有催促,在水利协管处的小院子里待了一会儿以后,提出要去黄河大堤上瞅瞅。于是,大黑间,刘茂恩陪着蒋介石和顾祝同一行驱车出了北门,前往柳园口方向。

漫天星光,天虽然很热,蒋介石却一身戎装坐在汽车上,身边的刘茂恩清晰地能瞅见,汗珠压蒋总统的额头渗出,流淌在脸上,蒋总统却始终冇去在意,而是认真听着坐在身边的刘茂恩介绍着祥符城周边的情况,当他听到祥符北城门外有一尊"镇河铁犀"的时候,说了一句"去看看"。

在祥符城被黄河水淹的七次历史上,永乐八年(1410年)秋天的那次河决也是触目惊心,七千余顷良田成了泽国。宣德五年(1430年),于谦履任后,体察民情,重视河防,在修葺黄河大堤与祥符护城堤的同时,又铸造了一尊铁犀以镇洪水。每章儿①的铁犀安放在一座新建的回龙庙内,坐北向南,面城背河。天顺元年(1457 年)于谦在"奇门之变"中遇害,为了追思于谦治河的功绩,祥符庶民在回龙庙旁边又建了一座"庇民祠"。崇祯十五年(1642 年)朝廷以水退兵河决了祥符朱家寨与马家口,回龙庙及"庇民祠"被黄水淹没,铁犀被埋入泥沙之中,直到顺治年间才被挖出来。康熙三十三年(1694 年)重建庙宇,改名镇河铁犀庙。民国二十七年(1938 年)夏天,日军压祥符城北进攻入城时,镇河铁犀庙被炮弹炸毁,独留下了那尊铁犀。

夜色中的蒋介石在镇河铁犀旁边站了好长时间,时不时还伸出手去抚摸着它,不知为何,在抚摸的过程中,他突然改变了主意,决定不去已经能朦朦胧胧瞅见的黄河大堤,转身对顾祝同说"我们回南京"。蒋总统的这个回南京的决定让所有人大惑不解,就连顾祝同都眨巴着眼睛瞅了瞅刘茂恩。

蒋总统的车队直接奔机场去了,临上飞机前,蒋介石给刘茂恩撂下了一句孟子的话:"居天下之广居,立天下之正位,行天下之大道,得志与民由之,不得志独行其道。"刘茂恩彻底蒙了,以水退兵的计划还有结出个茧,这黄河大堤到底是决还是不决,总得给个利亮话吧,这弄得个不清不浑的,也不说决也不说不决,都到这个节骨眼上了,你还让人猜心事儿啊?

二半夜送走了蒋介石和顾祝同之后,回到家里的刘茂恩彻底睡不着觉了,他跟二太太一起琢磨着蒋介石撂下的那句孟子的话。二太太是喝过几天墨水的人,她把孟子这句话给刘茂恩做了详细的翻译。"居天下之广居",翻译过来的意思就是,居住在天下最广大的居所里,中国最大的居所是哪儿? 刘茂恩说是中原;"立天下之正位",翻译过来的意思就是,站立在天下最正大的位置上,中原最正大的位置在哪儿? 刘茂恩说在祥符;"行天下之大道",翻译过来的意思就是,行走在天下最广阔的道路上,中原最广阔的道路在哪儿? 刘茂恩说还是在祥符,因为祥符是省会;"得志与民由之",翻译过来的意思就是,能实现志向就与百姓一起去实现,刘茂恩疑惑地说,能实现扒黄河的志向? 这不叫志向;"不得志独行其道",翻

---

① 每章儿:方言。过去。

译过来的意思就是,不能实现志向时就独自施行这一个原则。刘茂恩沉默了好长时间冇说话,其实他已经明白了,蒋委员长已经把用不用以水退兵的决定权交给了他。此时此刻,刘茂恩的眼睛盯着二太太说,女人穿旗袍和不穿旗袍就是不一样,但要看穿在啥样的女人身上,穿对人了,滋腻;穿不对人,恶心。

二太太微笑着说:"穿对穿不对,还要看旗袍做得咋样。"

2. 不是谁想咋着就咋着

祥符城里的老扁糊①们常说:不能吃的东西不叫饭;不能穿的东西不叫衣;命该如此的东西,不能不认。

就在刘茂恩陪同蒋介石和顾祝同去北门外看镇河铁犀的同时,义丰厚后面的作坊里,俩男人同样在进行一场何去何从、骑虎难下、前途难料的激烈争论。虽然是各为其主,立场不同,中间还掺和着一个女人,但这俩男人所表现出来的直率和真诚,却冇失去做男人的基准。他俩在南腔北调中,面红耳赤,互不相让。

胡国杰晚上下班的时候,他已经明确知道了蒋总统和顾总司令来到了祥符。在省府大院门口,他故意向一同下班走出来的水利协管处的熟人低声打听了一句,是不是蒋总统来了? 冇想到那个熟人却说了这样一句话:"老天爷来了也不中,别说黄河挡不住解放军,就是决开天河照样挡不住……"尽管那个熟人冇再多说啥,但胡国杰已经彻底明白,蒋介石和顾祝同此次来祥符,就是为了打黄河的主意,历朝历代,凡是打黄河主意的帝王,大多是因为战争。而眼下蒋介石又想到了黄河,很明显,国共两党这场战争的天平已经偏向了解放军。

胡国杰在义丰厚后面作坊里见到廖普生并清楚了其来意的时候,见廖普生破衣烂衫那一副砸锅样儿,他让岳翠儿给廖普生先找一身衣服换上,对方这一身叫花子行头加上祥符方言,实在太缺少对话的氛围,不管

---

① 老扁糊:方言。老家伙。

咋说,恁共产党目前在战场上是占了上风的,今个晚上你廖普生窜到义丰厚来,排除岳翠儿不说,既然跟我胡国杰照了头,咋着也算是国共两党人员的一次秘密会面吧,衣衫不整成何体统?再说,大热天,胡国杰的那身军服绑在身上一整天也冇脱掉,虽说浸透了汗水,但还是显得很郑重其事。

用井水抹罢身子的廖普生,换上了一身岳翠儿给他掂来的长衫。起先他不太愿意穿,说是大热天穿长衫像个傻孙。可胡国杰却说,衣服不穿规矩一切免谈,廖普生只得不情愿地把岳翠儿掂来的长衫穿在了身上,然后坐到了后作坊里的小竹椅子上,俩人一边喝着凉茶,一边开始了一场国共两党"不计前嫌"的较量。

俩男人说话时,胡国杰冇让岳翠儿在场,岳翠儿被指派去前店,负责观望大门外马道街上的动静。可是,坐在前店里的岳翠儿,显得心神不安,她光想听听后作坊里俩男人在说啥,能说出个啥样的结果来。此时,店门外的马道街上,行人的喧闹已经消失,显得格外安静,偶尔传来在街面上乘凉的人们喷空儿的说话声。前店冇开灯,是怕引起路人经过时的注意。岳翠儿坐在柜台内,黑暗中辨别了一下墙上的挂钟,此时已经是接近零点了,门外的马道街上基本冇了路人。岳翠儿全神贯注支楞起耳朵往后作坊里面听着。

后作坊内,胡国杰和廖普生谈话,不绕弯子,不拖泥带水,南腔北调中隐藏杀机。当然,尽管看上去是一种平等对话,实际上还是受着大背景的影响,廖普生理直气壮地摆出一副共产党势在必得和得中原者得天下的架势,可用胡国杰的话说,胜败乃兵家常事,不能从暂时得失上下最终的结论,不管咋说,眼望儿大半个中国还在国民党的手里,整个中原尚也冇姓共,强弩之末中的国民党军也尚未递降表。所以,在义丰厚后作坊里,在这俩国共两党的小人物身上,也能体现出眼下大时局的一个缩影。

当廖普生开门见山地提出,要让胡国杰配合,把他带进省府大院,还敲明亮响地告诉胡国杰,他要去偷水利协管处里面墙上挂着的那张水文图。胡国杰听罢廖普生那些不着四六的话,禁不住呵呵呵地笑了起来。

"你笑啥,这有啥可笑的吗?"廖普生觉得胡国杰笑起来像个傻孙。

胡国杰道:"我笑你无知。"

"我咋无知啦?"廖普生瞪眼问道。

"你以为省府大院是马道街,谁想去逛谁都能逛?"胡国杰像看傻孙一样看着廖普生,说道,"水利协管处那是什么地方,你不应该不清楚吧,尤其是眼下,那个小院已经成了整个省政府大院里把守最严密的地方。别说你一张生脸想要混进去,就连我这张熟脸,没得到上面的特别批准,都别想踏进那个小院半步。"

廖普生照旧摆出一副无知无畏的样子,说:"事儿不大,你看着办。你要是能把那小院里的水文图给我偷出来两张,别管了,等天下是俺的以后,就凭这一条,我就能保你不死。"

胡国杰又笑了:"痴人说梦,你觉得你们共产党稳操胜券了吗? 保我不死? 现在你的命还在我手里攥着呢,我只要打开义丰厚的店门,冲外面大喊一句,你可能就活不过明天。你相信吗?"说完起身就要往前店门走。

廖普生伸手一把将胡国杰拉住:"俺信,俺信,俺信还不中吗? 俺相信你老兄也不会干出这种不人物的事儿……"

胡国杰用手指着廖普生的鼻子说:"我告诉你姓廖的,党国还没有到不堪一击就土崩瓦解的最后时刻,我作为党国的一员,效忠乃是本分。所以,想让我与你同流合污,那你是痴心妄想!"

廖普生不甘心,嘿嘿笑了两声,继续游说:"瞅瞅你老兄,提恁大的劲弄啥。咱俩是老熟人,又有翠儿这一层关系,别不知好歹,好心当成驴肝肺,我这不是为你着想,给你留条后路吗? 再说,你眼望儿不已经是俺刘店的女婿吗,换换家我才不管这事儿,更不会找上门来让你帮这个忙,你是俺刘店的女婿,和尚不亲帽子亲,要不我还不来找你。"

胡国杰觉得廖普生说的还有点在理儿,也很家常,和尚不亲帽子亲,他确实把自己当作刘店的女婿了。祥符人最大的特点,就是再远的关系,只要想搞得亲密无间,瞬间就能给你唬搭①得可近,让你认为他是你的知己,是最为你着想的人,是狗皮袜子冇反正的亲弟儿们,是绝对毋庸置疑的自己人。用祥符人的话说就是——不外气。

这种不外气的感觉,有时候对外乡人很管用,能瞬间拉近人与人之间

---

① 唬搭:方言。套近乎。

的距离。尤其是对身处于目前大局势逼迫之下国民政府中的大多数成员，都不得不为自己的前途考虑。沉默了片刻之后，胡国杰心情略带沉重地叹道："唉，从善如登，从恶如崩。国民政府真要是崩溃，那也是冰冻三尺非一日之寒啊……"

"老兄这话说得照！"廖普生竖起了大拇指，随后说道，"瞅瞅眼望儿，苛捐杂税压得人透不过气。刚才翠儿还对我说，收税的见天登义丰厚的门，吓得刘大掌柜都不敢在店里待，要不是摊为你这个家属是政府军队里的人，义丰厚的店门早贴上封条了。"

"别说那么多了，我劝你还是赶紧离开祥符城吧，这两天南京来了大人物，城内盘查得很严，真要出了事，我这个刘店的女婿也无能为力。"胡国杰突然觉得，再这么说下去，自己恐怕真的要被廖普生给拉下水了，于是便想尽快结束这场谈话。

廖普生道："我也想赶紧就走，可我回去交不了差可咋办啊？"

"是交差重要还是保命重要？"话说出口，胡国杰暗自后悔，这叫啥事，自己竟然关心起敌对方的性命来了。其实，作为军人，他内心里还是十分佩服廖普生的执着。所以在说完这句话之后，不由得脸上带着嗔怪的神色，伸手点了点廖普生。

廖普生也深叹了一句："唉！不瞒你老兄说，我就是丢了性命，也得完成上级交给我的任务，要不，将来就是拿下了祥符城，义丰厚的日子也不会好过啊。"

胡国杰急忙问道："这跟义丰厚有什么关系？"

"咋冇关系啊？"廖普生摊手道，"你想想，义丰厚跟你是啥关系？义丰厚的二掌柜是你老婆，你是国民党反动派，日子能好过吗？"

胡国杰沉默片刻，严肃地说道："那我也再次明确告诉你，国民政府一天不倒台，我就做一天和尚撞一天钟，只要这个钟还在响，借用一句不太恰当的话说：好女不嫁二男，好男不娶二女，要活一起活，要死一起埋！"

廖普生满脸半烦儿地说："你这个别筋孙啊。就这吧，我也不为难你了，只要你把我领进省府大院，剩下的事儿你就别管了，我死我活与你无关，中不中？"

"不中！"胡国杰字正腔圆地说了一句模仿出来的祥符话。

廖普生有点恼了："真不帮我这个忙不是？那中，你不仁，也别怪我不义，有朝一日，天下是俺共产党的了，枪口对准你脑门的时候，活该你死，还有义丰厚！"

胡国杰被廖普生的这句话给激怒，咬着牙说道："不见棺材不落泪。等不到我死，棺材已经摆在你跟前了，信不信，我现在就让你落泪！"说完压腰间拔出了小八音对准了廖普生的脑袋，"走！"

"去哪儿？"

"警局！"

"你看你那鳖孙样儿，咋说翻脸就翻脸啊。"

"少废话，走不走？我堂堂国军，打死你也是白打！"

"不人物，国民党是恁爹啊？"

"走！"

始终在前店里竖着耳朵听的岳翠儿，见势不妙，赶紧压前店窜到了后作坊，一瞅俩人剑拔弩张的这副架势，立马上前抱住了胡国杰持枪的胳膊："弄啥嘞，弄啥嘞，乡里乡亲的，抬头不见低头见，咋？谁得天下谁就六亲不认了？"

胡国杰见岳翠儿挡在了面前，怕伤了她，便把抬枪的手放了下来，嘴里气恼道："我对他已经够客气的了，要不是看在你的面子上，我早就……"

"不管咋着，咱都是一个门口的，撕破脸谁都不得劲。"岳翠儿使劲推着丈夫。

胡国杰把小八音塞回了枪套，白了一眼廖普生："今天要不是看在我夫人的面子上，你信不信，我就一枪毙了你！"

一见岳翠儿跑过来劝解，廖普生反而不怯气了，用话刺挠起胡国杰："中了，别得了便宜还卖乖，恁夫人？说句难听话，要不是我让给你，她能成恁夫人？"

"姓廖的！"胡国杰再次恼怒起来，指着廖普生吼道，"你把话给我说清楚，你把她让给我？简直是笑话，我夫人就是没人要，她也不会嫁给你！你也不看看你是个啥德行！"

廖普生嘴不饶人，也吼着回道："我啥德行？我们共产党的德行比恁国民党强得多,你才是得了便宜还卖乖,让你拾个漏……"

岳翠儿一听这话不愿意了:"让谁拾个漏? 你嘴里放干净点儿,你说,你让谁拾漏? 谁拾漏?"

"咋啦,我说错了吗?"廖普生跟岳翠儿争辩道,"当初我要不去参加共产党,轮八轮也轮不住他来当你的老头。"

岳翠儿气恼:"你放屁!"

廖普生瞪着眼,旧事重提:"我放屁,我放啥屁啊,我说的不是实话吗? 你也说句实话,最早恁爹楞中的是不是我?"

"俺爹楞中你,你去跟俺爹过,我楞八圈也楞不中你!"岳翠儿恨恨地盯着廖普生。

胡国杰再次挺身上前,作势要动手:"少跟他废话,我现在就把这小子送到警局去!"

谁知话音刚落,就听前店大门被人拍得山响:砰砰砰,砰砰砰……

后作坊里的仨人立马就不吭声了,都把目光投向了前店。

"开门! 快开门!"

砰砰砰,砰砰砰……拍门声在持续。

这二半夜的,会是谁? 后作坊里三个人的脸上都有一种不祥之兆。胡国杰用眼睛示意岳翠儿去前店瞅瞅。

"开门! 开门! 俺是警局的,快把门打开!"

一听大门外说是警局的,仨人更加惶恐不安,不知所措地相互看着,他们都明白,不开门是不中的,可开了门又咋办,院里站个老共,黄泥掉进裤裆,不是屎也是屎,这不是自找碍噎吗? 片刻,胡国杰稳定了一下神情,冲岳翠儿说道:"去,把门打开。"

恐惧中的廖普生冲胡国杰低声说道:"你可别不人物啊。"

胡国杰有接廖普生的腔,示意岳翠儿去前面开店门。岳翠儿调整完自己的状态之后,朝前店走去。

"谁呀?"

"开门! 警局的!"

"有啥事儿啊?"

"少啰唆,赶紧开门!"

岳翠儿搬开前店大门的木门闩,几个身穿制服的巡警一下子拥进了店里。

"咋不开门啊?恨不得把恁的门给敲劈!"

"恁有啥事儿?"

"无事不登三宝殿,恁义丰厚的门比三宝殿还难登啊。"

"二半夜,怪吓人,不问清亮谁敢开门啊。"

"问清亮?倒是俺要把恁问个清亮。"领头的警察说罢就要往后作坊走。

岳翠儿伸手挡住了警察们的去路:"哎哎,你们要干啥啊?"

"俺要搜查!"

"搜啥查啊?"

"警局得到举报,说有一个共党嫌疑分子,压天还有黑的时候就进了恁义丰厚的门,到眼望儿还有见出来。俺是奉命前来搜查,你赶紧起开,别弄不得劲啊!"

"你们说的共党嫌疑分子不会是我吧。"胡国杰端着架子压后作坊里走到了前店,有意伸手掸了掸肩章上并不存在的灰尘。可他很快发现,自己身上穿着的这身军服,似乎并冇对眼前的这几个警察起到多大的震慑作用。

领头的警察打量了几眼胡国杰,咧着嘴不屑地说道:"我知你是谁,在省府大院里上个班,可冇少关照义丰厚的生意。对不住,咱今个是警察打他爹,公事公办,别说你是义丰厚二掌柜的女婿,你就是刘主席的女婿,今个俺也得按规矩办事儿。"

随着领头警察的一声招呼,几名警察迈步便要往后作坊里闯,胡国杰见状急忙伸手拦住:"等等,我的话还没有说完呢。"

"咋啦?不让俺去后面?难道义丰厚的后作坊里有鬼不成?"警察们仍要往里闯。

胡国杰道:"鬼倒是没有,人倒是有一个,不过,这个人还轮不到你们警局来盘查。"

"你说这话是啥意思?"领头警察盯着胡国杰。

"啥意思也轮不到告诉你。"

"嘿,口气不小,那你告诉我,轮到告诉谁啊?"

"告诉派你们来的那个人。"

祥符城有句老话,叫不识字摸摸腰牌,意思是说在双方挺秧之前,一定要相互摸清彼此的底细。胡国杰压有意亮出自己国民党军官的招牌开始,就觉得这几个警察反应不正常,过于有恃无恐了,不但敲明响亮地认定义丰厚窜进了共党,而且丝毫不讲一点情面。于是判断,今个这事儿不简单,这些警察的背后一定是有人指使,所以在眼看阻拦不住的情况下,索性就把窗户纸给捅破。

"我派他们来的!"随着话音,店门外走进一个三十多岁,衣着笔挺,精干、瘦高的人。

胡国杰一眼就认出走进店门来的人是谁了,这个人便是大名鼎鼎的军事委员会密查组祥符站的行动组长艾三。

艾三走进来之后,眼神犀利地四下扫了一下,对胡国杰说道:"胡中尉,我本可以派我们祥符站的特工来直接抓人,后来想了想,如果是俺祥符站来把人抓走,那动静可就大了,对你、对义丰厚都会造成很大的麻烦,所以我就拐了个弯,先让警局出面,真要是有啥不得劲,也有个回旋余地不是。你应该明白我说的是啥意思,我艾三不是不讲交情的人,义丰厚跟俺姓艾的还是有点交情吧。"

胡国杰明白艾三说的义丰厚与艾家的交情是啥,他曾听义丰厚的刘大掌柜喷过那一板儿。民国二十八年(1939 年)冬天,驻扎祥符城的日军,组织了日韩妇女"芙蓉队"三百多人,在祥符的主要街道上,以游行的方式诱惑乡绅和祥符市民推行伪政。为了贴近民心赢得欢迎,"芙蓉队"的娘们儿除了穿传统的日韩服装,还要穿一些汉唐款式的中式服装,制作这批服装的活计就落到了义丰厚的头上。艾三当时隐藏在祥符城外,作为国民党军队的特工,他接到了破坏这次日军推行伪政活动的命令,于是他化装进城,与义丰厚里的伙计王三儿里应外合,将"芙蓉队"定制的那几十件汉唐服装不留任何痕迹都给偷走了,搞得日本人和义丰厚都很恼丧,老日冇达到用服装"日中亲善"的目的,义丰厚损失了布料和银子。可是,抗战胜利以后,坏事儿却变成了好事儿,义丰厚被登报表扬有民族气节,不与老日同流合污,其行为受到了广大祥符市民的交口称赞。

一、旗袍

胡国杰抱拳道:"艾少校和义丰厚不只是交情,你还算是义丰厚的恩人,那次如果让日本人得逞,义丰厚可就要落下千古骂名了。"

艾三点点头:"希望这一次也同样。"

胡国杰瞅了瞅警察们,对艾三低声说道:"艾少校,能否借一步说话?"

艾三冲警察们扬了扬手:"恁先出去,在门外候着,我倒要听听胡中尉有啥私密话要对俺说。"

果然,胡国杰与艾三在前店嘀咕了十多分钟后,艾三跨出了义丰厚的店门,对守候在外面的警察们一挥手说了句"都撤吧",那几个还处在迷迷瞪瞪中的警察,稀里糊涂地跟着艾三离开了马道街。

瞅着警察们离开的身影,岳翠儿轻声问胡国杰:"恁俩都说了些啥啊?"

胡国杰微微叹了口气,说道:"俺俩说的话只限于俺俩,你别再问了,赶紧让你那个冤家老乡离开祥符城吧……"

岳翠儿见胡国杰面色严峻,也有敢再问,赶忙跟着胡国杰一起回到后作坊里,催促廖普生离开,片刻也不要拖延。

躲在后作坊里的廖普生被吓孬了,他岂能不知道艾三的大名,那是跺跺脚半拉祥符城都打战的主儿,一时间大气都不敢出,心里已经做好了为革命献身牺牲的准备。但出乎他意料的是,胡国杰竟然把艾三给糊弄走了,这让他大大松了口气,刚缓过神来抹去满脸被吓出来的冷汗,就见岳翠儿和胡国杰火烧火燎地要赶他走,一时间又磨不开脸,让这两口子认为自己是瓢茬①,好像真的怕了艾三,所以嘴里强梁②道:"咋着,就这就让我走了? 我这趟祥符不就白来了吗?"

岳翠儿道:"别得了便宜还卖乖啦,要不是俺男人给你挡着,今个这帮人抓走就把你给崩喽,咋? 你还不想走? 你以为你是谁? 三头六臂的二郎神? 赶紧窜吧! 真要是被抓住,真比害眼厉害!"

廖普生心里也可清亮,刚才自己的确是在鬼门关上转了一圈,他要是真被那帮子警察带走,就眼下祥符城这种紧张局势,他的这条命可就真去

---

① 瓢茬:方言。软弱的人。
② 强梁:方言。逞强。

球了。起初，他并不相信胡国杰能挡住那帮子警察，直到艾三与胡国杰在前店内嘀咕那十来分钟，他那颗怦怦巨跳的心才缓解了一些。可他竖起俩耳朵仔细往前店里听，也冇听清胡国杰和艾三他俩说的啥。

"你跟那货说了点啥，他们那么朗利[①]就撤走啦？"廖普生一边往外走一边问胡国杰。

胡国杰操着半生不熟的祥符话说："中了，赶紧回去吧，走晚了，一旦扒开了黄河大堤，你就是窜回去了也冇你的好果子吃。"

廖普生闻听大惊失色，一把拃住胡国杰的胳膊，睁大俩眼问："咋？你的意思是说，老蒋还真要扒黄河啊？"

胡国杰甩开廖普生的手，叹道："祸兮福所倚，福兮祸所伏啊。"

廖普生虽然听不懂胡国杰说的是啥意思，但他压胡国杰的话音儿里，已经觉察到黄河不保把了，他料定，肯定是胡国杰和艾三在前店密语的时候，说到了蒋介石要扒黄河的决定。如果真是这样，还啥水文图不水文图的，黄河一旦被扒开，啥图都不图了。想到这里，觉得这条信息太重要了，自己还是赶紧回吧，回去把这个重要军情报告给上级首长，千万不敢耽误了大事儿。于是，趁着夜黑，廖普生翻城墙出了城。

等廖普生窜罢之后，回到家里，胡国杰才把咋说服艾三的经过，一五一十地告诉了岳翠儿。

就在艾三走进义丰厚的那一刻，胡国杰就决定对艾三实不相瞒，他把廖普生进祥符的目的，以及不想让艾三把廖普生抓走的想法，非常坦诚地对艾三和盘托出。他对艾三阐明，廖普生进祥符是为了获取有关黄河水文方面的情报，眼下解放军最担心的就是黄河对他们造成麻烦，他们似乎已经觉察到了南京最高当局会在黄河上做文章，以水退兵的前车之鉴完全有可能让灾难重蹈覆辙。他对艾三说了自己的判断，蒋介石已经来到了祥符，并且就是冲着以水退兵的部署来的。艾三作为军统密查组祥符站的组长，当然知道内情，不光蒋介石来他知道，蒋介石走他也已经知道，只是胡国杰还以为蒋介石仍在祥符，并已经给刘茂恩下达指令，做出了扒开黄河以水退兵的决定。艾三当然也不会告诉胡国杰，蒋介石已经连夜

---

① 朗利：方言。痛快。

离开了祥符。至于扒不扒河堤，艾三基本上也已经有了一个判断，只不过要等天亮之后，才能压省府大院是否有所动作，来证实自己的判断。

当胡国杰跟艾三讲明了廖普生和岳翠儿这层老乡关系，并阐明其中的利害之后，他请求艾三能放廖普生一马。听罢胡国杰一番话后，艾三和廖普生俩人不约而同产生了一个共同的想法：可以利用岳翠儿这个共党老乡，回去明确给解放军释放一个警告，南京最高当局已经做出了以水退兵的决定，解放军的部队能撤还是赶紧撤吧，别再打中原的主意了，怎要是撤晚了，后果不堪设想，很可能就会成为第二个李自成……对于艾三来说，他比胡国杰更清楚眼下的局势，抓不抓这个共党的特工其实已经无关紧要，做个顺水人情一举两得，更重要的是，当年在日本人调查"芙蓉队"那件事儿上，吃了哑巴亏的义丰厚也曾对他仗义了一把，冇出卖店里的伙计王三儿，所以也冇牵扯住他。因为当时的艾三在事成之后并冇离开祥符城，日军宪兵队要抓他易如反掌。熟悉艾三的人都知道他有个相好的在第四巷的窑子铺里，只要他进祥符城，那里必定是他的落脚点儿。

冇抓廖普生是胡国杰和艾三一个共同的计谋，就是想利用廖普生回营后释放给挺进中原的解放军一个错误的信息——蒋介石要扒黄河了！他们期望此计谋能同时达到两个目的：一是促使解放军退兵，缓解国民党部队的压力；二是阻止老蒋或是刘茂恩想要扒黄河的计划，借以保护祥符城的平民百姓。

再说翻城墙出了祥符城的廖普生，在返回杞县的路上，边走边想，越想越觉得不太对劲，能活着出祥符城当然是件万幸之事，可这种活法也太容易了吧，就凭胡国杰跟来抓他的人这么一嘀咕，就把自己给放了？且不说自己是不是共党里面的人物头，对国民党有没有大用处，可是，在国共两党掐得你死我活这种关键时候，别管你在解放军里是不是个人物头，只要被国民党抓住，基本上是抓一个杀一个，根本不太可能留你一条性命。再说了，胡国杰真就是想救我的命吗？这也不符合常理啊，我俩啥关系？往高处说，国共两党是死敌；往低处说，俩男人稀罕一个女人，在警察来抓他之前，他俩都已经闹掰了，胡国杰完全可以不管他的事儿，甚至还会落井下石。又想想，即便是警察把他给抓走，对义丰厚也不会有多大的牵连,大不了落得个碍于老乡情面冇及时报案而已,咋会俩人嘀咕嘀咕之后就把他给放了呢?这其中会不会还有其他不可告人的目的呢?廖普生越想越觉得蹊跷,越想越觉得这里面必有文章——胡国杰和艾三都是军人,就像自己忠于组织一样忠于党国,与自己那是所谓兵戎相见,各为其主,难道就这么轻易地放自己一条生路了?

廖普生一路上都在琢磨临别时胡国杰说的"祸兮福所倚,福兮祸所伏"那句话,只读过两年私塾的廖普生,把先生教过的那点文言文早忘得差不多了,但他还是能感悟到这句话的一些意思,他的理解就是,"是福不是祸,是祸躲不过"吧。也能理解成,这句话可以两面说,黄河是福也是祸,不扒是福,扒了是祸,究竟扒不扒,都有可能。对他廖普生来说,放自己是福,抓自己就是祸,可自己真的就那么有福吗?鬼才信,自己要有福,岳翠儿也不会压自己手里给漏掉。想了一路的廖普生,在走进杞县地面的时候,终于想明白了:哼哼,别编圈绕俺了,放我是福,咋有恁好的事儿,别以为恁玩的啥花呼哨①我不知,恁就是想让俺给解放军捎个信,蒋介石又要扒黄河了,恁赶紧窜吧,再不窜恁就全军覆没了。乖乖,跟俺玩心眼儿,玩心眼儿俺是恁的师傅,玩心眼儿恁要是能玩过俺,俺的中原野战军也不会玩到恁的眼皮子底下来。

别说,胡国杰和艾三玩心眼儿还真冇玩过廖普生,回到水东支队的廖普生立马向上级汇报了情况,他跟郭书记说,据他的判断,蒋介石想扒黄河,是有这个贼心,冇这个贼胆。别说,这一回还真让廖普生给蒙对了。

再说祥符城里的刘茂恩,大早起就在省府大院的礼堂,召开了加强豫东防守的军事扩大会议,在会上,他只字不提夜个晚上蒋介石和顾祝同来去匆匆的事儿。胡国杰和艾三也参加了这次会议,待会议结束以后,胡国杰和艾三俩人在大礼堂外照了个面,俩人会心一笑,啥也冇说,但是他俩的心里都在盼望,放走廖普生的计谋能奏效,这要是成功了,他俩就算给保卫祥符城立了头功。

接下来的事儿,便是情理之中意料之外了,刘伯承和邓小平率部挺进大别山,先后越过陇海铁路,涉过黄泛区,跨过沙河、涡河、汝河等重重障

---

① 花呼哨:方言。花样。

碍,在立秋的时候进入了大别山。这可了不得,把南京城里的蒋介石给吓孬了,明眼人都清亮,刘伯承和邓小平把共产党军队全面反攻的大幕给拉开了……

这一年简直是过得飞快,眨眼工夫就到了民国三十七年(1948 年)初夏。祥符城里的市民们,在城外隆隆的炮声中,依旧不慌不忙按照祖宗留下来的老规矩和老章程,准备过五月初五的端午节,各家各户都在炸糖糕、炸麻叶、炸油饼、包粽子,家家户户的门头上都挂上了艾蒿,大人们把事先做好的"五毒鞋"穿在了孩儿们脚上。摊为打仗,义丰厚这一年的生意明显大不如前,陇海铁路时通时停,压江浙那边采购的布料运不过来,靠公路运输那是猴年马月的事儿,因为战乱,做布衫的人日益减少,对祥符城的市民们来说,能吃饱肚子,能勉强过个五月端午,这已经是烧高香了。

就在端午节的这天晚上,岳翠儿两口子正准备睡觉,每天在义丰厚值夜的华妞拍开了岳翠儿家的房门,神情紧张地告诉岳翠儿和胡国杰,义丰厚来了个不速之客,点名道姓要见胡国杰,华妞本想着把那个不速之客直接领到岳翠儿的家里来,可那个不速之客不干,非得让华妞把胡国杰叫到义丰厚店里去,并嘱咐华妞,只让胡国杰一个人去。在岳翠儿的再三追问下,华妞不得不说出了那个不速之客就是廖普生。

岳翠儿一听这名字就皱起了眉头:"他?他来弄啥?"

华妞摇头,说道:"不知,他就让我来恁家把胡哥叫去,不让你去。"

"走,去看看,他这个时候跑来究竟想干什么。"胡国杰也纳闷,上次廖普生来是想盗水利图,自己和艾三放了他一马,想不到他还敢再来。说着便穿上外衣要出门。

岳翠儿拦住丈夫:"不中,要去咱俩一起去,我倒要瞅瞅他又要出啥幺蛾子!"

华妞说:"那货说了,不让你去。"

"他说不让我去我就不去了?不让我去,俺男人也别去,我咋觉得他这个时候跑来,是黄鼠狼给鸡拜年冇安好心!让他滚蛋!"岳翠儿没好气道。

"那中,我回去把他撵走!"华妞当然不愿让二掌柜摊为这事儿生气,便自告奋勇要去打发走廖普生。

胡国杰伸手止住华妞,说道:"别,姓廖的这个时候来,一定是有很重要的事情找我,要去!"

岳翠儿仍然心有余悸,不放心道:"要去一起去,要不都别去!"

胡国杰将目光盯向岳翠儿的腰腹:"你身子不方便……"

"不方便也要去!"

胡国杰打别①不过岳翠儿,问华妞:"他是一个人来的吗?"

华妞点头:"是的。"

"你能肯定?"

华妞缓口气,说道:"我来找恁家之前,不放心他一个人在店里待着,哄他出门,让他在店门外等着,我出来锁店门的时候,留意了一下四周,确实有其他人。"

胡国杰对华妞说:"你先回去,翠儿身子不方便,走得慢,我们随后就到。"

压胭脂河地奔儿②到义丰厚,也就十分钟左右的时间。岳翠儿有孕在身,不可能走快,这一路上,岳翠儿两口子分析来分析去,也有分析出在这个时候,廖普生这个不速之客为何而来。但,他们两口子分析出了一种大概的可能,那就是,廖普生在这个时候来,其目的一定与眼下的战事有关,最大的可能还是要找胡国杰弄一点军事城防上的情报,解放军对祥符城势在必得,进攻之前,弄清城内国民党部队的防务以减少伤亡。要不,廖普生为啥提出和胡国杰单独见面?

"不管他来干啥,他都是我的敌人。"胡国杰压腰间的枪套里拔出小八音,拉了一把枪栓后塞回枪套,"有备无患吧。"

华妞先一步回到义丰厚,他告诉等候在店门口的廖普生,岳翠儿两口子是一起来的。廖普生听罢皱起了眉头,满脸的无奈中透出了一些犹豫,一咬牙,说道:"一起来就一起来吧,一起来就一起谈!"

---

① 打别:方言。执拗。

② 地奔儿:方言。徒步。

一、旗袍

岳翠儿两口子一起进到店里的后作坊,出现在廖普生面前的时候,廖普生冇说话,他的俩眼紧紧地盯在岳翠儿的旗袍内、凸起像山包一样的肚子,满脸的诧异、陌生,还有一种难以言说的微妙。

"瞅啥瞅,冇见过女人要生孩儿啊?"岳翠儿见廖普生眼神放肆,不满地斥了一句。

廖普生眨巴着眼睛想想,似乎才回过神来,说了一句:"恁快啊!"

胡国杰冷笑了一声,开口道:"可不是快吗,你们都打到祥符城下了。"

廖普生瞅瞅胡国杰,又瞅瞅岳翠儿,面带尴尬地说:"不管咋说,我还是恭喜啊,恭喜恁要生贵子了。"

岳翠儿到此,才听到廖普生从嘴里说出了一句人话,于是神色也缓和下来:"你咋知是贵子,要是个贵女呢?"

廖普生嘴上又不把门了:"贵子贵女都一样,只是时候不对。"

胡国杰把腰板一挺,说道:"没啥对不对的,即便是国民党把江山给丢了,我们养儿育女那也是天经地义的事情。"

"你说的养儿育女冇错,但能不能荣华富贵,可就难说了。"说话时,廖普生摆出一副抬杠的样子。

岳翠儿神色不快道:"儿孙自有儿孙福,你瞎操个啥心。俺的儿孙富贵不富贵,碍你啥事儿? 说吧,又窜来找俺男人弄啥?"

廖普生把眼睛压岳翠儿的肚子上挪到了胡国杰的脸上:"我冒着生命危险来找你,咱俩最好是单独说,让恁媳妇回避一下中不中?"

岳翠儿:"弄啥啊,搞得神神鬼鬼的,有啥见不得人的事儿啊,我是他媳妇,用不着背背藏藏。"

"我估计,他要跟我说军情上的事情,你听了也没有用,回避一下就回避一下吧。"说着胡国杰就把岳翠儿搀扶到了前店,然后返回到后作坊,看了一眼廖普生,他决定开门见山,干净朗利脆,因为他知道,眼前这个货绝对是个难缠的主儿。于是开口说道:"姓廖的,我没猜错的话,你来找我的目的,是想从我这儿得到祥符城内我们国军的军力部署情况。如果是这样,我现在就可以明确地告诉你,这是痴心妄想,就像去年在这后作坊里我们的对话一样,你我是各为其主,背叛对一个军人来说,是最大的耻辱,你死了这条心吧。"

廖普生一脸的不屑,撇着嘴道:"你咋恁能蛋①啊,你咋知我来找你就是要弄情报的? 说句不外气的话,眼望儿的祥符城里,哪儿卧着只蛤蟆俺都一清二楚,还用着我来找你弄情报,你也太把自己当回事儿了吧。"

"那你来干什么?"廖普生的话让胡国杰有些意外。

"我是来救你的!"

"此话怎讲?"

"一命还一命。"

"你能不能直截了当一点,什么一命还一命? 谁欠谁的命?"

"那中,咱就不绕弯子,扛竹竿走胡同,直来直去。"

胡国杰开始认真听廖普生批讲。廖普生的主题意思是,若不是去年胡国杰讲人物②,鼎力相助,让艾三网开一面,他廖普生的性命早就冇了,这与蒋介石扒不扒黄河冇一点关系。今个他再次冒着风险进祥符城,主要是军事任务,附带着来说服胡国杰尽早投诚,免得解放军攻下祥符城,他要么战死,要么被俘,别管是战死还是被俘,结果就是一个,岳翠儿当寡妇,然后改嫁。如果能尽早投诚,助解放军一臂之力,那情况可就大不一样了,他胡国杰就变成了解放军的一员,立功受奖不说,说不定还能在解放军的部队里弄个一官半职,今后老婆孩子都能跟着享福,何乐而不为? 共产党得天下的大局已定,这一点谁心里都清亮,这么好的机会,过了这个村可就冇这个店了。廖普生一口气把自己的想法说完后,等待着胡国杰的表态。

胡国杰冇吭声,俩眼直勾勾地盯着廖普生。

"瞅着我下死眼弄啥,中不中你赶紧表个态,天明之前我就得走,天一明就出不去城了。"廖普生把想要说的话说完后,摊着两手等着胡国杰的答复。

胡国杰不紧不慢地,语调不高不低地,神情不明不暗地,问了一句:"你真的是为我着想?"

廖普生扭脸向岳翠儿所在的前店方向看了一眼,冲胡国杰点点头,说

①　能蛋:方言。精明。
②　人物:方言。义气。

道:"不光是为你着想,也是为恁媳妇着想,今个一瞅,更是为恁媳妇肚子里的孩儿着想。"

"没想到你还是菩萨心肠啊。"胡国杰说这话的时候,心里已经打定了主意,眼神也不由得更加坚定起来。

而廖普生还在继续动员:"我上次不就说了吗,和尚不亲帽子亲,虽说翠儿成了恁媳妇,她不是也差点成了俺媳妇吗?"

"我看没你说的那么简单吧。"

"那能有多复杂?"

胡国杰也往前店方向看了一眼,说道:"我若是答应投诚,就没有一点附加条件?"

廖普生大包大揽道:"啥附加条件不附加条件的,一旦你答应投诚,那就是你应该完成的任务,理所当然是你的活儿。"

"说说,需要我干啥活儿?"

"这么说你答应投诚了?"廖普生按捺着内心的喜悦,近前问道。

胡国杰沉吟了一下,对廖普生道:"前提是,看你要让我干什么样的活儿,我有没有这个能力干,没这个能力的话,我就是投诚也白搭。"

廖普生闻听,松了口气:"你当然有这个能力干,你要冇这个能力,俺也不会来找你。"

胡国杰不动声色地:"你说吧,我听着。"

廖普生来了精神,说出了他此次进城的真正目的,是为了摸清守城的国民党军队还有多少可供防务的军需家底,只要摸清了这个情况,攻城的解放军就能在时间和兵力上号住城内守军的脉,掌握住主动权。想要搞到这方面的军情,廖普生当然是找对了人,胡国杰就是管军需物资供应的,了如指掌。

听廖普生说罢,胡国杰依旧冇吭声,依旧用俩眼盯着廖普生。

廖普生被瞅得有些发慌,摸了下鼻子掩饰道:"你老瞅着我弄啥,你就给个朗利话,中不中吧。"

此时的胡国杰,似乎比任何时候都显得冷静,用不紧不慢不高不低的声音,神情却很坚定地冲廖普生说了一句:"不中。"

廖普生瞪起眼说:"戴罪立功你懂不懂?"

胡国杰依旧用不紧不慢不高不低的声音回答:"不懂。"

廖普生心里这个气,他不仅觉得自己看错了胡国杰,也为岳翠儿暗暗感到不值,摊上这么个犟筋头的男人,将来这日子还咋过?他大喘了几口气,抬手指着胡国杰的脸,恨恨道:"你这号货,不见棺材不落泪,到时候,让你死你都不知是咋死的!"

"就是死,我也要死得其所,因为我是一名军人,见了棺材就落泪的人就不配做一名军人。"

胡国杰的不卑不亢,让廖普生更加气恼,他不耐烦地说:"中中中,你英雄,你好汉,你见了棺材也不落泪。俗话说,识时务者为俊杰,你这号货,就不识时务!"

胡国杰依旧心态平和地说:"王昌龄诗中有名句,'黄尘足今古,白骨乱蓬蒿。'这就是军人。"

"别跟我拽词,啥王昌龄李昌龄的,中了,咱俩是买卖不成仁义在。等俺解放军攻祥符城的时候,你能不能保住命,就看你的造化了。唉,说句难听话,可惜了,恁好的媳妇算是搭给你了……中了,我算是对牛弹了大半晌琴,我得走了,再不走,天一明我就走不了。"廖普生说罢起身就要走。

"等等。"胡国杰叫住了廖普生。

"咋?还有啥事儿?"廖普生转过身来。

胡国杰脸上露出了一丝犹豫。

"有话就说,有屁就放。"事到如今,廖普生对胡国杰已经彻底失望,既然不肯投诚,那两人之间依然还是敌对关系。

胡国杰试图要说,可话到嘴边又咽了回去。

廖普生催促道:"说啊,你不是军人吗,这会儿咋像个娘们儿了,赶紧说,不说我真的走了!"

"兄弟……"胡国杰一把挼住了廖普生,"排除咱们各自的信仰,也排除咱们之间那点个人恩怨,我有一事相求。"

"求我?"廖普生大感意外,不由得止住脚步,愕然地看着胡国杰。

胡国杰认真地点点头:"对,求你。"

"说吧,只要你不是劝我投诚,啥事儿我都答应你。"廖普生心里打着小九九,揣测着对方,暗想这货不是想倒打一耙,反过来拉我投诚吧?

胡国杰见廖普生答应得痛快,也不由得一愣:"真的?"

"当然真的。"

"说话算数?"

"你咋像个娘们儿。赶紧说!"

胡国杰沉吟着,暗自在组织着语言,说道:"我先问你一句话,你要诚实回答我。"

"啥话?"

"你是不是还喜欢翠儿?"

廖普生瞅着胡国杰,在猜测着他到底要说啥,问道:"你是啥意思?"

"你别管我是啥意思,你就实话告诉我,你还喜欢不喜欢她。"

"废话,要是冇你插着一杠子,她肚子里的孩儿应该是我的。"廖普生心里这个气,怀疑胡国杰是在故意往他心窝捅刀子。

胡国杰语调平静地:"那好,也就是说,你还喜欢她,对吧?"

"对不对你全说了。"

"咱们做个交易行吗?"

廖普生冇再说话,他似乎已经感觉到了胡国杰要跟他做的这个交易是非同寻常的。他用俩眼盯着胡国杰,在等待下文。

当胡国杰用低沉的声音说出要跟廖普生所做的交易时,大大震撼住了廖普生,就是借他八个脑子,他也不会想到这个根本就不占他一点脑细胞容量的问题。胡国杰对他说,解放军大军压境,兵临城下,祥符城守不住已是必然,何止是一个祥符城,整个中原乃至全中国,很快就会成为共产党的天下,毋庸置疑。就个人而言,即便是国民党丢掉了江山,他宁可战死沙场,也绝不会背叛中山先生,绝不苟且偷生举起白旗给黄埔抹黑,他已经抱定决心,生是党国的人,死是党国的鬼。可是,英雄气短,儿女情长,他最放不下的就是岳翠儿和她肚子里即将出生的这个孩子,自己为党国殉职不在话下,可岳翠儿和她肚子里这个孩子咋办?当然,等不久的将来所有厄运既成事实那一天,岳翠儿毕竟还年轻,可以带着孩子改嫁,而嫁给什么人就很难说了。若嫁对了,即便他在九泉之下也死能瞑目;若嫁错了,他就是做鬼也做不踏实。胡国杰恳请廖普生,一旦他为党国捐躯以后,岳翠儿改嫁,嫁生不如嫁熟,只要廖普生愿意,不嫌弃,对岳翠儿何尝不是一个合适的归宿,不是一个令人羡慕的再婚? 当然,建立这种愿望的基础就是,岳翠儿在廖普生的眼里依旧是一朵鲜花。从目前来看应该还是鲜花,至少胡国杰是这样认为。

毫无任何思想准备的廖普生,听罢胡国杰的这个请求,傻在那儿了,之所以让他感到震撼,不是胡国杰这个请求多么出乎他的意料,多么突如其来让他措手不及,把他一杠子打蒙的是,面对这样一个视死如归的军人,他突然觉得自己矮了一截子,同时又大惑不解,咋会是这样呢? 这让廖普生一下子找不到面对的方法。冇错,别管岳翠儿是不是嫁给了胡国杰,是不是怀上了孩子,他心里必须承认,自打第一次见到岳翠儿,他被打动的那一刻开始,这个女人就已经深深地刻在他的心窝里了,但随后便是落花有意流水无情,自打岳翠儿正式嫁给胡国杰之后,他就强迫自己不能再对岳翠儿有啥非分之想。可是今天,胡国杰的话宛如一块石头落进了沉寂的池塘,蒙圈之后的他想不想都得想了,从古到今就有托孤之说,今个却遇上了托妻,如果连同肚子里那个孩子,那就是连托妻带托孤。

"你怎么不说话?"胡国杰瞅着低头不语的廖普生问道。

廖普生心情复杂地摇了摇头。

"你不同意?"

廖普生又摇了摇头。

"别一个劲摇头,你到底同意不同意?"胡国杰说话时长出一口气,作为他来说,能把心中的这个最大顾虑说出来,犹如卸下了一个沉重的包袱。

廖普生看着胡国杰,眼神里带着男人之间的惺惺相惜,嘴上没好气地说道:"啥同意不同意? 你这是让我吃你的二馍①?"

"说话别那么难听,我只是个请求,没有强迫你的意思。用祥符人的话说:你就给个朗利话吧。"

廖普生又沉默了片刻,长出了一口气,说道:"中了,你的意思俺也明白了,讲到底,你这个人是个有情有义的人,担心自己死罢以后,老婆孩子

---

① 二馍:方言。别人的剩饭。

活在这个世上遭罪,这个我都能理解,但我不能接受,原因是你还活着,只是目前生死未卜。世事难料啊,老兄,万一你有死,咋办?"

胡国杰听了,冲廖普生点点头,说道:"其实,我心里也很清楚,在这个节骨眼上,我把翠儿托付给你,与死不死没多大关系,最主要的还是,我就想让她们娘儿俩,在改朝换代之后,跟着你能过上衣食无忧的好日子。"

廖普生的眼又瞪了起来:"你就是个傻孙,听我的呗,眼望儿反水啥都来得及,还愁以后她们娘儿俩过不上好日子?"

"不要再说了,你要是不愿意,权当我啥也没有说,是生是死,咱们战场上见吧,至于翠儿和她肚子里的孩子,听天由命,看造化,但愿你们共产党在得天下以后,不伤及无辜。"

"那咱就战场上见,不管俺能把怎打成啥鳖孙样儿,但愿你老兄也活着,还能跟老婆一起好好过日子。"

廖普生最后这句话,让胡国杰觉得自己的选择有错,也有看错廖普生这个人,他也不是没想到将来会有变数,但他能想到的最坏的结果是,廖普生即便再不堪,最起码对岳翠儿是真心喜欢的,大难临头之下,能有这么一点情分,难道还不知足吗?

天麻麻亮的时候,胡国杰把廖普生送出义丰厚的店门,他俩在空无一人的大街上,朝小南门的方向走去,直到把廖普生送出了城墙,胡国杰才返回了家。对胡国杰来说,把岳翠儿安顿好已经成了他最大的心病。每况愈下的义丰厚,已经濒临给伙计们发不出薪金的地步,就连老伙计王三儿都扛了两卷布窜回家了。华妞家在禹州回不去,即便是回去了,他也是个无牵无挂,父母双亡,兄妹们各自有家,他单挑①又有个媳妇,在哪儿待着都一样,只要有口饭吃就中。眼下的义丰厚,也是整条马道街上所有商铺的缩影,商户们都知道,祥符城又要打仗了……

---

① 单挑:方言。单独。

3. 啥叫命？命就是该是啥是啥

祥符城有老尖①说过这么一句话：别管是娘们儿，还是爷们儿，如果有一天，身上的布衫突然变了，瞅着可扎眼，那一定是有啥事儿了，要不是好事儿，要不是孬事儿，反正是有事儿了。

胡国杰回到家，自然冇把他跟廖普生之间的"私下交易"向妻子透露半句，彻底放下心事的他本想睡上一会儿，可躺在他身边的岳翠儿睡意全无，一个劲地在跟他唠叨，压祥符城目前的困境说到义丰厚的前景，又说到肚里的孩子，她的喋喋不休根本让胡国杰无法入睡，尤其是说到肚子里孩子的时候，岳翠儿在对未来充满了憧憬之外还说出许多担忧。她告诉胡国杰，说她去相国寺后面找了个算卦的，给肚子里的孩儿把名字都起好了，如果是个男孩儿，就叫"吸金"，长大以后每天吸金发大财；如果是个女孩，就叫胡曼香，像花一样好看招人，香气扑鼻。当岳翠儿说到算卦的预测生男孩儿的可能性大的时候，胡国杰迷迷瞪瞪地说了一句，他希望生个女孩儿，岳翠儿问他为啥，胡国杰压抑着自己澎湃起伏的心绪，用异常平静的语调说，如果生了女孩儿，长大后就不用去打仗，不会上战场去厮杀；如果生的是女孩儿，长大成人还当个裁缝；如果生个女孩儿，就按算卦的说的，叫"曼香"……

就在廖普生这次离开祥符城后冇两天，解放军就开始猛攻祥符城，胡国杰也就再冇回过家，在解放军不惜一切代价攻下小南门后，省府大院里的人就分崩离析，乱成了一锅粥。就在即将作鸟兽散的那一刻，已经换上了便衣的胡国杰，原本是想回家和岳翠儿作个告别，但是已经由不得他了，他的上司下达命令，把军需调配处全体人员化整为零，各自携带剩余物资，混杂在出城逃避战火的难民当中，分别压不同的路径出城，三天后在黄河北岸的封丘碰头。装扮成难民混出城的，不光有省府大院里各部门的官员和勤杂人员，还有省政府主席刘茂恩……

---

① 老尖：方言。能人。

不过,在此之前,胡国杰已经给岳翠儿交代的有话,一旦他回不了家,就让岳翠儿等他个一年半载,如果他能活着回来,江山未丢,他们还继续过日子;如果他回不来了,江山丢了,就别再等他,那就是永远也回不来了。岳翠儿听罢胡国杰的话十分伤心,在胡国杰离开家门的时候,她再三叮嘱胡国杰,一定要保重自己,一定要活着回来,她和他们即将出生、不管是叫胡吸金还是叫胡曼香的孩子,一起等着他……

那年夏天似乎比以往都要热,可岳翠儿却一点也有感觉到热,她心里凉丝丝的。就在解放军攻下祥符城的第二天,她肚子里的那个孩子在黄昏日落的时候呱呱落地,似乎在向这座古老的城市宣告——俺来了!

当接生婆抹着满脸的汗水,带着遗憾告诉岳翠儿,生下来的是个小妞儿的时候,岳翠儿的脸上露出了一丝欣慰的微笑。她压接生婆手里接过小妞儿的时候,瞅着小妞儿毛茸茸的小脸蛋说的第一句话就是:"这一回恁爹满意了,生了个不带把儿①的,用恁爹的话说,长大了还当裁缝,再找个好人家,就不用去打仗了……"

岳翠儿的整个月子,都是华妞在伺候她,虽然华妞是个大老爷们儿,但在岳翠儿眼里,他一点也有大老爷们儿的感觉。华妞为人忠厚、实在,有啥是啥,用祥符人的话说就是个老实蛋。在局势危急的时候,胡国杰也给华妞交代过,让华妞多操心这个家,把岳翠儿照顾好,并且还给了华妞二十多块大洋作为帮助照顾这个家的回报,华妞死活不接这二十多块大洋,差点把胡国杰给惹恼了,指着华妞的鼻子骂他不人物,是嫌这些大洋太少了吧,华妞不得不流着眼泪,压胡国杰手里接过了这二十多块大洋。华妞用袖口揾着眼角的泪水对胡国杰说,别管今后的天下是谁的,也别管义丰厚能不能长远,只要自己不出啥岔纰,他就会像对待自己的亲妹妹一样,把岳翠儿照顾好,不让她作难。凡是跟华妞共过事的人,都知他是个实实在在的老实蛋。

转眼一年多过去,秋天来临,正当岳翠儿每天都盼着胡国杰能突然出现在自己面前的时候,马道街两边商号和店面的门檐上都插上了红旗,义

---

① 带把儿:方言。小鸡鸡。

丰厚的门头上面还挂了个大喇叭,见天在唱"解放区的天是晴朗的天"。马道街更是从早到晚锣鼓喧天,扭秧歌的,划旱船的,敲盘鼓的,共同在庆祝一个新国家的成立。在一片喧闹中,成天猫在义丰厚后作坊里的岳翠儿心里清亮了,胡国杰真的是回不来了。

胡国杰能不能重返祥符城,这日子也得过。除了干活吃饭养孩儿,岳翠儿并冇去考虑,一旦胡国杰战死在沙场,永远回不来了,自己是不是还要改嫁,尽管胡国杰嘱咐她,如果国民党真被打败,一两年不见他的踪影,就说明他已战死,改嫁也就势在必行,可岳翠儿根本就冇空去考虑这事儿。

义丰厚的刘大掌柜害病卧床一年多了,店里的大小事儿全由岳翠儿这个二掌柜一个人照护①。虽说王三儿厚着脸皮把扛走的那两捆布又扛了回来,但店里的人都清亮,王三儿这货是一个行善没有作恶多的货,就是回来了,也不能把当紧的事儿交给他,只能让他干点零碎的跑腿活儿。这样一来,岳翠儿忙得是四脚朝天,冇一点儿闲心去考虑自己的未来。

这天,去午朝门拉罢井水回来的王三儿,慌慌张张跑进后作坊,给岳翠儿带来了一个令她不安的消息,他说午朝门跟儿在开大会,好些人被捆绑着插上了亡命旗,然后被拉到西城墙外给打了头②,说是镇压反革命,那些被打头的人当中还有一个女的,听说好像是北土街汴绸庄石老板家的侄儿媳妇。

听罢王三儿的话,一旁抱着小妞儿的华妞皱着眉说:"不会吧,共产党还冇来祥符之前,汴绸庄就已经搬走了……"

"我也可纳闷。听午朝门跟儿那些开会的人说,被打头的那个娘们儿破坏抗美援朝,把早年汴绸庄搬走时留下来的那些被虫啃过的布料,统统捐给志愿军了。"这段时间,摊为捐赠布料,石家汴绸庄的事儿闹得沸沸扬扬。跟老实巴交的华妞不一样,王三儿是个心眼活泛、爱凑热闹的人,哪儿有事儿往哪儿栖③,他带来的消息一般冇错。

岳翠儿闻听,心里一咯噔,急忙扭脸问华妞:"咱捐的布料冇问题吧?"

---

① 照护:方言。照顾。
② 打了头:方言。枪毙。
③ 栖:方言。挤、扎堆。

华妞嘿嘿笑道："咱捐的布要是有问题,全祥符城布店的掌柜们都得被打头。"

石家汴绸庄早已是落毛的凤凰不如鸡,现如今唯一支应摊子的人又被打头,看来这家老字号在祥符城的这一支,是要绝户了。岳翠儿神情黯淡,嘴里不由自主地喃喃念叨:"汴绸好,好汴绸子,石子玉家里头有……记得我刚来义丰厚的时候,咱大掌柜三天两头念叨汴绸庄……"

祥符城做绸布生意的人都知道,这个汴绸庄的老板石子玉有犹太血统。康熙三十一年,石家在北土街上开了祥符城里第一家经营绸绫布料生意的店铺,取名汴绸庄,那生意做的,光是后作坊里就有近百人,买卖兴隆,尤其是自织的寅绫,无人抗衡,被朝廷指定为贡绫。后来因为树大招风,被祥符城里的同行挤对,待不下去了,石子玉请高人问了一卦,那高人说,祥符不是久留之地,石姓安身立命最好的地方就是石家庄。就这,汴绸庄搬到了河北石家庄,祥符只留下了一家分店。

且不说被打头的那个女人是不是真与石家有关系,但有一点是千真万确的,自打抗美援朝以来,摊为捐助出问题的可真不在少数,捐助的物件有吃的、穿的、用的。那些以次充好糊弄政府的商家,被定罪为不法商人,被抓、被关、被打头,还有买卖被关张的,比比皆是。岳翠儿为义丰厚捐助的那些布料担心,也是不无道理。

就在岳翠儿忐忑不安的时候,麻烦还真来了。虽说这麻烦不是跟捐助布料有关,但,依然跟布料有关。

1949 年 10 月 1 日中华人民共和国宣告成立的那一天开始,全中国的月份牌和所有书写模式的落款,都不允许再出现民国多少年的字样。新政府及各个业务部门都贴出了告示,要求新时代用新名词,采用公元纪年,尤其是商业部门,如果有人一意孤行或是一时疏忽,不按规范书写的文字或日期落款统统视为无效,其中包括收据和借据。刘大掌柜卧床在家,义丰厚所有的来往账目以及款项支出,都要由岳翠儿经手。由于习惯成自然,也由于被店里的各种杂事忙昏了头,在一张收据的落款上果真出了岔纰。一般来说,老主顾们和本城的居民都不会太在意这样的疏忽,写错了重写一张也就罢了,可是,在祥符城里还真有那号专吃这路饭的货们,他们利用时代变迁后人们的习惯动作,敲诈勒索,吃昧心食儿。这一回就让义丰厚给摊上了。

新中国成立后的第三天，咱国就与苏联建立了外交关系，并在建交后的第二个年头里，就签订了《中苏友好同盟互助条约》。于是乎，大把大把与衣食住行有关的苏联生活方式，洪水一般涌入了咱国老百姓的生活里。衣食住行，首先是"衣"，其实在新中国成立之前的很长时间里，苏联样式的服装已经开始对咱国的部分群体产生了影响，尤其是在解放军的部队里，那些女兵的大翻领双排扣军装款式，就约定俗成被称为"列宁装"。有人说，所谓的列宁装，就是列宁早期穿的服装。这话有考究，谁也有亲眼见过列宁，就像有人说他天天吃牛奶泡馍一样，都是瞎掰胡呎。只是不知为啥，自打新中国成立以后，这种说西服不像西服、说大衣不像大衣的布衫，后来咋就被解放军里的女兵们样中，穿在了身上，一下子成了一种流行的时尚，谁也说不清楚。

"列宁装"让人们趋之若鹜，但是，由于刚建国不久，百废待兴，又要去朝鲜跟美帝国主义打仗，咱国的经济拖后腿，人们生活水平都很低，能填饱肚子就已经很不孬了，所以对服饰的要求很单调，有条件做一件列宁装的人也并不多。

不久前的一天，一个三十来岁的娘们儿来义丰厚做了一件列宁装，做好后那个娘们儿嫌价钱太贵又不要了。这一下岳翠儿可就不依了，跟那个娘们儿吵了起来，说好的价钱不要不中，可那个娘们儿死活不承认事先说好了价钱，于是，岳翠儿拿出了一张原始凭证记录，上面清清亮亮地写着做这件列宁装的日期，那娘们儿抵赖不过，就把她在相国寺后街摆地摊①的男人叫来。她那个尖嘴猴腮的男人瞅了瞅原始凭证，嗷嗷叫了起来，说这是一张不作数的凭证，他说民国三十九年是哪一年啊？民国又是哪一国啊？眼望儿明明是1950年，是中华人民共和国，不中咱就去打官司。这明明是笔误，是写票据的时候习惯使然一时忽及②，但不管岳翠儿咋解释，那货就是不依。僵持不下的时候，王三儿上前一把撮住了那货的领子，指着那货的鼻子威胁，不给钱就别想走出义丰厚的店门。王三儿在

---

① 摆地摊：方言。卖东西。
② 忽及：方言。不在意。

马道街一片也算个孬家,那货一瞅惹不起,只好乖乖地付了列宁装的钱。

本以为这事儿就是开店的一种常态,事情过罢也就过罢,却不料想那个尖嘴猴腮的货不是个善茬儿,背后使了个绊儿,他窜到军管会把义丰厚给告了。民不告官不究,妥,就在岳翠儿还在为午朝门跟儿被打头那个女人心神不定的时候,那货领着军管会的人,手里拎着那件列宁装来了。

"怎这儿谁当家?"军管会的人问。

岳翠儿搁下手里的活儿:"你有啥事儿跟我说吧。"

那货指着岳翠儿对军管会的人说:"她就是这里的掌柜。"

军管会的人扫了一眼岳翠儿,将信将疑地问:"你是掌柜的?"

岳翠儿:"有啥事儿就说吧,我能当家。"

"中,既然你能当义丰厚的家,那我就正式通知你,怎做的这件列宁装违反了国家的法规,压今个开始,义丰厚关张整顿,以观后效。"军管会的人压那货手里抓过列宁装,扔给了岳翠儿。

岳翠儿不服:"凭啥?"

军管会的人:"凭怎违反国家的法规,不知错改错还要打人,这马道街的商户要是都像怎义丰厚这样,咱国不就回到了万恶的旧社会了吗?还问凭啥,就凭这!咋?你是不是不服啊?"

不管岳翠儿和义丰厚的人咋解释、咋道歉、咋觉得冤枉,军管会的人还是把一张封条贴在了义丰厚的店门上了。

转眼,店门被封快半月,这对义丰厚无疑是一个巨大打击,且不说经济上的损失,就是满祥符城的谣传就让岳翠儿招架不住。王三儿的嘴里几乎每天都能带来外面的各种传言,在众多传言中,最让岳翠儿受不了、最离谱的传言就是,义丰厚的二掌柜是个半掩门儿①,她男人是个国民党军官,被解放军打死了,她耐不住寂寞,跟义丰厚店里的男伙计乱搞,还搞出个孩儿来。这哪儿跟哪儿啊?无中生有,七不沾八不连,唉!人只要倒霉,八竿子打不着的事儿,都能被说得有鼻子有眼。甚至还有更恶劣的传言,说义丰厚是摊为破坏抗美援朝,他们给志愿军做了一大批裤衩,用了最粗糙的土布,结实倒是怪结实,可结果却很糟糕,把人家志愿军战士的

① 半掩门儿:方言。不正经的女人。

裤裆全给磨破了，影响了战斗力。说得煞有介事，有鼻子有眼，好像他们个个都穿过土布裤头一样，气得岳翠儿骂道，"这种孬孙话也有人相信！土布裤头能把志愿军的裤裆磨破，咱祥符人这张不主贵的嘴永远也磨不破！"

这半个月，义丰厚的店门前，每天都有一些老主顾来观望打听事态的发展，这些老主顾当中女人居多，这些女主顾当中，还有一家三代女性喜欢到义丰厚做衣服的人。岳翠儿悄悄站在义丰厚对面的马路沿上，用暗叹无奈的目光瞅着那些老主顾，心里不由在想，难道义丰厚这块老招牌就这么砸在自己的手里了吗？

义丰厚被封门之后，王三儿见势头不妙，故伎重演，又扛着两卷布料窜了，他对阻拦他的华妞说，俺不能不吃饭啊，家里好几张嘴还等着俺呢。华妞对王三儿这种只能同享福不能共患难的人十分反感，想把王三儿已经扛上肩头的两卷布料给夺下来，却被岳翠儿拦住，反过来劝华妞说，"扛走就让他扛走吧，大家都不容易，真要是能用这两捆布料换一袋面粉，也算两清了……"

王三儿扛着两捆布料去了中山大市场。这个市场是早年冯玉祥督豫的时候建造的，原先有座十分打眼的高大牌楼，据说牌楼上面的字还是冯玉祥亲手写的。市场建成后生意红火，南来北往的商贩都爱聚集于此，后来不知是何因，把那座牌楼给拆掉了，又加上战乱，中山大市场不再那么红火。虽说眼望儿已经不能和每章儿相比，但祥符城里的老门老户，想买点啥，或啥都不买，有事儿冇事儿，男女老少都还喜欢去那里溜达一圈，去瞅瞅有啥稀罕冇。

这天是礼拜天，来逛中山大市场的人还不少，王三儿骨堆在那里，一边抽烟，一边等候有人上前来与他交易。可他骨堆在那儿一上午，冇家不少却冇一个买家。转眼快到晌午头了，面带沮丧的王三儿，正准备离开中山大市场时，他一眼瞅见了一个肩头披着解放军军装的人。大热的天，热得狗都伸舌头，满市场的男人都穿着小坎儿，有的还赤脊梁①，唯独那个男

---

① 赤脊梁：方言。光膀子。

人穿着长袖布衫不说,还披着一件军装,头上还戴着军帽,那种扮相显得很扎眼。当那个男人走近时,王三儿睁大了眼睛,这不是那个谁吗……王三儿顿时兴奋起来,冲着那个男人高喊了一声:"哎!解放军同志……"

当王三儿肩上扛着两捆布料,把廖普生领到岳翠儿面前时,岳翠儿看着廖普生暗自吃惊,咋看咋像换了一个人一样,整个人的状态与两年前大不一样,身体瘦弱,脸色苍白,病病歪歪,好像一口气儿就能把他给吹倒似的。

岳翠儿看着廖普生,呆愣了半晌,她虽不知道对方这两年经历了什么,但看到他穿的那身军装,心里也就释然了,都是军人,枪炮不长眼,相比自己那个生不见人死不见尸的丈夫胡国杰,他能活着站在自己面前,已经是不容易了。于是开口招呼道:"你咋来了?"

"我咋就不能来啊?"廖普生见了岳翠儿,立马就想起了上次胡国杰跟他说的那番话,他一边嘴里搭讪着,一边留意地往岳翠儿身后看,直到没看到胡国杰的人影,心里才猛然涌出一阵感慨。

"真是个冤家皮……"岳翠儿见他眼神闪烁,自然知道对方心里想的啥,只是现在她觉得自己也如看管石家汴绸庄的那个女人一样,店铺被封了,命能保得住保不住还两说,所以在虽然病态但一脸自得的廖普生面前,说话便突然没了底气。

"可不是吗,不是冤家不照头。"

……

岳翠儿开始听廖普生讲这两年的经历。他告诉岳翠儿,这两年自己差一点把小命给丢了,他这个样子并非是在战场上受了伤,而是压那次离开祥符城,回到部队后就得了病,而且是一病不起,三天两头发高烧,部队的医疗条件差,始终检查不出他得的是啥病,找了不少驻地周围的中医号脉,都说他得的是伤寒,然后引发不停地打摆子。一直到祥符被解放以后,请到祥符城内教会医院里面一位留过洋的西医大夫,才诊断出了他的病因是在淋巴上。于是,他被军车送到了徐州的大医院,做了手术,整整折腾了一年多的时间,总算是把命给保住了,身体也在慢慢恢复中。但是眼望儿,他所在的部队已经南下,他只能服从上级安排留在了祥符。部队首长说,让他先在祥符养病,等身体彻底恢复以后,再另行安排工作。

眼下的廖普生几乎冇啥事儿，住在地方政府给他提供的一座小院里养病，这个小院的位置，离北宋外城的南熏门遗址不远，两亩地的小院子，他独自一人，自己吃自己住，定期去医院做个检查，部队委托地方政府按月给他送生活费和营养品，日子过得安详也清闲。春秋季节不冷不热的时候，刘店老家的人把他接回去住上个几天。现在还是单身，家里人又想给他张罗婚姻上的事儿，被他一口拒绝，他说等身体完全康复后，回了部队再说。用廖普生自己的话说，他眼望儿一个人也可得劲，吃罢睡，睡罢吃，天气好了出来转转，啥心也不用操，唯一不得劲的就是他不能工作，不能参与新中国的建设。

今个在中山大市场碰见王三儿，廖普生也挺高兴的，在见到岳翠儿之前，一路上，王三儿已经把义丰厚被封的前前后后都告诉了他，并且还把社会上的那些传言也对他说了。说别的他都不当回事儿，抗美援朝是关系新中国生死存亡的大事，战火都烧到鸭绿江了，人民的政权当然要靠人民来保卫，政府号召一些有条件的商家捐献物资冇毛病，但是你要么不捐献，要么你就实打实捐好东西，石家汴绸庄的那个侄媳妇以次充好，那就是明装孬了，该杀！只是，军管会查封义丰厚有点小题大做，票据上落款写错了，那又不是啥原则大事，改过来去球了，咋，写了"民国"俩字，民国就能复辟啦？再说，粗布裤衩也是空穴来风，自己眼望儿穿的就是粗布裤衩，这东西吸汗，舒服，根本就不磨裤裆……

眼望儿最让廖普生不能忍受的是，当王三儿告诉他，市面上有人借军管会查封义丰厚落井下石，戳岳翠儿的脊梁骨，说岳翠儿是"半掩门"，她女儿小曼香她爹不是胡国杰，而是她跟其他男人乱搞出来的野种。廖普生一听，心里这火"噌"地一下子就蹿上头了，恨不能蹾①那些乱嚼舌头根儿的人八辈儿，妈那个赖孙，这纯属胡说八道，不能摊为义丰厚被军管会贴了封条，就要坏一个良家妇女一世的名声啊！

廖普生恼了，他决定出手为义丰厚和岳翠儿打抱这个不平，并不是摊为自己喜欢过岳翠儿才要管这事儿，而是出于义愤，出于路见不平拔刀相助，出于为良家妇女主持公道挽回名声。

---

① 蹾：方言。骂，怒怼，喝斥。

岳翠儿瞅着病病歪歪还带着一身正气的廖普生，面带疑惑地问："你去找军管会中不中啊？"

自打参加革命那一天起，廖普生就相信，这世上就是因为有太多的不公不正，太多的仗势欺人，才有恁多的人起来造反，改变命运。眼望儿是共产党坐了天下，自己作为共产党员，就不能让老百姓受委屈，所以他把话说得斩钉截铁："啥中不中啊，中！不中也得中！"

"他们听你的不听啊？"岳翠儿还是觉得跟军管会作对不会有啥好结果，当初查封义丰厚的时候，人家可是当真捏住了把柄。

廖普生道："他们可以不听我的，但是他们必须听我讲出来的道理。"

看着义愤填膺执意要为她出头的廖普生，岳翠儿使劲地点着头。

与廖普生见了面，岳翠儿当然也可高兴，她把廖普生请到家里，让华妞去胭脂河的肉铺割了二斤肉，在家包了一顿芹菜大肉饺子吃。身体还处于病歪歪中的廖普生来了兴致，提出要喝点儿小酒，华妞立马跑到街上去打了一斤白酒。

饺子就酒，越喝越有。廖普生确实可高兴，或许正是老友见面太高兴了，平时走路都侧侧歪歪①的他，似乎一下子忘掉了自己的身体还有痊愈，只管一杯接一杯地喝，谁劝也劝不住。人啊，其实就是活一种心情和状态，只要自己感觉畅快，那些背负在身上的痛苦便会一扫而光，也印证了祥符人常说的那句话：该吃吃，该喝喝，啥事儿别往心里搁。病算个球，心情好了，病就跑了。

从来就不喝酒的华妞，吃罢饺子后，说带着小曼香去相国寺门跟儿玩，屋里只有岳翠儿陪着廖普生在喝酒。岳翠儿平时对酒也不感兴趣，但她还是能喝一点儿的。今个，她和廖普生你一杯我一杯地喝开了，推杯换盏，越喝越兴奋，越喝话越稠，不显眼，华妞打回来的那一瓶白薯干酒，就被他俩喝得个瓶底儿朝天了。可两人都觉得还有喝过瘾，岳翠儿在屋里翻了老半天，翻出了半瓶有喝完的白酒。

"这是啥时候的酒啊？"廖普生端详着酒瓶，欣赏着瓶子上的标签，嘴

---

① 侧(zhāi)侧歪歪：方言。病恹恹。

里问道。

岳翠儿道："啥时候的酒记不清了，反正是曼香她爹喝剩下的。"

"那可是有年头了。"酒瓶上的标签让廖普生仿佛一下子穿越了时空，回到了解放前。

"狗屁年头，新中国成立还不到三年，这酒也就是那个样儿。"岳翠儿随口道。

"管他个孬孙几年，白酒又放不坏，喝！"说这话的时候，廖普生的眼睛不由得扫了一眼略显空荡、冷清的屋子，男人不在了，这半瓶酒便成了无主之物。

岳翠儿给廖普生斟罢酒后，并有把酒瓶子放下，而是掂在手里，瞅着酒瓶子发愣，眼里带着蒙眬飘忽。

"是不是想恁家老胡了？"廖普生嗅着杯子里酒的醇香，张嘴问道。

岳翠儿放下酒瓶，把目光转向廖普生，说道："二孩儿，我想问你个事儿。"

"你问。"

"咱这可是关着门说话，说哪儿算哪儿，我可有一点别的啥想法，纯属是说私话，你可别多想啊。"岳翠儿压抑着起伏的心绪，怔怔地盯着那个曾经熟悉的酒瓶，欲言又止。

廖普生蒙眬着俩眼瞅着岳翠儿，说道："我知你想问我啥。"

"你知我想问你啥啊？"岳翠儿扫了一眼对方，目光再次转向酒瓶。

"你想问，恁家老胡到底是不是死了；你想问，共产党是不是真的能坐稳天下；你更想问，国民党窜到台湾还能不能窜回来。对吧？"廖普生点着桌子，把声调压低，像当年郭书记分派任务时谆谆叮嘱他时的模样，把脑袋凑近岳翠儿，胸有成竹地点出她心中此时的想法。

岳翠儿不吭气儿了，低头给自己的酒杯里斟满了酒，然后端起来一口把杯里的酒闷进肚里，随手把空杯子重重地往桌子上一蹾。

廖普生也端起酒杯一饮而尽，也把空杯重重地往桌上一蹾，用手抹了一把嘴，说道："我问你一句话，你得给我实话实说，眼望儿你是不是还等着恁家老胡回来呢？"

岳翠儿点了点头。

"那中，今个我就让你死了这条心！"廖普生瞪着布满血丝的俩眼大声吼道，"我军攻打祥符城的时候，我正好生病，冇赶上，但我可以告诉你，那场仗双方都打红了眼，龙亭都打塌了半拉啊，战报上咋说，国民党军三万人被全歼。全歼！你想想，像恁家老胡那号国民党反动派里头的顽固分子，有几个能活下来的？他就是活下来，也不可能再回到祥符城，共产党的天下绝不让他那号反动派有落脚之处，想变天更是痴心妄想白日做梦，我们共产党人抛头颅洒热血打下来的江山，能轻易放手？老疙瘩妞，时代变啦，恁就别想那种好事儿了，门都没有！"

岳翠儿长叹一口气，说道："谁的江山跟我冇关系，我想的好事儿就是俺妞儿她爹啥时候能回来，俺妞儿不能没有爹！"

"不能没有爹，也不能要那个国民党反动派的爹！"

岳翠儿伸手拦住廖普生伸向饺子盘的筷子，说道："你这是不论理，他再是国民党反动派，他也是俺妞儿她爹吧，咋？你是不是见俺妞儿冇爹你可高兴啊？"

"恁妞儿冇爹，你就不会再给她找个爹？"说着话，廖普生手中的筷子绕了个圈，灵巧地从盘里夹起一只饺子。

"你说得轻巧，你以为找个爹就那么容易。"

廖普生使劲咽下嘴里的饺子，放下筷子道："也冇你说得那么难，再难，也冇我们打败国民党反动派难！"

"我不是冇想过改嫁，我就是担心一旦改了嫁，后爹对俺妞儿不好……"岳翠儿往下说不成了，抬起胳膊，用袖口擦着夺眶而出的泪水。

廖普生一瞅岳翠儿伤心落泪了，他的心一下子软了下来，面对岳翠儿，他心里有一种说不出的滋味，还有一种难以言表的情绪。他坐在那里，开始仔细打量着眼前这个他曾经喜欢过的女人，这也是他头一次这么近在咫尺地观察。虽说岳翠儿已经生罢了孩子，看上去似乎比冇生孩子前还滋腻，白润的皮肤透着饱满迷人的气息，还有，她的眉眼之间荡漾着那种时隐时现的温柔与坚强，如磁石一般牢牢吸引着男人的眼睛。最让廖普生着迷的还是她的脖子，俗话说，脖子好看女人就好看，廖普生发现，岳翠儿的脖子，真有画中古典美人那种玉颈生香的味道。再一个能吸引男人的地儿，就是她玉颈下面那片凸起的胸脯，虽说隐藏在布衫里头，由于天热穿得薄,那种质感散发出来的诱惑很是打眼,让人不想入非非都不中,瞅着瞅着,廖普生就下起了死眼。

"来,再干一个!"当岳翠儿用手抹去眼角上的泪,给杯子里倒上酒,再次端起酒杯时,她发现了廖普生的不对劲,轻喝了一声,"瞅啥瞅,冇见过啊!"

廖普生有点慌神儿:"噢,那个啥……"

岳翠儿俩眼盯着廖普生,逼问道:"那个啥呀?"

"我的意思是,那个啥……"廖普生支吾着,躲避着对方的眼神。

岳翠儿挺着胸脯逼近廖普生:"你的意思是那个啥呀?"

廖普生更加语无伦次:"我是说,恁家老胡,噢,不是,我的意思是,新社会和旧社会大、大不一样……"

"咋个不一样啊?"

"那个啥,我说的是改嫁,那个啥……"

岳翠儿把手里的酒杯又重重地往桌上一蹾:"那个啥,那个啥,我看你是啥也不啥,一个劲盯着我的奶子,想好事儿吧你?"

被逼到墙角的廖普生,借着酒胆儿一下子站起身来,涨红着脸吼道:"啥想好事儿不想好事儿,我就是想好事儿又咋啦?你单挑一个寡妇家,我又冇娶媳妇,我就是想好事儿谁也管不着!咋啦?不能想好事儿啊?几年前头一次见到你,我就想你的好事儿了,谁知你嫁得恁急,还嫁给了一个国民党反动派!要说想好事儿,我也是在那个姓胡的前头!"想起每章儿所发生的那些事,廖普生觉得自己亏大发了,真是便宜胡国杰那鳖孙了,搞得好白菜竟然被猪给拱了。

"不要脸孙!"岳翠儿抬手在廖普生脸上不轻不重地扇了一巴掌。

廖普生终于控制不住了,他伸出手,一把拖住了岳翠儿,把她揽进自己的怀里,下嘴就去亲吻她的脸。

岳翠儿挣扎道:"你弄啥?不要脸孙!你想弄啥?"

"我啥也不弄,就想亲亲你……"

"你起开!啥也不弄这是弄啥?"岳翠儿使劲推挡着廖普生。

廖普生把岳翠儿抱得更紧:"你说我这是弄啥?"

"我不知你这是弄啥!"

一、旗袍

"啥弄啥不弄啥,我啥也不啥!"廖普生在岳翠儿的脸上狂吻着。

岳翠儿不再挣扎了,也不说话了,任廖普生在她的脸上一通胡乱狂吻。

廖普生一边在岳翠儿的脸上使劲亲着,一边下手去摸岳翠儿的胸:"你早就应该是我的,要不是摊为打仗,你咋会落到姓胡的手里,他好受了,他得劲了,他被打窜了,这回该轮到我了,这就是老天爷安排好的,这就是命……"

岳翠儿好像并有觉得这一切来得突然,也有觉得害臊,此时此刻,在她那张有任何表情的脸上,显得格外平静,看不出她的心里在想啥,似乎认可了廖普生说的,这一切都是老天爷安排好的,这是命,就该发生,就该是这种结局,就该摊上这么个男人,躲都躲不过去。但是,就在廖普生下手去摸她下身的时候,岳翠儿猛地把廖普生推开。

廖普生不解地问:"咋啦?"

岳翠儿瞅着廖普生,突然"扑哧"一声笑了:"你的小身板中不中啊?病歪歪的,我怕你死在我屋里了!"

此时的廖普生,全身热血在沸腾,早已把一切置之度外,他又一把将岳翠儿拉进自己的怀中,喘着粗气说道:"我的病好了,我的身板结实着呢,不信咱就试试……"

"瞅你这个有出息样儿,不要脸孙,去,把门插结实!"

……

就在岳翠儿和廖普生在屋里大汗淋漓折腾的时候,华妞领着小曼香压外面回来了。华妞推了一把门有推开,他蒙蒙地又使手拍了拍,只听屋里传出岳翠儿的声音:"她叔,你领着曼香再去马道街买根冰棍,我这有点事儿!"

门外的华妞有搭腔,他已经清亮屋里在弄啥了。他扯着小曼香走出院子后,似自言自语又似在对小曼香说:"命中注定,该有俩爹啊……"

第二天,廖普生带着岳翠儿就去了军管会,他拍桌子打板凳地跟军管会的人大吵了一架。满嘴带把儿①的廖普生,一下子惹恼了军管会的人,

---

① 带把儿:方言。不干净。

说啥也不答应去揭掉义丰厚的封条。这一下也彻底把廖普生给激怒了，他拉着岳翠儿离开军管会以后，直接回到义丰厚，不管三七二十一，伸手把贴在店门上的封条就给撕掉了，岳翠儿被他这一举动吓得不知该咋办才好，自古民不与官斗，胳膊拧不过大腿，廖二孩儿撕的不是封条，是军管会的脸啊！而廖普生不但把封条撕了，还把撕下的封条扔在了地上，他满不在乎地说："别管谁的脸，都是群众给的，义丰厚保护过共产党，它就是有天大的事儿也是人民内部矛盾。压今个开始，我就在这儿待着，我倒要瞅瞅，自己人是咋拾掇自己人的，我廖普生还冇脱下这身皮呢！"

廖普生撕义丰厚封条的事儿，引起了轩然大波。这还了得，军管会的封条也敢撕，这可不是一般的行为，这是直接在跟军管会的权力叫板啊，直接影响到新政权在人民群众眼里的形象啊，这要不严肃处理，执政的权威性将受到巨大打击。于是，祥符军管会主任崔洪怒气冲冲地亲自来到了义丰厚，他要瞅瞅，是啥人恁胆大妄为，不把军事管制委员会放在眼里。

在崔洪来义丰厚之前，他已经摸清了廖普生的一些情况，此人虽然资格不算老，但他是第三野战军的人，在第二野战军和第三野战军联合解放祥符的过程中，此人曾几次潜入祥符城内刺探敌情，祥符城解放之后，此人因病不能随三野南下，但他一直是三野的现役军人。崔洪在想，咋样才能在确保军管会权威性的同时，处理好这件事儿，这让人有点挠头。祥符这个地儿，可不能小看，水深着呢，不定哪儿就藏着一个你冇见过的"妖怪"，跳出来后，你打不死他，反而惹得自己一身臊，让你恶心八回带干哕①。

为了制造一些军管会对此事重视和威严的氛围，崔洪带着一个班六名全副武装的解放军战士，迈着整齐的步伐走进了马道街，来到了义丰厚店门前。六名持枪的解放军战士，黑着脸把守住了义丰厚的店门。

崔洪刚跨进店门，便见着装整齐的廖普生，上前冲自己打了个立正，敬了个军礼后自报家门："报告首长，我是中国人民解放军华东野战军第三纵队六团二连侦察员廖普生！"

---

① 干哕：方言。呕吐。

崔洪打量了几眼面前的廖普生,冷冷地说道:"怪不得敢撕军管会的封条,是叶飞司令员麾下的战将啊。"

廖普生挺着胸脯,底气十足地又给崔洪敬了个军礼:"普通战士廖普生!"

崔洪声音冷峻而严厉地说:"别管你是谁麾下的人,难道是你们叶司令员下令,让你把义丰厚的封条撕掉的吗?"

"报告首长,撕封条是我的个人行为,与叶司令员无关。"

崔洪围着站得笔直的廖普生转了两圈,心说啥样的刺头我冇见过,咋着,难道不是你的直属上级我就管不了你了? 他缓了口气,说道:"你的情况我了解,我只想问你,作为第三野战军的一名战士,在没有接到上级任何命令的情况下,你有什么权力撕掉军管会贴的封条? 难道你就不知道,你的这种行为,是触犯了中国人民解放军的军纪吗?"

"俺知。"

"你知你还敢这么做?"

廖普生梗梗脖子,看着崔洪道:"首长,俺能不能问你一个问题?"

"你说。"

廖普生在崔洪来之前,就早已想好了说辞,此时,他不紧不慢地问道:"恁有家有老婆孩子吗?"

"我有没有老婆孩子,跟你撕封条有啥关系?"崔洪开始觉得廖普生不好对付了。

"有关系。"

"胡咧八扯!"

廖普生并没有被崔洪黑着脸的训斥所吓倒,他摊开两手说:"我的意思是,义丰厚要是恁家的,你能眼瞅着恁老婆孩子有饭吃吗?"

"啥? 你的意思是说,这义丰厚是恁家的了?"崔洪岂能不知道义丰厚的底细,此刻就想抓住廖普生话语中的毛病,让他知道错误。

"差不多吧。"廖普生冇正面回答,想含糊过去。

"差多少?"崔洪紧追不放。

廖普生不吱声了。

"说话啊? 哑巴了? 说你胡咧八扯你还不服,义丰厚是恁家的? 恁老婆是这儿的二掌柜？八竿子挨不着！"

崔洪抓住破绽，要对廖普生展开批评教育，若是能将廖普生从这件事情中摘出来，那么就等于把其与义丰厚分开，区别对待，那么今个自己就有算白来。可谁知他刚要继续往下说，廖普生却低声回了一句："报告首长，挨着了。"

崔洪一听登时傻了，觉得此事还真有嬲戏①，便问："咋挨着了？ 你说给我听听。"

廖普生低着头又不吱声了。

崔洪用手点着低头不语的廖普生："你呀，身为革命军人，有一点政治觉悟，你和这里的二掌柜是啥关系我已经了如指掌！ 恁俩不就是刘店的同乡嘛，咋？ 恁俩是同乡就可以不讲原则？ 就可以违反新中国制定的条例法规？ 就可以置你革命军人的身份于不顾，撕军管会的封条？ 我看你是吃了豹子胆，这要让恁叶司令员知道了，更有你的好果子吃！"

廖普生嘴里嘟囔道："谁知俺也不怵，我跟这里的二掌柜是刘店的同乡不假，可俺俩还有一层关系你不知吧。"

"还有一层啥关系？"

廖普生冲崔洪又是一个立正，大声道："报告首长，我和这里的二掌柜是夫妻关系！"

崔洪瞪大了眼睛："啥？ 啥啥？ 恁俩是啥关系？ 你再说一遍！"

"再说八遍也敢说，俺俩是夫妻关系，二掌柜是我老婆，我是二掌柜的男人，二掌柜的孩儿管我叫爸！"

当众将这几句话说出口，廖普生心里觉得格外爽快，身上的病仿佛也好了许多，满面红光。崔洪可彻底蒙圈了，丈二和尚摸不着头脑，瞪大着俩眼瞅瞅廖普生，又瞅瞅在旁边围了一圈的义丰厚的人，卡壳了，不知该咋说了。

临来义丰厚之前，崔洪已经把义丰厚二掌柜岳翠儿的情况了解清楚了，她是一个国民党小军官的老婆，咋一转眼就变成了一个解放军小军官

---

① 嬲戏：方言。隐情。

的老婆了？变戏法啊？谁榷①谁啊？一时间他搞不懂是咋回事儿了,想八圈也冇想到两人会是这种关系。不光是崔洪蒙圈,在场的义丰厚的伙计们也全蒙圈了,在这些人当中只有一个人冇蒙圈,这个人就是华妞。

崔洪用眼睛扫了扫在场的一圈人,问道:"恁的二掌柜呢？哪个是二掌柜?"

华妞胆战心惊地走到崔洪跟前,声音吓瑟②地说道:"首长,俺,俺家二掌柜,今个有点不得劲,冇来,首长有啥事儿,可以跟我说,我是这儿的三掌柜。"

崔洪手指着廖普生问华妞:"我问你,他是恁二掌柜的男人吗?"

华妞看了一眼廖普生,对崔洪点头哈腰地说:"回首长话,他是俺二掌柜的男人,板上钉钉。"

"他俩啥时候办的事儿?"

"刚办罢的事儿。"

"办事儿咋冇摆桌子,街坊四邻咋都不知道?"

"冇摆桌子,也冇顾上通知。"

"咋着,有啥见不得人的?"

"首长息怒,他俩真冇啥见不得人的,这不是店被恁封了吗,就是有喜事也不敢张扬了。"

和华妞这一问一答,让崔洪感到这一下是小鬼的胳膊麻缠了。

华妞的确冇说错,就在廖普生和岳翠儿睡在一起的当天,岳翠儿就决定要嫁给廖普生了。这可不是她一个随性的决定,因为她相信胡国杰已经战死了,相信国民党不可能再回到祥符,中国完完全全是共产党的天下了。更重要的一点就是,祥符危在旦夕的时候,胡国杰反复对她说过,一旦党国灭亡之后,让她带着孩子改嫁。在这个问题上,胡国杰也曾恳求过廖普生,尽管那时廖普生回绝得很干脆,只不过是因为祥符还冇落入共产党的手中,眼望儿一切都已既成事实,她也和廖普生睡在了一起,最最关键的一点就是,廖普生还是那么迷恋她,根本就不嫌弃她是个拖油瓶的。

---

① 榷:方言。骗。
② 吓(hè)瑟:方言。颤抖。

不管咋说，自己是个女人，还不老，日子总得过下去吧，对她来说，改嫁给谁不是嫁啊，改嫁给廖普生，自己的老乡，彼此把底①，应该说是最好的选择。于是，在她跟廖普生睡罢之后，俩人就跑到寺后街上的美光照相馆里，拍了一张合影照片，就算是订婚。俩人商定，等把义丰厚店门上的封条揭掉之后，他俩就摆桌子拜天地。

面对这个猝不及防的局面，崔洪作难了，廖普生的身份变了，他不光是第三野战军的一名成员了，还成了义丰厚二掌柜岳翠儿的丈夫。这样一个身份对廖普生来说，于公，他确实触犯了国法；于私，在情理上他也冇做错啥，正像他自己说的，老婆孩子不能饿肚子吧，封了店门咋吃饭啊。更何况，二掌柜已经从国民党的家眷变成了共产党的家属，这要是让廖普生捅到第三野战军的首长那儿，事儿可就沉了。但是，就这么随意把军管会的封条给撕了，祥符军管会的脸面往哪儿搁？这也是个大问题啊。

想来想去，崔洪觉着冇法儿办，冇法儿办就先不办，等想出能办的法儿再说。当崔洪领着六名全副武装的战士离开义丰厚的时候，廖普生站在店门口大声冲着他说："崔主任，你请示领导的时间别太长啊，祥符人民可都等着义丰厚开张做布衫呢！"

可不是嘛，廖普生说的一点也不假，别看义丰厚只是个买布做布衫的铺子，这一被封，关心的人还真是不少，下至市民，上至领导，都在关注事态的发展。就在这个时候，新上任的水利部部长傅作义领着一帮子人来到祥符，刚查勘完黄河干流潼关至孟津河段，眼下正逢汛期，他们来到祥符了解一下黄河防汛的情况。在这帮人当中，有个叫布科夫的苏联水利专家是带着媳妇来的，苏联的天气冇咱这儿热，他媳妇热得受不了，想在祥符做一件夏天穿的连衣裙，经人指点要来义丰厚。这个要求提出来后，崔洪慌了神儿，义丰厚还封着门，咋领专家夫人去做连衣裙啊，换个地儿做吧，又怕做不好专家夫人不满意，要想保把，还得去义丰厚，可是眼下义丰厚还封着门，他还正为这事儿犯着愁呢。

义丰厚究竟能不能重新开张崔洪不敢当家，于是，他连夜打电话请示

---

① 把底：方言。了解。

了刚任省政府主席的吴芝圃。崔洪这样想，这事儿也只有推到吴主席头上了，军管会已经接到马上要撤销的命令，他是在做军管会善后工作时，给义丰厚贴上的封条。作为崔洪本人来说，他可不想惊动上面的大领导，本来是一件小小不言的事儿，结果被廖普生那个二球货，把事情给搞大搞复杂了，搞得自己都不知该咋办了。

当崔洪在电话里把事情原原本本汇报给了省主席吴芝圃后，吴芝圃也觉得很棘手，因为这确实牵扯到新政府的形象问题，朝令夕改，岂不惹人笑话？就是退一步讲，即便是顾及廖普生是革命军人，放过义丰厚，那跟义丰厚同样被查封的其他店铺该咋办？吴芝圃让崔洪等着，他说要向省军区司令陈再道做汇报。放下崔洪的电话，吴芝圃就给陈再道去了电话，陈再道听罢吴芝圃的汇报，仔细琢磨了一下，觉得吴芝圃说得很有道理，别看廖普生是个在养病的小军官，可他毕竟是第三野战军的人啊，处理不当是要得罪人的。于是，陈再道让吴芝圃等着。放下吴芝圃的电话后，陈再道立马给第三野战军的副司令王必成打去了电话……

这一通自下而上的折腾，让崔洪熬了大半宿的眼儿，终于在天亮以后，自上而下有了一个处理结果。拿到尚方宝剑的崔洪，第二天一大早就来到马道街，他必须赶在苏联专家太太来义丰厚量身定做连衣裙之前，把廖普生这事儿给处理完毕。

当崔洪面对廖普生宣布了处理结果后，廖普生彻底傻脸，他有想到崔洪代表的可不是祥符军管会，而是受命于第三野战军向廖普生转达了命令。这个命令很滑稽，更让人不得其解。大概内容是：从即日开始，廖普生的身份归属变更了建制，由第三野战军调入河南省军区，养病继续，但一切听命于祥符军管会的安排。由于军管会已经宣布撤销，正处于与地方新政府交接的过程中，除了军人待遇不变之外，廖普生的衣食住行均由地方政府代管。也就是说，从今天开始，他成了一个穿着军装的地方闲杂人员了。

在崔洪向廖普生宣读完"调动命令"之后，廖普生笔直地立正在崔洪面前，听他的新任上级首长，宣读了对义丰厚撕封条的处理决定：即刻开张营业，廖普生本人等待后续处理。

真是一环扣一环，就在廖普生跟随着崔洪，去办公室接受组织谈话的时候,苏联专家夫人在翻译陪同下来到了义丰厚,由岳翠儿亲自为她量身裁制苏联款的连衣裙。岳翠儿一边在给苏联专家夫人量尺寸,心里一边在冒肚①对廖普生这个所谓的处理决定:这叫什么事儿啊,打一巴掌有觉着疼,给块糖又有觉着甜……

苏联专家夫人的随同翻译告诉岳翠儿,这种款式的连衣裙在苏联叫 Blazy,中文的译音叫"布拉吉",翻译反复对岳翠儿说了几遍,岳翠儿装着还是叫不上口的样子,一旁的华妞以为岳翠儿真的听不明白,便用了一个通俗易记的方法告诉岳翠儿,就管它叫"不垃圾",记住不是垃圾就中了。岳翠儿翻了华妞一眼,嘴里用翻译听着费力的祥符话,骂嘟噜壶:"啥不垃圾,就是垃圾,恁费布,还有旗袍好看。瞅瞅眼望儿的祥符城里,满大街的娘们儿穿的都是这号不垃圾,怪扎眼,一个个还臭美得不行。"

华妞在一旁笑着说:"别管它垃圾不垃圾,有它咱还开不了张。"

岳翠儿心里当然可清亮,不过,在感激廖普生的同时,也为他未来的命运担忧,毕竟,两人关系已经尽人皆知了。

就在岳翠儿坐在义丰厚的后作坊里,嘟噜个脸在给苏联娘们儿做"不垃圾"的时候,廖普生正坐在省府大院崔洪的办公室里,聆听着新首长推心置腹的谈话。如果说,义丰厚能够重新开业是摊为"不垃圾"和出乎廖普生意料的调动,那么,崔洪与廖普生的谈话内容就更出乎了廖普生的意料,他咋也有想到会是一个这样的结果。

在这场近俩钟头的谈话中,廖普生终于意识到,他必须面对复员转业脱军装的处理,这个处理也是对他胆大妄为不计后果、敢撕军管会封条恶劣行为的惩罚。核心就是,撕军管会的封条,就是打新政权的脸,就是损害人民政府的威信,对一个刚刚成立的新政府来说,这种行为是绝对不能允许的。但是,看在廖普生是一名解放军战士,为中国人民的解放事业做出过贡献的分儿上,组织决定放他一马。说白了就是,该打打,该罚罚,伤脸面而不伤筋骨,复员转业。等他养好病之后到地方政府工作。

对这样的组织决定,虽大大出乎廖普生的意料,但仔细一想,也只能是这样一个处理结果,不管咋说,能够让义丰厚重新开张,也算是组织上

---

① 冒肚:方言。埋怨。

给足了他面子,最起码能让岳翠儿觉得,她找了一个绝对敢为她出头的男人。

崔洪给廖普生递上一支烟:"说说,有啥想法?"

廖普生把烟点着后,闷着头大口地抽着。

"有啥想法尽可以说,咱都是祥符人,又都是为国效过力的军人,我比你大几岁,有啥想法只管跟哥哥我说。"现在廖普生的身份变了,崔洪自然就把之前那一篇给翻过去了,说话的语气也一下子变得像老朋友一样的随和。

廖普生心里想着岳翠儿,也意识到自己眼望儿是个有家的人了,便抬起头问道:"到地方政府工作,我能干啥活儿?"

其实,崔洪对廖普生身上所表现出的那股犟筋头的劲儿还是蛮欣赏的,现在两人可谓不打不相识,他笑道:"看你这话说的,革命军人是块砖,哪里需要哪里搬。啥活儿不能干啊?打窜蒋介石恁大的活儿咱都干了,你说,还有啥活儿咱不能干?"

廖普生低头抽烟又不吭气儿了。

崔洪想了想,又说道:"这样吧,军管会撤销后的扫尾工作马上就结束,省委领导可能让我去主管县区工作,范围很大,除了祥符市区之外,祥符周边的大部分县区都归祥符市管辖,要成立个祥符地区委员会。要不,你跟着我去地委干吧。"

廖普生把抽了半截的烟掐灭在烟缸里,有气无力地说了一句:"中吧。"

就这,撕封条把廖普生自己的这身军装也给撕掉了,但他无怨无悔,不管咋说,他得到了一个他喜欢的女人,并且以后可以守住这个女人,过那种曾经多次在自己梦中出现的,所谓想要的日子……

二、布拉吉

岳翠儿她妈说过一句话：布衫穿得再好，不如脾气好，好脾气应该是每一个人最好的布衫。可是，对一些嗔胀惯了的人来说，布衫再好，脾气也好不了。

1. 葛利高里，这个苏联专家

义丰厚重新开张不久，办完转业手续的廖普生，就正式去祥符地委上班了，崔洪给他安排的活儿，是让他主管文教。老天爷，这一职务委实让廖普生心惊胆战了好一阵子，满共才读过有几天私塾的他，用他自己的话说，肚子里那点儿墨水连肠子都染不上颜色，主管文化教育？这不是戳死猫上树吗，搞得他坐在办公室里浑身都不得劲。岳翠儿更是一个劲地花搅他，猪鼻子里插两根葱，冒充大象。

但是别管冒充啥，坐其位，就得谋其政，就是装也得装出个四六式①来吧。于是，他窜到新华书店，买回了一大堆苏联的小说，啥《卓雅与舒拉的故事》，啥《静静的顿河》，啥《安娜·卡列尼娜》《青年近卫军》《苦难的历程》《复活》《母亲》《在人间》啥啥啥的，每天晚上躺在床上抱着看，还磕磕巴巴地读，可每一次都是看不儿页，读不了两张，上下眼皮就开始打架，哈欠连天，扔下书就打起了呼噜。一瞅廖普生看书那个受罪样儿，岳翠儿就又开始花搅他，说他是猪八戒戴眼镜冒充苏联知识分子。听罢岳翠儿的花搅，他心里老不服气，反唇相讥道，你这做布衫的比我也强不到哪儿去：可不是嘛，如果说祥符这地界的文化教育工作搞不好，他廖普生要负主要责任，那么祥符人身上穿得不得劲，岳翠儿这做布衫的自然也脱不了干系，瞅瞅眼望儿人们身上穿的啥，千篇一律，不是列宁装，就是布拉吉。岳翠儿不服气地说：用咱祥符人的话说"兴啥啥不丑"，眼望儿不是正时兴穿

---

① 四六式：方言。模样。

苏联布衫嘛,谁再穿身旗袍在街上走,保证被人家当成怪物。

不久,祥符跟全国一样,来了一批帮助搞建设的苏联专家,地委领导很重视,在地委大院里专门盖了一座苏联专家楼。这帮子苏联专家当中干啥的都有,工业、农业、水利、医疗、文化教育,几乎每个行当都请了苏联专家来具体指导,看上去是件好事儿,可随之而来的就是麻烦,苏联专家的吃住行全包不说,每月高昂的补助就让地方政府有点招架不住,可苏联专家来中国帮着工作是中央政府做出的决定,地方政府再努①得慌,也得把这帮高鼻子蓝眼睛打发得劲,除了他们的工资和补贴之外,衣食住行基本上包圆。

地委决定,要给这帮苏联专家每人做一身专家服,这活儿理所应当地落在了义丰厚的手里。对义丰厚来说,这可算是个大活儿,因为祥符是省会,祥符地委所管辖的地区很大,地委书记一咬牙,既然统一做专家服,干脆就把所有来中原地区的专家服一起给做了,免得顾此失彼让人在背后说怪话。祥符地委这个做法受到了上级的表扬。廖普生两口子当然也跟着高兴,这一回义丰厚又要挣上个大钱了。

在这么一帮子苏联专家中,有一个叫葛利高里的农业专家,岳翠儿第一次听到这个名字时就觉得耳熟,葛利高里? 这不是廖普生每天晚上磕磕巴巴读的那本《静静的顿河》里的那货吗? 岳翠儿领着人去地委院给葛利高里量罢衣服,回家神秘地对廖普生说:“哎,你看的那本《静静的顿河》,书里那个家伙来咱祥符了。”

“哪个家伙?”廖普生出于职业的敏感,立马想到,虽然这帮子苏联专家已经够难伺候了,若真是又来了个书中的人物,那就必然会在祥符地区文教界聒噪一番,掀起某项活动的高潮。

“就是那个叫葛利高里的家伙啊。”

得知岳翠儿说的是那个种地的专家,廖普生的一颗心放到了肚子里,现出满脸的鄙视道:“胡说八道啥呀,你咋不说斯大林也来祥符了啊。”

岳翠儿不服,瞪起了眼儿:“谁说瞎话谁是狗,那货真的就叫葛利高里。”

---

① 努:方言。累,作难。

廖普生不得不跟她掰扯:"叫葛利高里就是《静静的顿河》里的葛利高里? 你回咱刘店查查,村里有多少叫狗蛋儿的? 恁爹的小名也叫狗蛋儿,他们就是一个狗蛋儿吗? 再说,新中国建立之后,全中国又有多少人起名改名叫'建国'的,他们是同一个建国吗? 少见多怪。"

"你的意思是说,苏联人也有重名儿的?"

"美国人还有重名儿的呢,不稀罕。"

岳翠儿笑着跟他抬杠:"那我问你,既然你说苏联人也有重名儿的,列宁咋就有重名儿,苏联有第二个列宁吗? 你说。"

"懂啥,列宁的全名儿叫啥你知不知?"廖普生在岳翠儿面前,从来不觉得自己是文化上的白脖,何况是在谈论伟大的革命导师列宁,根本就用不上文化,就肚子里的这点政治常识就足够在岳翠儿跟前显摆了。

"叫啥?"岳翠儿问道。

廖普生很认真地给她批讲:"列宁的全名叫:弗拉基米尔·伊里奇·乌里扬诺夫。"

岳翠儿皱着眉:"啥呀? 列宁叫啥? 你再说一遍。"

"弗拉基米尔·伊里奇·乌里扬诺夫。"

"啥,啥诺夫⋯⋯"

"中了!"廖普生觉得对自己老婆来说,列宁叫啥真的不重要,当裁缝的,知道针脚大小,知道布衫前片长后片短就足够了。不过眼望儿是新社会,自己是党的干部,老婆要是政治上的白脖说出去也不好听,便道:"你也别管啥诺夫了,这么跟你说吧,弗拉基米尔·伊里奇·乌里扬诺夫,是列宁的大名儿,列宁是他的小名儿。"

岳翠儿总算听明白了,松了口气:"俺的个娘吧,还是小名儿好记。"

廖普生打趣道:"对呀,小名儿多好记啊,就像恁爹,叫狗蛋儿。"

岳翠儿扑哧一声笑了,抬手扇了廖普生一巴掌:"恁爹叫驴蛋!"

这个叫葛利高里的农业专家,来自苏联的高加索地区,啥专家不专家的,其实就是个农民。苏联的高加索地区也是个穷地儿,可奇怪,只要是被称作地大物博的粮食作物地区,大都穷得叮当响,葛利高里作为苏联的农业专家来中国,说实话,纯属扯淡。高加索地区负责挑选人来援助中国的干部向这个葛利高里保证,去中国保准比在高加索吃得好、穿得好,苏

二、布拉吉

联政府给补助,中国政府还有补助。葛利高里一盘算,中,这活儿管干,能拿双份补助不说,衣食住行,吃喝拉撒,两边政府全给包了,去上个两年,兜里的卢布还不装个满满当当啊,不就是种粮食嘛,本行,啥都不耽误。

葛利高里来到祥符有多长时间,就开始不太适应了。苏联的高加索地区是山区,中国的祥符是豫东平原,这个看惯了大山的老毛子,不多久就开始想家了,他只要一有闲暇,就想家里的老婆孩子,一想老婆孩子,他就要喝酒。苏联人喝酒可跟咱中国人不太一样,爱喝高度的烈性白酒不说,只要一喝就是照死里喝。祥符男人也爱喝酒,但祥符的白酒跟苏联的白酒不一样,苏联的白酒是粮食做的,祥符的白酒是红薯干做的,区别在于,红薯干酿的白酒一喝就拿头①,不适应的人喝不两杯就被拿住了,再往下喝,就是酒量再好,也难心不被撂翻。葛利高里自从来祥符之后,已经被拿头撂翻好些回了。苏联男人喝酒的德行也中,越拿头越喝,撂翻后哕得到处都是,这一点儿跟祥符爱喝酒的男人差不少,冇耳性,经常被撂翻。

义丰厚把专家服做好了,该取走的都取走了,唯独剩下葛利高里的还有取。在做这批专家服之前,义丰厚就有言在先,专家服做好后,除了路途远的由组织上派人去送,一般的都是各人来店里取,不上门去送,这样要是有啥不合适需要修改,来店里也方便。葛利高里这身衣服已经在店里搁了好些天,不知他为啥一直冇来取。

日子一天天过去,其他专家的衣服陆续都取走了,有个别需要修改的也都改完被取走了,义丰厚店里唯独就剩下了葛利高里的这一套衣服。前面说了,给苏联专家做衣服,是地委领导安排的大事,对于义丰厚来说,留下这么个"尾巴",主家不来,不知道衣服做得是否合适,胖瘦长短是否需要改动,师傅们也只能干等着,耽误了其他工作不说,店里也始终无法向地委领导汇报说,此项工作已圆满完成。之前,岳翠儿曾让王三儿窜地委大院给葛利高里捎话,让他尽快来试衣服,可是王三儿跑了两趟,头一趟话捎到了,人没来;第二趟压根儿就冇说上话,用王三儿的话说,那货又撂翻了。廖普生就在地委大院上班,岳翠儿让他顺便催促一下葛利高里。

---

① 拿头:方言。上头。

可是廖普生嘴上答应了，却有往心里去，因为整个地委大院都知那货是个酒迷瞪，好耍酒疯，尤其是经常跟文教这一块打交道的女音乐老师们，那货只要一喝酒，就拽着人家又唱又跳，不折腾个筋疲力尽不算完，所以很多人，包括廖普生，都对葛利高里敬而远之。

正是摊为这些说不清道不明的原因，谁也有把葛利高里穿不穿专家服给当回事儿，廖普生甚至在岳翠儿忍不住在他面前骂嘟噜壶，抱怨他不上心的时候，还认为岳翠儿是瞎操心——人家不去说明人家不稀罕，再说，咋看专家服穿在那货身上都算是污霉①了。

"可店里咋办？"岳翠儿发愁，地委派下的活儿，总拖着个尾巴也不是常事儿啊。

"我这不是忙吗？"廖普生敷衍了一句，随后向岳翠儿保证，这两天腾出空儿就把葛利高里给拽到义丰厚，让他去试衣服。

岳翠儿又等了两天，还有见葛利高里来义丰厚，她理解，廖普生的工作确实忙，人家是苏联专家，丈夫的工作跟人家不对口，三番五次地去找也不合适。

这天是星期天，岳翠儿要去中山路办事儿，正好路过地委院新盖的那座专家楼。于是，她决定顺带把葛利高里的专家服给他捎过去。

地委大院星期天有人上班，院内显得安静。岳翠儿在专家楼的门房那儿，打听出葛利高里住的房间是在二楼的最西头后，她手里掂着专家服就上二楼去了。

她在葛利高里的房间外敲了大半晌门，屋里有动静，正当她转身准备离开的时候，屋里传出了声音："Kto？（谁啊？）"

岳翠儿听不懂俄语，见屋里有了动静，便应道："我还以为有人呢。不多，就我一个人，义丰厚的，给你送布衫来了！"

房门打开，上身赤着脊梁的葛利高里出现在了岳翠儿面前，他胸脯和胳膊上那一片杂毛把岳翠儿吓了一跳。

"乖乖嘞，恁吓人，穿上个布衫中不中啊。"

---

① 污霉：方言。糟践。

葛利高里瞅见是岳翠儿，瞬间心花怒放，满脸展样①。"*Здравствыйте*（你好）!"他用俄语说道，"漂亮的娘们儿，是个裁缝吗？看见你真让我开心，难道今天是国庆日？"

"你说啥俺也听不懂，俺是来给你送布衫的。"岳翠儿把手里的专家服伸给了葛利高里，"试试，有啥不合适的地儿，我回去给你改。"

瞅见了专家服的葛利高里似乎明白了什么，但他冇把专家服接到手里，而是做了一个请岳翠儿进屋的动作："请进来吧。"

这个意思岳翠儿能看懂，她矜持地退后一步对葛利高里说道："我就不进屋了，你就在这儿试试，看有啥不合适的。"

见岳翠儿有不想进屋的意思，葛利高里二话不说，热情大方地，也不管岳翠儿同意不同意，伸手一把将岳翠儿拕进了屋里。

"你这是弄啥……"岳翠儿没想到对方会这样，胳膊被他抓得生疼，忍不住呼喝了一声。

弄啥，夜个又喝高了的葛利高里被岳翠儿的敲门声唤醒，当他打开门第一眼瞅见岳翠儿的时候，他的心瞬间回到了高加索，回到了他的女人身上，也就在面对岳翠儿的这一刻，这个满身杂毛的高加索男人，雄性激素瞬间膨胀，情欲和邪恶出笼了，他要把积攒在体内里的生理需求，全部释放在这个和他老婆岁数差不多的祥符女人身上。

也就是在被这个高加索男人一把拕进屋的那一瞬间，岳翠儿心里就已经清亮这个货要弄啥了。

"腌臜孙②！丢手！放开我……"大声呼叫起来的岳翠儿被葛利高里一把捂住了嘴。

反抗是徒劳的……

葛利高里，这个熊一般魁梧的高加索男人很生猛，岳翠儿简直就是老鹰爪子下的小鸡。在一切都结束之后，葛利高里嘴里一边说着岳翠儿听不懂的道歉，一边拿起那件岳翠儿给他送来的专家服，冲着岳翠儿微笑着挑起大拇指表达着他的谢意。当他正准备把那件专家服穿到身上的时

———————————

① 展样：方言。舒展。
② 腌臜孙：方言。骂人的话，同腌臜菜，最脏的人。

候,被岳翠儿一把夺了回去。

葛利高里冲岳翠儿摊开双手,对岳翠儿夺回专家服的动作表示出一种不理解。

"苏联杂鱼!"面无表情的岳翠儿,冲葛利高里骂罢这句话后,掂着被她夺回去的专家服,打开房门走了出去。

压专家楼里走出来的岳翠儿,脑袋里一片空白,她面无表情地走出地委大院,走过熙熙攘攘的中山路、自由路、马道街,当她跨进义丰厚店门的时候,朝她扑过来的女儿小曼香,把手里的一根棒棒糖塞进了她的嘴里,告诉她这根棒棒糖是华妞给她买的。

岳翠儿强打起精神冲华妞笑了笑。

华妞似乎压岳翠儿的这一勉强的笑中感觉到了一种不对劲儿。"你有事儿吧,二掌柜?"每章儿那件事虽然已经过去了,但是义丰厚的所有师傅和员工都明白了一个道理,那就是这个店眼望儿所能指望的人就是二掌柜,因为二掌柜的背后有个政府里的人,别管是民国还是眼下的新中国,啥时候朝中无人事儿都不好办。

岳翠儿摇了摇头,随后交代华妞领曼香去马道街玩,她想自己安静一会儿。

"二掌柜,你真有事儿吧?"华妞不放心地又问了一句。

岳翠儿摆了摆手。

见岳翠儿不愿多说,华妞也不好再问,又一想,也许是自己多心了,有廖普生这棵大树在,义丰厚能有啥事儿? 啥事儿都不是事儿。于是他扯起小曼香的手,出门去了。

岳翠儿在后作坊里闷着头整整干了一天活儿,这一天她几乎冇说一句话,但她内心里却在倒海翻江,她想的最多的就是,自己要不要把今个发生的事儿告诉廖普生,如果告诉了,接下来会发生啥样的事儿她吃不准,廖普生会咋处理她还吃不准。按常理来说,冇哪个男人会容忍自己老婆被别的男人欺辱,廖普生是个有脾气的人,一旦知道,他会不会掂着枪去给那个葛利高里一枪? 她真还吃不准。廖普生是组织上允许配枪的那一级干部,他要一恼,真敢出人命,那麻烦可就大了。咋办? 就吃这个哑巴亏吗? 岳翠儿迷糊了……

廖普生自打转业到地方工作，几乎就冇过过星期天，新中国刚成立，最忙活的就是这些地方干部。廖普生所在的文教部门的担子很重，上纲上线说，新社会的文教事业可谓百废待兴，关键是要提高人们的思想认识和政治觉悟，可要想做到这一点，那首先要普及文化，在劳动人民阶层中大办扫盲识字班，还要时刻关注各所学校师生的思想动态。另外，结合中央的大政方针和上级领导的具体指示，还要大张旗鼓地开展各项宣传鼓动活动，就连刘店老家的人来，捎话说家里老人让他回去一趟，他都冇空儿。只能苦笑着跟来人解释，眼望儿是千根线穿他这一根针，整天瞎忙，四脚朝天，屁打边鼓。

这天晚上，廖普生回到家已经快十一点钟，一进家门，他就瞅见岳翠儿目光呆滞地坐在床上，他一边把身上挎着的驳壳枪摘下挂在床头，一边问道："你咋啦？"

"咋也不咋。"岳翠儿坐着冇动，嘴里应了一句。

"咋也不咋你哭丧个脸儿？"

"冇事儿，干一天活儿，有点儿累。"

廖普生一边脱下衣裤往被窝里钻，一边说道："累归累，咱俩还是得劲一下吧。"祥符方言中，"得劲"的意思有很多，"好""舒坦""开心"等都可以用"得劲"来代替，甚至把一些事情弄得有过之而无不及，也可以用"得劲"来形容。就廖普生和岳翠儿夫妻之间，这个"得劲"就代表着两个人要高高兴兴地"干那事儿"。

"今个我不想得劲。"岳翠儿缩了缩身子，想躲开丈夫。

廖普生却以为她是在害羞，俩手便开始在岳翠儿身上乱摸起来："你不想，我想，这段时间太忙，咱俩好几天都冇得劲了。"

岳翠儿冇再说话，任凭廖普生对她的身体做出任何行为。

"哎，你配合下中不中？别搞得我跟奸尸一样。"

岳翠儿依旧没有配合的举动，她被廖普生压在身下，俩眼空空洞洞地瞅着房梁，在廖普生嘴鼻里粗气的喘呼中，她问："真就恁得劲吗？"

"你说呢？"

"我是女的。"

"女的就不得劲了吗？"

"今个得劲不起来。"

"平常你不是这样儿,今个为啥?"廖普生觉得奇怪,忍不住问了一句。

岳翠儿不吱声了,眼泪压眼角涌了出来。

廖普生见状,立马终止了自己的行为,他已经看出岳翠儿遇见了一个痛苦到难以启齿的事儿。压岳翠儿的身上翻过身下床,光着身子点着了一根烟,说:"你瞒不住我,说吧,碰见啥事儿了,别有啥顾虑,只管说,天底下冇过不去的沟沟坎坎。"他认为岳翠儿还是老生常谈,又要说那套专家服拖了乂丰厚的后腿,衣服是人家的,你管他个赖孙!要不,就是为乂丰厚店里的其他事儿作难,可是眼望儿只要不反对党中央,有自己给她撑腰,所有的事儿都不是事儿。所以他接着对岳翠儿道:"这段时间我确实冇顾上照护恁乂丰厚,你这个二掌柜,啥事儿也别一个人扛着。心里有话就说,忙的时候我顾不上,难道闲的时候我也顾不上?"

"不是我不想说,是我不能说。"岳翠儿知道廖普生想岔了,这可不是店里业务上的琐事,而是涉及两人的家庭和情感的大事儿,她始终在犹豫,既不想欺骗丈夫,又怕说出来就像冷不丁撂出一个炸弹,把所有人连同这个家都炸得人仰马翻。

见妻子欲言又止,廖普生急道:"有啥不能说的,只要不是搞破鞋,啥都能说。"

岳翠儿又不吱声了。

"说话呀你!咋?难道还真是搞破鞋的事儿?"

"就算是吧。"已经被憋得受不了的岳翠儿说出这句话,并不是她产生了要说出来的勇气,而是她另有想法,不得不说。

"就算是吧。啥意思?"廖普生扔掉了手里的香烟,站到了床跟前,用手指着岳翠儿大声追问道:"跟谁啊?你跟谁搞破鞋了?"

瞅着廖普生绷紧的神色,她用手抹了抹脸上的眼泪,说道:"你别恁大声音中不中,这又不是啥光彩事儿。"

廖普生压制住了自己的声音,抓过枕头边搁着的香烟,又点着了一根,深吸一口,吐出浓浓的烟雾,声音在烟雾中打战:"中,你说吧,说说是咋个不光彩法儿。"

岳翠儿将身子再次往旁边闪了闪,用戒备的眼神看着廖普生道:"说

二、布拉吉

可以,但是咱俩有言在先,你不能急。"

"中,我不急。"

"你保证。"

"中,我保证。"

岳翠儿还是有点不放心:"因为这事儿不是急就能解决的。其实,我完全可以不跟你说,把这事儿烂在心里,可我仔细想想,不跟你说搞不好会有麻烦,而且麻烦还不会小了。"

"你快说中不中!要急死我呀!"廖普生把手里的香烟又摔在了地上。

岳翠儿急忙挽住他,低声下气道:"别光着身子坐那儿,你上床,我跟你说……"

廖普生上床重新钻进了被窝。

夜已渐渐深,一早就熟睡了的小曼香,睡梦中时而咂吧着小嘴,俩大人之间残酷的话题,以及时而撂出的高腔,根本就影响不到她深沉的睡眠。

……

讲述完事情经过的岳翠儿,用被子蒙着头,被子随着她身体的颤动在微微颤动。

廖普生光着膀子坐在被窝里猛抽着烟,地上遍布着他扔掉的烟头,这一根接一根的香烟能看得出他内心的复杂,和一个丈夫本该有的那种情绪。

廖普生又点着了一根烟,低声问道:"你准备咋办?"

岳翠儿压被窝里露出了半拉脸,泪眼蒙蒙地:"我不知该咋办,你说咋办我就咋办,我听你的……"

廖普生侧过脸,用眼睛盯着岳翠儿:"告他?"

"你让告我就告。"在岳翠儿看来,自己作为这个男人的妻子,压把所发生的一切都如实告诉了他的那一刻起,就等于把自己的命运也交给了这个男人。

可是廖普生却瞪眼道:"我让告你就告,我让你去死你死不死?"

岳翠儿拉起被子又蒙住了自己的脸,呜呜地又哭了起来。

"哭,哭,哭管个球用!"

岳翠儿越哭越伤心："你要真想让我死,我就去死……"

谁知,岳翠儿的这句话一下子激恼了廖普生,他狠狠地扔掉手里的烟,大吼了一句:"我想让他死!"吼罢,廖普生掀开被子蹦下了床,光着屁股一把抓过床头上挂着的盒子枪:"眼望儿我就去崩了他个孬种!"

廖普生这一声吼可把岳翠儿给吓孬了,光着身子跟着蹦下了床,一把搂住了手里拎着盒子枪的廖普生。

"丢手!你撒开手!"廖普生跟岳翠儿撕拽着,暴躁地要往外冲。

岳翠儿死死抱住廖普生,一边哭泣一边哀求:"别这个样儿,你崩了他,你也活不了,他是苏联人……"

"我日他八辈!苏联人咋啦?苏联人就能糟蹋俺媳妇?老子今个崩的就是苏联人!他个活孬种!八辈腌臜孙!"

"你把他崩了,咱就是再有理,咱的政府也不会跟你拉倒,不会跟咱家拉倒,就是咱的政府愿意跟咱拉倒,苏联那边也不会跟咱的政府拉倒的……"

其实,廖普生心里可清亮,岳翠儿就是不说这句话,他也不可能真去跟那个葛利高里拼命。但作为一个男人,一个丈夫,他的那种遭受重创的心情,不得不让他做出如此激烈的反应,如果连这样的愤怒都不能表现,别说他自己心里过不去,他在自己老婆的面前岂不也是颜面丧尽,自己还算个男人吗!

浑身一丝不挂的廖普生,手臂举着的枪塌了下来,他重新坐进了被窝里,又点着了烟盒里仅剩下的最后一根烟。

岳翠儿光着身子趴在廖普生的身上,把脸贴在他的胸前,精疲力尽地说道:"我本不想跟你说,我就是心里过不去这个坎儿……"

此刻,廖普生的脑子里已经成了一盆糨糊,他完全不知该说啥,也不知该咋办。他把最后一根烟抽完,扔掉烟头,躺进被窝,当两个光溜溜的身子再次摩擦在一起的时候,他下身的感觉突然强烈,而且是异乎寻常地强烈,这种强烈把他那一脑门子糨糊瞬间冲刷得干干净净,他浑身上下变成了一根筋,一根别不折掐不断的筋,这根粗壮强大的筋,冇其他选择,必须长驱直入,带着一个空洞的灵魂钻进岳翠儿的身体里……

此刻的岳翠儿也是一样,她的身体就像一盆汽油遭遇到一颗火星,瞬

二、布拉吉

间被点燃,而且是一盆不可能被扑灭的熊熊烈火……

这俩人仿佛都陷入大火之中,这一场轰轰烈烈的身体燃烧,似乎是他俩成为夫妻后最热烈的、最忘我的、最愉悦的、最不可思议的,同样也是最不可救药的……

这一夜,岳翠儿睡得很沉,无梦,一觉睡到了大天亮,当她睁开眼睛的时候,却发现一直被她紧紧搂着的廖普生不见了,啥时候不见的她有一点觉察。再看,她发现,廖普生穿的衣服和挂在床旁边的盒子枪也冇了。她瞅了一眼墙上的挂钟,还不到上班时间,他这一大早是去哪儿了呢? 不会是去找葛利高里拼命去了吧? 想到这儿,岳翠儿急忙压床上爬起来,脸也冇顾上洗,头也冇顾上梳,急急慌慌给小曼香拾掇完,又急急忙忙把小曼香送到义丰厚交给了华妞后,便直奔地委大院。按照她的判断,廖普生是不是去找葛利高里拼命难说,但他一大早压家里窜出去,八成是与葛利高里这件事儿有关。

真让岳翠儿猜着了,廖普生就是去找了葛利高里。

这一夜,廖普生貌似睡得踏实,其实一点儿也不踏实,半夜被噩梦惊醒,他就再也冇睡着。他做的那个噩梦是真叫噩,他梦见葛利高里把岳翠儿睡了的事儿,满祥符城都知道了,各级领导和广大人民群众都纷纷在谴责他两口子,地委书记找他谈话,一口咬定是他指使岳翠儿去找葛利高里睡的觉,其目的就是要让苏联专家肯定祥符地委在苏联专家的帮助下成绩显著受到了党中央的表彰。噩梦里,无论他如何申诉自己老婆是被苏联专家强奸的,可不但冇人相信,还越抹越黑,最终惊动了党中央。地委领导彻底给惹恼了,又下令抓了他两口子,自己也被一撸到底不说,还和岳翠儿一起被押送到黄泛区农场去接受劳动改造……

被噩梦惊醒以后,廖普生俩眼盯着房梁再也睡不着了,躺在那儿翻来覆去把这件事情想了个透,最终他下定决心要把这件事情处理妥当,与其说是给这件事情一个了结,不如说是给自己一个了结,毕竟他是个男人,这种腌臜事儿在他心里盛不下、装不住。

大早,廖普生就去到专家楼,敲开了葛利高里房间的门。

面对满面笑容的廖普生,葛利高里感到十分纳闷,因语言不通,葛利高里也只能笑脸相迎。廖普生向葛利高里连说带比画了半天，葛利高里才明白，这位地委干部是要邀请他共进早餐。葛利高里并不认识廖普生，更不知这是岳翠儿的男人，他是压廖普生身上斜挎着的那把盒子枪上确定，这是祥符地委的一名领导干部。因为葛利高里知道，在祥符地委大院内，只有够级别的领导干部们，才会配发一支小八音。见廖普生这么热情，葛利高里欣然接受了共进早餐的邀请，并向廖普生竖起了大拇指，赞美祥符人的热情好客。

　　廖普生把葛利高里带到了东大寺门，这儿的早餐不光是对祥符人的胃口，同样也受到苏联人喜欢。头锅羊肉鲜汤泡锅盔，把葛利高里吃了个肚圆，一边吃嘴里还不住地用俄语夸赞好吃，冲着廖普生连连竖起大拇指。喝罢汤，廖普生领着葛利高里出了东大寺门，往东走了大约半里地，到了城墙根儿的惠济河边。这条河在宋代被称为"汴河"，在明朝后期干涸断流；乾隆六年（1741年），为排除城内的雨涝积水从安徽东部的涡河引水重新开凿，皇帝赐名"惠济河"，也是坊间统称的护城河。廖普生把葛利高里领到这个地方，就是想把话说朗利，他要让这个老毛子知道，大早起请他共进早餐的这个男人，就是夜个被他强奸的那个女人的男人。

　　有备而来的廖普生胸有成竹，他相信用他特有的语言，能让这个高加索农民听懂他所要表达的意思。

　　早起，惠济河边冇人，那些淘米的、洗菜的、洗布衫的祥符市民，不到晌午头基本是不来河边的。河边很幽静，早起的河面上还飘着一层薄薄的雾气，不远处的城墙也笼罩在朝霞初映之中，给这座祥符古城带来一种诗情画意。

　　就在葛利高里面带惬意观赏着惠济河两岸美景的时候，廖普生突然压枪盒子里抽出了小八音，举起枪口，对准了葛利高里的脑袋。廖普生这个突然翻脸的举动，可把葛利高里给吓孬了，他顿时脸色骤变，张着大嘴瞅着廖普生说不出话来，他不知这个刚才还热情好客的祥符地委干部，咋就瞬间翻脸，还把枪口实实在在顶住了自己的脑袋。

　　廖普生一手握枪，另一只手压衣服口袋里掏出了他与岳翠儿的合影照片，伸到葛利高里的眼前："你个孬种，瞅清亮，这个女人是谁？"

　　葛利高里虽然听不明白廖普生说的啥意思，但是一看他因愤怒而扭曲的面孔和手中那张合影照片，尤其是仔细看清了照片上的那个女人之后，一下子就明白是咋回事儿了。本来中国人听俄语就像是大舌头说话，更何况脑袋上顶着小八音，葛利高里嘴里的俄语就是大舌头加结巴。其实根本不用翻译，葛利高里要说的所有意思都在他的脸上——对不起，我错了，请原谅……

"怯气了吧？"廖普生收起照片，用枪点着葛利高里的脑袋，"要不是摊为中苏两国人民的友谊，要不是摊为恁是俺的老大哥，不远万里来帮助俺搞建设，今个老子非一枪打死你个卖尻孙不可！"

在廖普生咬牙切齿地用枪口狠狠在葛利高里的脑袋上戳了一下之后，葛利高里彻底孬了①，扑通一下就跪在了地上，大舌头带结巴的嘴里一个劲在请求饶恕，还不停地指天画地、往自己脸上扇耳光，满脸的痛苦里能让人感觉到他要痛改前非。

廖普生用枪口一边点着葛利高里的脑袋，一边骂道："你这个葛利高里，可不是《静静的顿河》里头那个葛利高里啊，瞅瞅你这熊样儿，恁苏联那个作家肖洛啥夫？哦，肖洛霍夫，咋不把你个卖尻孙给写进小说里啊。你给老子听好喽，俺的女人被你睡了，你也得劲罢了，你要识相的话，就赶紧给老子滚蛋，离开祥符，这叫眼不见心不烦，对你我都有好处，要是赖着不走，可别怪老子破坏中苏两国人民的友谊，啥斯大林不斯大林，咋派了你这么个给苏联人民丢脸的腌臜孙来俺这儿了。听清亮冇？赶紧压俺祥符滚蛋，要不老子早晚会一枪打碎你个卖尻孙的脑袋！"

跪在地上的葛利高里，听着廖普生叽里呱啦的叫骂声，不用翻译他也知是啥意思，他辨别了一下方向，然后用手指着北方，用大舌头带结巴的俄语一个劲地表示他要回家，说着说着就泣不成声了……

寻找了一大圈，岳翠儿也冇找到廖普生，最后还是在地委大院廖普生的办公室里面见到了他。廖普生满脸的若无其事让岳翠儿琢磨不透，在她反复追问之下，廖普生才极不耐烦地对她说："中了，你还有完冇完，你

---

① 孬了：方言。服了。

是不是以为我会去找那个卖尻孙决斗？瞅他那熊样儿，裹不着①。我倒是要提醒你,以后把你自己的裤腰带系紧点儿就中了。"

这话让岳翠儿一下子恼了:"你啥意思？你是不是认为我就是个半掩门儿？"

"我冇说你是半掩门儿,这可是你自己说的。"廖普生眼望儿见了岳翠儿,也说不清自己是个啥心情。葛利高里那货要是能强势一点,不跪在他面前像磕头虫那样服软儿,让他那天顶上火的那一枪打出去,或者两人在惠济河边亮亮拳脚,他心里也不会觉得这么窝囊。对手的不堪,使他反过来认为岳翠儿以及自己所遭遇的这场横祸分外的不值,他设想了上百种情形,都是自己的女人能够从葛利高里的魔爪中安然脱身,但是幻想过后,便是深深的失落……

岳翠儿见廖普生这一副不冷不热的德行,便知道这件事终究在他心里扎下了一根刺,她觉得自己才是那个最傻的,本想以忠诚和透明换来丈夫的宽恕与怜惜,却忘了这世上所有男人在这种事上都是自私的。苦果是自己种下的,酿出的苦酒也只能自己独自饮下。她看了看闷着头的廖普生,啥也不再说,转身就走,含着两眼泪离开了地委大院。

秋天的祥符城,是一年四季中最美的。

岳翠儿压地委大院出来后,独自一人爬上了大南门的城墙,她站在城阙之中,远望着大地和天空,心里带着无限失望,这一切都怪谁呢？她不知怎地,突然想起了那个温文尔雅的最初的枕边人,若他还在,自己还会走到眼下这个不尴不尬的境地吗？此刻,她心里不由得默默地骂了一句:"胡国杰,你才是个卖尻孙……"

一连好几天,岳翠儿一头扎在后作坊里,压早起到黑间,一言不发地闷头做活儿。华妞虽然不清楚到底出了啥事儿,但通过观察,他知道二掌柜心里有坎过不去了。对于心思简单的华妞来说,自打二掌柜执掌义丰厚的那一天起,二掌柜的喜怒哀乐,就是他的喜怒哀乐,他这辈子就认定自己生是义丰厚的人,死是义丰厚的鬼,眼望儿是二掌柜当家,他一切都

---

① 裹不着:方言。划不来。

听二掌柜的，把二掌柜当主心骨，二掌柜指东他不朝西，二掌柜让打狗他绝不去撵鸡，非如此，岳翠儿也不会放心把小曼香交给他带着。此刻见二掌柜一直闷闷不乐，便试图让小曼香进到后作坊去宽慰一下她娘的心，结果都被她娘以活儿太忙的理由把她撵了出来。

不过二掌柜说的也是实话，最近义丰厚的活儿是有点忙，河南大学组织了教师参观团，要去莫斯科大学参观学习，急等着几套列宁装，交活儿的期限就快到了，这也是事实。可在以往，活儿再忙，只要小曼香一进后作坊，她娘都会放下手里的活儿，陪她玩上一小会儿的。

这段时间，岳翠儿跟廖普生互相不搭理。他俩就压排山倒海折腾的那一夜之后，就冇啥话可说了。日子依然在过，廖普生依然还是早出晚归，甚至连饭都很少在家吃了，每天晚上回到家里倒头就睡，连脚也懒得洗，整个家里的臭脚味儿和烟味儿，更让人懒得开口说话。直到十来天过后的一个周末，廖普生展样着脸走进家门，在岳翠儿把做好的饭端到他面前的时候，他冲着岳翠儿说了一句："那卖尻孙走了。"

这句话说得突兀，冇头冇脑，让岳翠儿一时没反应过来，不过见丈夫憋了这么多天总算开口了，便抓住这缓和关系的机会，紧跟着问道："那卖尻孙走了？"

廖普生拿起筷子，在饭桌上蹾了一下，颇带得意地："'静静的顿河'搞蛋①了，'静静的惠济河'还在这儿。"

岳翠儿一下子明白廖普生说的是啥意思。葛利高里走了，可咋走的？为啥走？她却不知，她也不想知，只是希望这场噩梦早点过去，也希望扎在廖普生心头的那根刺立马软化掉。

廖普生看上去很得意，打开一瓶自己带回来的酒，自斟自饮了起来，一边酌着酒一边说，像是自言自语，其实他是说给岳翠儿听的。岳翠儿像是冇在听，耳朵却支棱着。

"跟我搞，咋死的他都不知，哭他都找不着坟头……"

半瓶酒下肚，廖普生起了兴，像说书一样把葛利高里滚蛋的前前后后，讲给面无表情的岳翠儿听。

---

① 搞蛋：方言。滚蛋。

北高加索地区是苏联粮食的主产地,水稻种植虽然不多,但亩产量在欧洲算是很不孬的。葛利高里在家乡种过水稻,这一次作为苏联农业专家来中国,与他种过水稻大有关系。祥符地区的主要农作物是小麦、玉米、红薯、高粱,基本上是看不见水稻田的。祥符地区不种水稻的原因很多,其中一个重要原因,就是水质的盐碱问题,严重影响水稻产量。再一个就是种子问题,祖祖辈辈都是那种死一势①,冇经过改良的种子,在南方冇盐碱的水田里种冇问题,可在中原地区种就不中了。产量低,种家就少,收成少就吃不饱。久而久之,中原地区的农民基本放弃了水稻种植,啥产量高种啥,啥能让人吃饱种啥。杂粮泼皮②,不怕盐碱,又经得起干旱,难怪中原地区的老百姓只能靠种杂粮来维持生计。

据葛利高里说,苏联的水稻种子比中国的水稻种子泼皮,耐盐碱程度高,非常值得在祥符地区推广。也就是冲着这个说法,让廖普生找到了收拾葛利高里的机会。于是,他向地委主要领导建议,请葛利高里把在高加索种水稻的方法与经验写出来,作为教材学习,并在中原地区乃至整个中国北方推广。廖普生的这个建议得到了地委主要领导的肯定。可麻烦的是,葛利高里是个苏联农民,文化程度比中原农民高不到哪儿去,让他写这么重要的一个教材比赶鸭子上架还难。于是,廖普生又心生一计,他向地委主要领导建议,说这种带有科研性的工作,恐怕只依靠祥符地委很难完成,这一项工作要是能做好,造福的绝不只是中原地区,所以应该让葛利高里与更高级别的农业研究部门结合,一旦取得成功,就会轰动全国。新中国百废待兴,人民的温饱是头等重要的大事儿。在廖普生的撺掇下,地委主要领导觉得这是一个双响炮,国家收益是一响,仕途升迁是二响,那种期待可想而知。

恰巧在这个时候,北京正在筹备成立中科院农业科学院,祥符地委向中央推荐苏联专家葛利高里改良水稻的建议,立马得到中央的回复,立即将苏联专家葛利高里调往北京,配合中国农业部门来做这件事情。就这,葛利高里去北京了。

---

① 死一势:方言。一个样。
② 泼皮:方言。皮实。

当廖普生得意地把这个"调虎离山计"讲完后，岳翠儿淡然一笑，说了一句："瞎猫碰见个死耗子。"

廖普生白了岳翠儿一眼说道："你当诸葛亮草船借箭也是瞎猫碰见个死耗子吗？那是人家诸葛亮会观天象。懂啥？"

"听你的口气，你也会观天象？"那个玷污了自己的男人走了，岳翠儿顿时觉得心里陡然一松，加之今个丈夫也难得心情大好，嘴里说个不停，所以自己说话的语气也忍不住变得轻松起来。

"我不会观天象，但我朝里有人，我知北京着急全国人民吃饭，要成立农业研究院，急需像那个卖尻孙一样会种水稻的人。"

"你朝里有人，有谁啊？"

廖普生笑了笑，他觉得恐怕岳翠儿至今还不知她男人的底具体有多厚，也难怪，当年她跟了胡国杰，对自己连眼皮子都不眨一下，眼望儿，是跟她透点风的时候了。想到此，廖普生说道："当年我压家里窜出来，鼓动我参加革命的那个领导，是咱刘店老乡。眼望儿他在北京专门负责农业研究院的组建工作，前一泛儿①他爹死的时候，我回刘店给他爹送盘缠，正好他也回来了，我就压他那儿得到了这个信儿。你瞅瞅咱眼望儿这个运气，那是缺啥补啥，正缺瞌睡嘞就有人送个枕头，这一手全是我操办的，你清亮了吧？"

听到这儿，岳翠儿笑了，这次的笑她是发自内心的。她也很希望葛利高里那个卖尻孙搞蛋，那货要是在祥符待着，啥时候碰见啥时候都像吃了个苍蝇，别说碰见，只要想起就干哕。每个星期天，她都要去地委大院里的澡堂洗澡，都要压那个专家楼跟儿经过，因为不想再碰见那个卖尻孙，她已经减少了去洗澡的次数。这下好了，葛利高里这个货一走，最起码心里干净了不少，日子也能正常过了。

在得到葛利高里走了的消息那天晚上，两口子一直处于紧张着的关系缓解了不少，许多天有钻一个被窝的俩人，又钻进了一个被窝。在好一阵翻云覆雨的折腾之后，光着脊梁的廖普生照常压被窝里坐起身来抽烟。他有两个时间段是必须抽烟的，饭后一支烟和床上得劲罢一支烟，在这俩

---

① 前一泛儿：方言。前一段。

一支烟的时候,也是他脑子比较清醒的时候,尤其是床上得劲罢之后的这支烟,很多白天顾不着想的事儿,都会在这个时候去想。

带着欢愉后的惬意,嘴里吐出一口浓浓的烟雾,廖普生道:"一直想跟你商量个事儿,一直冇得上空儿。"

"啥事儿?"岳翠儿皱着眉头,用手扇着烟雾,问道。

"这小曼香一天天大了,马上就该上小学了,我的意思是,从小要锻炼孩子的自理能力,你看,能不能让小曼香住校啊?"

"她恁小,有啥自理能力,住校能中?"听廖普生冷不丁说起了自己的女儿,岳翠儿顿感愕然,曼香由自己带着,每天到店里就让华姐招呼着,也不碍着谁的事儿啊;再说,要上学,附近就有小学,也裹不着去住校吧。

"咋不中,地委小学住校的孩儿还少吗?"

"你啥意思? 是不是嫌弃她啊?"岳翠儿坐起身,紧盯着廖普生问道。

廖普生一看这架势,不得不赶紧说出实话,解释道:"不是嫌弃她,咱不是还想要个孩儿嘛。"

廖普生想要个自己的孩儿,这事儿岳翠儿当然心里清亮,可她就不明白,两人想再要个孩儿跟曼香住不住校有啥关系。

"我是为你着想,一旦咱再有个孩儿,多拖累人啊。"廖普生伸手抚摸着岳翠儿的头发,说道。

"我不怕拖累。"一想到让小曼香去住校,自己不能在她身边守着,岳翠儿就觉得心中不忍。

见妻子如此固执,廖普生收回抚摸对方的手,正色道:"你不怕拖累我怕拖累,每天工作又忙又累,回到家想清闲清闲,俩孩儿闹腾得慌。曼香去住校,你也能省去一份操劳,又不是啥坏事儿。"

岳翠儿沉默片刻后,说:"那咱俩商量商量,咱能不能不再要孩儿了。"

廖普生把手里的烟头扔在了地上:"你想得怪美! 你可一直跟我说,等曼香大一点,咱再要个孩儿,曼香小,我也一直招呼着不让你怀上,眼望儿曼香马上就要读小学了,你又想变卦? 我可告诉你,这事儿由不得你!"

"咱俩这不是商量着来吗?"

"商量着来? 我看你就是不想给我生个孩儿! 我告诉你,这事儿冇商量,你给国民党生了个孩儿,也得给共产党生个孩儿!"共产党的天下就得有共产党的孩儿,廖普生把话说得理直气壮。

"你的船在这儿弯着啊。"见廖普生把要孩儿这事儿扯到了国共两党,岳翠儿忍不住想起了胡国杰,更加觉得小曼香命苦。

廖普生提高了嗓门:"别管船在哪儿弯着,我必须有我自己的孩儿!"

"我知,在你心里,曼香从来就不是你的孩儿!"

祥符城有句老话说,要想找事儿,啥都是事儿。其实廖普生要平时将小曼香真的当自己女儿一样看待,多一些温情和父爱,岳翠儿别说是再跟他生一个孩儿,就是生十个孩儿都愿意,她最烦的就是这货脑子一根筋,啥国民党的孩儿共产党的孩儿,孩儿就是孩儿,他连装作是小曼香的亲爹都不会装。

"别冇窟窿姻蛆啊!"

"你才冇窟窿姻蛆!"

"我告诉你,这个孩儿我要定了! 你不给我生,我就休了你!"

"这才是你的心里话……"

2. 真的是谁也冇长前后眼

听可多人说过:穿得漂亮心里才会得劲,才会有爱。可有人却不这么认为,而是觉得有爱才会心里得劲,才会穿得漂亮。不管这句话是谁说的,好像更对一点儿。

吵归吵,闹归闹,娘们儿还是打不过老爷们儿的别。时隔不久,岳翠儿怀上了,怀上就怀上吧,真要能生个带把儿的,儿女双全当然也是求之不得。

岳翠儿撅着个大肚子,每天还照常去店里上班。眼望儿的义丰厚跟每章儿已经大不一样了,轰轰烈烈的公私合营运动已接近尾声,义丰厚归国家管了,别管大掌柜还是二掌柜,也别管盈利还是亏本,都归政府,也都得听政府的。也就是说,账本和人事安排全归了公家。让岳翠儿感到庆幸的是,大掌柜二掌柜都冇被扣上资本家的帽子。说实话,开这么一个卖布料做布衫的老店,撑不死也饿不着,主家比资本家瓤①点儿,比小业主强点儿,政府也就团结一切可以团结的力量吧。

这几天祥符的大街上可热闹,见天都有学生在市中心的鼓楼,怀念那个已经死罢两三年的斯大林同志。岳翠儿清晰记得,苏联人民的伟大领袖斯大林同志作古的消息传到祥符那天,鼓楼上降了半旗,相国寺后面说书的、唱曲儿的、摆地摊的,统统停止了一切娱乐活动。让她感到最不可思议的是,当她经过胭脂河街口的时候,卖烧鸡的尿壶那货,哭得呜里哇啦的,不知咋回事儿的人还以为他家有亡人,他哭得连生意都不顾了,只见尿壶的媳妇照头就给了他一巴掌,骂道:"恁爹死的时候也冇见你哭这么痛!"

斯大林同志死了以后,有好长一段时间,报纸和广播里冇了苏联的消息。廖普生和广大基层干部一样在操苏联党和国家的心,每天只要他一回家,就开始唉声叹气,好像冇了斯大林同志,中国人民就失去了前进的方向和动力。

已经上了地委小学的女儿曼香还是住校了,每星期回家一次。这个周末,曼香回到家,在吃饭的时候告诉岳翠儿,学校老师把同学们的语文课本统统给收走,说是要换新课本。岳翠儿问她为啥要换新课本?小曼香却说不出来,反正老师说这个课本不能再用了。

闷着头吃饭的廖普生说了一句:"估计是出啥大事儿了。"岳翠儿追问出啥大事儿了?廖普生冇再吭声,压他的脸上却能看出,这个大事儿非同一般。

就在小曼香返校的第二天,挺着个大肚子的岳翠儿,刚晃进义丰厚的店门,华妞就告诉了她一个坏情绪的消息,说市文工团定做的那四十套布拉吉和六十套列宁装,他们居然不要了,定做之前说得可清亮,公家的事儿,不会出岔纰,交活儿之后再付钱。这可好,活儿刚做完了,他们却不要了,还吞吞吐吐不说明不要的理由,一句话就不要了,世界上哪有这种道理,这又不是做一件布衫,说不要也吃不了多大亏,这可是四十套布拉吉、

---

① 瓤:方言。差,弱。

六十套列宁装啊，布料还是当下最流行的卡其布，成本还可贵，要不要无所谓，钱谁出啊？总不能让义丰厚赔了血本吧！

听罢华姐的话后，岳翠儿恼了："走！去文工团！"

在华姐的陪同下，岳翠儿来到了市文工团，在排练厅里头，找到了模样长得像长颈鹿一样的张团长。当岳翠儿把当时文工团定制服装的来龙去脉，和义丰厚眼望儿所面临的压力，以及要求文工团履行承诺尽快付款等事项一一说明之后，张团长伸着长脖子，眨巴着俩眼说："不是俺不想付恁这个钱，是俺冇这个钱。"

"冇钱恁做个啥服装啊，恁这不是装孬吗？"一听对方说冇钱，华姐当时就火了。

"不是俺想装孬。"张团长伸着双手，示意岳翠儿和华姐坐下，说道，"恁听我把话说完中不中？"

"你说，我倒要听听，恁冇钱为啥要扎恁大的架子，四十套布拉吉，六十套列宁装，恁以为是小孩儿过家家啊。"岳翠儿制止了还想要争吵的华姐，赌气坐下，心想万事总要讲个"理"字，这么大的文工团，总不能不讲理吧。

见对方两人都坐下了，张团长便严肃认真地把不付钱的原因说了出来——

自打省会压祥符挪到郑州之后，就重新组建了省文工团，原先省会在祥符的时候，市文工团就等于是省文工团，可受待见，不管有啥重要活动和演出，第一个想到的就是市文工团。可是自打省会挪到郑州，组建了省文工团后，市文工团的境遇便一落千丈，用张团长的话说，就像一下子变成了后娘养的孩儿，省里有啥重要活动和演出，都落不到他们的头上。再过两年就是新中国成立十周年大庆，省里要举办大型演出，市文工团领导得到消息，一早早就窜到郑州去活动，咋着也得在新中国成立十周年大庆中露露脸吧。说白了就是肚里憋着一口气，想跟省里的文艺团体比试比试，尤其是要跟新组建的省文工团扛扛膀子，让全省人民瞅瞅，祥符市文工团的水平不比省文工团逊色，不蒸馍也要争口气。

在市文工团领导坚持不懈的努力之下，省主管文艺的领导同意了市文工团参加省里组织的国庆十周年大型演出。因为市文工团的声乐水平之高,在全省是有目共睹有口皆碑的,省主管领导决定,把庆祝十周年演出开场大合唱的节目交给了市文工团。这下可好,当张团长把这个喜讯带回祥符后,一下子得到了祥符市委的高度重视,市主要领导下达了死命令,只许成功,不许失败,要通过市文工团的大合唱,反映出祥符城的文化底蕴和艺术实力。

大合唱的曲目是啥?咋定?是重中之重,既要符合政治需要,又要具备艺术高度。经过市文工团领导们的反复研究,最后确定下来的曲目是《青年近卫军》《喀秋莎》,以及苏联的国歌《牢不可破的联盟》。哇!百人的合唱队,往省城的舞台上这么一站、一唱,这气势不把整个省城给震了才怪。

可是世事难料,就在市文工团的百人合唱队,提前两年就开始厉兵秣马的时候,谁也想不到斯大林同志这么一死,那个接任的赫鲁晓夫就开始跟咱弄不得劲了。这个叫赫鲁晓夫的货要重新评价斯大林……

听张团长说到这儿,岳翠儿的心开始往下沉了,最近这事在报纸和广播上闹得沸沸扬扬,她在家也跟廖普生议论过,用廖普生的话说,重新评价斯大林,说白了,就是要把斯大林甩到八股道上去,这斯大林要是被甩到八股道上了,那咱在几股道上啊?别的不说,咱国的老百姓,可是各家各户的墙上都挂着斯大林的相片呢。

"别扯恁远,他评价他的,谁在台上谁说了算,跟恁文工团赖账不给钱有啥关系?"华妞忍不住打断了张团长的话。

"我这不是跟你讲这件事的大背景嘛。"张团长苦笑着跟华妞解释了一句。

岳翠儿赶紧收敛心神,继续听张团长往下说——

在市文工团排练期间,似乎已经让人感到了两国关系有点不太对劲,最明显的就是,报纸上赞扬两国人民友谊的文章少了,三天两头出现在报端上的斯大林同志的照片见不着了。可在党中央冇正式表态之前,谁也摸不着大头小尾巴,谁也不敢说苏联老大哥一个不字。市文工团的大合唱该排练还得排练,该做布衫还得做布衫。因为是供给制,做演出服的钱由市里出,张团长只是把做布衫的价钱谈好就中了,等布衫做好后,张团长拿着市里的专项拨款来义丰厚结账就齐了。

可没想到的是,也就在布衫做好的节骨眼上,中苏两国已经到了即将掰脸的时刻。

一天,市里主管文艺的领导,来文工团听工作汇报的时候,进排练厅听罢合唱队的排练之后,严肃明确地提出,要更换参加十年大庆演出的曲目。换曲目冇问题,时间还来得及,可在义丰厚定做的那一百套服装咋办?市领导可不管这个,咋办不咋办也得由文工团自己去办。这一下把文工团的几个头头难为住了,谁都不愿意伸这个头去跟义丰厚说。文工团的几个头头都知,义丰厚对这单生意格外重视,为了做这一百套服装,人托人,脸托脸,压哈尔滨从苏联弄过来一批卡其布布料,而这批高档布料,据说又是苏联从英国倒腾过来的。就这不说,为了这批活儿,义丰厚还推掉了一些老客户的活儿,把赶制服装当成了政治任务,全力以赴。这下好,一百套服装说不要就不要了,恁大的损失谁来补偿?把恁文工团的钢琴卖掉也赔不起啊。正因为文工团几个头头谁也不愿意出面唱这个黑脸,演出服的事情一拖再拖,一直拖到一百套服装全部做齐,今个若不是义丰厚的二掌柜找上门来,把事情给说到脸上,张团长也是能躲就躲,不敢沾这烫手山药。

听罢张团长说的来龙去脉,岳翠儿不干了,冲着张团长吼道:"别跟我说这理由那理由,两国关系好不好碍不着俺义丰厚的啥事儿,吃饭打饭钱,住店打店钱,做布衫打做布衫钱,布衫恁不要恁可以扔进龙亭坑里,反正原料钱、手工钱一分也不能少!"

张团长面带歉疚地对岳翠儿说:"钱是国家的钱,俺也不挨边,我只是想说,要以国家的大局为重。"

"国家大局为重冇错,可俺义丰厚几十口子人不能饿肚子吧?说别的冇用,你就说这一百套布衫钱给不给吧。"

"我不是说了吗,俺文工团真的冇钱,去省里参加演出是市政府的命令,又不是俺非得要去演。"

不管张团长咋解释,岳翠儿就是不信,恁大的文工团,而且又是国营单位会冇钱,她坚持认为对方就是想赖账,所以在争吵中不免说了难听话:"政府让恁去演,冇钱恁可以光屁股去演,别找俺给恁做布衫啊,布衫做好了又不给钱,不兴这!"

"不论理了不是,谁也有长前后眼啊。"张团长也觉得理亏,眼望儿人家说啥也只能苦着脸听。

一旁的华妞憋不住骂道:"怎长了屁眼,说话跟放屁一样!"

张团长瞪眼手指华妞:"你嘴里干净点儿,别骂人!"岳翠儿说啥他可以不在意,毕竟一个女人家怀着孕,又是义丰厚的领导,可是店伙计帮腔他不认。

华妞的眼里只有二掌柜,文工团长算个球,于是也瞪着眼吼:"就是骂怎了,怎不该骂吗? 做了布衫不想给钱,骂怎八辈都是轻的!"

"你这是骂政府!"

"谁不给钱俺骂谁!"

……

一旁围观的文工团几个小年轻,一瞅华妞跟他们团长干起来,不愿意了,上前连推搡带骂把华妞往排练厅门外搡。

"就怎这熊样儿,有钱也不给怎,赶紧搞蛋! 再不搞蛋,就对怎不客气了!"

"不客气咋喽? 你还能把我的蛋咬掉? 今个不给钱,俺就不走啦!"华妞跟推搡他的小年轻撕拽了起来。

两仨小年轻推搡撕拽华妞一个人,眼瞅着华妞要吃亏,岳翠儿挺着大肚子急忙上前保护华妞,却被其中一个不知轻重的小年轻推搡了一把,身子一侧歪,脚下被绊了一下,失去了平衡,"哎呀!"惊叫一声,一屁股坐在了地上。

正在推搡撕拽的人登时停住了手,在场的人也都全部傻眼了,只见岳翠儿脸色煞白,张着嘴巴,俩手托着自己的肚子,她痛苦的表情已经告诉了在场的所有人——毁!

真是毁了,张团长慌忙找了一辆架子车,把满裤裆是血的岳翠儿送到了人民医院……

岳翠儿早产了不说,肚子里那个孩子被脐带缠住了脖子,好不容易才被大夫拽了出来,结果还是被憋死了。让人遗憾的是,那是个男孩儿。

更糟糕的是,由于在接生过程中,岳翠儿的子宫受损严重,大夫说她以后不会再有生育的可能。当大夫把这一情况告诉廖普生后,被气蒙的

二、布拉吉

廖普生彻底失去了理智，他掂住一把菜刀跑到市文工团要与张团长拼命。幸亏基层干部的配枪已经收回，这要是还有枪，张团长的性命一定保不住。在市文工团的院子里，廖普生掂着菜刀把张团长撵得满院跑，直到刚当上祥符地委一把手的崔洪及时赶到文工团后，才制止住了发生悲剧的可能。

崔洪把廖普生带回了地委大院，跟他进行了一场谈话。廖普生原以为这场谈话是要安慰一下自己，化解一下他失去孩子的悲愤，谁知，这场谈话却不是他意想的那些内容，而是一个打死也让他想不到的内容。

在新任地委书记崔洪的办公室里，崔洪首先给廖普生讲的是，自苏共二十大以后，中苏两党在国际共产主义运动路线和策略等问题上出现分歧并逐步扩大，自打毛主席第二次访问苏联开始，两国在战略上的不协调日趋表面化。在两党政治路线不可能达成一致的情况下，党中央已经做出了与苏联修正主义分道扬镳的决定。与此同时，还要立即肃清苏共对咱国造成的一系列不良影响，地方各级政府要积极行动起来，在各个方面完成好党中央的这项政治任务，具体落实到全国的就是，先让那些遍布在各个领域里的苏联专家搞蛋，并肃清他们的流毒。

崔洪严肃地将这项政治任务传达给了廖普生，见对方一副心不在焉的样子，便问："党中央的意思你听清亮了吧。"

"听清亮了，我觉得跟我有多大关系。"廖普生此刻，依然在想着自己那个死去的孩子，想着如何能让文工团的那些不知轻重的货们偿还血债，至于崔洪刚才说的那些，他只听了个大概，中苏关系恶化早有征兆，两党蹬蛋是必然结果。再说，就是两党两国不掰脸又如何，能让岳翠儿的身体恢复如前吗？能让自己可怜的小骨肉起死回生吗？掰脸吧，朝死里掰！一个声音在他心底回荡着，老天爷，你咋不地震啊！这场飞来的横祸让自己从此断了后，国也好、家也罢，一切孬好还有啥意义？

崔洪看着神情恍惚的廖普生，不由得心中暗叹，这人要是倒霉，喝口凉水都塞牙。可是事儿摊到头上了，你孬了也不中啊。与其钝刀子拉肉，还不如把所有事儿一股脑说清楚，毕竟，长痛不如短痛。于是接着廖普生的话茬，崔洪鼻子里冷哼一声，说道："跟你有多大关系？这么跟你说吧，整个祥符地委在这个问题上,就跟你的关系最大!"

"咋会跟我的关系最大啊?"廖普生还以为崔洪是想劝他想开点,说话故弄玄虚,不由得有点不耐烦了,站起身道,"我算老几啊,赫鲁晓夫跟我非亲非故,死他八个!"

"你还记得那个苏联农业专家葛利高里吧?"

廖普生闻听,心头一沉:"记得,咋啦?"

崔洪白了廖普生一眼,然后拉开办公桌的抽屉,压里面拿出一份红头文件,递向廖普生:"你自己看吧。"

廖普生压崔洪手里接过红头文件,仔细一瞅,大惊失色,说不出话了。

崔洪道:"看明白了吧,我冇冤枉你吧,是不是跟你的关系最大啊?"

廖普生已经彻底傻了。

崔洪给廖普生看的这份红头文件,是省农业科学院转发到祥符地委的,文件内容是:祥符地委推荐给国家农业科学院配合水稻研究的专家葛利高里,是一个彻头彻尾的骗子,其研究与实验给国家造成了重大损失,高加索的水稻根本就不适合咱国的国情,祥符地委极力把这么一个冇文化冇专业水平的假专家推荐到北京,是极不负责任的,必须严查。俺的个娘地,这不但是要拿祥符地委兴师问罪,还要追查始作俑者,找到罪魁祸首啊……

此时,廖普生那张煞白的脸比岳翠儿流产时还要白。

崔洪走到廖普生跟前,压他手里拿回了那份红头文件,说道:"咋办吧,我是玩把戏的躺地上,冇招了。你说吧,咱祥符地委该咋办?"

缄默中的廖普生当然不知该咋办,这不是很明显吗,要不是自己向上一任地委书记强力推荐,也不会造成这样的后果。

崔洪接着说道:"我就不明白,你个主管文教的,瞎掺和什么农业啊?你推荐个啥种水稻的专家啊?跟你有个屁的关系!这可好,整个祥符地委都跟着受牵连不说,还把我调来处理这件事儿,擦这个屁股,你以为这个屁股那么好擦?害人害己啊你!"

廖普生彻底蔫了,今个是啥日子啊,咋啥事儿都赶到一坨了?

崔洪说的冇错,确实是害人害己,垂头丧气的廖普生,低着头坐在那里一声不再吭。他心里那个恨啊,他不是恨自己,也不是恨那个葛利高里,他恨的是岳翠儿,别管那个卖尻孙葛利高里有多孬孙,你岳翠儿完全可以把这件腌臜事儿烂在肚子里,别说,就你一个人知就中了,又不是自己非得想知,你瞅瞅岳翠儿那副活不成了的脸,那不是逼着一个当丈夫的去追问吗?天底下的男人谁也经不住这个啊,自己老婆被人糟蹋了能不报复吗?这下可好,原以为这种报复是一个捧杀的高招,也能彻底了断,自己吃个哑巴亏也就认了,冇想到高招变成了臭招,反而把自己给装到里头去了,接下来该咋办谁也冇招。此时,坐在崔洪办公室里的廖普生真想一头撞死。但是,他却明白,眼下唯一能成为自己救命稻草的人,只有崔洪。

廖普生慢慢地抬起头,眼巴巴地瞅着崔洪,用颤抖沙哑的声音低声说道:"崔书记,我是一个为革命做过一点贡献的人啊……"

"说这管个屁用,为革命做过贡献的人多着呢,刘青山张子善为革命做过的贡献不比你大,不照样被打头了吗?"

"刘青山张子善他俩是贪污犯,不能拿我跟他们比啊……"

崔洪觉得,廖普生到眼望儿还冇认识到这件事情的严重性,情归情,法归法,地委的同志要是都跟廖普生这样糊涂,那就有可能被上级给连锅端了,他敲着桌子强调道:"你比他俩更严重,打你八回头都够得着!他俩只是经济问题,往自己兜里装了点钱。可你不同,你是欺骗组织,给国家造成的损失比他俩大得多。最关键是眼望儿这个政治形势,苏联已经成为咱的敌人,苏联这个敌人对咱国造成的损害,要比自己人造成的损害在性质上严重得多!你瞅瞅你那个德行,你还掂着菜刀去砍人家文工团的张团长,这可好,张团长的头你冇砍着,你的头能不能保住还两说呢!"

被彻底吓尿了的廖普生"扑通"跪在了崔洪面前:"崔书记,你得救救我啊,我不是成心配合苏联修正主义啊,我是啥样的人,你可以去问俺的老领导郭书记啊……"

"站起来,站起来,你当我想让你死啊,省里马上要派人来调查这件事儿,等调查完了,看省里是啥态度吧。赶紧站起来!"见廖普生如此,崔洪的心里也不是滋味,暗想这事儿要搁自己身上,恐怕也是一样的驮不住。

廖普生压地上站了起来,委屈到极点地哭着对崔洪说道:"我不是故意的……不,不怨我,真的不怨我……"

这一回,廖普生算惹了个大扑出①,欺骗党中央,让国家的农业蒙受损失,别管怨不怨他,在中苏两国已经掰脸这个大背景下,这口毒气总得要出吧,要让全国人民都知苏联修正主义有多孬孙吧。

省里派来了专门的调查组,通知廖普生星期二上午八点半,去徐府街市委第二招待所,调查组要找他谈话。

起先,廖普生并不想把自己闯祸这件事儿告诉岳翠儿,因为这件事儿对他来说本身就已经恶心透了,印证了那句"赔了夫人又折兵"的老话。当他接到省里调查组约他谈话的通知以后,有一种暗无天日的感觉。他脸色灰暗地回到家,坐在小马扎上一根接一根地抽烟。有眼色的小曼香,却在一旁大声唱着在学校里刚学会的歌儿:"牛儿还在山坡吃草,放牛的却不知道哪儿去了……"廖普生越听越烦,终于忍不住冲小曼香大声吼了一声:"别唱了!头都快被你给唱炸了!"小曼香被他突如其来这一声大吼给吓哭了。

正在一旁案板上擀面条的岳翠儿不愿意了:"啥事儿啊?妞儿唱个歌儿招你惹你了,瞅瞅把孩儿给吓的!"

憋了一肚子邪火的廖普生,被岳翠儿这句话给点着了,他冲着岳翠儿嗷嗷叫道:"你就是个丧门星!就是你招我惹我了,要不是你,我也不会摊上这种窝囊事儿!"

岳翠儿把手里的擀面杖往案板上一扔:"你把话给我说清亮,我咋就是丧门星了?我咋招你惹你了?"

"就是你招我惹我了,要不是你,我也不会落到这个地步!"

其实,他还有句话没说——你就是那个放牛的,牛死了就是摊为你不负责任!

岳翠儿倒没想到这一层,只是觉得廖普生这样对待小曼香实在不公平,她近前追问道:"到底出了啥事儿,让你跟疯狗一样逮谁咬谁,咋回事儿啊?"

廖普生不再吭气儿,继续闷着头抽烟,他心里恶心透了,已经到了想

----

① 大扑出:方言。大麻烦。

二、布拉吉

骂都骂不出来的地步。任凭岳翠儿咋逼问他、埋怨他、腌臜他、作挍①他，他就是不吭声，最后索性压小马扎上站起身，离开了家，独自跑到龙亭坑边，坐到二半夜才回家。这一夜，他根本不可能睡着，大睁着俩眼到天明……

祥符市委有两个招待所，第一招待所是负责对外接待，第二招待所是负责对内接待，尤其在新中国成立初期，第二招待所见天是在为官方的各种活动、各种会议、各种学习班服务。上级机关来人基本上都住在这里。廖普生来到徐府街，第二招待所刚开门，他在院子里一直站到八点半，才敢去敲了省里调查组负责人房间的门。当房门打开，他走进去之后，压昨天到今天的那种煎熬，似乎一下子有了一种熬到头的感觉，又有一种是福不是祸、是祸躲不过的轻松。但是，这种感觉在他坐在调查组负责人面前后，又渐渐消失。

省里调查组的这位负责人姓阎，阎王的阎，那长相也可像个阎王。在自报家门时，他就正着脸对廖普生说："我叫阎青，我会秉公办事儿，实事求是，你要说实话，是啥就是啥。你要是说了假话，我阎青要是翻起脸，可谁都不认。"

尽管压夜个到今个，廖普生把所有能想到的对策都已经想到了，但是，让他冇料到的是，这个阎青可不是等闲之辈，在通知廖普生来第二招待所之前，阎青已经做了一些功课，其中包括对岳翠儿的了解。廖普生今个跟阎青一照头，就被他打了个措手不及。

在几句开场白之后，阎青问道："你跟恁爱人有孩儿冇？"

廖普生如实回答："有个小妞儿，已经上小学三年级了。"

"那不是你亲生的，我问的是恁俩有亲生的孩儿冇。"

廖普生抬头看了看对方，知道自己在此人面前已经没有任何隐秘了，便答道："有，男孩儿，刚死罢。"

阎青点点头，接着问："恁小妞儿她亲爹眼望儿在哪儿？"

"不知，可能死罢了。"

---

① 作挍：方言。讽刺挖苦。

"你咋知可能死罢了？他要是冇死呢？"

廖普生一震，难道胡国杰没死吗？随后又想，管他死活，反正眼望儿是共产党的天下，便道："冇死？冇死可能就去台湾了。"

阎青再次点点头："恁爱人恁俩的情况俺多少也了解点儿，但是，我想知，恁两口子眼望儿的关系咋样儿？"

"啥咋样儿？"

"就是恁俩眼望儿过得好不好？"

"还差不多吧。"

"差多少？"

在对方审视的目光和连续追问下，廖普生有些半烦儿[①]："阎组长，你问的这个问题，跟苏联专家的事儿好像冇太大关系吧？"

阎青的声音很冰冷："有关系冇关系是俺的事儿，我问啥你说啥。"

瞅着阎青脸上严厉的表情，廖普生不敢再多说啥了。

"我再问你一个问题，你必须以共产党员的身份回答，这个问题你会听着别扭，但非常重要，必须说实话。"

虽然廖普生还不知阎青要问啥问题，但他已经压阎青的眼睛里看出，下面要问的这个问题会很致命，他的心跳速度不由得加快。

阎青俩眼盯住廖普生的俩眼，加重语气问道："恁爱人的生活作风咋样儿？"

"啥？啥咋样儿……"

"直截了当说吧，恁爱人有没有可能，跟那个叫葛利高里的苏联专家有不正当的男女关系？"

廖普生一下子蒙了，就像一颗炸弹在他脑袋里爆炸，把他的魂都给炸冇了。他俩眼发直，呆呆地瞅着紧盯着阎组长。

"我问你问题呢。"阎青有意不给对方思考时间。

廖普生支吾着："你，你问我啥，啥问题啊……"

阎青抬高了音量，厉声问道："我问你，恁爱人岳翠儿会不会跟葛利高里有一腿！"

---

① 半烦儿：方言。不高兴，讨厌。

"你,你,你这是诬赖好人……"

见廖普生已表现出精神崩溃的前兆,阎青心头暗喜,多年的工作经验告诉他,即便对手再顽固再狡猾,只要是个人就好办,是个人就有弱点,而他要做的就是抓住对方的弱点一击中的,使百炼钢化为绕指柔。他相信所谓"金无足赤,人无完人"这句老话在政工工作中是颠扑不破的真理,这世上,不论是阶级敌人还是内部同志,都不可能将某件事儿办得左右逢源天衣无缝,想抓你把柄找你的事儿,那是一抓一个准,谁也跑不脱。于是他步步紧逼道:"好人?那个葛利高里是好人吗?你咋知他是好人?你咋知恁爱人就是好人?葛利高里要是好人,他就不会破坏我国的水稻研究;恁爱人岳翠儿要是好人,她就不会嫁给过那个叫胡国杰的国民党军官!好人?你是不是好人眼望儿都难说!"

……

廖普生头顶上的天彻底塌了,他是咋走出第二招待所大门的他自己都不知。上午,阎青这一个钟头近似审问的谈话,已经把他所有的心理防线全部摧毁,他不得不在这么一个"活阎王"面前缴械投降。他像喝醉了酒一样,浑浑噩噩地回到家,进屋后便一头栽倒在床上睡着了。他这一觉睡得才叫一个踏实,被炸空了的脑袋里冇任何思维,无梦,无尿,压响午头一直睡到第二天早晨。当他终于睁开眼的时候,发现睡在他身边的岳翠儿,正睁着两只空洞黯然的眼睛瞅着房梁。他伸手推了推岳翠儿,却不见反应。

躺在身边的岳翠儿,让廖普生心里陡然涌起一股踏实的感觉,尤其是在自己被阎青宛如当众扒了个精光之后,能够躺在自家的床上,感受到身边女人的体温和气味,他觉得真是一种幸福。看了一眼躺在那儿无动于衷的岳翠儿,廖普生心里百感交集,事儿已经捂不住了,捂不住就去球,阎青怪强势,不就是想咬蛋吗,只要不来骚扰家里的老婆孩子,想咬就咬,有人咬蛋才能证明自己是个有蛋子的男人,豁出去这一百多斤,肉是人家的,骨头却是自己的,脑袋掉了也不过碗大个疤,还能咋着?想到此,廖普生再次推了推岳翠儿,说道:"我饿了,咱家里有啥吃的冇?"

岳翠儿眼神怔怔的,轻声道:"锅里有剩面条。"

廖普生压床上坐起身,正准备穿布衫下床,被岳翠儿伸手搂住:"我已经知了。"

"你知啥了?"

"我是个半掩门,跟苏联专家乱搞。"

廖普生吃惊地瞅着岳翠儿,他不知她是咋知的,更不知就在自己昏睡的时间,华妞把岳翠儿叫去了店里,省调查组的那个阎青窜到了义丰厚……

岳翠儿在阎青面前,遭受了和廖普生同样的盘问,同样的精神崩溃,因为在阎青的眼里,人只有好人或是坏人,没有男人、女人之分。岳翠儿实在无法跟一个铁石心肠的人讲清楚强奸,抑或是顺奸、通奸之间的差别,除非是彻底不要脸了。此刻,宛如掉进了深渊的岳翠儿像挼住一根救命稻草一样,紧紧抓住廖普生。

厄运就是这样突如其来,眼望儿所有的委屈,所有的腌臜,都要由他们两口子一起来承受,谁也跑不脱,这不是后悔的事儿,即便是中苏两国有闹掰脸,也得是他俩一起承受。那个卖尻孙苏联强奸犯拍屁股回高加索了,可被强奸的这个女人和她的丈夫,却落下个巴结苏修、不要尊严、有辱国格、坑害国家的一身腌臜。在祥符人的眼里,廖普生就是戴绿帽的肉头孙,岳翠儿就是一个不要一点脸的半掩门儿孙。

当廖普生得知岳翠儿已经接受罢阎青的问讯、并且如实说出事情经过之后,直感觉兜头而来的这张大网,网罗住的不仅仅是自己,还有他竭力想保护的妻子和整个家庭。罢了,这就是命,既然说不清道不明,那索性就认了,半掩门就半掩门,别人说啥是啥。那个阎青不是自以为是嘛,那个阎青不是就认定咱是半掩门了嘛,无所谓,就让他糊涂着吧,你看,当你知道你老婆跟那个葛利高里有一腿之后,力荐葛利高里去北京,达到一箭双雕的目的,这多符合逻辑啊……

廖普生和岳翠儿躺在床上,俩人一起眼瞅着房梁。许久,廖普生带着绝望轻声说道:"你无所谓,大不了落个搞破鞋的腌臜名声。我跟你不一样,我是别有用心,我是国家干部,咱俩就是各打五十大板,我挨得也比你重。"

"那还能咋着?"岳翠儿欲哭无泪。

"不知,大不了去坐牢。"

"凭啥?"

凭啥,这个时候你还问凭啥? 啥也不凭,欲加之罪何患无辞,罪名还不张嘴就来? "欺骗组织,让国家蒙受损失。"

"我跟那个姓阎的说了,你这样做是为我。"

"冇用,姓阎的不会这样想,你是被强奸的他都不相信……"

"你信吗?"岳翠儿问,尽管她知道廖普生之前是信她的,但眼望儿她还想再证实一次,毕竟,两人现在是一根绳上的蚂蚱,被阎青提在手里,同是天涯沦落人。

"我信。"廖普生肯定地点点头。

"那你咋想?"

廖普生陡然想起了自己脱下的那身军装,从床上下来,翻箱倒柜把它找出来,抚摸着那上面的一个个补丁。刚参加革命那会儿,他每天都渴望穿上新军装,像大部队的战士们一样成为一名名副其实的解放战士,后来他如愿以偿,终于穿上了上级发下来的新军装……古人说妻子如衣服,此言非虚啊,眼前的岳翠儿不就像他这身旧军装一样吗,破了,打上了补丁,却依然是自己的挚爱……

"不中,我得去找他。"岳翠儿从廖普生的动作和神情中得到了自己想要的答案,这时她内心里翻江倒海,对自己、对丈夫所遭遇的一切深感不公,她打定主意,起身麻利地开始穿衣服。

廖普生拦住她:"别找了,找了也冇用,我比你了解他们。"事情明摆着,对方要是讲理的人,事情何至于会发展到这个地步!

但是岳翠儿已经铁了心,即便不是为自己和丈夫,那么为了小曼香,为了孩子的未来也要去讨个公道。她甩脱廖普生的手,斩钉截铁地说道:"就不信老天爷不开眼,凭啥不相信我是被强奸的!"

廖普生冇再阻拦岳翠儿,心想,找就让她去找吧,女人家一哭二闹三上吊,死马当作活马医吧。如果岳翠儿去找能起到一点儿效果的话,在处理他的时候或许能轻一点儿。唉,再想想,谁也冇长前后眼,谁知这俩亲兄弟一样的国家会走到今天这个地步……

岳翠儿起床后,就去找省调查组那个阎青了,她找了大半天也冇找着,听说阎青下县去了,啥时候能回来不知。铁了心的岳翠儿,就坐在第二招待所的门房里等,一直等到黑晌儿,都过了开饭时间,阎青才回到第二招待所。

阎青看见在等他的岳翠儿,似乎没有感到太奇怪,反而让岳翠儿感到有点奇怪的是,阎青那张阎青面孔跟找她讯问时大不一样,和善了许多,进到他的房间后还主动给岳翠儿倒了一杯水,还递给岳翠儿一块压县里带回来的烤白薯。

岳翠儿推辞着:"我不饿,你吃吧。"

"你真的不饿?"阎青像看老朋友一样看着岳翠儿。

"真的不饿。"

"那我可就吃了,饿孬了我。"

岳翠儿瞅着狼吞虎咽在吃烤白薯的阎青,把给她倒的那杯水搁到了阎青面前:"喝点水,别噎着了。"

阎青瞅着岳翠儿,一边吃一边说道:"我知你来找我啥事儿。"

岳翠儿低着头声音很小声地:"你咋知。"

"人之常情,自己男人做了错事儿,想替他拦着点儿,对吧?"眼神里带着同情,阎青嘴里的话也有了人味。

岳翠儿点点头:"这不都是为了我嘛……"

"嗯,我也相信这事儿不怨你,怨那个苏联人,问题是那个苏联人已经被撵走了,你说你是被强奸的,咋才能证明你是被强奸的,如果没有强有力的证据证明你是被强奸的,谁又能相信你是被强奸的呢?"他嘴里嚼着红薯,含糊地跟岳翠儿掰扯。

岳翠儿抬起眼,看着阎青说:"你相信不就中了。"

"我相信,我咋相信啊? 你总不能空口无凭让我相信你是被强奸的吧。"

岳翠儿俩眼直勾勾地瞅着阎青。

不知怎的,阎青在岳翠儿的逼视下有点发慌,说话时有意躲避着她的眼神:"你别瞅我,我说得不对吗? 你不能光指嘴说啊。"

"我不会光指嘴说。"岳翠儿站起身走向房门,伸手将房门反锁。

"哎哎,你弄啥?"

"我啥也不弄,我要弄人。"说罢,岳翠儿走上前,一把搂住阎青的一只

二、布拉吉

手,捂在了自己的咪咪①上。

阎青急忙丢下另一只手里的烤白薯,一边推着岳翠儿,一边严厉地说:"你可别弄这啊,你弄这可是要出大岔纰的啊……"

"我说那个货强奸了我,恁不相信,那我就把你给强奸了,一定也不会有人相信。"岳翠儿不由分说就去挼阎青的裤带。

阎青一边挣脱一边厉声呵斥:"你撒手!赶紧撒手!再不撒手我喊人啦!"

岳翠儿两手不停:"你喊人吧,你喊我也喊,不信你就试试,我喊你要强奸我!"

阎青被岳翠儿的这句话给吓住了,她真要这么一喊,还真说不清楚,即便能说清楚,也够恶心,就像祥符人常说的那句"粘住毛尾四两腥",更何况这种男女之间的事儿,还真是难说清楚,即便是说清了,也会有人不相信,就像岳翠儿跟那个葛利高里的事儿一样。嗨,阎青顿时有一种陷入泥潭的感觉,想拔出来都很难。

"中了中了,我相信你是被强奸的中了吧。"阎青在岳翠儿泼辣的举动下,终于举手投降了。

"不中,空口无凭。"

阎青紧抓着自己的裤腰带,满脸通红地扭动着身体:"不论理了不是,在事情还冇定性之前,你让我咋给你个凭证?"

"凭证就是咱俩睡一觉。"

阎青瞪起大眼:"你这是要害死我啊!"

"我从不害人,都是人家害我,想让我相信你不会害我,你就睡我。"

"你,你这叫混蛋逻辑!"

岳翠儿一边脱着身上的布衫,一边镇定从容地说:"俺才不管苏联跟咱闹啥不得劲,俺也不管别人咋说我是个半掩门儿,俺只想保住俺这个家。"

……

在一个执意要跟你睡的女人面前,只要这个女人不是那种招你讨厌

---

① 咪咪:方言。乳房。

的女人,而且还有某些地方能吸引你的时候,任何一个男人都不可能是圣人,你就是个真阎王你也得收起你的面孔。在已经脱光了身上所有布衫的岳翠儿面前,阎青变成了小鬼……

时隔不久,省调查组调查的结果出来了,这个结果既在廖普生的意料之中,也在他的意料之外,结论是:廖普生的妻子与苏联人葛利高里有不正当的男女关系,廖普生在不知情的情况下,受妻子怂恿,向前地委主要领导举荐了葛利高里去北京参加水稻研发。也就是说,省调查组的这个结论,把廖普生给摘出来了,屎盆子全部扣到了岳翠儿的头上。岳翠儿不是国家干部,对她的处理交给了市商业局,免去义丰厚副主任一职,开除出商业系统,成了一名由街道居委会监督改造的坏分子。廖普生终究是对革命有过贡献的人,对他的处理,是免去地委文教局主任一职,成了一名普通干部。

不管咋说,岳翠儿用身体换来了这么一个还算不错的处理结果,如果不是这样,少说也要把廖普生送到豫西去劳改两年。虽说事情是转危为安,但"半掩门儿"这几个字儿,却像烙铁一样烙在了岳翠儿的身上。

在被义丰厚开除、沦落到街道上被管制改造的那些日子里,岳翠儿不管走到哪儿,都会被人指指点点,女人们看见她,大多都是撇着嘴窃窃私语,男人们看见她却不一样,尤其是那些爱打斜①的男人,经常会猥琐地笑着对她说一些恶心的话,这些不要脸的男人,嘴里腌臜着她,心里却都想睡她。

最窝囊的就是赔了夫人又折兵的廖普生,职务被一撸到底不说,还把他安排到地委大院去看大门。他一肚子邪火右地儿发,岳翠儿自然就成了他的出气筒,在家里经常为了一点屁大的事儿就捧桌子打板凳地吵架。渐渐地,在廖普生的嘴里,只要两口子一吵架,"半掩门儿"自然而然就变成了廖普生的口头语。一天,摊为小曼香在学校练习敲鼓,把少先队的大鼓皮给敲破,少先队大队辅导员老师找上门来,让家长赔偿。那一个大鼓可不便宜,廖普生咬着牙掏了腰包。待辅导员老师走罢以后,又引发了一

---

① 爱打斜:方言。不正经。

场家庭战争。

廖普生用手指头戳着小曼香的脑门,狠狠地骂道:"小女孩儿家,哪儿来恁大的劲,鼓皮都能被你敲破,长大也不是个啥好货!"

岳翠儿不愿意了:"鼓皮被敲破那是鼓皮不结实,跟小男孩儿小女孩儿有啥关系,俺长大咋就不是啥好货?你咋知俺长大不是啥好货?"

廖普生的火气并非摊为孩子在学校办了岔纸事儿,而是来自一个在坊间广为流传的关于和尚因长期禁欲而把持不住自己,竟然在做法事的时候敲破了鼓的荤段子,并且用的也并非是木制的"鼓槌"。心怀怨气的廖普生是张冠李戴借题发挥,只要是女子,别管老少,都往下三路想。"三岁看到老,有其娘必有其女!"

岳翠儿认为,反正自己是论堆了,事到如今你咋羞辱老娘都能忍,但是要冲孩子使赌气绝对不中。她像护崽的母兽一样嗷嗷着:"姓廖的,你把嘴放干净点儿,啥叫有其娘必有其女?她娘咋啦?你把话说清亮,她娘咋啦?她娘咋就屙你眼儿里了?"

"她娘咋啦她娘知!"廖普生的嗓门也大了起来。

"你不是就想说,她娘是个半掩门儿吗!"

"这可是你自己说的,你还怪有自知之明啊!"

岳翠儿用手指着廖普生:"姓廖的,你不要坏良心,别人骂我半掩门我无所谓,你也觉得我是个半掩门儿,你就是坏良心!"

"我坏良心,我要是坏良心,我还能让恁这个妞儿姓廖?叫廖曼香?你说这话才是坏良心!"想起自己在刘店的老家,廖普生顿觉自己混得不值,眼望儿恨不能全族的人都跟着他背黑锅。

提起这个家里陈糠烂谷子的那些事,岳翠儿自然有一百种理由来证明廖普生是咎由自取,她用更大的声音嚷嚷道:"你是不是觉得俺妞儿跟着你姓廖的你吃了八辈子亏了?你是不是以为俺想跟着你姓廖的啊?发你的迷吧!"

祥符人,或者说整个中国的人吵架都有个毛病,那就是一个比一个嗓门大,似乎谁的嗓门大谁就占理。但是眼望儿,这公母俩都忽视了一个问题,那就是不管恁俩在家里怎样咋呼,都不会引来街坊邻里的共鸣;相反,别人只会在院墙外窃喜、偷听,把这当作一出戏来看,因为不管咋说,这家女的是半掩门、男的是肉头孙已经是板上钉钉的事实，按他们的想法，就该给这家门上贴上一张《王小赶脚》的年画才好。

《王小赶脚》是祥符传统的木版年画，盛行于明清时期，这幅年画起源于一出戏，说的是以赶毛驴拉活儿为生的穷小子王小，遇见了一个年轻漂亮的小寡妇，于是男女之间开始言语挑逗，夹枪带棒直指下三路。俗话说，食色，性也。就是这一出"打俚戏"的戏，后来做成了年画，也是深受平民百姓的欢迎。然而到了清末，这出戏和这幅年画却被一些理学先生所不喜，认为伤风败俗，致使政府在民间严令禁绝。所以压那时候起，百姓们也跟着官家和老学究们一起心里隔意①起来，遇见谁家男人出轨或是女人劈腿，就偷偷印出这幅画贴到谁家门上，以此来昭示，这家男的是流氓，女的是破鞋。

眼望儿，这家人不知羞耻，吵得不亦乐乎，可让周边的闲散懒汉们听了个过瘾——

"一不留神把你的心里话说出来了吧？别以为我不知，你心里头压根就不想让她姓廖，她应该姓胡，对不对？"廖普生此时哪会注意到隔墙有耳，依旧扯着嗓门反唇相讥。

"对不对你都说了！"

"今个你可算把心里话说出来了，中中中，你赶紧把恁妞儿的姓改喽，别让她再姓廖，让她跟她亲爹姓胡去！你要是不改你就是个狗！"

"你别威胁我，你也别觉得亏，改就改，俺倒要瞅瞅，俺不姓廖能不能活！"

"你个半掩门儿吧……"

"恁妈才是半掩门儿！"

"恁全家都是半掩门儿！"

"恁祖宗八辈都是半掩门儿！"

"我呼你个半掩门儿……"廖普生扑向岳翠儿，俩人扭打了起来。

在岳翠儿和廖普生对骂扭打的过程中，对他们两口子的干架早已习以为常的小曼香，显得很麻木，虽然课本上没有，老师也冇讲过，但"半掩

----

① 隔意：方言。反感，在意，心里不踏实。

二、布拉吉

门"这三个字她认识,啥意思她也知道,她只是不明白,为啥这么难听的话竟是从廖普生嘴里说出来的,他可是政府的干部啊,他在家里强势,不但她妈惹不起,她也惹不起。小曼香无视互相撕拽的两个大人,扯下脖子上戴的红领巾,专心致志地叠出来个红老鼠,自己欣赏着……

两口子干罢架的当天晚上,廖普生卷着铺盖卷离开了家,住进地委大院传达室里面的那间小屋去了。

第二天,岳翠儿真的就领着小曼香去派出所改了姓。不过,冇改成她亲爹的胡姓,而是随了自己,把廖曼香改成了岳曼香。

3. 布拉吉不是垃圾,是爱恨交集

> 祥符城里闲坐在马路边的老人们有句口头禅:良民的布衫,贼穿上永远合适;贼的布衫,良民穿上也不像贼。

廖普生在地委大院传达室里面的小屋,一住就是小半年,其间他也不是冇回过家,岳翠儿也不是冇来看过他,但是两人终究是冇啥话说。两人都提不起劲的原因,并非是摊为吵架互相伤害了对方,而是一见面就想起了那个死去的孩儿。对于岳翠儿来说,葛利高里、阎青所带给她的心理阴影,如影随形的"半掩门"标签以及街坊邻里的白眼,还有对小曼香未来的担忧,等等,这些给她所带来的伤害,远远超过了因流产所带来的丧子之痛。每次见了神情落寞的廖普生,她心里都不是滋味,说白了,两人之间即便再吵再闹,压根就没有谁对谁错之分,都是受害者,也谈不上谁恨谁,随着日子一天天过去,反而是同病相怜的味道更浓重一些,虽然彼此都觉得无话可谈,但通过偶尔的眼神交流,都能够清楚对方心里想的是啥。

廖普生的眼神与以往相比,变得暗淡无光,但岳翠儿却知道他是在藏拙。是啊,不藏拙有啥法儿啊,咱不是革命的一块砖吗,眼望儿上级把这块砖搬到了地委大院的传达室,那咱就干一行爱一行呗,革命工作冇职务高低之分,只有岗位不同。廖普生想,如果连这看大门的传达都干不好,那岂不是让人说自己是能上不能下?人嘴两张皮,到时候难听话就多了,啥恋槽啥官迷的,不把自己说成个下三孙都不拉倒。何必呢,谁还冇个走麦城的时候啊,今日且做小沙弥,夹着尾巴做人吧,骡子大马大了值钱,人大了不值钱。

抱着这一想法,廖普生把传达工作干得有声有色,打开水、分发报纸从未出过错,而且都是自己亲自送到各个机关;遇到有电话找人,都是一溜小跑通知到人;对外来人员说话也是客客气气,来有迎声走有送声,让人一进地委大院,不管能不能办成事儿,都觉得如沐春风。就这样,廖普生有意让自己忙得屃打边鼓闲不下来,冇空去想死去的孩儿和两口子所遭遇的种种不公。但是,对于经过大风大浪的廖普生来说,一个忙碌的传达毕竟不是他的人生理想,每到夜晚,便是他思想最活跃的时候。回想以往的种种,廖普生认为,杀子之仇夺妻之恨自己算都占全了,在对待葛利高里这件事上他做得冇错,这不能怪崔洪,也不怪阎青,自己做了一个男人该做的事情,该倒霉就得认倒霉。但是,岳翠儿肚里的孩儿还冇出生就夭折了,那可是亲骨血啊,而且还让自己从此断了后,文工团的那帮赖孙个个都是杀人犯! 一旦自己……算了,一个打杂的传达能把人家给咋着?

每当廖普生恨到咬牙切齿的时候,都忍不住会大泄气,常言道君子报仇十年不晚,至于按自己眼望儿这个情况,能不能熬过十年,他心里也冇忖①。

然而,正所谓老天爷饿不死瞎家雀,正当廖普生认为自己这辈子再无出头之日的时候,却冇想到出现了时来运转的机会。

这天上午,廖普生像往常一样坐在地委大院传达室的门口,给进入地委大院的人员和车辆做登记。大约十点来钟的样子,一辆压郑州开来的华沙牌小卧车,缓缓地停在了传达室门前,就在廖普生起身来到小卧车前查看车牌号的时候,小卧车的车窗玻璃摇了下来。

一个熟悉的声音压小卧车里传了出来:"哎,这不是老廖,廖普生吗?"

廖普生勾头一瞅,天爷,他惊住了:"哎呀,郭书记? 你,你咋来啦?"

他这一嗓子,立马引起了周边人的关注。廖普生偷眼一扫,只见地委大院里有不少人正在探头向这边观看。

郭书记压小卧车里下来,带着满面笑容,一边和廖普生握手一边说:

---

① 忖:方言。把握。

"我咋不能来啊,这不是来看你了吗?"

廖普生神情激动,双手紧紧握住郭书记的手:"别打麻缠了,郭书记,轮八圈也轮不到你专程来看我啊。"

郭书记面带不解地问:"你咋干起看大门的活儿了?"

被郭书记这么一问,廖普生一阵鼻子发酸,低头不吭声了。郭书记也看出了廖普生的一言难尽,于是说道:"我来祥符办点事儿,等我把事儿办完后,咱俩一起喝两杯。老朋友,多天不见,咋着也得喷喷吧。"

真是这样,自打祥符解放以后,廖普生就冇再见过郭书记,只是听说他又升官了,具体升了个啥官不知道。一直到下午,郭书记办完了事儿以后,他俩找了一家小酒馆喝两杯的时候,他才知郭书记已经升至省委第一秘书处当了处长,这一次到祥符来,是代表省委贯彻中央对"四清"运动的指示精神。

郭书记说,自打困难时期过后,党中央开展了"四清"运动,也叫社会主义教育运动,运动的内容就是,先在农村中"清工分,清账目,清仓库,清财物",然后城乡一起"清思想,清政治,清组织,清经济"。郭书记还说,在这个运动期间,中央领导亲自挂帅,数百万干部下到城乡,省委为了贯彻中央精神,派他来祥符认真落实祥符地区的反贪污行贿、反投机倒把、反铺张浪费、反分散主义,全国广大工人和农民纷纷参与其中,积极响应党中央的号召。

郭书记说了半天"四清"运动后,才把话题落在了廖普生的身上。他上午和崔洪见面时也问到了廖普生,崔洪把大概情况向他做了介绍。郭书记并不觉得组织上对廖普生做出这样的处理有啥不妥,他只是觉得廖普生混到这一步有点儿太不值得。

郭书记与廖普生碰了一杯酒,喝罢后说道:"你忘了冇,那年咱跟老蒋冇彻底掰脸的时候,上级派咱俩进祥符城,你头一次去义丰厚见恁媳妇,非得压别人手里夺过来。那时候我就觉得,你这货,有种!"

得到了老上级的夸奖,廖普生兴奋地喝了一杯酒,是啊,那件事他到眼望儿也不后悔,胡国杰是国民党部队的中尉,岂是一般二般人能招惹得起的,而自己,就敢跟他争老婆! 不过,放下酒杯,一想到从那以后所发生的种种事情,直到自己落到今天这个地步,无不与自己争来的这个老婆有关,廖普生又不免泄气,觉得"咎由自取"这四个字眼望儿套在自己身上是再贴切不过了。

郭书记也察觉到了廖普生的情绪变化,再次喝下一杯酒后,正色道:"咱打跑了国民党,坐了江山,你也娶了岳翠儿,也当了干部,好好过日子呗。这好,跟你同时期参加革命工作的人都混得比你好,瞅瞅你,混来混去,混成个看大门的不说,还成了个孤家寡人。这说明啥? 说明你有打牌儿①革命到底,说明你被胜利冲昏了头脑。和平时期就有斗争啦? 亏你还当过兵,葛利高里算个球啊,他欺负了恁老婆,那就是玷污干部家属,就是有意搞破坏,拖革命工作的后腿,这事儿你可以交给组织嘛! 实在咽不下这口气,你把他给骗了,就是闹到公安局,那也是事出有因啊。再说,你要是真的认为恁老婆作风不好,是个半掩门儿,你就跟她离婚呗,可你又不离,你是公家的人啊,瞅瞅你眼望儿混得这副砸锅样儿,我都替你丢人!"

听着老领导的训斥和数落,廖普生觉得又温暖又沮丧,可不是嘛,人到事上迷啊! 其实,在葛利高里那件事儿上,他早就后悔了,当初自作聪明,用捧杀的办法把葛利高里弄走了,谁知却弄了自己一身腌臜。他之所以不愿意和岳翠儿离婚,还就是觉得自己在这件事儿上有过错,再一个就是,和岳翠儿结婚是自己的选择,日子过好过孬都是自己的,怨不得别人,也不想让别人看笑话。至于自己眼下混的这副砸锅样儿,有没有东山再起的机会,他不知道,死猪不怕开水烫,做一天和尚撞一天钟,看一天大门吃一天饭。让他有想到的是,郭书记的出现,给他带来了转机。

郭书记把自己杯里斟满酒,说道:"就这吧,你也别垂头丧气了,我已经跟恁崔书记商量罢了,压明个开始,你还跟着我干。这次我来祥符,缺人手,'四清'运动这个活儿也很重要,对你,我知根把底,放心。"

廖普生抬起头,难以置信地瞅着郭书记。

郭书记端起酒杯:"来,你要是有意见,就陪我干了这一杯。"

跟郭书记喝罢酒的第二天,廖普生就搬回家住了,冷清多日的房屋仿佛一下子云开雾散,又有了人气儿,他焕然一新的新身份,也让岳翠儿枯

---

① 打牌儿:方言。打算。

楚的心展样起来。

听着父母在屋里说笑,小曼香心里可高兴,对于这个刚满十四岁的小姑娘来说,这些天身边所发生的变化太大了,这些突如其来的变化甚至让她一时无法适应。压廖普生回家,说自己调到了省"四清"工作队的第二天,她一回学校就发现,过去冷眼看她的老师突然都变得热情起来,班上很多过去见了她都避退三舍的同学也都找这样或是那样的借口,开始纷纷往她跟儿栖。而让她感受颇深的是,母亲也被街道解除了监督劳动,有更多的时间待在家里。她虽搞不明白这些变化都是如何发生的,但显而易见的是,爸爸一回来,似乎一切都回到了从前,家也变得更有家的样儿了。尽管因为改姓,她知道自己的父亲不一定是廖普生,但是这个男人能让母亲的脸上再次露出笑容,能确定这一点就足够了,不管他是谁,也不管自己姓廖还是姓岳,在这个家里,他就是自己的父亲。

其实,对已经姓岳而不姓廖的小曼香眼望儿能郑重其事地喊自己"爸!",廖普生毫无感觉,孩子张口喊了,他也就张口答应,既不觉得亲切,也不觉得疏远。他认为眼下这状况就很好,郭书记不是说让好好过日子嘛,那就三口人搭伙好好过呗。曼香把他当爹,他尽到当爹的责任就是了,供她上学,管她吃喝,关心她的学习和进步;至于曼香她娘,过去的事情一风吹,常言说过日子比树叶还稠,谁家也没挂个免事牌,两口子马勺碰个锅沿也是常事,哪家炉灶不冒烟啊,过去的也就过去了,求大同存小异吧。

话是这么说,可在现实生活里,大同好求,小异难存,家庭生活如此,机关的政治生活更是如此。

"四清"工作队的活儿,要比看地委大院的大门忙,工作起来冇日冇夜。忙是好事儿,可忙到熟人头上就未必是好事儿了。这天,郭书记把廖普生叫到跟前,严肃地问起了市文工团参加十周年大庆做那一百套演出服的事儿,说是有人举报,当初,苏联布衫随着苏联歌曲被替换之后,那一百套演出服虽然作废了,可在此之前,市里批给了文工团制作演出服的专项资金。节目重新选定排练之后,文工团又重新申请了一笔做演出服的资金。虽说市里冇同意再次拨款,但去郑州演出的时候,合唱队一百号人穿的服装,都是演员们自行解决的,文工团领导在全团大会上说的是,"有条件要上,没有条件创造条件也要上",市里拨的那批制作苏联演出服的专项资金去向不明。"四清"工作队收到的举报,正是那笔专项资金的去向问题。举报人向"四清"工作队揭发了文工团的张团长。

廖普生在郭书记的询问下,把岳翠儿摊为那一百套苏联布衫,大闹文工团导致流产的前前后后,向郭书记描述了一遍。

郭书记认真地说:"市里确实给了这笔钱,这我已经落实过了。文工团冇给义丰厚钱也是不争的事实,咱们要弄清的是这笔钱的去向。这活儿交给你了,记住,先不要打草惊蛇,等瞅清这条蛇之后,打它的七寸!"

廖普生顿时精神抖擞,两腿一并,向郭书记敬了一个正规的军礼:"请首长放心,坚决完成任务!"

不言而喻,廖普生心知肚明,郭书记为啥把清查市文工团的这个活儿交给他,因为他和岳翠儿都算是这件事的当事人,也是直接受害者。正所谓山不转水转,别管是于公于私,他讨还血债的机会到了。

当岳翠儿听说派廖普生去调查文工团,更是兴奋无比,她对廖普生说:"普生,你要给咱死去的儿子报仇啊!"

很快,廖普生的调查就有了结果,市里拨给文工团做苏联布衫的那笔经费,确实拨给了文工团,因为演出曲目变更,文工团反悔不认账,冇把这笔钱给义丰厚的事实清楚。可是,当廖普生把张团长叫到面前,让他说清那笔钱去向的时候,事情却大大出乎了调查人员的意料。压张团长嘴里所说出的其中隐情,让廖普生真的蒙了,不知该咋办了。

是不是要把实情马上给郭书记做汇报?廖普生犹豫了起来,他可清亮,一旦给郭书记做了汇报,这可真比害眼厉害得多,闹不好整个祥符地区的党政机关就是一场大地震。

廖普生开始睡不着觉,他坐在床上抽起了烟,并让岳翠儿帮着他出出主意,当他把事情的经过原原本本告诉岳翠儿之后,立马又激恼了岳翠儿,气得岳翠儿坐在他身边,不住口地一个劲骂。

"骂管个屁用,总不能再把崔书记牵扯进去吧。"

正所谓拔起萝卜带出泥,廖普生万万冇想到,张团长最后说出的那个名字竟然是崔洪,他现在意识到,涉及自己两口子的那点事儿仅仅是皮毛,是整个事件的冰山一角,内中水深得很。

但岳翠儿并不这样想,认为自己流产、孩儿夭折,责任全在文工团所赖下的这笔账,而导致文工团不能按时付款的所有幕后人,都是罪魁祸首,都应该受到党纪国法的处罚。她说:"把谁牵扯进去都刚好,冇一个好东西,一提这事儿,恨得我咬碎牙!咱儿子要不是也不会死!"

廖普生长长吐出了一口烟雾,叹道:"是啊。可你想了吗?郭书记知咱恼劈了①文工团,为啥把这个调查的活儿交给了我?就不怕我公报私仇?"这辈子,他从来冇怀疑过郭书记的任何决策,两人是经历过血雨腥风的过命交情,不论是在新中国成立前做白区的地下工作,还是在战场上和敌人面对面地殊死搏杀,郭书记的智慧、眼光和果断都令他佩服,这也是他在困顿之中,摊为郭书记的一杯酒而愿意来"四清"工作队的原因之一。现在,快意恩仇固然是他所愿,但如果换个角度,想想掀起一场地震后自己所面临的后果,尤其是涉及崔洪,他心里开始打鼓了。

岳翠儿想了想,觉得廖普生的话有道理,便将头凑过来,两口子嘀嘀咕咕,翻来覆去地掰扯着整个事件,逐渐地往深处琢磨了起来。

廖普生寻思着:"有没有一种可能呢……"

岳翠儿问:"啥可能?"

廖普生分析道:"据我了解,郭书记跟崔书记的关系不错,这事儿是秃子头上的跳蚤,明摆着的,让我来查这件事儿,就是让我落这个孬,如果是我落这个孬,在别人眼里就是理所应当,因为这件事儿差点搞得咱家破人亡。郭书记把这摊子事交给我来摆治,真可谓一箭双雕。一来,是让咱出了这口恶气,有仇报仇,有冤申冤,万一出了岔纰,那也是私人恩怨,大不了还是我来背这个锅;二来,崔洪要是翻车,他恨的是咱,不会去恨郭书记。崔洪就是恨咱他也说不到二上,因为根儿还是在做那批苏联布衫上。你仔细想想,是不是这个道理。"

岳翠儿似乎也悟到了什么,微微点着头说:"郭书记这样做,是想几面落好,哪面也埋怨不住他……"

廖普生不由得感慨:"郭书记是高人啊……"

---

① 恼劈了:方言。非常恼怒。

"那你眼望儿还准备按这个路数走?"岳翠儿的话语里透着担忧,她怕廖普生这次又犯糊涂,被人卖了还帮人数钱。

廖普生长出一口气,道:"按不按这个路数走,两说,我得考虑考虑。"

"两说? 啥意思?"岳翠儿盯着廖普生,觉得自己男人再次面临着一道坎。

廖普生开口道:"说白了,这跟押宝差不多,押准了,咋着都好说,押不准,那可就难说了,就像葛利高里那个卖尻孙的事儿一样,一步错步步错。"

岳翠儿不吭气儿了,她可清亮廖普生说的押宝是啥意思,这要是再把宝押错了,要想再翻定①过来,可就冇那么容易了。

是的,这一回廖普生不敢再像上一回那样自作聪明,他在反复掂量之后,决定先找文工团的张团长谈话,然后再决定下一步的走向。

廖普生与张团长的谈话是在文工团进行的,他之所以选择在这个排练厅里进行谈话,其用意张团长心里明镜似的。嘹亮而激昂的《喀秋莎》《青年近卫军》等歌声曾在这里唱响,若是中苏两国之间冇出现以后的那些事,在义丰厚做的那批苏联布衫也将穿在那些长相排场的男女歌唱演员身上,在这里展示;这个地方,还是手底下的那些闷儿孙跟人家打斗的现场,把人家肚子里的孩儿都打掉了……

灰头土脸的张团长跟在廖普生屁股后面,有一种世界末日来临的感觉,他心里可清亮,此时廖普生的身份,捏死一个文工团团长,就像捏死个臭虫一样容易。张团长当然知船在哪儿弯着,他更知,弯着的这只船经不起"四清"运动这样的狂风大浪。

廖普生和张团长俩人站在空空荡荡的排练厅里,衬托得排练厅更加空阔寂静,从两个人嘴里说出的每一句话都带着回响,那一串串飘忽的声波仿佛像一群敏捷的野猫在排练厅里头游荡。

"这排练厅是哪一年盖的啊?"廖普生一边问,一边在空旷的大屋里踱步。

---

① 翻定:方言。复活。

"1956年秋天盖的。"张团长跟在廖普生屁股后面唯唯诺诺地回答。

廖普生停住脚,转过身问:"老毛子盖的?"

"是的,是苏联人帮着咱盖的。"

"苏联人掏的钱?"

张团长岂能听不出廖普生话中的意思,这分明是说,怹文工团连做布衫的钱都不给,还能舍得掏钱来盖这个大厅? 他急忙解释道:"咱掏的钱,苏联人设计的。"

"给设计费有?"廖普生又问。

"不给能中? 给了。"

廖普生继续踱步:"苏联人就是能蛋啊,盖房子赚咱的钱,种粮食赚咱的钱,做布衫还赚咱的钱,咱的钱咋就怹好赚呢? 啊,张团长,你说说。"

来了,对方终于要切入正题了,张团长满脸肌肉僵硬,张嘴说不出话来。

果然,廖普生停住了脚,转过身,把脸一整①,说道:"中了,咱不说苏联人的事儿了,说说做苏联布衫的事儿吧。"

其实,在廖普生找张团长谈话之前,张团长就已经听到了风声,省里的"四清"工作队要调查演出服的事儿。但是,让他做梦也有想到的是,负责调查的人却是冤家对头廖普生。在那一瞬间张团长彻底蒙圈了,啥叫山不转水转,啥叫三十年河东三十年河西,啥叫冤家路窄,老天爷,这是现世报啊! 眼望儿人家是翻身农奴把歌唱了,自己该咋办?

张团长慌了手脚,立马给崔洪打过去了电话,而更让他摸不着大头小尾巴的是,崔洪在电话里对他说,要敢于担当,那笔做演出服的钱又有装进哪个私人腰包,全部用在了龙亭的整修上面了。

龙亭是祥符城标志性的历史文物,用今天的话说,就是城市名片。来祥符当领导的,无不把龙亭当作一个风水宝地,都想沾沾它的皇气。钱用在了龙亭的整修上,这事儿张团长当然知道,压新中国成立以后,市里一直嚷嚷着要修整龙亭,解放祥符的最后一仗就是解放军攻打龙亭,那叫一个惨,龙亭被枪炮打得就差有塌了。市里在财政十分紧缺的情况下,龙亭

---

① 一整:方言。沉。

也不断在修整，可总是不能一步到位。领导们心里急啊，这祥符城的门面，若是不能把它修整得像模像样，那岂不是丢祥符人民的脸？崔洪上台后的头一件事儿，就是要了去这个心愿，四处筹钱，见缝插针，变着法儿把那些自己能说了算的钱，都弄去整修了龙亭。

十周年大庆文工团做苏联布衫的那笔钱，也被用在了龙亭上面。

谁都明白，说清这笔钱的去处不是问题，问题在于，挪用这笔公款崔洪不想负这个责任，他在电话里说的那句"敢于担当"，让张团长彻底傻眼。敢于担当？咋个敢于担当法儿？修龙亭又不归文工团管，你崔洪不发话，谁敢把做苏联布衫的钱挪到龙亭上去啊。这句"敢于担当"让张团长深感绝望，这不明显是让自己当替罪羊吗，可自己这个替罪羊当的找不到出处啊。直到廖普生站在了张团长的面前，他也有想好咋个"敢于担当"法儿来，而最让他感到恐惧的是廖普生，因为他与廖普生之间有着"杀子之恨"……

身处恐惧中的张团长，苦思冥想也找不出一个能说通的逻辑，他俩眼怔怔地瞅着站在面前的廖普生，脸枯楚得像一团被揉皱的纸。

廖普生压兜里掏出烟，点着，随即单刀直入地说道："老张，你也不用为难，也不用瞎编，我啥都知，这事儿不怨你。但是，我今个来，就是要敲明亮响地告诉你，苏联布衫是专款专用，你为了巴结领导，说演出服你们可以自己解决，是你主动提出把做苏联布衫的钱用在修龙亭上，对吧。想抵赖，有门！"

张团长睁大了俩眼，像看魔鬼一样看着廖普生。"巴结领导"这是多好的借口啊，自己想破头都理不顺的逻辑，被这鳖孙嘴里吐出的四个字儿全给理顺了。啥专业单位文艺团体啊，啥业务对口不对口啊，只要自己跟崔洪是上下级关系，一切都可以用"巴结领导"四个字来联系在一起。但是，就挪用资金这件事来说，"巴结"的后果是啥他心里门清，资金的数额在那儿明摆着，不管是从宽还是从严，自己都跑不了吃官司被判刑。想到此，他吓得嘴唇都吓瑟了："不，不，不是……"

一看对方想否认，廖普生立马把俩眼瞪得更大："啥不是？不是在鸡肚子里！我警告你，识相的话，你就认了这壶酒钱，争取个从轻发落；不识相的话，就别怪我下手狠，免你团长职务是轻的，西华县劳改营正等着你呢!"

张团长带着哭腔哀求道:"我知,我啥都知,这个缸必须是我来顶,我也不可能推到崔书记头上,可,可是……"

"可是啥?"廖普生学着阎青的模样,紧盯着张团长逼问,这个感觉让他感到很舒服。

"我,我的意思就是说……"

"就是啥?"

"就是你老兄咋能让我吃个定心丸,保证不把我送到西华去啊……"

张团长终于说了软话,这早在廖普生的意料之中。崔洪是啥人,就连郭书记都不敢直接去跟他叫板,编个圈儿差点把自己给套里,你个文工团长算啥,别说咱俩有仇,就是冇仇,这个锅你也甩不掉。廖普生把抽罢的烟头扔在地上,一边用脚踩灭,一边说:"我可保证不了,眼望儿天天都有人被送到西华去。夜个,粮食局就被送去了俩。当然,他们跟你的性质不同,他们是把杂面换成好面,掂回自己家了,你是把公家的钱挪用到跟你八竿子打不着的龙亭上了。"

张团长彻底崩溃了,号啕大哭起来,泣不成声地说道:"我认,我都认中了吧?都怨我,是我找上门去巴结领导的,崔书记不要,是我非得要给,我说都是公家的钱,又有装进咱自己的腰包,是我硬塞给崔书记的,所有责任由我一个人承担,我愿意承担。呜呜……"

瞅着张团长伤心的模样,廖普生心里可得劲可得劲的,他压兜里再次掏出一支烟,点着,深深吸了一大口,这几年的愤怨,总算是找到了个公报私仇的出气筒。

廖普生仍然在回想着阎青当初对付自己的模样,看着低头哭泣的张团长没有半分心软。他想,如果是阎青,此时会怎么做?对,在对手彻底缴枪的情况下,一定会再踩上一脚。所以他又开口道:"这一回你是吃不了兜着走,不兜也不中啊。话又说回来,兜着走你能不能走动,还很难说。"

已经彻底孬劲①的张团长,伸手拉住了廖普生的胳膊,加大了自己的

---

①　孬劲:方言。认输。

哀求："是我对不住你,饶了我吧,俺家上有老下有小,只要你能饶了我,你叫我弄啥我弄啥,下辈子我变牛变马,去给恁家拉犁拉耙……"

廖普生把张团长的手压自己胳膊上拨拉掉："别别,你说话讲点原则中不中,啥叫对不住我啊?这是我的工作,我这是在秉公办事儿。"

……

心里有了底儿的廖普生,去找郭书记汇报了调查结果。听罢汇报的郭书记点了点头,啥也冇说,压兜里掏出一盒大前门香烟,扔给了廖普生。

廖普生伸手接住烟,嘴里说道："你留着抽呗。"

郭书记面带微笑："中了,抽吧,跟我还作假。"

时隔不久,省"四清"工作队在向省里汇报罢之后,代表省里对市文工团的苏联布衫挪用公款一案做出了处理:地委书记崔洪写出书面检查,市文工团张团长撤销职务,即日押送西华县劳改营接受为期一年的劳动改造。

对这样的处理结果,大家都心照不宣,从上到下都认为是一个必然。除了张团长又放声大哭当了冤大头之外,其余方方面面都算是皆大欢喜,只是有人觉得,冤家路窄这个词,用在这件事儿上再冇恁合适了。

"四清"工作队的工作告一段落,郭书记要回省里了,却冇把廖普生给带走,而是让他重回地委大院,说只管回去,没人敢再咋着你。于是,廖普生又走进了地委大院,果然,他冇再进传达室,而是走进了办公大楼自己以前在文教机关的办公室。直到上级领导宣布他官复原职的那一刻,廖普生才真正悟到了郭书记话中的"玄机"——在查办文工团挪用公款一案上,因自己多了个心眼,巧妙地给郭书记和崔洪两人同时解了套,由此证明了自己出色的工作能力。在郭书记看来,他廖普生已经投了桃,那么崔洪就理所应当地该报之以李。

果然,压廖普生官复原职以后,崔洪对他的态度就亲近了不少,平时在大院里碰见了,总是跟他招手打招呼、寒暄几句;即便是开会,干部们都在一起,崔洪说话也不把他当外人。

这天,廖普生被崔洪叫到了办公室,进门招呼了几句后,对方突然话锋一转,问起了岳翠儿。这让廖普生颇感意外,压自己调到了省"四清"工作队,岳翠儿就被街道解除了监视劳动,又回到了义丰厚,听说眼望儿商业局还想让她当义丰厚的负责人,领导谈了几次话,可岳翠儿说啥也不干。

就在廖普生以为崔洪要替商业局出头,想通过自己说服岳翠儿的时候,谁知对方却跟他拉起了家常,主动提起了给文工团所做的那批演出服。崔洪满脸展样儿地问道:"你回家问问弟妹,那批苏联布衫最后咋处理了?"

"不知咋处理了。咋啦?"廖普生赶紧近前一步,压低了声音,不知这批布衫还牵涉到崔洪啥事。

崔洪摆摆手道:"咋也不咋,我就想问问,如果还有处理完的话,我想买一件布拉吉。"

"布拉吉,它就是个垃圾,你买它弄啥啊?"原来崔洪只是想买件衣服,这让廖普生暗自松了一口气,可是眼望儿咱国跟苏联搞成这个样儿,买布拉吉那不就等于买碍碍吗?

崔洪笑道:"垃圾不垃圾,留个纪念,布衫这东西,不定啥时候时兴啥呢,等到转一圈又时兴布拉吉的时候,我拿出来让俺孩儿他娘穿。"

"中,俺回家问问。你别说,如果义丰厚真是存的还有,俺也弄一件留个纪念,冇准哪天还真又时兴了呢。"廖普生嘴里这么说,但他说的不是心里话,因为他对布拉吉的情感很复杂,是一种爱恨交集。

可以说,苏联布衫的事儿,让廖普生至今心里闹得慌,因为这批布衫,他和岳翠儿都冇落着好,整个家都冇落着好,虽说眼望儿官复了原职,但他始终认为,除了郭书记提携的原因外,其他都算是拿他那个夭折孩儿的小命换来的。崔洪要买件布拉吉,这让他百思不得其解,真是像表面说的那样,买回去让孩儿他娘穿?还是想通过"布拉吉"三个字来点析①啥?

不管咋说,廖普生还是让岳翠儿从义丰厚买了一件布拉吉,可崔洪自那次说罢以后,就冇了下文,好像把这件事给忘了,再也冇提过。廖普生寻思,这件布拉吉人家到底是要还是不要啊,如果就是随便说说,那自己把这苏联布衫拿去,岂不是在冒傻气?现在人家不再提了,那就是醉翁之意不在酒,就是借着布拉吉说事,点析自己要配合商业局领导,说服岳翠儿勇挑革命重担。廖普生在想明白了之后,再看手里的布拉吉,感觉就像

---

① 点析:方言。暗示。

抓了一块烧红的烙铁，又像抱着他那血糊糊不成形的孩儿，他扒开衣箱，咬牙切齿地把它塞到了最下边……

按理说，廖普生都官复原职了，岳翠儿回到义丰厚，也应当官复原职。商业局领导的本意是还让她当副主任，可岳翠儿说啥都不愿意。一来是她真不想再操那么多心，就说文工团欠款那件事，至今让她耿耿于怀，自己若不是个负责人，还会去要账吗？不去要账，还会有随之而来的那些事儿吗？作为一个女人，孩儿流产给她留下了巨大的身心伤害，想起来心都吓瑟。二来，岳翠儿也觉得自己的精力实在跟不上，眼望儿她一门心思都在女儿曼香的身上。

已经是小学马上就要毕业的小曼香，很是让人操心，年龄不大，个头不小，都快跟她妈一般高了，娘俩的布衫已经都可以混着穿，而且小曼香越长越像她亲爹胡国杰。用廖普生的话说，啥都像她亲爹，就是文化不像她亲爹，别看她亲爹是黄埔军校毕业的一介武夫，可说起话来文绉绉的。他这个妞儿可好，人不大，满身的社会习气，尤其是说话带把儿，一点儿也不像个小妞儿。因为这个说话带把儿，也不知挨过廖普生多少骂。为此，两口子曾不止一次地拌嘴，只要一拌嘴岳翠儿就把责任归结到廖普生身上。

"别光说妞儿，你也不听听你自己的嘴干净不干净。"上梁不正下梁歪，岳翠儿始终认为，是廖普生疏于管教，女儿才变成眼望儿这个样儿。

廖普生当然不认这一壶："我是老的、她是小的，我是男的、她是女的，那能一样？"

两口子这就又开始你一言我一语地抬杠了——

"老的嘴里带把儿，那是倚老卖老，说脏话还分老的少的、男的女的啊？不是说男女平等吗？"

"少跟我胡搅蛮缠，有其母必有其女！"

"其母咋啦？其女又咋啦？她不是姓岳了吗？又不姓廖，碍你蛋疼！"

……

照常，只要岳翠儿一说到女儿姓岳不姓廖的时候，廖普生就不吭气儿了。因为在小曼香改姓的问题上，廖普生一直觉得自己短了点啥似的，也就是在小曼香改了姓之后，他们父女之间的裂痕越来越大，家里不碰到事儿还中，只要一碰到事儿，一准磨嘴吵架。

随着小曼香一天天长大,廖普生对这个养女的事儿更加不闻不问,只要不是非得他出面的事儿,他根本就不管。俗话说,儿大不由娘,女大不由爹,何况是个后爹。

这天,岳曼香兴高采烈地拿回了小学毕业全班的合影照,给正在做晚饭的岳翠儿看时,廖普生正好下班进门,兴致正高的岳翠儿对廖普生说:"哎,你瞅瞅曼香他们全班的毕业合影,就咱曼香个子高,这哪像小学毕业生啊,说是高中毕业生都有人信。"

漫不经心的廖普生并不想看,当岳翠儿把照片递到他眼前,他不得不接过去瞅了瞅,就这一瞅坏事儿了,他的俩眼瞬间盯在了照片上。

廖普生扭脸冲岳曼香吼道:"谁让你穿这件布衫去照相的?"

岳曼香被吼得愣在了那儿。

岳翠儿一见,急忙近前问道:"咋啦? 她穿这件布衫咋啦?"

廖普生指着照片瞪眼道:"我不是说过了吗,这件布衫是压箱底的,不准拿出来穿!"

"这有啥,又不是偷来的,咋就不能穿啊?"

"你是个猪脑啊? 为啥不能穿你不知吗?"

岳翠儿当然知廖普生骂她猪脑指的是啥,除了政治含义之外,还带有个人的仇气,这件布拉吉能给他带来很多的联想。于是,岳翠儿说道:"中了中了,以后不穿就是,最好连箱底也别压,扔掉最好,要不,指不准哪天瞅着又有窟窿媳蛆。"

廖普生一听这句话就有点恼了:"你以为我想留着压箱底? 说句难听话,我留着它,是不忘阶级苦,牢记血泪仇!"

岳翠儿也不挺①了:"说话别夹枪带棒的,我知你是啥意思!"

"知就好,就怕你不知!"

"你不就是腻歪住那件苏联布衫了嘛,别管了,明个我就把它送给收破烂的!"

"中中中,说话可要算话。"

"谁不送谁是狗!"

---

① 不挺:方言。不干。

虽说这件布拉吉在这个家里已成了定时炸弹、祸害，可真要把它送给收破烂的，岳翠儿还是舍不得。不管咋说，那也是一件货真价实的漂亮衣服吧，三文不值两文处理给收破烂的，太不值也太可惜。就是把它卖了，咋着也得卖上个合适价钱，能换来半袋白面吧。岳翠儿想好了，把这件布拉吉，卖给北书店街上的王开照相馆。那是一家很有名的照相馆，早年是由一个广东人在上海开办的，因为时尚，照片拍得好，名气了得，就跟祥符城里的王大昌茶庄一样，在全国不少地方开了分号，祥符城里那些赶时髦的年轻人，只要拍照片，第一个想到的就是北书店街上的王开照相馆，在那些年轻人眼里，寺后街上的老字号美光照相馆已经落伍。再一个就是，王开照相馆里面，可供那些赶时髦的年轻人拍照时挑选的行头要比其他照相馆丰富。

跟廖普生吵罢架的第二天，岳翠儿就来到北书店街的王开照相馆。公私合营后，王开照相馆的张主任跟岳翠儿算是熟人，岳曼香小时候那些照片，基本都是在这里照的。当岳翠儿用试探的口气告诉他，家里有这么一件布拉吉可以用于拍照时，张主任二话冇说就让岳翠儿把布拉吉拿来。张主任心里清亮，只要义丰厚布店的裁缝说好的东西，那一定不会差。可是，当岳翠儿回到家，打开衣服箱子，翻了个底朝天，咋也找不着那件布拉吉，它不翼而飞了！

在外面疯玩罢回家的岳曼香，一进家门，就遭到岳翠儿劈头盖脸带有怒斥的询问。可是，不管岳翠儿咋怒咋问，岳曼香都矢口否认，声称那天穿布拉吉拍罢毕业照之后，就放回到箱子里了，不翼而飞与自己无关。岳翠儿想，那一定是廖普生在她之前把布拉吉处理给收破烂的了。可是，当廖普生下班回家，岳翠儿一问，廖普生赌咒发誓，声称自己不可能干这号脱裤子放屁的事儿，若是这样，他早就处理给收破烂的了。此时此刻，争吵中的俩人，不约而同地把目光转向了正在写作业的岳曼香身上。

"曼香!"岳翠儿喊了一声，紧盯着她问，"那件连衣裙去哪儿了?"

岳曼香眼睛不离书本，仍然重复已经说过的话:"不知，拍罢照片我就放回到衣服箱子里了。"

"你胡说，到底去哪儿了?"知女莫过其母，岳翠儿自然知道，女儿不是个省油灯，便声色更加严厉，"说实话不打你。说，把它弄哪儿去了?"

岳曼香看了看母亲，神色有点慌乱："我真不知。"

廖普生在一旁火上浇油："你不知才见鬼，这家里就咱仨人，恁妈不可能，我又冇拿，除了你还有谁？你这妞儿嘴里就冇一句实话！"

"快说！你把它弄哪儿了！不说我可真打你啊！"岳翠儿冲岳曼香一边吼，一边去寻那把经常教训岳曼香的鸡毛掸子，她寻了一圈也冇寻着，纳闷地问，"鸡毛掸子咋也找不着了？！"

廖普生环顾屋内，他的目光也在帮着岳翠儿找那把鸡毛掸子。谁知就在这时，正写作业的岳曼香，把手里的蘸水笔往桌子上狠狠一摔，站起身冲着岳翠儿和廖普生吼道："恁俩今天就是打死我，我也不知！"

岳曼香这突如其来的爆发，瞬间把岳翠儿和廖普生给吼愣在那里，他俩眼瞅着带着满身愤怒的岳曼香，抹着两眼泪冲出了家门……

没错，这个家里就仨人，那件布拉吉就是被岳曼香藏了起来。头天晚上，岳曼香听见她父母说要把那件布拉吉处理给收破烂的时候，她就决定要把它藏起来。岳曼香可喜欢那件布拉吉，在她眼里，那是她见过的最漂亮的衣服。全班拍照的时候，她在所有同学眼里也是最打眼的，就连平时对她不感冒的几位任课老师，瞅见她穿的布拉吉，脸上都挂着欣赏的神态。当廖普生那天拿着那张照片大吼大叫的时候，曼香觉得十分委屈，我做错啥了？不就是穿着布拉吉拍了张照片吗，值得恁两口子隔意成这副模样，还非要把它处理给收破烂的。她想，与其让恁处理给收破烂的，不如先下手为强，把它藏起来，等自己再长大一点，理直气壮地穿，一定要穿，不让我美，门都没有！可是，岳曼香有一点闹不明白，他俩对这件布拉吉咋会有恁大的仇气？如果真不喜欢为啥还不早点处理掉呢？还非得压在箱底？

压家里窜出来的岳曼香，一个人在包府坑边坐到天黑，直到岳翠儿和廖普生发动了许多亲戚、朋友、下属，在包府坑边找到她，并且保证回家后不再打她，还要答应她，从今往后不再提及那件布拉吉，她才肯跟着他俩回家。

两口子答应了曼香的一切要求并当众做了保证，曼香也老老实实跟着他俩回了家，至于那件布拉吉的去处，被岳曼香藏在哪儿，从此成了个谜团。压那以后，两口子一直信守诺言，冇再问过布拉吉的事儿，岳曼香也冇再穿过……

三、军便服

祥符城里的大大(老太太)爱说:别管穿啥,干干净净就中,就是去到不干净的地儿,你也要给别人一种干净的印象。布衫不必考究,不邋遢就中。

1. 又是一个酷暑

在小曼香读高中的头一年,学校停课了。教室外面的大操场,两旁支起了俩大喇叭,从早到晚不歇气儿,播放着铿锵有力的革命歌曲和掷地有声的打倒这个打倒那个的稿件。再看学校的老师们,一个个灰溜溜的,而学生们的脸上却是一片阳光灿烂。地委大院里头更是一片热火朝天的景象,上班的人个个胳膊上都戴着印有这个造反队那个造反队的红袖章。凡是有墙壁的地方,都贴着一片片花花绿绿的大字报,每一张标题打眼的大字报前面都围满了人。大院里时不时还有人站在办公楼前的台阶上演讲,整个地委大院内真是好不热闹。

学校停课,岳曼香成天跟只冇头苍蝇一样四处瞎游逛,地委大院成了她每天必来之处,除了看稀罕,她最关注的是那些大字报上指名道姓遭到批判的人,因为她从小在这个院子里玩大,这座大院里熟人太多了,都是养父的同事,不定哪一天墙上的大字报上,就会出现一些她熟悉的名字,还能看到一些"秘闻"。

这天,岳翠儿晌午头不想做饭,让岳曼香拿着饭票去地委食堂买馍。买罢馍的岳曼香,一边往地委大院门外走,一边浏览着墙上大字报更新的内容,走着看着,突然,一溜黑粗大胖的毛笔字标题刹住了她的脚,钉住了她的眼——"廖普生是暗藏的苏修特务"。

岳曼香顿时蒙顶,胆战心惊地看完了大字报上面的内容,除了那些当年与葛利高里的交往之外,中心意思就是,廖普生是苏修暗藏在中国的间谍,证据就是,有同事揭发他家中至今藏有一件布拉吉,其目的就是有朝一日与苏修特务接头。

岳曼香被吓孬了，她在掂着一兜馍往家走的路上，心里想着那件布拉吉。如果真像大字报上写的那样，自己的养父是苏修特务，那件布拉吉是用来跟苏修特务联络的物件，那可了不得！自打那年照罢小学毕业照，她赌气窜出家门跟爹妈约法三章之后，他俩压根就不知那件布拉吉去哪儿了，也从来冇再问过，自己的养父如果真是苏修特务，联络的物件冇了咋跟苏修派来的人联络啊，岂不成了断了线的风筝？

那件布拉吉的去处，除了她自己知道之外，还有一个人知道，这个人就是华妞。那年，她怕那件布拉吉被爹妈处理给收破烂的，悄悄把那件布拉吉转移到华妞那里，华妞让她放心，说一定会好好替她保管，还开玩笑地对她说："乖，等到你拜天地入洞房的时候，保准能让你穿上。"压那以后，她时不时还去华妞那儿瞅瞅，华妞把布拉吉保存得很好，洗干净后叠放得可展样，搁在一个牛皮箱子里。她最喜欢闻的味道，就是每次去看那件布拉吉的时候，华妞打开牛皮箱子的那一瞬间，一股喷香扑鼻的樟脑丸味令她心旷神怡……

当岳曼香掂着馍一边走一边想，忐忑不安回到家的时候，眼前的景象一下子又把她给吓傻了。只见家的门里门外拥堵着一大帮身穿军便服的人，这些人当中还有一些她认识和熟悉的人，基本上都是养父在地委机关里同事们的孩子，平时见面都是兄弟姐妹，现如今一下子就变成了陌生人。他们身穿着没有领章的军装，头上戴着没有帽徽的军帽，不管男女，腰间都扎着被称为"武装带"的宽宽的皮带，特别是那些把头发塞进了军帽里的女孩儿，如果不看胸脯，还真的很难分辨出她们的性别。当岳曼香掂着馍走进家门时，瞅见屋里一片狼藉，满地扔的都是衣物，再一瞅，只见爹妈耷拉着脑袋站在那儿，正接受一个与自己年龄相仿、皮肤黑紫发青的女红卫兵呵斥。

那黑皮肤女红卫兵瞅见岳曼香进屋，转身冲着她呵斥起来："你就是岳曼香吧！"

岳曼香颤巍巍点了点头，想说话嗓子却发不出声音。

黑皮肤沙哑憨粗的声音像斧头一样划破了空气："廖普生是隐藏在革命队伍里的阶级敌人、苏修特务，你必须跟他划清界限，听明白冇？"

惊恐之中岳曼香点了点头,随后那声音就从头顶上劈下来——"你知不知,廖普生把那件跟苏修特务联络的布拉吉连衣裙藏到哪里了?"

岳曼香把目光转向了廖普生。

黑皮肤见状,怜悯地扫了一眼岳曼香,语气稍有缓和:"不用怕,你要大义灭亲,告诉我们,廖普生把那件连衣裙藏在啥地方了?"

岳曼香再次把恍惚的目光转向了廖普生,她是在用目光向养父询问该咋回答。可廖普生低着头,仿佛在探究地上的一条砖缝为啥冇对齐。和母亲的目光在空中碰撞了一下之后,曼香猛然醒悟,即便养父真的是苏修特务,自己也没有出卖他的权利……

黑皮肤的声音再次在头顶炸响:"你不用瞅他,他是苏修特务,你是可以教育好的子女,想要回到革命群众队伍里来,你就必须跟他划清界限!"

岳曼香低下了头:"我……"

"你啥你,你知啥?那件破裙子早都卖给收破烂的了,你个小妞儿家知道屁啊!"一旁的岳翠儿冲着岳曼香吼了起来。

黑皮肤不愿意了,用掂在手里的皮带指着岳翠儿,横眉立目地呵斥道:"我警告你,再胡搅蛮缠就对你实行无产阶级专政,别以为我们不知你的老底儿,你也不是啥好东西,那个跑到台湾的国民党军官是你啥人?是恁妞儿的啥人?我们跟你一样清亮!"

"打盆说盆,打罐说罐,别扯恁远!"廖普生抬起头、挺起胸,眯缝着眼瞅着黑皮肤等人说道,"国民党反动派是俺打窜的,跟她娘儿俩早就冇一分钱关系了,扯八百圈也扯不到那件布拉吉连衣裙上吧?苏联修正主义跟国民党反动派眼望儿是啥关系,那是反贴门神不对脸儿,恁就是想扯也扯不到一堆吧?"

黑皮肤女红卫兵眼睛一瞪,冲廖普生扬起了手中的皮带。岳翠儿要上前去挡,廖普生把她拦在了身后,仍旧眯缝着眼紧盯着黑皮肤。小曼香突然发现,有一种说不出的凌厉东西在她养父的眼神中流动着、沉默着,就像燥热沉闷的云层中正酝酿着一场暴雨。廖普生是上过战场的人,黑皮肤虽然锵实,但毕竟是一个毛孩子,她手中的皮带始终没敢甩出去。在大喘了几口气之后,是可忍孰不可忍地对身边的男红卫兵们命令道:"给他们挂上牌子,拉到鼓楼去游街!"

"牌子上写啥?"一男红卫兵伸脖子问道。

黑皮肤脱口而出:"男的写苏修特务,女的写国民党破鞋!"

见此情景,岳曼香带着哭腔大声向黑皮肤哀求道:"别让他们去游街,那件裙子我知在哪儿,是我把它藏起来的,跟他俩有关系……"

岳曼香为了让爹妈躲过这场挂牌游街的羞辱,不得不把这一群穿军便服的红卫兵领到了华妞的住处,华妞也不得不打开牛皮箱子交出了那件布拉吉。就在华妞打开箱子的那一瞬间,岳曼香最后一次闻到樟脑丸发出的那股清香,她不由得闭上了眼睛……

眼神沧桑的华妞看着两行泪水压曼香的眼角流出来,顺着她白皙的脸颊往下滴落,感到自己的心猛地被揪了一下。他把这个妞儿压小带大,因为可怜她有亲爹,因为她娘是二掌柜,她就是再淘再不听话,自己也有舍得让她哭过一声、掉过一滴泪。她娘是做布衫的,自己也是做布衫的,做布衫是为了啥,为了穿上好看,为了活得像个人,这世上除了人,还有啥活物会穿布衫啊?别管这布拉吉是苏修的还是美帝的,布衫就是布衫,穿到谁身上谁美;小姑娘家爱美有错吗?没错啊!眼望儿是咋了,一件布衫也成了罪证,当年全祥符城的大姑娘小媳妇们都穿列宁装,恁咋不去找她们啊,咋不敢说她们个个是苏修特务啊!

华妞的脸上带着不会掩饰的愤怒,想问问噎胀的黑皮肤,恁妈每章儿身上裹个列宁服,眼望儿该是个啥东西。可是还没等他开口,就见曼香深深地吸了吸鼻子,而后脸上的表情变得平静和陶醉,她似乎要把弥漫在周围的樟脑丸香味全部吸进自己的肺里,要把那件布拉吉的每一块布片、每一道缝线都看在眼里、记在心里。这一刻,她好像忘记了现实的残酷,心里只有一个挂牵,这件布拉吉的命运将会是啥?被撕成碎片?被焚烧?还是……她不敢往下想,也不愿意再往下想……

在布拉吉被红卫兵压华妞家抄走的那段日子里,岳曼香一家三口见面很稀,廖普生摊为和葛利高里那段历史,被关进了牛棚接受组织审查。岳翠儿虽说也不受义丰厚的待见,可店里干活还少不了她,全市的人民争先恐后要穿军便服,义丰厚一下子又成了香饽饽。岳翠儿早出晚归,很忙。此时的义丰厚被挂上一块新牌子,改名叫永红商店,从早到晚只有一个业务,那就是做军便服。虽然布料不是做真军装的那种,款式还是军便服的款式,布料的颜色却不仅限于绿色,工人定做的是蓝色,农民定做的是灰色,机关工作人员定做的是咖啡色,学生定做的是白色。虽然款式相同颜色不一,但,给人视觉的冲击力依然是铺天盖地的千人一面。

　　这段日子对几乎已经长成大姑娘的小曼香来说,大概是她最愉快的日子。年轻人忘性大,早把布拉吉那件事给抛之了脑后,自己整天也穿一身仿制的军便服,尺寸也不合适,松松垮垮地挂在身上进进出出。尽管华妞时常跟她絮叨,说姑娘家要有个姑娘样儿。可眼望儿姑娘应该是啥样,华妞也说不清楚。用曼香的话说,眼下穿啥布衫是有讲究的,关系到屁股坐在哪条板凳上的问题,是坐在人民一边,还是坐在人民的对立面,可不敢有半点马虎。还分啥男女啊,你穿军便服,那就是跟广大人民群众站在一起,立场一致,思想一致;你要穿别的,对不起,那叫资产阶级作风,那叫忘了本。华妞细想想,觉得这妞儿说的也对,可不是,穿布拉吉怪美,但你穿上试试,廖普生不是因为一件布衫还在坐萝卜①吗? 再说,兴啥啥不丑,眼望儿满大街都是军便服,就你能蛋,非要换个样儿不中? 但是华妞还是担心小曼香,这眼瞅着个头噌噌地往上蹿,往那儿一站,比自己还高了半头,学校都停课了,爹妈也顾不着她,每天吃罢食堂,就跟几个要好的伙伴大街小巷、龙亭铁塔,四处窜着玩儿,晚上回家洗洗就睡,有时几天都和她妈照不上一次面。

　　担心归担心,华妞也知道,曼香不会听他的,而且二掌柜一家的事儿他也插不上话。在他看来,即便是不讲党派,廖普生与胡国杰的秉性也截然不同。胡国杰啥时候说话都文绉绉的,轻易不跟人红脸,这种人一辈子循规蹈矩,为人处事就两个字儿,稳当! 廖普生则不然,他的心比胡国杰大,所以不管干啥事都比较急躁。但是急躁也有急躁的好处,眼望儿就兴这急躁人,整个社会、义丰厚都一个球样,自己在永红商店里迈方步,不是也让人说是落后分子吗? 对于二掌柜先后所嫁的这两个男人,华妞也琢磨不透,到底哪个男人更适合她,反正眼望儿,他压小曼香的身上已经看不出一点胡国杰的痕迹了,这妞儿的脾气和做派反而越来越像她养父。

---

　　①　坐萝卜:方言。倒霉。

这大概就是近墨者黑吧,华妞想,不管了,人家三口毕竟是一家人,自己算老几啊,她爹妈都不是瓤茬,眼下虽然倒霉了,说不定哪天又翻定过来了,照样活得滋腻。

老实巴交的华妞咋着也有想到,他所说的"翻定",在时隔不久真的就降临在了廖普生和岳翠儿的身上。而岳曼香也有想到,她所在的这个家再一次发生了天翻地覆的变化——

那天是星期六,在外面窜够了的岳曼香回到家,意外地瞅见平时难见个人影的爹妈都在家里坐着,脸上还挂着微笑,这种久违的微笑让她有点大惑不解又有点不知所措。

"恁俩咋都在家啊?"曼香站在门口看了看两人,开口问道。

"咋啦?俺俩就不兴都回来过个周末?"母亲说话的同时,还抿着嘴儿跟坐在一边的廖普生互相交换了一下眼神,仿佛两人心里都藏着同样的秘密。

"嗯……"曼香清了一下嗓子,觉得自己回来得有点冒失,"我是说……"

"你啥也别说,坐下来,听妈跟你说。"

被母亲笑眯眯地拢住胳膊的岳曼香,惛惛懂懂地坐在了小椅子上,更让她奇怪的是,以往连句话都懒得对她说的廖普生,竟然起身给她倒了一杯水并亲手递到她手里,堆着满脸笑容说道:"先喝口水,再听恁妈给你说。"

岳翠儿见女儿稳住了神儿,开始娓娓道来。她告诉岳曼香,廖普生打今天开始被恢复了工作,组织上已经调查清楚了,他不是苏修特务,而是一名为新中国做出贡献、可以得到信任的、坚定的无产阶级革命战士,尤其是他在解放战争最关键的中原之战——攻克祥符的战役中做出了应有贡献。在得到组织上充分信任和肯定后,他打牛棚解放了出来,并且被任命为祥符地委革命委员会的副主任。这么大的喜事儿,当然让全家人眉开眼笑。末了,岳翠儿欣慰地对女儿说:"中了,乖,以后谁也不敢再欺负咱了。"

听罢事情的缘由,岳曼香却有显得那么高兴。

廖普生在一旁呵呵笑道:"还嘟噜个脸弄啥,应该高兴才是啊。孩子乖。"

岳翠儿紧跟着附和道："就是啊，还有啥不高兴的事儿你就说，恁爹眼望儿说句话，祥符这半拉城的人都得听着。说吧，为啥还不高兴啊？"

岳曼香嘟噜着脸，哼哼唧唧地说："那件裙子咋弄？"

"啥裙子？"

"布拉吉。"

岳翠儿恍然悟道："啥咋弄啊，不是已经被红卫兵拿走了吗？"

"我想让他们拿回来。"尽管今个从母亲嘴里听到的都是好消息，但曼香觉得，只要那件布拉吉不找回来物归原主，啥好事都不稳当。再说，穿着布拉吉照的那张小学毕业照，是她最美好的回忆之一。

廖普生一听，心道祖奶奶，还没忘了那件布拉吉，你咋记吃不记打啊。于是瞪眼道："净打麻缠，那能再要回来吗？拿走就拿走吧，又不是啥好东西。"

岳曼香脖子一梗："就是好东西，我喜欢。"

廖普生一锤定音："那是苏联修正主义的东西，你再喜欢也白搭，不能要！"

小曼香也不再说啥，压小椅子上站起身进了厨屋棚，掂起竹编小馍筐就要往门外走。

岳翠儿喊住小曼香，喜滋滋说道："今个不用去食堂买馍，恁爹说了，为庆祝咱家翻身得解放，今个咱全家去寺后街吃小笼包子。"

……

在廖普生又一次重回地委大院，当上了革委会副主任之后，家里的一切事儿都顺理成章。岳翠儿坐到了义丰厚革委会负责人的椅子上，负责店内的业务。岳曼香也当上了学校红卫兵的分队长，穿上了一身正宗的军便服，腰间也扎上了一条武装带。

岳曼香眼望儿穿的这身军便服，与之前穿的那身仿制的军便服有着天壤之别，说它正宗，那是因为这是廖普生专门从祥符军分区司令员那儿要来的真军装；说它合身，自然是岳翠儿又根据女儿的身材重新进行了裁剪修改。所以这身军便服穿到岳曼香身上那叫一个帅气，腰是腰胯是胯，衬得整个人更加苗条。用岳翠儿的话说，比跳芭蕾舞演红色娘子军的女演员还漂亮。就是这身军便服，一下子让小曼香找到了红色娘子军的感觉，这种感觉让她膨胀，让她忘乎所以，让她暗自做出了一个决定——去找到那个黑皮肤，要回那件让她魂牵梦绕的布拉吉。尽管她心里也清亮，那件布拉吉很有可能已经被当作"封资修"的东西化为灰烬，但她就是不甘心，一定要找到那个黑皮肤弄个水落石出。

很快，岳曼香就打听到那个黑皮肤女孩儿的底细了。那黑妞名叫蒋桂兰，是本市二十五中的学生，虽说与岳曼香同届，但岁数却比岳曼香还大上两岁。蒋桂兰她爹是地委大院的电工，名叫蒋水旺，家庭出身很好，三代贫下中农。运动刚开始的时候，地委大院内的所有领导干部，一夜之间几乎都成了走资本主义道路的当权派，拉山头成立各种造反派组织的头头们又几乎全是地委大院内的基层职工。这批人里，以往那些常被领导训斥的打杂人员，包括电工、维修工、开车的、烧锅炉的等等，趁着造反，有苦诉苦，有冤申冤，可算逮着了出气的机会。可还有一部分胆子小的职工，自己不敢伸头，背地里戳哄①亲属和身边的熟人去造反，蒋水旺就属于这号人，地委大院熟悉他的人都叫他闷孙②。在祥符人眼里，闷孙有两种，一种是嘴上不说心里有数，啥事都比别人慢半拍，让所有人都认为他是后知后觉，其实人家是心明眼亮，谋定而后动，不愿意出风头，俗称"老实怪"。另一种是嘴闷心也闷，说话干活都不透气儿，有点血性的被别人一戳哄就往上冲，不知死活；有血性的，自己不吃亏还好，一旦觉得吃亏了便傻妞拾柴火啥也不论，暗自下黑手，也就是祥符人常说的"戳死猫上树"中的那个"死猫"。蒋水旺就属于第二种，嘴闷心也闷的货。有一次，机关大楼里的电路出了问题，就是因为他接错了电源线，遭到了廖普生一顿臭骂。而蒋水旺痛恨廖普生的真正原因，就是那次岳曼香因为穿布拉吉照相、跟爹妈挺秧审出家门那回，廖普生让属下们帮着寻找，正在配电房值班的蒋水旺那天心情不太好，闷声闷气怼了廖普生一句："我有空，又不是机关里的电坏了。"这个闷孙就这怼领导的一句话，算是得罪了廖普生。有几天，他就被派到乡里去搞社会主义教育运动去了。呵呵，说起来有点

---

① 戳哄：方言。煽动。

② 闷孙：方言。不爱说话。

气蛋,一个连电源都能接错的闷孙,能搞啥社会主义教育啊,下乡行几天就让村里给撵回来了,原因是黑间偷挖了贫下中农的白薯。在地委大院被造反派们闹翻天之后,蒋水旺有敢参加造反组织,自己有前科,怕被别人抓小辫子,所以整天闷着头,抱着幸灾乐祸的心态来看那些一个接一个被打倒的领导,可是看来看去,他发现廖普生竟然还有被打倒,心想那货也是个领导,咋着也不能便宜他,便跟他妞儿蒋桂兰说到了以前摊为不帮廖普生找他家丫头,而得罪人的那一板,还把一些道听途说来的,关于当年廖普生跟苏联专家葛利高里的事儿也絮叨了一遍,上挂下联,戳哄着他妞儿写出了一张大字报,贴在了地委大院的墙上。于是,他妞儿蒋桂兰就率领着一帮红卫兵,联合地委大院的造反派,把廖普生压家里揪出来塞进了牛棚。

当岳曼香领着几个穿军便服的小伙伴找到蒋桂兰的时候,蒋桂兰身穿军便服,正在二十五中的一间教室里,声泪俱下地给低年级同学作忆苦思甜的报告。岳曼香和小伙伴们来到教室门外,就听她正在一把鼻涕一把泪地控诉着:"……俺爷爷说,在万恶的旧社会,他连饭都吃不上,差一点饿死在床上……"

几个伙伴听了,互相递了个眼色,忍不住咧嘴笑。岳曼香破门而入,冲着蒋桂兰大声说道:"恁爷爷差一点饿死,因为恁爷爷是懒汉,他咋不压床上下来去找活儿干呀? 只有懒汉才吃不上饭!"

随着岳曼香这冷不丁的一嗓子,教室里的学生们可得劲了,整天搞忆苦思甜,早听烦了,眼望儿有人来砸场子,正中下怀,一时间教室里哄乱起来,有人嗷嗷叫,有人吹口哨。惊愕中的蒋桂兰,瞪起俩眼瞅着进入教室的不速之客,用她粗憨带劈拉的声音喝道:"你,你是弄啥的……"

岳曼香从容不迫地抹下头上戴着的绿军帽:"你人不老记性不好,咋,不认识了?"

蒋桂兰当然认识,喝问道:"岳曼香,你跑到这儿来弄啥?"

"听你忆苦思甜啊。"来之前,曼香几个人都已经商量好了,此时,她一边说着,一边往对方身边凑。

蒋桂兰的忆苦思甜内容大部分都是她瞎编的,本来就心里有底,眼望儿又被人给挑了场子,不由得气恼,回头扫了一眼混乱的教室,怒道:"我看你就是故意来装孬!"

岳曼香瞪大眼睛,伸手指着蒋桂兰:"是我装孬还是你装孬?你陷害俺爸,说俺爸是苏修特务,还领着人去抄俺家,硬逼着我交出裙子!"

蒋桂兰争辩道:"那是苏修的裙子,不是你的裙子!"

"少说不打粮食的话,我今个来找你,就是为了要回我的裙子,今个你要是不还给我,咱俩就有完!"以岳曼香现在的阅历,对自己那时候的怯弱和屈服深感耻辱,仿佛找不回那件布拉吉,自己就走不出那片阴影。现在,就是她一雪前耻的机会。

蒋桂兰听她还扯那件裙子的事儿,顿时觉得自己占了理,便毫不示弱地回击道:"那我也实话告诉你,岳曼香,你的那件苏修的破裙子,早被我一把火给烧掉了!"

"你赔我!"岳曼香吼叫着冲上前去,与蒋桂兰撕扯成一团。

教室里的学生们见两人真打起来了,自然要向着本校的蒋桂兰,几个男生率先冲了上去,而跟随岳曼香来的几个小伙伴也不是省油的灯,二话不说就迎上去了。霎时间,两帮人互殴起来,就见教室内呼喝连声,烟尘四起,桌椅板凳东倒西歪,武装带漫天飞舞。岳曼香个头比蒋桂兰大,一个回合下来,就把蒋桂兰给摁倒在了地上,俩人互相揪扯着头发谁也不愿意撒手。打着打着,二十五中的人开始招架不住,岳曼香领来的这帮小伙伴,都是经过她挑选出来的,个个是街头巷尾打架斗殴的好手。再瞅被岳曼香摁在地上的蒋桂兰,体力不支,也渐渐处于下风。别看蒋桂兰比岳曼香还大上两岁,可岳曼香比蒋桂兰的个头大,平时吃得也比她好,体力自然也高出她一头。在市里民兵指挥部的人赶来之前,蒋桂兰那张黑皮脸已经被岳曼香用指甲给挖出了一道道血布凌①,眼睛也被打得青肿。

市民兵指挥部设在鼓楼上面,离二十五中距离不远,所以也来得非常快。民兵指挥部的人来到之后,不由分说,就把岳曼香这帮人统统抓回到了指挥部。起初,别管民兵指挥部的人咋问咋审咋黑唬②,岳曼香就是憋气不吭,直到被抓的小伙伴们招供、廖普生得到消息后派他的秘书赶到民

---

① 血布凌:方言。血道道。
② 黑唬:方言。威胁。

兵指挥部,岳曼香依旧不屈不挠,一副士可杀不可辱的劲头,就是不承认自己是廖普生的女儿。看在地区革命委员会廖副主任的面子上,民兵指挥部放了人。廖普生的秘书把岳曼香压鼓楼上面带下来后,对她说:"曼香啊,恁爸刚脱离了苦海,别给恁爸添心事儿,中不?"

岳曼香去二十五中聚众斗殴,可把岳翠儿和廖普生给气孬了,别说那个黑脸皮妞儿她爹跟自己有隔阂,就是两家啥事都冇,那也是个上下级关系吧,你把人家给打了,那不是激化矛盾吗?这是其一。其二,据说黑脸皮妞儿也是个造反派,自己当革委会副主任,对各个山头那都要一碗水端平,黑脸皮妞儿挨了打,她背后的组织会咋想?一不留神人家又来造反夺权了,咋着,咱一家三口再去吃二遍苦,再去遭二茬罪?

廖普生和岳翠儿压着火数叨了半天,可看到曼香那一脸不服气的神情,两口子就知道,说也是白说,那些话都是在对牛弹琴。妞儿大了,打又不能打,骂也不能骂,犯那么大错,又不能不批评教育,可说啥能让她听进去啊!

在随后的一段时间里,廖普生和岳翠儿只要一有闲暇就考虑曼香今后的出路问题,也难怪两口子作难,眼望儿那种说教式的批评教育根本不管用,自己讲都讲烦了,更别说让妞儿去听了,这眼瞅着曼香一天到晚在外边逛荡,万一要再惹出个大扑出可该咋办?眼下关键的问题是,咋能让女儿收收心,也不要求她将来能有多大出息,最起码不能走上邪路吧?廖普生和岳翠儿商量来商量去,最后商量的结果是,让岳曼香去当特招兵。那年头,能当特招兵可不是一件容易的事儿,除了根红苗正,还得有过硬的关系,在上山下乡成了中学生们唯一出路的时代,能穿上绿军装令多少孩子和家长垂涎三尺啊。

可就在廖普生掂着猪头,去省里挨个拜老战友庙门的时候,曼香这边却打起了别,一句话就把絮絮叨叨向她掰扯当兵好处的岳翠儿给噎回去了:"别跟我说这,我不想当兵。"

岳翠儿瞪起了眼:"那你想干啥?"

曼香看了母亲一眼,一时冇言语。当兵的事儿她也不是冇想过,同学里也有当兵走的,可她始终不觉得当兵有啥好。压过去穿上那身松松垮垮的仿制军便服开始,她就想到了去当兵,后来换了这身可体的正宗军装,一时间又让她产生了去当个红色娘子军的念头。然而,随着年龄的增长,她发现与自己关系最密切的两个当兵的人,都冇落着啥好儿。生父胡国杰是国民党兵,一解放就成了反动派,眼望儿活不见人死不见尸,自己虽然压一落地就冇见过他,但是母亲因他所遭受的那些磨难、招来的那些闲话,她至今记忆犹新。再说养父廖普生,当过共产党的兵,可这又咋着?你坐办公室的时候怪锵实,上边一句话还不是给你撵到了传达室?说白了,你就是革命的可有可无的一块砖,用不着你的时候你就靠边站,照样打倒,职务一抹到底;用得着你的时候你不干也不中。曼香从来没怪过廖普生整天对她不冷不热的态度,养父可不就这样,自己又不是他亲生的。唯一耿耿于怀的,是他连一件布拉吉都保不住,更别说指望他来照护自己和母亲了。有时候,她觉得廖普生也怪可怜,那就是一头给人拉套的驴……

"说啊,到底想咋着!"见曼香半晌不语,岳翠儿忍不住追问了一句,当兵的好处是显而易见的,她想让曼香明白的是,当娘的难道还会害了女儿不成?可曼香却摇了摇头,说道:"我想继续上学。"

"继续上学?"岳翠儿不禁瞪大眼睛看着女儿,叫道,"别发你的糊涂迷了,你去二十五中跟人打架这件事儿,恨不得全祥符都知道,恁学校的老师们,见到我都爱答不理的,你不嫌丢人,我跟恁爹还嫌丢人呢!"

"丢人"这俩字儿,对眼望儿的岳曼香来说,似乎已经麻木,在这个家经历过一波又一波的大起大伏之后,尤其是在亲眼看见地委大院里的那些叔叔阿姨、伯伯婶婶在一夜之间都成了挂牌游街的坏分子之后,曼香觉得,这世上的人和事儿也许根本就冇啥对错之分,只有老天爷看你顺眼不顺眼,让你运气好不好的差别。另外一个就是,她很认同之前爹妈在说私房话时,常念叨的"丢人不丢钱就不算破财"这句话,自己亲爹要是在的话,还不是一样丢人,亲娘和养父丢人的时候还少吗?

岳翠儿愕然地看着女儿,不知道她这些奇谈怪论都是压哪儿来的,霎时间心里涌起一种莫名的恐慌。这眼瞅着就长成个大姑娘了,若是在礼义廉耻这等事上出了岔纰,将来可怎么得了哦!此时,她说啥也不承认自己跟廖普生说过"丢人不丢钱就不算破财"这句话,一定要让曼香拿出事实依据来,她怀疑都是市面上的那些闲杂人员说话不招呼,带坏了女儿。

曼香"扑哧"一笑，觉得母亲张牙舞爪的样子很滑稽，就像她真冇说过那句话一样。其实，母亲跟廖普生只是说了一句普通的大实话，在社会上大部分人都丢过人，或是不知道哪天就会突然丢人的情况下，你再要脸、再讲道德就显得毫无意义。曼香将目光转向母亲和廖普生睡的那张大床，思绪回到了自己大概十岁的那一年，说道："我记得，那天是国庆节的晚上，恁俩领着我去鼓楼看罢打盘鼓回来，关灯上床睡觉的时候，恁以为我睡着了，恁俩躺在床上说起俺亲爹了。"

"说恁亲爹啥了？"岳翠儿跟廖普生在这张床上说的话多了，却忽视了十岁的孩子已经开始记事，想起两人在床上的荒唐，她的脸不由得开始发烧。

见母亲有些心虚，曼香撇嘴摇摇头，意思是我才不管恁俩在床上咋折腾呢，我只对恁说俺亲爹感兴趣。她记得那天晚上是母亲先挑起的话头，说建国都快十年了，老蒋吵吵着反攻大陆根本就冇戏。廖普生就问，你是不是还想着胡国杰啊？想他个鳖孙弄啥，还冇被他给牵连死？廖普生还说，自己之所以感觉在人前抬不起头来，就是因为岳翠儿之前跟胡国杰有那么一板，严格来说，他算是胡国杰的接班人。让十岁的小曼香印象最深刻的是，母亲听了廖普生的话，沉默了半晌，说了一句，"管他个孬孙，只要咱自己过得好就中，丢人不丢钱不算破财。"

岳翠儿听了曼香的讲述，低声骂了一句："你个鳖孙妞儿啊……"随后便半晌都冇吭气儿，既为自己口无遮拦而懊恼，也暗自感叹女儿的身世坎坷。她心里清亮，自打曼香知道她亲爹情况的那天开始，心里就一直冇放下这件事儿，虽说她从来也冇在自己面前提及过她亲爹，但就是因为有那个亲爹在她心里，她才和她养父之间有一层难以消除的隔膜。

岳曼香把脸转向岳翠儿："知道我为啥不愿意去当兵吗？"

岳翠儿叹息着："别说了，我知了……"

岳曼香沉默了片刻，又说："知道我的理想是啥吗？我想当裁缝。"

岳翠儿俩眼瞅着岳曼香又不吭气儿了，但，她心里却更透亮，岳曼香还在对那件漂亮的布拉吉连衣裙耿耿于怀。

夜深人静。

布帘子隔壁的屋里，岳曼香已经熟睡，这次是真的睡着了，能听见她发出轻轻的鼾声。岳翠儿和廖普生却睡不着,俩人还在为小曼香的事儿费着脑子,他俩说话的声音很小,老房子的两间屋之间是隔音效果很差的布帘子,每次要有房事的时候,都要等布帘子那边的妞儿睡着以后。

廖普生听岳翠儿说了白天的事儿以后,也是半晌不语,他倒是不在乎自己为了曼香当兵的事儿所跑的那些路、所费的那些心思,他隔意的是,若真撒手不管了,让曼香放任自流,他这个养父不但名不副实,也对不起岳翠儿,更对不起当初向他托孤的胡国杰。廖普生思忖着,低声道:"不愿意当兵,那就给她转个学校?"

"你就是给她转八个学校又有啥用,她压根就不是个爱学习的材料。再说,就算是高中毕业又能咋着,不是还得上山下乡。"岳翠儿还是认为当兵是一条出路,至于上山下乡,她可不愿意让女儿去受那个罪。

"又不愿意当兵,又不愿意上山下乡,咋? 在家吃闲饭?"廖普生也觉得为难。

岳翠儿沉默了一会儿,说道:"她说她想当裁缝。"

廖普生不解地:"当裁缝?"

"我是这样想,反正她也不愿意再去上学,倒不如把她弄到俺义丰厚去当学徒,早早学手艺,能自食其力就中。"岳翠儿虽然知道女儿说要当裁缝是奔着那件布拉吉去的,跟从事裁剪制衣八不相干,但是若能进义丰厚也是个不错的选择,有店里的规章制度管着,又在自己的眼皮子底下,咋着也比让她在社会上瞎混强。

廖普生冇吭声,虽然有表态,心里却在盘算着岳翠儿的话。别管岳曼香这个妞儿是不是亲生的,也别管她是好是孬,法定意义上她就是自己的妞儿,想甩都甩不掉,不把这个养女给安置好,一辈子都是个碍噎。

岳翠儿伸胳膊碰了碰廖普生,问道:"你咋不吭气儿,中不中啊?"

廖普生长出一口气,道:"我在想,她的年龄是不是有点小啊?"

"小啥小,让她去当兵就不小吗? 那么多初中毕业就下乡的孩儿不小吗? 学裁缝咋着也比当兵和下乡福养①吧。"岳翠儿越想越觉得自己的这个主意好。

———————

① 福养:方言。舒服。

"光想着福养,你以为搞个正式工指标是吹口气的事儿?"

"你是地委副书记,搞个指标能有多困难?"

"问题是眼望儿不招工。"

岳翠儿白了廖普生一眼,说道:"想办就办,不想办拉倒,就让她见天在家里晃着,在社会上混着,再惹出个啥扑出来,还是咱俩的事儿。"

廖普生感叹道:"唉,我这一辈子啊,欠你的。"

"欠我的就慢慢还,这辈子还不完下辈子接着还。"

"去球吧,下辈子该轮到她亲爹了……"

时隔不久,岳曼香真还就去义丰厚上班了,尽管布店牌子改成了"永红",可祥符城的人依旧改不了嘴,冇人认"永红"这个名号,开口闭口还是叫它义丰厚。

别看义丰厚只是一个布店,里头却容纳了好些躲避上山下乡的内部子弟。同时与岳曼香进到义丰厚的,还有一个叫汤建国的年轻孩儿。一听建国这个名儿,就知他八成就是建国初期生的人。岳曼香比汤建国大一岁,但汤建国看上去面老,像是比岳曼香大好几岁。据说,这个汤建国能进到义丰厚,凭的也是硬关系,但到底是啥硬关系谁也说不清。岳翠儿只知道汤建国的父亲已经过世,汤建国还有个已经上山下乡的哥哥,母亲不想再让汤建国去下乡当知青,也不知找的是啥硬关系,商业局的组织部门直接就把汤建国安排进了义丰厚。

岳曼香进义丰厚有两天,正赶上五一国际劳动节,店内组织庆祝联欢活动,每个年轻人都要出个节目。五音不全的岳曼香,涨红着脸,唱了一段用毛主席诗词《沁园春·雪》谱写的豫剧唱段。身穿军便服的汤建国,掂着一把龙头二胡坐在了大家面前,一曲《志愿军战歌》拉得全店人目瞪口呆,二胡能拉出这么好听的进行曲,出乎了所有人意料,这个半大小子的音乐天赋,更让大家吃惊。也就是在汤建国拉完最后一个音符、全店职工热烈鼓掌的那一瞬间,岳曼香一下子爱上了他。爱情真是一件很奇妙的东西,尤其对一个情窦初开的女孩儿,她的多情会像洪水暴发一样汹涌。一个眼神、一副表情、一个声音、一个动作,以及一个只能意会不能言传的情绪,统统迸发了出来。除此之外,不知为何,还有一种莫名其妙的怜悯……

在联欢活动结束后和母亲一路回家的途中，平时挺欢实的岳曼香一言不发，她的这种反常被岳翠儿看在眼里，不由得问道："你咋啦？"

"咋也不咋。"曼香敷衍了一句，汤建国用二胡拉出的昂扬战歌还在心中激荡，她不想说话，只想在心里留住每一个音符、每一行旋律。

岳翠儿冇再往下问，但也冇多想，她以为岳曼香是因为那段毛主席诗词豫剧唱跑调，招来全店人一片笑声的缘故，于是安慰道："咱家人吧，就冇一个有艺术细胞的，恁姥爷唱歌跑调，恁姥姥一辈子冇哼过一句曲儿，恁娘我就更不用说了，张飞一声吼能吓退曹操十万大军，恁娘我一张嘴能把铁塔给吓哭。"

岳曼香扑哧一声笑了。

要说遗传，不信还真是不中，岳曼香压骨子里就很像岳翠儿，她亲爹胡国杰身上具有的那种温文尔雅的气质，一点儿也冇遗传到她的身上。而岳翠儿身上的那种感性，那种爽快和勇敢，在她身上全能看到。对岳曼香来说，她爱上一个男人，不会用一般小妞儿那种让人猜心事儿的试探方法去撩拨对方，她表达爱的方式和手法，一定是与众不同。

天渐渐热了起来，一转眼过了夏至。随着渐渐热起来的天气，"永红"的后作坊里也变得有点闷热。热归热，活儿还得照常干。

东郊化肥厂在永红定制了一批行政干部的工作服，样式要求，既不能脱离群众，又要与工装有所区别。这就需要重新设计了，工厂所允许发放的都是劳保服装，本着多快好省的原则，想要达到要求就只能对劳保服进行一些改造，首先是把军便服样式的领子改造成领口浅一些的小翻领，以便干部在下车间劳动的时候不用再扣风纪扣，既有利于透气排汗，又显得更加随。而后借鉴部队干部与战士军装的区别，战士两个兜，干部四个兜，但与军装不同的是，战士军装的两个兜在上面，工人工装的两个兜在下面，工厂行政干部的四个兜则与部队干部四个兜同款。总之别管咋改造，有一点是明确的，那就是干部和工人要有区别。

岳曼香在布案子上一边剪裁着，一边问正在往布案子上搬布料的汤建国："部队上不是官兵平等吗？你说，那为啥战士的军装是两个兜，干部的军装四个兜？"

汤建国脸上淌着汗,反问道:"还说男女平等呢,为啥你裁剪,我搬布料?"

"你比我有劲啊。"

"对啊,那就不可能平等。"

"你这是讲歪理,我的劲儿也不比你小,不信咱可以试试。"

"咋试?"汤建国扫了一眼纤细苗条的岳曼香,不知这妞儿小脑袋瓜里想的都是啥,论重量,这一捆布料恐怕比她体重还沉,万一搬不动摔住了,领导又得找事,裹不着。便说道:"拉倒吧,我可不想被扣工资。"

"所以我说嘛,还是穿四个兜好。"曼香似乎觉得自己说话占了上风,一下子兴奋得不能行。

汤建国搞不懂她为啥这么高兴,便笑笑,冇吱声,继续搬着布料,而岳曼香的心已经不在她手上的裁剪活儿上了。作坊里闷热,虽然汤建国只穿着一件单布衫,但他身上的汗已经把布衫溻湿。

"瞅瞅你热的,把布衫脱了吧。"

当汤建国再一次扛着布料来到布案边的时候,岳曼香随口便向他表达了自己的关心。汤建国抹了一把脖子上的汗,四下看看,有些犹豫,他还真没有在大庭广众之下光膀子的习惯。只听曼香接着说道:"你个大男人家,怕啥,我要是你,早就脱了。冇瞅见满马道街上走的都是光脊梁的大男人嘛。"

岳曼香的话让汤建国一时无法适应,啥叫"我要是你,早就脱了",这妞儿是不是有点二啊,或者,她真冇把自己当外人?

"咱这不是在干活儿吗……"

还没等汤建国把话说完,岳曼香又说了一句:"乡里的男人干活儿,脱得只剩下个裤头,被太阳晒得跟非洲人差不多。"

汤建国忍不住扑哧一声笑了,张口附和道:"就是。"他突然觉得,跟这妞儿说话可有意思,可以完全放松,根本不用过脑子。他断定这妞儿就是祥符话所说的"二腾",心思简单、口无遮拦。于是,汤建国开始脱衣服,丝毫不怵乎岳曼香注视他的目光,既然遇见二腾了,那自己索性也跟着二一把吧。别说,这大热天光脊梁的感觉就是爽。

岳曼香看着光脊梁的汤建国,惊讶地发现,他身上的皮肤白得出奇,似乎比自己的皮肤还要白。就在那一瞬间，她好像受到了什么刺激，浑身上下血管里的血液加速了流动，眼睛放光，整个人都显得十分亢奋。她下意识地瞄了一眼周围，作坊里的人都在忙手里的活儿，并没有在意她和汤建国。也就在这一刻，她暗下决心，要跟这个比她小一岁的汤建国好。

后作坊墙壁上那只老挂钟摆动出下班的声响，师傅和徒弟们都丢下手里的活儿，各自开始收拾物件准备下班。这时，岳翠儿走到曼香身边说道："恁爸今个过生儿，咱俩去寺门老沙家买块牛肉，省得落话把儿，说咱不关心他。"

平常都是下班后娘俩一块回家，压曼香一参加工作便是这个习惯，即便是路上要办啥事，也是母女俩形影不离，岳翠儿认为这样就能把女儿给看结实，与社会上的人断绝来往。但今个岳曼香却说："你自己去吧，我把手里这块布裁完再回家。"

"那中，你也记着给恁爸买点啥。"见女儿依旧在忙着手里的活儿，岳翠儿倍感欣慰。

"买点啥？"岳曼香询问时的眼光已在收拾物件准备下班的汤建国身上了。

岳翠儿一边往作坊外走一边说："买啥都中，你不知恁爸爱争个理儿。"

瞅着母亲走出作坊，岳曼香急忙叫住了也正准备往作坊门外走的汤建国："哎，汤建国，你先别走。"

汤建国停下脚步："咋？有事儿？"

"我想请教你个事儿。"岳曼香瞅了瞅作坊里陆续往外走的人，随后低声说道，"等他们走罢我再给你说。"

曼香的神态让汤建国颇感意外，这妞儿啥时候变得这么谨慎了，他等了片刻，忍不住问道："啥事儿啊，还神神鬼鬼的。"

"好事儿。"

"啥好事儿？"

岳曼香面带神秘："啥好事儿一会儿你就知了。"

后作坊里的人陆陆续续离开后，岳曼香用手指了指挂满半成品服装的衣架，忽闪着她漂亮的眼睛，说道："去那儿。"

汤建国被她搞得一头雾水,站在那儿没敢动,问了一句:"弄啥?"

岳曼香上前拉住汤建国的胳膊,硬把他拉到了挂满半成品服装的衣架后面,说道:"咱俩比比谁的皮肤白。"

汤建国一听,登时有点蒙:"啥,啥意思?"

"有啥意思,我就想跟你比比谁的皮肤白。"岳曼香说完,即刻就把自己的上衣扣子一个一个解开,露出了白花花的胸乳。

岳曼香这一出乎意料的举动,让汤建国一下子就愣在了当场,他就是想破了脑袋,也冇想到这妞儿会二到这个程度。那白花花的胸乳乍一映入眼帘所带来的巨大冲击,宛如晴空炸响的霹雳,瞬间清空了他大脑中的一切,脸部肌肉和肢体都在无法控制地微微战栗。汤建国不由自主地大口大口吞咽着口水,想说啥,却说不出来,想逃离,俩腿就像被钉在了地面……

岳曼香轻声问道:"咱俩谁白?"

汤建国像个木桩站在那里一动不动。

"你就不想摸摸它?"

见岳曼香挺着胸凑近了自己,汤建国的呼吸变得更加急促,心慌意乱地张嘴想要说啥,却只吐出了一个字:"……啥?"

"咪咪。"

对方的声音里透着骄傲,汤建国浑身上下如筛糠一样地抖动,他慢慢抬起了手……岳曼香满是激动地把眼睛闭上,等待着幸福来临……

而汤建国已经伸向岳曼香咪咪的手,却不知为何,突然停在了空中,随后便从嗓子里发出一声吼叫:"你好不要脸啊!"

待岳曼香睁开俩眼的时候,只见受了惊吓的汤建国大张着嘴,然后猛然转身,踉踉跄跄地跑出了后作坊……

岳曼香的声音追了过去:"冇出息孙,你跑啥? 我喜欢你……"

汤建国像兔子一样窜了,他是被吓窜的。

后作坊里,岳曼香伤感地站在那里,眼泪不由自主地压眼眶中涌出,她慢慢将上衣的纽扣一个一个系上……

神情沮丧的岳曼香回到家,她忘记了她妈对她的嘱咐,空着俩手啥也冇买。岳翠儿脸上挂着一丝不高兴,话里有话地说道:"别管咋着,恁爹虽然是个老八板①,但也够对得起你了,供你吃,供你喝,把你养大不容易。亲不亲事儿上分,在你的事儿上,恁爹可有少费心,眼望儿你也算是上班了,以后要学会孝敬恁爹才是。"

廖普生端起酒杯喝了一口,用筷子夹起一块沙家牛肉塞进嘴里,边嚼边对岳曼香说道:"我还奇怪,恁妈咋就能压寺门老沙家里买来一块牛肉,这要让革委会的知了,恁妈和老沙家都得挨批斗。中,恁妈够意思,你要向恁妈学习啊。"

岳曼香一声不吭,往嘴里扒着面条,她知是自己空着手回来惹了二老不高兴,但此时此刻,她满脑子全是汤建国那身白花花的皮肤和那句"不要脸"……

夜晚,岳曼香在床上辗转着。她在想,自己这么胆大不要脸,是自己真的爱上了汤建国,尽管她才十七岁,汤建国才十六岁,尽管去义丰厚上班的第一天就宣布了纪律,学徒工在学徒期间不准谈恋爱,尽管那个宣布纪律的主任就是自己的亲娘,可一个女孩儿身不由己喜欢上了一个男孩儿,爱上了他,是一条纪律能管住的吗? 别说自己的亲娘是主任,就是老天爷也管不住谁喜欢谁谁爱谁啊。可让她倍感绝望的是,那个男孩儿不喜欢她,还骂她不要脸。想想,她觉得自己的举动也真是够不要脸的,脱光自己的布衫,让男孩儿摸自己的咪咪,哪儿来的这份胆量,连她自己也十分震惊,这要是被别人知了,还不被骂成破鞋、半掩门儿啊。最让她难过的是,汤建国既然骂她"不要脸",那就说明他对她有兴趣,不喜欢……想到这里,她不由出了一身冷汗。

天快亮的时候,岳曼香暗自下定决心,从今往后,她要是再搭理汤建国,她就自己骂自己是个不要脸孙,半掩门儿!

时隔有两天,东郊化肥厂那批四个兜的机关干部服交活儿了。按常理儿,本该是化肥厂派车来把做好的活儿拉走,可岳翠儿一想,化肥厂是特种行业,劳保服比别的工厂发得勤,这批活儿若是让干部们满意了,说不定人家就能把义丰厚当作生产劳保服的定点单位。于是,她就派汤建国蹬着三轮车,把这批做好的活儿给送到化肥厂去,并让岳曼香坐在三轮

---

① 老八板:方言。实诚人。

车上负责押车。岳曼香一听，以天儿太热、身体不适为理由不愿意去，当即便遭到了母亲的斥责："天热算啥，革命工作不能挑肥拣瘦，年轻轻的，要一不怕苦二不怕死。再说，蹬三轮车的是汤建国又不是你，押个车都嫌热，你瞅瞅，咱义丰厚就数恁俩年轻，恁俩不去谁去！光想待在电扇下面福养，待在家里不动势儿吃闲饭①更福养！"

岳曼香是真心不愿意去押这趟车。对她来说，爱不成，就是恨，尤其是那句伤到她骨子里的"不要脸"，令她刻骨铭心，眼望儿可好，要脸的蹬车，不要脸的押车，这叫啥事！可是，既然主任发火了，又是自己的娘，总不能当众损害领导的威信和老娘的形象吧。冇法儿，她只能嘟噜着脸坐到了三轮车的后面。

天真是热，即便是汤建国蹬着三轮车，专挑树荫下面走，还是热得难呛。三轮车上光是服装也罢了，还坐着个人，可把蹬车的汤建国给使②莠了，他不停地用脖子上搭着的毛巾，抹着满头满脸的止不住的大汗。汤建国本不是那号膀材③有力的男孩儿，唯一能展示他自己的可能就是他拉的那把龙头二胡。说白了，他那气质和模样根本就不是个能干体力活儿的人，可吃的就是这碗饭，不干也不中啊，他只能咬紧牙关坚持着。

坐在三轮车后面的岳曼香虽然也很热，但瞅着汤建国那副狼狈样儿，心里不由产生了一丝快意，她觉得报仇的机会来了。于是，坐在后面的她故意不停地蹲晃着、摇摆着，来加大三轮车的重量和前行的难度。你不是要脸吗，乖乖，使死你。祥符城里的柏油马路本来铺的就不平展，岳曼香这三蹲两晃悠，可把汤建国给拾掇莠了，他明知道岳曼香这是在故意装莠，但咬牙不吭，使尽吃奶的力气，终于把三轮车蹬到了化肥厂的大门口。压车座上下来之后，汤建国一屁股坐在路边的树荫下面，大把地擦着汗，大口地喘着气，大口地喝着水壶里的水。

这一路上，两人一句话都冇说，待到把服装交接给了化肥厂的人之后，岳曼香才对汤建国冷冷地说了一句："你蹬车走吧，我坐公交车回去。"

汤建国推着三轮车，站在化肥厂大门口冇动势，他用眼睛瞅着岳曼

①　吃闲饭：方言。不干活。
②　使：方言。累。
③　膀材：方言。身体壮。

香,不免心里打鼓,咋回事,心软了可怜我？不可能啊,回去空车就拉她一个人,比来的时候省劲多啦。看样子,她是真在乎自己那天说的那句话了,可是那天……唉！此时的汤建国不知为啥,心里突然涌上了一阵懊恼。

见汤建国有反应,岳曼香也不再搭理他,转身朝公交站的方向走去。

"你站住！"汤建国冲着岳曼香喊道。

"还有啥事儿?"岳曼香转过身问道。

"咱俩还有一笔账冇算清。"汤建国也不知哪儿来的勇气,横眉立目地冲她嚷嚷起来。

"我欠你啥啊?"曼香瞪着眼睛,口气比对方还镪实。

接着,两人便你一言我一语地争吵起来。

"对,你欠我啥。"

"欠啥?"

"欠啥你知。"

"我不知！"

"你装迷。"

岳曼香恼了:"我装啥迷？你把话给我说清楚,我装啥迷了！"

"咱别给人家大门口吵,找个地儿,咱俩得好好算算这笔账。"汤建国一边说,一边用眼光四处寻找着。

"你以为我怕你,今个你说上哪儿,咱就上哪儿,我倒要瞅瞅,你能结出个啥茧来！你说,去哪儿吧?"岳曼香也豁出去了,跟着往四外瞅。

汤建国抬手一指化肥厂北墙外:"走,去那儿。"

"去就去！去哪儿我都跟你去,我还怕你不成！"

东郊化肥厂在祥符城的边缘,位置有点偏离市区,周边基本被农田围绕。早年选在这里建造化肥厂,就是因为它有一定的污染,瞅瞅那几根高耸入云的烟囱,一年四季不停势儿地冒着黄烟,好在那几根烟囱的身材很高,冒出的黄烟都飘散在了天空。打眼望去,辽阔田野与高耸的烟囱两者之间,隐约可见错落有致的厂房。近处,高高的围墙遮蔽了视线和阳光,使厂区外的这片地儿显得更加荒凉,因为绝少人迹,不知名的野花在肆无忌惮地开放,反而让人感觉到一种静寂的安详。

汤建国推着三轮车，沿着化肥厂北墙根儿走着，岳曼香跟在后面，一直走到前方方了路。其实，北墙根儿所谓的路几乎就不是路，常年有人走，杂草恨不得齐腰高，路边田地里稀稀拉拉生长着一片玉米，也似乎有人照料，枯黄的叶子在炙热的阳光下无精打采。

眼看两只脚已经站在了草丛中，岳曼香问道："你还要往哪儿去？"

"哪儿也不去了，就在这儿。"汤建国指了指北墙根儿的阴凉处，停住了车。

岳曼香往周边瞅了瞅，戒备道："咋？把我带到这儿，你是要打我一顿？"见汤建国抹了抹脸上的汗，有吭气儿，只是俩眼瞅着静静的远处，便又用强横的语气道，"说话呀，你不是要跟我算账吗？"

汤建国还是有吭声。

"再不说话我就走了。"岳曼香说罢扭脸要走。

"我想……"汤建国张口了，但看了一眼岳曼香，又把想说的话咽了回去。

岳曼香转过脸："你想啥？"

"我，我，我……"

"你啥呀你，说呀！你想啥呀？"

汤建国暗自咬咬牙，鼓足了勇气说道："想跟你比比皮肤，看看咱俩谁白……"

岳曼香愣住了，准确说是傻住了，她完全料想不到汤建国的用意，也根本有往这方面去想。刹那间，站在她面前的汤建国似乎变成了另外一个人，一个压地缝里突然冒出来的人，一个不认识的人。岳曼香呆呆地瞅着他，此时此刻的汤建国，浑身又开始发抖，但不是那种怯气的发抖，而是那种激情难以掌控的抖动。

这时，激情颤抖中的汤建国，吓吓瑟瑟已经脱去了自己身上的布衫，他见岳曼香站在那里无动于衷，于是上前，吓瑟着俩手去脱她身上的布衫。岳曼香一动不动站在原地，瞅着吓瑟中的汤建国，任凭他一一解开她布衫的纽扣……在脱光她的上身之后，汤建国一把将岳曼香揽进了怀中……

当两个光溜溜的上身紧紧贴在一起的时候，岳曼香突然觉得自己喘不上来气。但是,她浑身上下的每一根神经都在跳动,是那种抑制不住兴奋的跳动,这种跳动让她忘乎所以,让她天旋地转,让她灵魂出窍……

火辣辣的日头渐渐偏西,天依然像蒸笼一般热,田野依然空旷无声,高耸入云的烟囱依然冒着黄烟,光着上身的俩人依然紧紧贴在一起。

一阵猛烈的亲吻之后,岳曼香用眼睛死死地盯着汤建国。

汤建国不解地轻轻问:"咋啦?"

岳曼香狠狠骂了一句:"不要脸!"

汤建国笑了,是那种无比开心的笑,他的笑揭示了心里所有不愿解释的话。

岳曼香无比幸福地把脸贴在了汤建国白白的胸前。

"能问你一个问题吗?"汤建国望着无云的晴空,好像突然想起了什么。

"你问。"

"你咋不戴那个?"

"不戴哪个?"

汤建国的手攥着她的乳房:"就是女人都戴的那个……"

岳曼香明白了:"俺妈不让我戴胸罩,她说影响发育。"

汤建国压低了声音:"我跟你说,你别笑话我。"

"你说吧,我不笑话你。"

"告诉你一个秘密,我喜欢你就是因为你的咪咪大。"

岳曼香扑哧一声笑了,用手指头戳住汤建国的脸:"不要脸。"

汤建国认真地说道:"真的,第一次见到你的时候,我就发现,你的咪咪比俺上学时,俺班上所有女生的都大,就想摸一把。"

岳曼香故意挺了挺胸:"那我问你,你是不是第一次见到我,就喜欢上我了?"

"嗯。"

"是喜欢我的咪咪,还是喜欢我这个人?"

这个问题又让汤建国觉得这妞儿有点"二腾",但他绝不想破坏眼前的这种私密香艳的氛围,于是忍住笑说道:"咪咪长在人身上,当然是喜欢你这个人啊。"

岳曼香沉默片刻,轻轻说道:"我听俺妈说过,小孩儿喜欢咪咪是缺乏母爱。"

汤建国不吱声了。他仰起脸,瞅着化肥厂北墙内那几根冒着黄烟的烟囱,思绪好像随着那一股股黄烟在空中飘散……

这是岳曼香平生头一回爱上一个男人。这年,她十七岁,而汤建国只有十六岁。俩年轻孩儿,刚尝到爱情甜蜜的滋味的时候,性,对他们来说,除了不可抑制的生理亢奋之外,还有似懂非懂的成分。但,他们爱的欲望,由此开始把他们带上了一条生理上的必由之路,让他们无法抗拒,也不会去抗拒。而这条性欲之路,就像化肥厂北墙外的那条荒芜的小道,是他们不费吹灰之力就能找到的,根本不需要去探索。

他俩结束了该做的事儿,准备离开化肥厂北墙根儿的时候,汤建国一边给岳曼香扣着衣扣,一边对她说:"以后你还是戴个咪咪罩吧。"

岳曼香问:"为啥?"

"太招人,你有发现,咱店里老少爷们儿的眼睛老是往你咪咪上溜吗?特别是那个王汴生师傅,经常对你的咪咪下死眼。"汤建国此时,已经把岳曼香看作了自己的女朋友,所以他这话的意思是让曼香提防点那个老色皮王汴生。

可是岳曼香却有听出来,以为汤建国和王汴生在背后议论过她的咪咪,便嗔道:"别不要脸啊。"

"真的,谁让你的咪咪恁大,怨不得人家。"

"我想恁大啊?老天爷让它长成恁大,我有啥法儿。"

……

那天的黄昏很美,汤建国蹬着三轮车在返回义丰厚的路上,岳曼香坐在三轮车后面,俩人虽然都很沉默,但俩人的心里都可展样,脸上都挂着同样难以名状的幸福。说来也怪,他俩也都不感到那么热了,口不感到渴了,汗流的也不多了。汤建国嘴里不由自主地模仿起二胡拉出的声音,哼出了《志愿军战歌》的旋律。

岳曼香听到得意处,抬手拍了汤建国一巴掌:"瞅你高兴的。"

"这一会儿我可想拉二胡。"

"你拉二胡是跟谁学的?"

汤建国告诉岳曼香,他的二胡是跟他家院里一位姓黄的叔叔学的,别看义丰厚的人都夸他拉得好,那是没听过黄叔叔拉二胡,要是听了,就知道自己这演奏水平,充其量算是刚入门。

"哪天让我去恁家玩吧?"汤建国的话,勾起了岳曼香的兴趣,她兴奋地提出要去汤建国家,顺便去看看教建国拉二胡的黄叔叔。

汤建国闻听一愣,急忙说道:"那可不中,俺妈要是知道咱俩好,非修理我不中。"

"恁妈可厉害啊?"话语里透着失望,曼香不由得撇了撇嘴。

汤建国刹住车,回身跟她解释说:"俺妈倒不厉害,只是我不想惹她生气。咱俩好上了她又不知,你一去不就露馅啦,再说,我今年才十六,小小年纪就谈恋爱,在她跟儿就犯忌讳。"

"犯啥忌讳,刘胡兰十六岁都为革命献身了。"

"胡说啥,咱咋能跟刘胡兰比。你个傻妞!"

"你个傻小儿!"

两个年轻人嬉笑打闹着,蹬着三轮车向义丰厚方向驶去……

夕阳西下,阳光依然灿烂。

吃罢晚饭,廖普生掂着小马扎、大蒲扇、半导体收音机,去院子里乘凉去了。收拾完厨屋的岳翠儿进到屋里,瞅见岳曼香在翻腾着衣柜。"你找啥呢?"她问。

曼香停住手,回身低声问道:"妈,我记得你有一个咪咪罩啊。"

岳翠儿闻听一愣,随后嗔怪道:"这孩子,你找那弄啥?"

"还能弄啥,戴呗。"

"我不是给你说过嘛,小妞儿家戴咪咪罩影响发育。"

"我已经不是小妞儿家了,我的咪咪比你的还大。"

岳翠儿用狐疑的眼光瞅着女儿,发现她的胸部果然发育得非同一般,不由得暗自责怪自己,这整天忙的是啥,孩子天天在自己面前晃来晃去,咋就有注意到呢,唉,有苗不愁长啊,女儿眼望儿的确已经不是个小妞儿家了。看着曼香瞅着衣柜不甘心的样子,岳翠儿觉得又可笑又可气,这咪咪罩是讲究尺寸的,大了罩不住,小了勒在身上那可比受刑还难受,于是对女儿道:"别找了,明个你自己学着做个咪咪罩吧,你戴我的也不一定合适。"

"家里有布,我眼望儿就做。"

……

这天晚上,小曼香躺在床上,汤建国说她咪咪大的那句话,一直在她耳边萦绕。最后,她给那句话做了一个总结,确实不能怨义丰厚的老少爷们儿爱偷看自己的咪咪,其中包括汤建国最讨厌的那个爱对自己下死眼的王汴生,自己的咪咪确实太大了……

2.《志愿军战歌》

不能过的生活不叫日子,不能吃的东西不叫食物,不能穿的衣服不叫布衫。这句话可不光是祥符的老人在说,所有人都这么说。

岳曼香用家里找出来的一块蓝花布,在母亲的指导下,给自己量身定做了一个咪咪罩。第二天,她就戴上去到店里,还故意在汤建国面前晃荡了两圈。其实,在她走进店门那一刻,汤建国就已经发现了她胸脯的异样。不光是汤建国发现了,那个平时爱对她下死眼的王汴生也发现了。大夏天,穿的薄,只要对她稍加留意的人都能发现,只不过,在义丰厚,对她最留意的男人,除了汤建国,就是那个王汴生。

王汴生是老职工王三儿的亲侄倌儿①,比岳曼香大上七八岁,已经是有家室的人了,他也是和岳曼香同一批进到义丰厚的,不同的是,这个王汴生不是学徒,而是商业局领导看老王三儿师傅的面子,把他压一个区办小工厂调到义丰厚来做维修工的。店里的缝纫设备哪儿出了毛病,都由王汴生负责维修。只是义丰厚的缝纫班组一般都是老带新,老师傅们对机器爱惜,小学徒们自然也就养成了每天下班保养设备的好习惯,所以缝纫设备出毛病的时候并不多,偶尔出了点小故障,尽管王汴生一溜小跑,恨不能蝎嚯②得让全世界都知道他不是个整天冇事可干的人,但往往也就

---

① 侄倌儿:方言。侄子。
② 蝎嚯:方言。吆喝。

是鼓捣个三两下就齐活①。所以在岳曼香眼里，王汴生就是一个成天叼着烟卷，花搅花搅一下这个，花搅花搅一下那个，东游西逛的主儿。

也就是这个爱对岳曼香下死眼的王汴生，他不但最早发现了岳曼香胸上的变化，而且也最早觉察到了岳曼香和汤建国的关系不一般。话又说回来，男女之间的那点事儿，只要是操心都不难发现，而这个王汴生调进义丰厚的第一天，就开始操岳曼香的心了，只不过碍于她娘是义丰厚的主任，她养父是地区革委会的头头，他不敢放肆而已。

这天，临近晌午头的时候，那些手头活儿已经干完的人，都去厨屋里热每天压家里带的晌午饭去了，后作坊里有剩几个人。这时，王汴生手里端着已经热好的饭，一边吃一边嬉皮笑脸地晃到了还在干活儿的岳曼香跟前，眼睛盯着饭盒，故意不看对方，随口道："问你个事儿。"

"啥事儿?"曼香也有抬头，想起汤建国的话，有意背过身去。

"你想不想学拉二胡?"

岳曼香一听，自然来了兴趣，转身问道："啥意思?"

"有啥意思，我就是问你想不想学拉二胡。"王汴生咽下口中的食物，抹着嘴说，"你要想学的话，俺家有一把二胡，有人拉，搁那儿闲着呢。"

"你咋不学?"曼香看了一眼王汴生，心里根本就不相信他家会有二胡。

王汴生嘿嘿一笑，说道："我倒是想学，就是浑身上下有一个音乐细胞。"

"我也有音乐细胞。"她很自豪地想，这店里的人有一个能比得上汤建国。

果然，王汴生立马就说到了汤建国："我的意思是，汤建国二胡拉恁好，你可以跟他学。"

"你咋不跟他学?"

王汴生用勺子刮着饭盒，坏笑着说："你是近水楼台先得月啊。"

岳曼香搁下手里的活儿，斜眼瞅着王汴生问："我先得啥月啊?"

王汴生压低嗓音说道："我的意思是说，水里的月亮只能看不能捞，别

---

① 齐活:方言。完工。

到头来是落个竹篮打水一场空。"

岳曼香正想接着问，王汴生却转身晃悠着离开了。

王汴生给岳曼香下了个捻儿，搅和得岳曼香一下午脑子里不干净，她不明白王汴生跟她说这番话是啥意思。于是，在下班的时候，她在店门外截住了推着自行车准备回家的王汴生，非要问个究竟不可。谁知，她越是问，王汴生越是拿架①，王汴生越是拿架，她就越是想知，最后，把岳曼香给惹恼了："中，王师傅，你要是不跟我说，我就让俺妈来问你，不信你等住。"

这句话还真是管用，王汴生立马答应把个中情由告诉岳曼香，但他让岳曼香赌咒发誓，保证不把他将要说的话告诉任何人。岳曼香答应了。出义丰厚的店门到马道街南口也就是二百来米，在这二百来米的路途中，王汴生说出了汤建国的家庭背景，令岳曼香突然有点毛骨悚然的感觉。原来汤建国能到义丰厚来上班，背后竟隐藏着一个天大的秘密。

汤建国之前跟岳曼香说，他的二胡是跟他家院里的邻居黄叔叔学的，其实不然，真正教他拉二胡的是他爹。他爹人称"瘸老汤"，是个一条腿残疾的人。这个瘸老汤是压黄河北边的封丘县，一瘸一拐四处流浪，最终渡过黄河，转悠到祥符城来，靠手里那把二胡卖艺为生。这个瘸子可不是一般的残疾人，也非一般靠卖艺为生的艺人。用王汴生的话说，这个瘸老汤精通四书五经，还能说会道、擅写会画。把底的人知，瘸老汤他家在封丘原先是大户人家，瘸老汤他爹，也就是汤建国他爷爷，清朝年间是个举人，家有万顷良田、上百间瓦房，后来不知何因，汤家被朝廷治罪，满门抄斩，唯一留下的活口就是瘸老汤。他那条瘸腿，就是在他十四岁那年，为躲避官府，压家里逃出来时摔断的。王汴生告诉岳曼香，瘸老汤压家里逃出来的时候，唯一携带出来的财产，就是汤建国在店里的五一联欢会上，拉《志愿军战歌》的龙头二胡，这把紫檀木龙头二胡，据说是汤家祖上传下来的。

瘸老汤来到祥符城那年已经三十啷当岁，虽然门户破败，颠沛流离，饥寒交迫，但他毕竟曾是大户人家的公子，倒驴不倒架，不管是街头卖艺，还是交朋结友，给人的印象都是温文尔雅，衣着干净，一尘不染，在祥符城里所有靠卖艺为生的人当中，显得非同一般。久而久之，瘸老汤卖艺的场

---

① 拿架：方言。端架子。

子里，撂银子的人最多，尤其是还有一些大姑娘小媳妇最爱去捧他的场，听他拉着如泣如诉的二胡，听他讲着天干地支的故事。瘸老汤也是在祥符城里卖艺人当中，唯一不讲三侠五义水浒三国故事的人。正因为如此，爱来捧他场的人，大多都是认俩字有点文化的人，在这些人当中，就有汤建国他娘范小惠。那时，新中国刚成立，美国正在朝鲜挑事，祥符城里的工农兵学商各界人士，见天在街上游行，高喊打倒美帝国主义。有一天，身为祥符艺专学生的范小惠，乘着游行之机，窜到了大南门城墙外面，瘸老汤固定的那个卖艺场子，她是想请教瘸老汤一个音乐工尺谱方面的问题。而在此之前，这个范小惠也经常会在来看瘸老汤卖艺的时候，询问一些音乐艺术方面的问题。在她眼里，瘸老汤不是个卖艺人，而是个艺术家。

也就是那天，范小惠听到瘸老汤用手中的那把龙头二胡，拉出了激昂的《志愿军战歌》，当时这首曲子叫《打败美帝野心狼》，还有在社会上公开发表，所以听来令人耳目一新。范小惠就在这曲子旋律响起的那一刻一下子爱上了瘸老汤。要说为啥会这样，她自己也说不清道不明。爱情这个东西很奇怪，能像闪电一样在一瞬间爆发出不可遏制的力量，也能如跌落悬崖的盲人瞎马一般，一失足成千古恨……也就是在那天，范小惠跟着瘸老汤去到了他栖身在大南门外的三里堡，一间被人遗弃了的破土坯房子里。这间土坯房子里面，除了堆着一些脏里吧唧的破旧书之外，就是一个铺着稻草的地铺，还有一个用砖头架起的破锅。鬼使神差的范小惠，就在那间土坯房子里酿成了大错……

汤建国是在范小惠艺专快临近毕业时候出生的。因为范小惠与瘸老汤的这段难以启齿的爱情实在是拿不到桌面上，她最担心的就是学校不给自己分配工作。为生下肚子里这个已经不得不生下的孩子，她左躲右藏担惊受怕，她悔恨当初自己不该如此轻率。范小惠在自己父母的劝说之下，在汤建国刚来到这个世界上，就把他扔给了瘸老汤，再也不露面了。这一下可真是苦了瘸老汤，在那间破土坯房子里，一把屎一把尿、又当爹又当妈地把汤建国拉扯大。在那间土坯房子里，瘸老汤教汤建国读书识字，教他拉二胡，领着他沿街卖艺，可遭了大罪。直到汤建国九岁那年，瘸老汤一场大病再也爬不起来，在奄奄一息之际，才把儿子的身世告诉了他……

　　瘸老汤死后,为了生存,汤建国掂起他爹留给他的那把龙头二胡,开始沿街卖艺。不管他在哪里摆场子拉二胡,《志愿军战歌》都是他的重点曲目,因为这首曲子是他爹瘸老汤在世的时候最偏爱的曲子,也是汤建国继承他爹二胡技法最成熟的曲子。每当他拉起这首曲子,都会感到热血沸腾,都会觉得他爹还活着。当有一天下午,他在南关三圣街小学门口摆摊卖艺的时候,恰巧被在三圣街小学当音乐教师的范小惠撞见。正准备下班回家的范小惠,被一曲熟悉的旋律锁住了脚步,她站在围观人群外,一眼就认定,这个拉二胡的小男孩儿就是自己的儿子。或许是骨肉连筋,或许是儿子的现状刺痛了她,让她良心发现,促使她痛下决心,要把自己这个儿子领回家去。

　　范小惠在抛弃了瘸老汤和儿子之后的第二年就嫁了人,这又或许印证了老百姓的那句话,人要是坏了良心早晚会遭到报应。成家有两年,正赶上大炼钢铁,街道上垒了一个炼钢炉子,她丈夫在看守这座炼钢炉子时,被突然倒塌的烟囱给砸死了。之后,她带着不满两岁的女儿改嫁给了一个比她大近二十岁、丧偶、有五个孩子的"三八式"干部①。谁知,在社会主义教育运动中,这位三八式干部被查出贪污粮票,在隔离审查交代问题的时候畏罪自杀了。范小惠不堪忍受给五个孩子当继母的艰难日子,于是,再次改嫁。老天爷可真会安排,她的现任丈夫也是个残疾,瘸老汤残的是左腿,现任丈夫残的是右腿。现任的这位曾经是个军人,参加过中印边境自卫反击战,他的那条右腿就是在那场战争中被打残的。人的命,天注定,不认不中,范小惠认了。不过,现任丈夫对她很好,因为有了生育能力,所以压部队复员后一直有结婚,他对范小惠拖油瓶带过来的女儿也很好,视为亲闺女一样。当范小惠抹着眼泪把汤建国带回家后,现任丈夫摸着汤建国的小脑袋笑着说:"乖,我喜欢听拉二胡,来,儿子,你给我拉一段最拿手的曲子听听!"就这,汤建国算是有了一个家。可好景不长,有过两年,汤建国的这个后爹得了白血病,临终前办的最后一件事儿,就是托组织上给汤建国安排工作,进了义丰厚……

────────────

　　① "三八式"干部:方言。抗日战争时期入伍。

在马道街南口，王汴生扯完了汤建国他家的事儿，而后缓了口气，对愣怔不语的岳曼香说道："该说的都给你说了，换换家我还不说呢，咱关系不错，我是担心你……"

"担心我啥？"岳曼香回过神来没好气地看了一眼王汴生，觉得他一个大男人家却像个娘们儿一样，背后嚼舌头，把自己的好心情全给搅和了。

王汴生自然看出了对方的情绪变化，他早有预感，只要自己一抖落出汤建国他家的老底儿，任谁都得犯隔意。他摆出一副掏心窝子的神态，凑近曼香说道："我是担心别人说三道四。"

"说三道四啥？"曼香一副气不忿的神态，眼望儿啥年代了，哪有那么多讲究，自己想喜欢谁就喜欢谁，想跟谁好就跟谁好，恋爱婚姻自由，谁说啥都白搭。王汴生嘿嘿一笑，随后开始批讲：嘴长在别人身上，别人说啥你都得听着，这闲话就像大风刮来的一样，你能管住别人不说你，难道还不让别人说汤建国？ 恁俩要是冇有那一道关系，谁说啥都是放屁，啥碍喵都落不到你身上；可是恁俩要好到一坨儿，那就是一根绳上的蚂蚱了，别人说他家啥，就会把你也给连上。"汤建国他妈名声不好，妨男人①，嫁一个死一个，你听听这话瘆人不瘆人？"仿佛是为了证明自己说得正确，王汴生随口就撂出了一句闲话。岳曼香听了倒冇往深里想，"妨男人"只是个说法，谁知她男人都是摊为啥死的？ 曼香坚信，汤建国他妈绝对不会整天盼着自己男人去死，嫁一个死一个那是赶巧了，说明他妈命不好。

"他妈命为啥不好？"王汴生提出这个问题，让岳曼香去想。见对方半晌都冇想出个所以然来，便直接点出了其中的关键："用别人的话说，他妈就是个半掩门儿，腰里别副牌，见谁跟谁来。"

"半掩门"这三个字儿压王汴生的嘴里一吐出来，就仿佛在岳曼香的头顶炸响了一道霹雳，她的脸儿唰地一下就白了，头发根噌地一下竖了起来。这三个字儿她太熟悉了，当年自己母亲就摊为背上了这三个字儿，被人恨不能戳断了脊梁骨，险些淹死在唾沫星子里，就连自己在那段时间出门都不敢抬头见人。"瞎胡说啥，他妈咋就是半掩门儿啊？ 不就是嫁了几个男人吗？"曼香忍不住冲眼前这狗嘴吐不出象牙的赖孙货嚷嚷了起来。

---

① 妨男人：方言。克夫。

王汗生挤住眼,抬手遮挡住对方喷过来的唾沫星,待她不再嚷嚷了,这才睁开眼继续说道:"你想想,他妈要不是半掩门儿,咋会上着学就跟一个街头卖艺的瘸子搞上了,还生出个孩儿?"

"那不是他妈喜欢……"岳曼香话说了一半又咽了回去,她不由得联想到了自己,若不是摊为那首曲子,自己会跟汤建国好上吗?她不敢再想下去了,因为事情明摆着,自己正在重蹈汤建国他妈的覆辙……见岳曼香开始发癔症了,王汗生知道他今晚这番口舌总算冇白费,在悄然松口气并别有用心地瞄了一眼对方鼓囊囊的胸脯后,用宽慰的口气说道:"谈恋爱就是那么回事儿,谈着玩玩妥了,千万别当真。你长得这么滋腻,招男人喜欢可正常,我都喜欢你。"

听了王汗生这句不怀好意的话,岳曼香原想回怼他一句,可此时此刻,她满脑子都是汤建国用二胡拉《志愿军战歌》时的模样,还有王汗生骂的那句"半掩门儿"……

一个女人只要一门心思喜欢上一个男人,特别是热恋的时候,根本不会受外来因素影响,无论从外人嘴巴里说出的话是善意还是恶意,都不能阻止任何一方像脱缰野马一样的一意孤行。如果不是这样,当年的范小惠也不会落得这么个下场和"半掩门儿"的名声。今天的岳曼香似乎走上了一条和范小惠同样的道路,不是她全然不知,而是她明知故犯。爱就是爱了,就是全世界的人都骂他妈是个"半掩门儿",就是骂我是个"半掩门儿"我也认!岳曼香这么想。

在王汗生跟岳曼香说罢那番话的第二天晚上,又逢汤建国值夜班。义丰厚的男职工每周轮流值夜班,这个时候对岳曼香和汤建国来说,正是他俩的欢乐夜。岳曼香会趁爹妈睡着之后,偷偷压家里窜出来,溜到义丰厚,两人在后作坊的布料堆里腾云驾雾折腾一番后,岳曼香再溜回家睡觉。在后作坊的布料堆里,这俩年轻孩儿,每一次折腾完,最担心的就是会不会怀孕。社会的封闭和保守,使两人在情窦初开的年纪对异性充满了好奇和渴望,但是在生理方面彼此都是一知半解,而正是这种一知半解,才使这俩人在做爱时总是那么仓促,那么的难以契合和从容不迫。毕竟他俩还不是成年人,在性方面的无知无畏,恰恰也是一种安全。压第一次在化肥厂北墙外到眼下,他俩已经有过五六次性接触,可每一次都以汤建国过于激情,无法控制自己而草草收场。岳曼香虽说比汤建国大一岁,用祥符话说也是个白脖儿①,她和汤建国一样,激情过后并不知会是个啥结果,每一次她都会感到下体有疼痛感,但是否有外来物体进入体内,她也说不上来。其实,她的这些担心都是多余的,她是安全的,因为她爱上的这个小男人,在两人搂抱在一起的时候,并没有一次真正意义上的侵入……

后作坊里很静,除了他俩急促的呼吸和哼鸣声,听不到其他任何声音。

"你还是可疼吗?"汤建国宣泄过激情后,喘息着问怀里的岳曼香,听到对方低声回答"好多了",又忍不住担心地问,"这一次不会怀孕吧?"

岳曼香"扑哧"就笑了:"管他呢,怀就怀,真要是怀上了,我就让你当爹。"

汤建国一听吓孬了,急忙翻身瞅着岳曼香说道:"别瞎说,真要是怀上了,俺妈非开除我不中。"

"开除就开除,真开除了,你还掂着你的二胡,我陪你上街卖艺。"这话明显带着一种豁出去的味道,吓得汤建国浑身一激灵。岳曼香见状,顿觉自己把话给说疵②了,急忙解释道:"跟你说着玩的,我意思是说,你有拉二胡的手艺,不管到哪儿咱都饿不着。"

汤建国冇再吱声,俩眼瞅着岳曼香,他的眼睛里在起着雾。

"你咋啦?"岳曼香有点慌神儿,抱着他瘦瘦的身体安慰道,"我真是跟你说着玩的,你可别多想啊。你放心,我就是真的怀孕了,也不会出卖你,我知你能来义丰厚上班可不容易……"

"你咋知我来义丰厚上班不容易?"

见汤建国向她投来疑惑和警惕的眼神,岳曼香发现自己又把话给说疵了。而就在她想要进一步做出解释的时候,作坊外突然传来了动静,好像有人在拍前面的店门。"有人来了。"曼香被吓得全身一震。

汤建国也听见了拍门声,噌地一下坐起身,机警地向前店方向瞅了一

---

① 白脖儿:方言。外行。
② 疵:方言。说错。

眼,回头道:"你藏在这儿别动,我去前面瞅瞅。"说着话,他慌乱而又迅速地把自己的衣服穿上,再次嘱咐岳曼香藏在布料堆里别动势儿。然后,镇定了一下情绪,迈步朝前面走去。

布料堆里的岳曼香,支棱着耳朵聆听着前厅里的动静,拍门声依旧。

"谁啊?"

"我,王汴生。"

我的娘吧,他咋这会儿来了? 隐隐约约听见王汴生的声音后,岳曼香顿时有种大事不好的感觉,就好像羊圈里突然闯进来了一头狼,她下意识地蜷缩起身体,将自己隐藏在布料堆的最深处。同样,当汤建国听到王汴生的声音后,瞬间也感到来者不善,他强作镇定地走到了前店,去掉门闩,打开了店门。

"敲门咋不开啊? 你睡着了吗?"说着话,王汴生跨进店门。

汤建国冇回应,他不知该咋回答,或许是因为做贼心虚吧。他在来义丰厚上班之后,心里一直比较怵气王汴生,在他眼里,王汴生满身的痞子气,说话嘴里爱带把儿,爱大声蝎嚯,爱跟人抬杠,爱逞能蛋,天南地北冇他不知的事儿。用店里老职工的话说,这货比他叔老王三儿差远了。

王汴生板着个脸问道:"弄啥嘞,半天不开门?"

汤建国觉得自己不搭腔不中了,对方明显已经怀疑了,再不说话那不就证明自己心里有鬼吗? 于是他干巴巴地招呼道:"王师傅,你,你咋这会儿来啦?"

王汴生用眼睛扫了前厅一圈,说道:"咋啦? 这会儿我就不能来啦? 明个我歇班,要去给俺叔家拾掇缝纫机,我来拿我的家伙什儿。咋啦,碍你的事儿了吗?"

"冇,冇……"汤建国脸上堆着笑,连连摇头,他可不敢说你真碍着事儿了,若是说了,那对方一定会问,我碍着你啥事儿了? 所以还是少说为妙。然而,就在他犯癔症的时候,突然看见王汴生说着话就要往后作坊走,不由得暗吃一惊,慌忙迈步追上去:"我,我去给你拿家伙什儿吧……"

王汴生停住了脚,回头看着汤建国,皱眉道:"啥意思? 不让我进后作坊?"

"不不,不是,我是说,后作坊里黑,怕你找不着。"

"我的物件搁在哪儿我能找不着?"

在王汴生的逼视和追问下,汤建国低头不吭声了,随后就听对方用命令的口气说道:"你在这儿等着,看住门!"

汤建国傻眼了,他不知咋才能阻止王汴生进到后作坊里去,此时此刻,他冇任何办法,只能听天由命了,一旦王汴生发现后作坊里藏着的岳曼香,他可就是有八张嘴也说不清了。不过,他也确实说不清,常言说沾上毛尾四两腥,他不但沾了岳曼香的毛尾,而且还偷吃了荤腥,这事儿要是被王汴生给捅破了,那就活该他倒霉。看着王汴生的背影,汤建国的心里急促地在向老天爷祈祷:但愿布料堆里的岳曼香不会被发现。

王汴生拉开后作坊里的灯,站在那里瞅了一圈,确认只布料堆里可能有情况后,便朝那里走了过去。当他用手撩开遮挡住视线、悬挂在衣架上的布料时,一眼就瞅见了已经穿上了布衫的岳曼香。似乎一切都在他的意料和掌控之中,他冲岳曼香笑了笑,见对方冲他张开口刚想要说啥,便急忙把右手食指竖在了嘴巴上,示意她不要出声。岳曼香不知王汴生这一系列的举动用意何在,只好闭上嘴巴惊慌失措地瞅着他。

这时,岳曼香身旁布料堆里有啥东西吸引住了王汴生的眼睛,他上前一步,弯下腰捡起了那样东西。岳曼香随着王汴生的举动一瞅,那样东西原来是自己慌乱之中,冇来得及戴上的蓝花布咪咪罩。王汴生一边捡起布料堆上的咪咪罩,一边又把食指竖在了嘴巴上,依旧示意岳曼香不要出声。他将捡起的蓝花布咪咪罩塞进自己的布衫口袋,脸上带着诡异的微笑,抬起手冲岳曼香做了一个再见的动作,然后转身快步走出了后作坊。

布料堆里的岳曼香仍旧一动不动坐在那里,她眼瞅着王汴生离开,对这个男人这一系列的行为大惑不解。

王汴生快步穿过前厅,瞅也不瞅呆呆站在那儿的汤建国,甚至连一声走了的招呼都不打,就像根本没有汤建国这个人存在一样,打开店门,径直走了。

汤建国瞅着王汴生离开后,急忙关好店门回到了后作坊内。他撩开布料堆挂着的那些布料一瞅,只见目光呆滞的岳曼香,一动不动地坐在那里,像个木头人。"他瞅见你了?"汤建国急促地问了一句,随后见对方冇反应，便凑过去推了推她肩膀，"我问你他是不是瞅见你了？"

回过神来的岳曼香看了汤建国一眼，点了点头。

"他说啥了？"

岳曼香摇了摇头。

"他啥也冇说？"

岳曼香又点了点头。

汤建国疑惑地望着岳曼香，觉得这事儿简直是匪夷所思。王汴生来店里拿家伙什儿，明显就是现找的借口，绝对是故意来装孬的。这也怪自己近段时间太得意忘形了，和曼香的约会太频繁、太规律，让王汴生掐准了时间，不然咋会被他抓了个现行。但是让汤建国想不通的是，既然这个鳖孙是故意的，而且又瞅见了岳曼香，咋会啥都冇问，啥都冇说啊？

岳曼香叹了口气，有气无力地说道："他把我的咪咪罩拿走了……"

"啥？"

……

这天晚上，岳曼香很晚很晚才回家。她和汤建国俩人在后作坊里分析、判断、推测着王汴生这一系列令人费解的行为，总要有个目的吧，他也是拖家带口的人，若是单纯装孬，裹不着那么晚亲自跑来一趟。可是俩人分析来分析去也冇分析出王汴生究竟是想弄啥。不过，有一点不用分析就可以肯定，王汴生喜欢岳曼香，他这一系列的行为都是因为喜欢。可让岳曼香和汤建国最担心的是，喜欢就会产生嫉妒，生发出仇恨，他要是跑到领导那儿告发他俩，即便岳曼香她妈就是领导，能够把这事儿给压下来，不处理他俩，可就凭王汴生那张不主贵的嘴，也会一事八节，四处张扬。俗话说，好事儿不出门，孬事儿传千里，这种事儿要是让一个群众知了，就等于是让广大人民群众都知了，别说是岳曼香她娘的脸上挂不住，就是整个义丰厚也会跟着丢人。广大群众背地里会骂：义丰厚那个小妞儿，才多大一点儿，就是个半掩门儿。

偷偷回到家的岳曼香，躺在床上发着愣，她的耳边萦绕着汤建国的哀求："姐，说啥你也要堵住王汴生的嘴……"

第二天，王汴生并没有像他说的那样歇班，照常来上班了。与往常不同的是，他压一进店门，就瞅都冇瞅岳曼香一眼，而是满脸得意地摆弄着需要修理的缝纫设备。一直在观察王汴生举动的岳曼香，趁着周围人少，走到他跟前小声哀求："王师傅，你把俺的东西还给俺呗……"

"啥东西还给你？我拿你啥东西了？"

王汴生似乎忘了昨晚发生的事儿，瞪着眼装迷瞪，这使岳曼香恼羞不已，若对方拿了她的寻常物件是这个德行，她早就翻脸挺秧儿了，可那是女孩儿家的咪咪罩啊，你让咋说，真要是说出来那不啥事都捂不住了？无奈之下，岳曼香心里骂着八辈，嘴里依然说着软话："咱别这样中不中，我求求你了……"

"你求我啥呀？"王汴生见她不敢张扬，更来劲了，"你看你说的，不清不混的，这要让恁妈知了，我可是跳进黄河也洗不清啊。"随后他四下扫了一眼，冲岳曼香摆了摆手，压低声音道："赶紧干你的活去，有啥事儿等下班再说。"

"下班搁哪儿说啊？"岳曼香一听这事儿有商量，急忙追问了一句。

王汴生略微想了一下，说道："要不这样，明个晚上该我值班了，你来找我，咋样？"见曼香听了自己的提议有点头，也有言语，便忍不住摇摇头，自嘲地笑了一声，"你不来也中。"他说。岳曼香依然没吱声，转身默默地走开了。王汴生盯着她的背影，就像野兽盯着自己捕捉到的猎物……

下班后，岳曼香和汤建国俩人，栖在马道街一家商店门口，商量着该咋办。汤建国瞅着马道街上来来往往的行人，一声不吭，脸上一副无助的表情。

"你倒是说句话啊，明个晚上我去不去啊？"明天晚上去见王汴生，岳曼香不知等待自己的到底是福还是祸，她自己心里有忖，但是想起平日里母亲有啥事拿不定主意，都要问廖普生，便觉得自己跟汤建国眼望儿已经有了肉体关系，而且也是摊为去店里跟他约会，才被人拿走的咪咪罩。那么这拿主意的人应该是他，而不是自己。可是等了半晌，就听汤建国憋出了一句："我也不知。"

"那我就不去，随他的便……"岳曼香也意识到，自己刚才那样问，是难为汤建国了，谁都知王汴生不好对付，实在不中的话自己就认了，大不了被他把名声搞臭。

"不中不中!"汤建国连连摆手,不让岳曼香再说下去,分析道,"你要是不去,肯定就把他给得罪了,你又不是不知他那张嘴,真敢把咱俩的事儿给说出去。"

"那我就去,看他能把我咋着。"

汤建国又不吱声了,事情明摆着,左也不是右也不是,若从内心里讲,他压根就不想让岳曼香去,担心王汴生会对她图谋不轨,这一点,从平时王汴生爱对她下死眼就能看得出来。可是眼望儿把柄在人家手里搦着,真要是豁出去闹个满城风雨,别说岳曼香冇法见人,他自问自己也冇勇气来面对。一时间,这两个涉世不深的年轻人都显得十分茫然。

突然,岳曼香的眼睛一亮,拉了一把汤建国的胳膊,说道:"要不这样,咱俩一起去,你看咋样?""啥?咱俩一起去?"汤建国挤挤眼,不知这妞儿是咋想的。岳曼香给出的理由是,事儿是两个人的事儿,所以两人一起去,一起认错,一起去求他,显得合情合理。那货爱喝酒,不中她就再偷廖普生的一瓶"林河大曲",把鳖孙给灌蒙……岳曼香越说越认为自己的这个计划可行,催问道,"咱俩一起去,你就说中不中吧?"

"我说不中。"汤建国想了想,说道,"我觉着,我要是去了,他会更烦,反而会把事儿搞砸。那货是个小心眼儿,嫉妒心强,平时又不待见我,关键是……"后面的话他真冇法儿再往下说,岳曼香恐怕她自己都不知道,就算她妈不是义丰厚的领导,她爹也不是地区革委会副主任,单凭这妞儿的长相和身段,往那儿一站,到哪儿都是一枝花。别说王汴生,是个男人要对她冇点想法,那肯定不正常。昨晚上的事儿发生以后,汤建国想的不比岳曼香少,甚至还想到两人一起去找老王三儿师傅或者王汴生他老婆,可真要去了那就是彻底翻脸了,见了人家咋张口啊,说这货故意耍流氓人家就认了?王汴生鼻子底下就冇长嘴?咋想,到最后都会回到最初的原点,不但咋着不了人家,反而会给自己和岳曼香的头上都扣上屎盆子,这不是搬起石头砸自己的脚吗?眼望儿之所以这事还有转圜的余地,就是因为双方还都冇撕破脸皮,王汴生为啥掐着时间点去装孬,说到底还是喜欢这妞儿,这才是问题的关键!

汤建国虽然是看透冇说透,但"关键是"这三个字儿后面所隐藏的种种担忧已经写在了他的脸上。岳曼香当然也清楚,自己去和俩人一块儿去,有可能会是两种不同的结果,而不论是哪种结果,对她本人都不利。她虽然只有十七岁,但男人的那点小心思她心里可清亮。

俩人又陷入了沉默,都有了主意,一起瞅着马道街上来来往往的行人发着呆。半晌,汤建国说出了一个折中的法儿——"要不这样,明个咱俩一起去,但我不进去,我在咱店门口等你,恁俩谈的时候,你让他知道我在咱店门外等你,你看咋样?"

"中,这个法儿中!"两个人一起去,一个人跟他照头,既有利于事情的解决,又能够在发生意外的时候相互有个照应,可谓首尾兼顾,思虑周全。岳曼香用崇拜的眼神看着汤建国聪明的脑袋瓜,兴奋地伸手想拍一下,又觉得太不礼貌,半途转变方向,在他胳膊上拍了一下,点头赞同道:"他要是知你在咱店外面等我,就是心里隔意,嘴里也说不出来。中,我看你这个法儿中,就这么说定了!"

第二天一上班,岳曼香就凑到王汴生跟前给他打了招呼,说今个晚上来店里找他。王汴生心满意足地说了一句:"这就对了嘛,识时务者为俊杰,大事儿化小,小事儿化了,才是正确的选择嘛。"整个一白天,王汴生满脸都显得可展样,嘴里不时还哼着小曲儿。这一切都被汤建国看在眼里,恨在心里。有一点汤建国相信,晚上岳曼香与王汴生见面的时候,只要这货知道店门外还蹲着一个人,他就想不成"好事儿"。

晚上,爹妈按时按点睡下后,岳曼香蹑手蹑脚地出了家门,与以往不同的是,她兜里揣上了一把水果刀。她已经想好了,一旦王汴生想打斜①,招呼自己的事儿,亮出这把水果刀,就是亮明自己态度的最好方式。

岳曼香来到义丰厚门口,汤建国已经等候在那里了。俩人见面后有多说啥,该嘱咐的汤建国都已经嘱咐罢了,只是在岳曼香临进店门的时候,汤建国搂住她的胳膊叮嘱了一句:"时候别太长,东西要回来立马就出来,只要他有证据,说啥咱都不认。"岳曼香心里当然清亮亮的,要回自己的咪咪罩是关键中的关键,正如两人之前商量的那样,只要有证据,王汴生就是满世界吆喝也有用,他俩打死都不会承认,这是她跟汤建国的共识,也是俩人针对这件事所订下的攻守同盟。

---

① 打斜:方言。流氓行为。

"咣，咣，咣……"

听见拍门声的王汴生，满心欢喜地打开了店门，将岳曼香迎了进来，随后使了个暧昧的眼色，自己先往后作坊走去。可岳曼香进门后，将身子倚在前厅的柜台边上，就不再往里走了。王汴生见她有跟来，顿时一愣，回身道："咋不走啊?"

"去哪儿?"

"咱去后作坊里说啊。"

"搁这儿一样说，去后作坊里弄啥?"

岳曼香现在所站的位置对她非常有利，距身后不到两米就是大门，而汤建国就守在门外，再加上有身边的柜台做屏障，她便不再怵气王汴生，手在衣兜里攥紧那把小水果刀，说话也有了底气。但是就在她暗自得意的时候，王汴生却把脸一整，说道："恁俩说事儿都在后作坊里，咋，我跟你说事儿就不能在作坊里吗? 中，这事儿不说了，你回家吧，我留口气儿还能暖暖肚子。"他说罢头也不回地走进了后作坊，把岳曼香给晾在了前厅里。

岳曼香傻脸了，直到这个时候她才彻底明白，说这个事儿的主动权不在自己手里。于是，她不得不走进了后作坊。也就是在这一刻，她来之前想好的那些软硬兼施的话，硬话全冇了，只剩下了软话，唯一坚挺着的，就是她兜里的那把小水果刀。

王汴生发现，岳曼香的右手压走进店门就揣在布衫口袋里，始终冇离开，进到后作坊里依旧还这么揣着。他瞅了瞅岳曼香揣在布衫口袋里的手，问道："兜里揣的啥宝贝啊，不敢离手，掏出来让我瞅瞅呗。"

"冇啥。"岳曼香把手压布衫口袋里抽了出来。

王汴生笑道："我还以为你揣着把刀呢。"

"让你猜着了，就是把刀。"岳曼香把手又伸进口袋里，拿出那把小水果刀，然后扔在了王汴生面前。

王汴生压地上拾起小水果刀，拿在手里看了看，咧嘴笑道："乖乖咪，咱玩啥都中，可不能玩命啊。"

"不玩了，十八能不过二十的，短处被你攥在手里，玩啥也玩不过你。"岳曼香不知道今晚会发生啥事，但是她知道，眼下最重要的是要稳住王汴生，让他把咪咪罩还给自己。

"真是个清亮妞儿。"王汴生见岳曼香服了软，便指着布料堆说，"咱坐那儿吧，软和。"

这个布料堆让岳曼香立马想到了那天晚上发生的一切，也证实了她和汤建国的猜想冇错，这货对她确实冇安好心。于是，她决定向对方亮出底牌，故意摆出一副不耐烦的神情，说道："坐哪儿说都中，快点说，建国还在门口等着我呢。"

"他在门口弄啥？"王汴生愣了愣，随后气恼道："不谈了，冇法谈，我跟恁俩有冤还是有仇啊？你揣着一把刀进门，他掂着一把刀守在门口？咋？恁俩今个晚上还想杀人灭口？不谈了！"说着，也不听岳曼香解释，把手里的水果刀一个劲儿地往她跟前递，"给给给，你的刀，拿好，捅我一刀你就走！"

岳曼香有点慌神儿，在接过水果刀的同时，一下子挖住了王汴生的手，连连哀求道："哥，哥，汴生哥！别就这中不中，俺真冇别的啥意思，俺就想取得哥哥你的理解，俺知俺做错了事儿，俺年纪小不懂事儿，俺以后改正，俺……"

"中了，别俺俺俺的了，眼望儿你应该说的是咱。"王汴生见岳曼香抓住他的手不停地摇晃，说话也变得低声下气，便吐了口气，神色缓和下来说道，"曼香啊，不是哥哥我说你，你说咱两家老一辈子那是远人不是？俺叔是看着你长大的，恁妈是看着我长大的，眼望儿又是咱单位的领导，你说平常有啥事哥哥不是护着你？那天晚上你跟汤建国恁俩……这事儿我为啥冇吭气，那是因为家丑不外扬，说句不外气的话，关上门咱就是一家人。眼望儿咋把这件事儿处理好，咋才能不让这件事儿留尾巴，这才是最重要的，你说对不对啊？"

"对对对，你说得对，咱把这件事儿处理好，不留尾巴。"岳曼香连连点头认同，对方提起老王三师傅，她便自然想到了把自己从小照护大的华姐，压母亲当上这店里的二掌柜，这俩人就冇少跟着掏力。有这么一层关系，她想，充其量事情也坏不到哪儿去，反倒是自己和汤建国做得确实有点过分了。

"就是嘛！"王汴生接着说道，"咱俩说事儿，你让汤建国守在门口弄啥,你还揣着把刀,让我觉得恁俩想咋喽我一样。""哥,俺俩能咋喽你啊。"气氛缓和了,曼香便进一步解释道,"你是俺哥哥,建国待在门外,是他不敢跟你照头,你就是让他进来他也不敢啊。"

"那他就不怕我占你的便宜?"

"你是俺哥咪,你能占俺啥便宜啊。"说着,岳曼香丢开了王汴生的手。但是王汴生却凑近她,得寸进尺地说道:"那可不好说,恁哥也是男人,恁哥见了漂亮小妞儿也慌慌,恁哥要不喜欢你,能把你给刁住?能掂走你的咪咪罩?你想想,是不是这回事儿。"

岳曼香的心一下子就悬了起来。要搁平常,别管是谁夸她漂亮,或是说喜欢她,她都觉得对方很可爱,尽管压小时候就有人经常夸她是个美人坯子,长大以后称赞她漂亮的人更多,但作为一个女子,对这些恭维话是百听不厌的。只是眼望儿,在这寂静的后作坊里,这话从"撞见"她与汤建国幽会,又拿走了她最隐秘物件的王汴生嘴里说出来,咋听咋觉得不舒服。"哥,你可是结过婚的人啊……"她下意识地往后退了一步,躲开对方几乎喷到脸上的气息。

"这跟结婚不结婚有关系。"王汴生跟着迈出一步,依然紧贴着她。

"哥,咱别说这了,你把咪咪罩还给我中不中?"岳曼香掩饰着自己的慌乱和厌恶,急忙压随身挎着的书包里拿出了一瓶林河大曲,递了过去。王汴生接过林河大曲,瞅了瞅,说道:"酒是好酒,但是用它来换咪咪罩,你不觉得我有点吃亏吗?"

"那,那你还想咋?"

王汴生用色眯眯的俩眼盯着岳曼香:"还想咋你不知吗?"

岳曼香当然知,她心里狠狠地在骂:我就知你个腌臜孙会这样。同时她也在想:咋办?不搭理他个腌臜孙,走?可是走了咋办?这个腌臜孙会变本加厉地毁坏她和汤建国的名声,所有难以意料的后果都可能出现,不单会把自己毁了,还会牵连到自己的父母,牵连到好多人,尤其是汤建国,一旦被开除,身上背着个坏名声,上哪儿再去找工作啊……岳曼香不敢再往下想,顿时感到自己被王汴生逼到了一条绝路上。

王汴生似乎也看出来岳曼香的内心在激烈地斗争,不失时机地火上浇油:"要不你把酒拿回去,权当今个晚上你冇来过,啥也冇发生,权当冇这回事儿，你也别觉得是我在欺负你。等明个上班，我把咪咪罩交给恁妈，我就说，是在后作坊里捡到的，这后作坊里是不是有人在干私活儿啊？偷偷在做咪咪罩啊……"

"你要敢跟俺妈说，我就跟你拼了！"刚才还觉得自己过分，没想到对方竟如此得理不饶人，岳曼香急了，瞪眼冲王汴生吼了起来。王汴生却大度地摆摆手，说道："裹不着，裹不着，多大个事儿啊，裹不着拼命，明明能自己解决嘛，何必让老人跟着操心，你说是不是啊。"他这一招，用祥符话说，叫"老婆儿纺花慢慢上劲儿"。先步步紧逼，用最坏的结果来威胁对方，而在对方已感到绝望的时候再退后一步，打开一扇和解的窗口，这样，就迫使岳曼香只能按照他预设的节奏和方向，亦步亦趋。见岳曼香不再咋呼了，他继续"上劲儿"，——"想开点儿，妹妹。其实，不管今个晚上咱俩在这儿弄啥，天知地知，你知我知。再说，这又不是米面，挖一瓢少一瓢，根本就冇人知。门外候着的那个小子，你不说，他也不知，明个上班，照样是我兄他弟、你妹我哥，你说对不对啊？眼望儿你还小，等你再大一点，结罢婚你就知了，这事儿根本就不算个啥事儿。"说到此他故意停顿了一下，似乎在等岳曼香的反应。而岳曼香此刻已经完全冷静了下来，只听王汴生干笑了两声，接着说道，"冇事儿，恁哥我只是说说，你就是不愿意也冇事儿，恁哥也不会让你作难，干这事儿吧，得两厢情愿不是，时候也不早了，要不你回家吧？"

岳曼香低头沉默着，有一点她已经想明白了，王汴生利用值夜班把她约到这里来，给自己只有生死两种选择：生，顺从他、满足他；死，身败名裂。她慢慢把头抬起来，盯着王汴生道："我答应了。你先把咪咪罩还给我。"

"真答应了？"

"真答应了。"

"中，朗利，我眼望儿就把咪咪罩还给你！"王汴生说罢，三下五除二脱光了上身的布衫。

岳曼香惊讶地瞅见，脱光布衫的王汴生胸前，戴着她那个蓝花布做的咪咪罩。

王汴生摇摆着身躯："来吧，你把它摘走……"

这时,后作坊墙上的老挂钟,敲响了零点。

……

岳曼香压义丰厚出来已经快下一点了,坐在不远处马路沿上吸烟的汤建国急忙起身迎了过去,关切地问道:"咋怎长时间啊?"岳曼香冇吱声,一言不发地向马道街南口走去。汤建国跟在岳曼香的身后,继续询问:"咋样?要回来冇?"岳曼香停住脚步,压衣兜里掏出那个蓝花布咪咪罩,塞进了汤建国的手里。

"中,要回来就中,只要这物件不在他手里,他说啥都冇用。"汤建国看着抓在手里的咪咪罩,就如同压肩上卸下了一包沉重的布料,顿时觉得格外轻松与欣慰,刚刚还枯楚着的小脸儿立马变得可展样。

岳曼香突然想到了啥,对汤建国说:"把火柴给我。"

"啥?"汤建国看着失而复得的咪咪罩光高兴了,冇听清曼香说啥。

"把你兜里的火柴给我。"岳曼香只好又重复了一遍,而后冲汤建国伸出了手。

"你要火柴弄啥?"汤建国脸上现出疑惑神色,但还是顺从地从口袋里摸出一盒火柴递了过去。岳曼香接过火柴,又压汤建国手里一把夺过那个蓝花布咪咪罩,蹲在路边,一把火就把它给点了。

汤建国一看她把已经燃烧起来的咪咪罩扔在了马路上,登时心下不舍,喊了一声:"你这是弄啥?"就想跑过去扑救。岳曼香一把拶住他,说道:"你觉着这个咪咪罩我还能戴吗?你不恶心?"汤建国闻听,立马就不吭声了。可不是吗,这是一个姑娘家最隐秘的物件了,也算是他和她之间那种不同于常人的亲密关系见证物,她只给自己看过摸过,是因为她无论从心里还是身体上都接纳了自己,可如今它却被另外一个男人看过摸过,这就好像是自己拉的那把龙头二胡被贼给偷走了,冇过几天又找了回来,虽然二胡还是那把二胡,但他肯定心里犯隔意,再也拉不成调了。

午夜已过,空荡荡的马道街上,只有岳曼香和汤建国两个人,昏暗的路灯下,一小团烈火在燃烧,在那小团烈焰之中,烧毁的是一个少女对这个世界那份纯洁的情感,也烧毁了她对人性美好的认知以及对自己人格的尊重……

岳曼香不可能把今个晚上在后作坊里发生的事情告诉汤建国,这一点王汴生心知肚明。但是，今后会发生啥事儿，却是这个夜晚的当事人都难以意料的。

日子一天一天过着，用祥符人的话说，该咋着咋着，三个当事人每天照常上班，该干活干活，该说笑说笑，似乎是该吃吃，该喝喝，啥事儿冇往心里搁。表面是这样，如果冇啥意外发生，事情算过去了，一切也就安然无恙。可是，这世界上，哪儿会有安然无恙活着的人啊，种瓜得瓜，种豆得豆，也非老天爷的安排，而是不得已的自讨苦吃。

岳曼香已经二十多天冇来例假了。起初，她还不以为然，直到汤建国翻看了一本生理知识的破书之后，怀疑地问她，是不是怀孕了？慌了神的岳曼香才偷偷地跑到一家区办医院做了个化验。当她把化验结果的单子，狠狠地拍到王汴生面前时，王汴生却一口咬定这事儿不是他干的，这张单子应该拍给汤建国才对。

"你胡说，俺俩不可能！"岳曼香当然能够确定自己怀上的是谁的孩子，对于男女之间的那点事，她也是在跟王汴生发生关系后，才有了比较确切的了解，所以她心里有忖，这事儿跟汤建国冇半点关系。为了让王汴生负起责任，她不得不说出了她和汤建国之间最隐秘的事情："那事儿俺俩就冇真正干成过一回。"

"你说冇干成过一回就冇干成过一回？谁相信啊。"

岳曼香冇想到，这世上竟然还有如此无耻的男人，同时她也明白了，这个男人并不像他嘴里说的那样喜欢她，而只是把她当成了一件玩物，当成了一个泄欲的工具。但是，对于世俗和流言的畏惧，使她仍然不敢跟王汴生彻底撕破脸皮，只能进一步解释道："他不跟你一样，你结过婚，懂这，他不懂。"

"别跟我说这，别跟我说这。"王汴生带着满脸的不耐烦，连连摆手，"栽赃陷害冇用，你要说肚里的种是我种下的，那中，你就生下来让大家瞅瞅，是像我，还是像汤建国。"

"你，你流氓！"岳曼香已经气愤到了极点，指着王汴生刚要发作，却被对方伸手把她的胳膊按了下来。王汴生不紧不慢地说道："我流氓还是你流氓？兔子还不吃窝边草呢，你在义丰厚一下子睡了两个男人，不中就让大家评评，看咱俩到底谁流氓。"

老实说，王汴生耍无赖，岳曼香拿他一点法儿没有，因为有一点还真让这货给说对了，那就是不管汤建国跟她在一起的时候懂不懂男女之事，她在义丰厚先后"睡了"两个男人是不争的事实，就算她眼望儿敢豁出去把所有的事情都公开，也是跳进黄河都说不清道不明。因为在这种事上，人们一般都不会去探究男人做得对与错，却会将一个受害的女人当作有道德污点的指责对象，所谓"红颜祸水"四个字，不就是专门用来替男人开脱的吗？岳曼香甚至可以预料到，如果把事情闹大了，那么就像当年母亲被人骂作"半掩门"一样，自己也会被骂作"半掩门"，不但母女俩从此在义丰厚无法见人，还会拖累到汤建国……想起汤建国，岳曼香只能在心里苦笑，王汴生不认账，自己又必须要给肚里的孩儿找个存在的理由，这个锅恐怕就要由汤建国来背了。

汤建国看罢岳曼香拿来的化验单之后，小脸立马变得比核桃皮还枯楚，两人都才十六七岁，关系还冇敢公开，这冷不丁就要多出来个孩儿，你说这该咋整？就算是眼望儿能过五关斩六将，征得两家儿老人的同意和政府批准，立马结婚成家，他俩也都冇做好当爹妈的准备。可形势不等人啊，怀胎十月、一朝分娩的道理他还是懂的，孩儿在曼香的肚子里，那是会一天天长大的，到时候他俩就是不想当爹妈都不中。结局是啥，未婚先孕，等着让别人戳断脊梁骨，流氓破鞋的名声一准儿跑不了，他和岳曼香这辈子就算彻底毁了。汤建国愁得俩手抱着脑袋，喃喃地说道："我就想不明白，咋就会怀孕了呢？每次干那事儿，我都可激动，你还骂我是小孩儿家，冇成色，还冇进里头就……"

"说那有啥用，咱也冇法儿考究，得赶紧想想法儿，书上不是说，仨月后就不能打胎了吗，眼望儿已经俩月了。"在见识到王汴生的无耻之后，岳曼香并不想逼迫汤建国来接受自己肚里的孩儿，她来找汤建国的目的，是要他想一个安全的法儿，咋样才能悄无声息地将胎打掉。

汤建国低着头，皱着眉头说："想啥办法啊？我能想啥法儿？我冇办法。"

岳曼香深吸了口气，想到了他之前翻的那本生理知识书，便让他从书本上找找办法。汤建国闻听立马抬起头，眼睛开始发亮了，对啊，知识就是力量嘛！可是，当他抱着书压头翻到尾，又压尾翻到头，书都快翻烂了，眼睛都看花了，也冇找到有关打胎的啥法儿，甚至连"堕胎""打胎"等相关的字样都冇。两人一时间又陷入了绝望，岳曼香眨着眼思索了半晌，突然又来了灵感，书上冇打胎的法儿，可是却有不少保胎的法儿，咱要是把保胎的法儿反过来使，那不就能打胎了吗？哎呀，这可真是一句话点醒了梦中人，汤建国抱着岳曼香高兴了半天，而后急忙又抱起书认真查找，把找到的有关妇女怀孕期间需要注意的事项，例如不能趴着睡觉、要及时补充钙质、勤洗澡等一字一句地念给岳曼香听。

岳曼香经过逐条筛选，最终决定要汤建国陪她去"跳城墙"，她给大惑不解的汤建国解释道——书上说，怀孕期间不能剧烈运动，剧烈运动容易导致流产。但是这个"剧烈运动"是个啥定义，或者是运动剧烈到啥程度，书上却都冇说。按照她的理解，像跑步、搬东西或者加班加点的熬眼工作，累是累但都算不上剧烈，只有"跳城墙"才算，因为在她的记忆里，自己小时候就曾跳过一次城墙，结果把母亲给吓孬了，骂她是"找死"！

岳曼香要跳的城墙是有所特指的，既不是那座在解放祥符的时候被炸毁的鼓楼，也不是压宋门到曹门，或是压曹门到北门中的任何一段老城墙。她要跳的那段城墙在祥符城的西南边，紧挨着城墙外是一片乱坟岗，地势很高，不知压啥时候起，人们为了进城方便，就从乱坟岗上爬过城头跳进城里。久而久之，那段城墙被人脚踏手扒，弄出了一个豁口，变成了过人的通道。只不过，所有抄近路的人，压城外乱坟岗爬上城墙容易，但是必须要从城墙上跳下三四米高的落差，才能进到城里。当然，这个被称为"西南城坡"的地方，在过去也是周围那些调皮捣蛋的孩儿们展示胆量和技巧的场所，时不时地就会在城头上聚集起一帮谁也不服谁的半大小子。正因为如此，大人一般都不让女孩家儿到这儿来玩。岳曼香小时候因为好奇去偷偷跳过一次，被母亲申斥后老实了好几年，但是在上学住校期间，她带着几个女同学可冇少去。那滋味她记得可清楚，每次压城墙上跳下，身体就会被狠狠地蹾一下，在落地的那一刻，一种酥麻的感觉会像过电一样从脚底板穿过两腿，直达全身。所以一提到剧烈运动，她就想到了西南城坡，从城墙上往下跳，多蹾几次，冇准就能把肚子里的这个小东西给蹾掉。

做出跳城墙用土办法打胎的决定后，每天下班，汤建国就陪着岳曼香，去到西南城坡的城墙豁口处，爬上爬下地跳上几回。一连跳了一个多星期，岳曼香恨不得把俩腿给跳折，依旧有感到肚子里有啥动静。这一下可愁坏了这俩年轻人，他俩气喘吁吁地坐在西南城坡的城墙上，瞅着日落后的晚霞，陷入了深深的绝望。"真要是不中，就去医院打胎吧。"说到底，看着岳曼香天天这么辛苦，汤建国觉得心疼，也更加自责，不管咋说，要不是自己不知照护，让她怀上了，她也不会受这个罪。

　　岳曼香摇摇头，医院她是不敢去的，"我问罢了，去医院打胎需要户口本，还需要家属签了字才中。俺家的户口本不可能拿，签字就更不用说，俺妈签？还是你签？俺妈要是知了，非打死我不中。你就是个小蛋罩①，去签字人家医院也不相信啊。"

　　"那大不了咱去找乡下的赤脚医生……"汤建国话说一半就咽回去了，他心里明白，打胎这事儿找医生是最稳妥的法儿，即便是去乡下找个二把刀的赤脚医生，都比岳曼香搁这儿糟践自己要强一百倍，可是乡里就安全吗？上边有公社管着，赤脚医生打胎当然也会要户口本和家属签字，这显然是行不通。他觉得自己这话说了跟冇说一样，不打粮食。

　　"真要是打不了胎，我就去死！"岳曼香带着满脸的沮丧，狠狠拍了两下肚子，她也想不明白，地里种上个豆，即便是长出了豆芽，伸手一薅就连根拔了，为啥这人种上了就长得这么结实。汤建国死死拢住她的手，不让她再作践自己，带着哭腔说："别胡说中不中，我心里可难受……""我不是胡说，打不了胎，我真去自杀，一死百了，谁也不牵累，谁也不得罪，谁都不用担惊受怕了……"

　　汤建国一把捂住岳曼香的嘴，把她抱在怀里："姐，你千万别这么想，不中咱就把肚里的孩子生出来，工作咱不要了，天无绝人之路，咱俩离开祥符，我会拉二胡，饿不死……"

　　岳曼香栖在汤建国怀里呜呜地哭了起来，哭得那叫一个痛。这哭声里到底隐藏着多少凄凉、多少难言之隐、多少恶果和苦水，只有她一个人知道。她咬着牙下定了决心，宁可死也不去连累任何人，哪怕是那个最让

---

　　① 小蛋罩：方言。小孩儿。

她恶心的王汴生……

3. 迫不得已却来得正好

　　别管男人还是女人，穿啥衣服最得劲？祥符城里有个画家说：穿
啥衣服也不如不穿衣服，不穿衣服的人才是最完美的人，尤其是女
人。

　　那天压西南城坡回来后，岳曼香就决定不再去跳城墙了，一个大姑娘
家，整天像跳水运动员一样爬上去跳下来，再爬上去跳下来，在旁人眼里
这要不是神经病才怪，时间久了不出事也得出事。祥符城就这么巴掌大
个地方，万一要碰见个熟人，还真冇法跟人家解释；即便侥幸冇遇见熟人，
只要有天天见她来的人问上一声，"你这是为啥啊？"那一切都捂不住了。
其实这些都不是重点，关键是跳城墙这个法儿不管一点鳖孙用，蹾来蹾
去，她觉得肚子里的胎儿反而被蹾得更牢稳。最明显的证明是，她整个人
都变得懒洋洋的，饭量在悄然增加，上班的时候开始犯瞌睡，就像整天吃
不饱睡不够一样。

　　岳曼香到此时心里已经清亮了，肚里这个孩儿都是老天爷给她的碍
喳。别管摊为啥，你睡了两个男人，扭脸就跟冇事儿人一样，那不可能。
所谓人的命天注定，老天爷给你啥你都得接着，而且还只能是自己一个人
接着。汤建国指望不上，那就是个涉世不深的大男孩，人是好人，可肩膀
太弱，扛一包布料都吃力，就别说让他扛一个家了。王汴生就更别提了，
他就是个活孬孙，死活不认账你能咋着他？岳曼香甚至可以想象，如果自
己跟他硬挺，把店里闹得稀嚓嚓、自己落个不要脸半掩门还是小事儿，他
叔老王三儿和他那小家子气的老婆估计都冇脸见人，弄不好还会闹出人
命。与其让一圈人都跟着倒霉，自己也不落个好，那还不如自己把所有的
事情都给扛了，别管有多少屈辱、痛苦和不公，通通都冲自己来，一只羊是
赶一群羊也是放，就可着自己一个人祸祸吧。岳曼香不知是所有女人都
这样，还是因为自己作的，混成了这个样，反正眼望儿是听天由命了，大不
了一死了之，我活不下去我不活了，谁还能把姑奶奶咋着？

然而,准备跟老天爷挺秧儿的岳曼香还是低估了他老人家翻手云覆手雨的能力,就在她放弃一切幻想,天天吃饱喝足傻乐呵的时候,接手她肚里孩儿的下家出现了……

每天一下班,母女俩照常一路回家。说实话,岳翠儿倒真有注意到女儿近期身体上的变化,这也不是她这做母亲的不操心,而是岳曼香压小就是这个郎当样儿,要不然两口子也不会费劲巴力地把她给弄进义丰厚。在岳翠儿看来,只要白天这妞儿能够安安生生地在店里上班,下了班跟自己一路回家,临时有事儿及时跟自己打招呼,这就挺好。当然,曼香在夜里出去干的那些事儿她和廖普生是绝对不知道,当父母的就是被打死,谁也不会相信半大女儿会深更半夜跑出去。至于曼香近来变得贪吃贪睡,岳翠儿和廖普生都觉得太正常了,都说半大小子吃死老子,其实半大妞儿也不好伺候,十七岁,正是身体成长发育的关键阶段,你不让她吃不让她睡能中?但是岳翠儿却注意到了女儿这些天在情绪上有了较大的改变,每天下班压店里出来,到一同走回家的这段路上,曼香的话比平时多了不少,而且会时不时地冒出一两句感谢母亲养育之恩的"傻话",常常让她感动得眼泪喇喇流,甚至女儿有时还纠缠着让她唱上几段关于《报娘恩》之类的民间小调,啥"水有源树有根,为人莫忘父母恩",啥"天又高地又厚,爹的骨头娘的肉",等等,不过,即便是这,岳翠儿也有往旁处想,只是觉得女儿终于长大了,变得更加懂事了。

今个,娘俩下班后仍然一路有说有笑地往家走,母女俩说得眉飞色舞,笑得如花枝乱颤的神态,不禁让路人频频回顾,纷纷投来惊艳的目光。其实,岳曼香是因为肚里有了孩儿,刚怀上就感受到了天大的压力,连死的心都有了,进而联想到母亲当年怀上自己的时候,胡国杰不知去向,那也是跟自己眼望儿一样独自一人苦扒苦熬的,便不由得心生感慨,这就应了那句话,不养孩子不知肚子疼,不当父母不知报娘恩啊。所以,她这些天格外珍惜跟母亲单独在一起的时光,话匣子一打开就合不上了,撒娇耍憨,只要母亲高兴她就高兴。而且,她也期望能够借由眼前这刻意的高兴,来暂时忘掉自己所受的那些委屈和对未来不知咋面对的恐惧。但是今个母亲却表现得跟以往不同。岳翠儿有再唱《报娘恩》之类的小调,而是唱了一首情歌——

"一想二爹娘，爹娘无主张，孩儿婚事有挂在娘心上，哎呀呀，你咋不做嫁妆，咋不做嫁妆……"

岳曼香听出，这首歌里分明藏着待嫁女儿对父母的那种半真半假的抱怨，她登时被吓孬了，啥意思，我从来也冇跟恁说过要嫁人啊，我的天爷，别是自己这点事被老娘知了吧？她立马噘住了，变成了闷嘴葫芦。

其实岳翠儿唱这首歌自然有她的用意，因为她今个确实有个事儿有跟女儿说。见曼香突然不吭声了，她不由得心中暗笑，我的乖乖妞儿，有些事儿你不想，爹妈得替你想，等会儿到家你就啥都明白了。

岳曼香跟着母亲走进家门的时候，抬眼便瞅见屋里端坐着一位身穿蓝色军服的年轻解放军，正跟廖普生在那儿津津有味地喷空。廖普生见岳翠儿母女回来了，便向那位年轻的解放军介绍道："这是她们娘儿俩。"年轻的解放军立即起身，先向岳翠儿敬了一个标准的军礼，又向曼香敬了一个更标准的军礼，这俩军礼把她们娘儿俩敬得有点不知所措。随后廖普生给她们娘儿俩介绍道："这位是驻扎在咱祥符的空降师朱大林排长，他是专门来看我的，今个晚上咱就不在家吃了，咱请朱排长去吃小笼包子。"

朱大林急忙说："不不，我请，我请全家。"

"哎！"廖普生端着长辈的架势道，"开玩笑，哪能让你请，你是客，要听主家安排。"

当天晚上，在寺后街二食堂吃小笼包子的时候，岳曼香发现，这位朱排长的俩眼老是在瞅自己，把她瞅得都有点儿不好意思了，与此同时她还发现，养父和母亲对朱大林的态度也有点不对劲，热情得有点过分，尤其是廖普生，一个劲地给朱大林夹小笼包子，不住地夸祥符的饭如何好吃，比朱大林家乡湖北的饭好吃多了，并约朱大林下个星期天再来，请他去鉴别一下祥符拉面是不是比湖北的热干面好吃。朱大林爽快地答应了。

吃罢小笼包子后，廖普生送朱大林回位于祥符城南面的军营了，岳曼香和母亲一起回家。路上，岳曼香把心里的一些疑问抛给了岳翠儿，主要就是这个朱大林跟廖普生到底是个啥关系？他跑到咱家来弄啥？而且看养父这个劲头，以后还要跟这个朱大林常来常往。其实岳曼香问这些事，并非是对朱大林有啥想法，一是跟老娘走在街上，冇话找话；二是空降师驻扎在祥符也有年头了，在她的记忆里，廖普生在地委工作，不能说冇跟这个空降师打过交道，但那都是一些场面上的事儿，而且从来没有把哪个空降师的军人请到过家里来，还这么热情地请人家吃饭。

岳翠儿今个也是第一次见朱大林，但知道这件事已经有好几天了，她正发愁咋跟女儿把这层窗户纸给捅破，听曼香这么一问，便慈爱地看了看女儿，笑着打开了话匣子……

其实要细说起来，廖普生跟这个空降师还真有渊源。廖普生在转业到祥符工作之前，是三野的老兵，而这个空降师最早则是以三野九兵团三十军八十九师为骨干组建的，当时叫"空军陆战一旅"，在1950年的八一节，压上海移驻到了祥符。随后因军队编制调整，这个空军陆战一旅扩编成了师级单位，在归属和番号上也有了一些相应的变动，叫过"空军陆战一师""伞兵师"等，到1957年以后，才正式改番号为空降兵师。共产党的军队最注重自己的优良传统和血脉传承，无论这个师咋改咋变，都还是老三野的骨头架子。而同样来自老三野的廖普生又恰恰在祥符地委担任革委会副主任，使得空降师与祥符地方政府的关系一下子亲近了不少，尤其是在军队"支工支农又支左"和地方拥军优属的工作中，双方配合默契，如鱼得水。廖普生本人，自然也就成了地方政府与驻军沟通的一座桥梁，而且是说话办事都好使的"桥梁"，只不过他在经历过一些坎坷之后，为人变得较为低调，许多事情除了政府层面，一般平民百姓知之甚少，包括岳翠儿母女在内。就像今天这个事，廖普生要不提前跟岳翠儿透了口风，岳翠儿也是被蒙在鼓里。

朱大林是湖北仙桃人，家在农村，完全靠自己努力，压战士提升到了排长，眼看实在是冇再提升的空间了，部队决定让他在年底转业。可是，朱大林不愿意回原籍去种地，过面朝黄土背朝天的生活，认为祥符要比仙桃好得多，如能就地转业，那也不枉自己这些年在部队任劳任怨的付出。于是他通过他们的团长，找到了地委书记崔洪，让崔书记发句话，把他给安置在祥符。

崔洪在见了朱大林的团长后，一时感到很为难。空降师驻扎在祥符已经很多年了，军地关系一向很好，部队上许多干部结婚娶的都是祥符女人,无论是在公众场合还是私下交往,若是不特意言明或是具体介绍,外人都以为空降师是祥符的一个组成部分,常常跟军分区混为一谈,这就说明两家早已是你中有我、我中有你,水乳交融,用报纸上的话说,就是军民鱼水情深。眼望儿人家团长既然找上门了,难得开口,按理说崔洪作为地委书记,安排个军转干部不是啥难事,可这里头涉及地方部门的一些条条框框。若朱大林是个营级干部,那好办,因为祥符地区的组织部门定过一个死杠杠,凡是外地军转干部想要进入祥符的,必须是营级以上干部,而朱大林只是个排级干部,跨不进这个门槛。但是,政策是死的,人是活的,介于军地两方具有传统性良好关系,崔书记给部队团长出了个点子,先给朱大林在祥符找一个媳妇,赶紧结婚,只要结罢婚,朱大林就可以按配偶所在地,名正言顺地转业到祥符。

团长一听有门儿,便拜托崔书记给帮这个忙。崔洪立马傻脸了,后悔自己不该出这馊点子,这不是老张的锤椎老张的眼吗,我上哪儿去给朱大林找个媳妇啊?崔洪思来想去,最终想到了廖普生,反正狗皮袜子冇反正,左右都是恁老三野的事儿。

在崔书记的印象里,廖普生的女儿岳曼香已经长成了个大姑娘,具体多大岁数不太清楚,于是,他把廖普生叫到自己的办公室,一问,曼香今年才十七岁,还不到谈婚论嫁的年龄。崔洪觉得这事儿冇戏了,便转换话题,扯一些无关紧要的小事。廖普生感到很奇怪,崔书记今个是咋了,把自己叫来,进门就问曼香的情况,而且在自己说了孩子的年龄后,竟是满脸的失望。他忍不住多了句嘴,把话题又给扯了回来。给曼香和朱大林牵线搭桥的想法落空了,崔洪认为自己再跟廖普生说这事儿就纯属扯闲篇了,于是叹了口气,讲了空降师团长来为朱大林说情的事儿。言外之意,当时说话口满了,也冇想到那团长是个热沾皮,自己这把子岁数,跟年轻小妮儿们又不来往,上哪儿去给人家找媳妇?万一要是把事儿给摞地下了,到时候恐怕还得让廖普生出面去打个圆场,别摞为这影响了部队和地方的关系。可话音落地,让崔洪冇想到的是,廖普生一听原来他是想给曼香说媒,立马把大腿一拍,赞同道:"崔书记,这是一件成人之美的好事儿啊。曼香不到结婚年龄不碍事,改一下户口本又不算多大个事儿。"崔洪闻听先是一愣,但随后便暗自松了口气,自己之前还在担心曼香不够结婚年龄，不好再提这门亲事，谁知廖普生竟然比自己还热乎，这也许是他们老三野的人都味里近的缘故吧。说实话，廖普生是妞儿的养父，妞儿啥时候结婚、找啥样的女婿，他当然有发言权。而且他今天这么一表态，立马就把安置朱大林的这件棘手事儿，变成给曼香改年龄的简单事儿了。眼望儿改户口改年龄成风，当兵、招工、上学，改家儿都不在少数，屡禁不绝，上边也是睁只眼闭只眼，干部子女结婚咋就不能改户口呢？

崔洪冇再吭气儿，但是廖普生却从他脸上的微笑，知道自己的想法已经得到对方的默许了。

对廖普生来说，他是非常乐意让岳曼香赶紧找个男人嫁出去，早嫁早省心，姑娘大了，又不是亲生的，个性跟她妈一样那么强，成天在眼皮子底下转悠，家里不发生矛盾还中，一发生矛盾，亲生和不是亲生就错大劲。关键是，在岳曼香这个妞儿的心里，从小到大，根本就冇把自己这个养父当成爹，这一点谁心里都有数，只不过是在凑合着过日子罢了。廖普生想，尽管如此，自己还是要替妞儿的婚事操心。养父也是父，明面上，街坊四邻、单位同事和领导包括岳翠儿，还都把他看成是曼香的合法父亲，若将来遇人不淑，曼香自己的日子过不好，那还不是早晚要给爹妈找碴噎？虽说眼望儿谈婚论嫁还早点，可上哪儿去找朱大林这号女婿啊，跟自己一样，农家出身，冇恁些花花肠子，关键是部队教育出来的人，有老三野的光荣传统在那儿摆着，人品能差到哪儿？

"过这个村就冇这个店了！"廖普生心里已经认可了这门亲事，接下来的事儿便是要做通岳翠儿的工作。可冇想到的是，岳翠儿一听就瞪眼跳了起来，不中，这事儿冇商量！孩子年龄太小，眼望儿连自己都顾不住自己，你让她成家，日子咋过？"自己顾不住自己，才需要有人帮她嘛！"廖普生耐着性子，跟岳翠儿掰开揉碎批讲，不但讲清了这件事的前因后果，就连两人将来的家庭生活都做了一番前景描述，终于，把岳翠儿的心给说活了。想想也是，作为过来人，岳翠儿当然能理解廖普生所说的意思，一个女人家最怕的就是遇人不淑，一辈子说搭进去就搭进去了。老话说的嫁鸡随鸡嫁狗随狗，嫁个猴子满山走，那是一点都不错，成家找对象，选人最重要，宁可吃糠咽菜，也得选个人品好的男人，不然再好的日子也过不长久。曼香这个妞儿最大的毛病就是心思简单,看谁都是好人,谁说啥她都信,摊为这可有少吃亏。岳翠儿还记得曼香刚去义丰厚上班的时候,班组里有人见她带的饭菜好吃,便骗她说今个是店里的忆苦思甜日,结果这个傻妞儿就真的冇吃饭饿了一天,而那些货却偷偷把她带的饭菜给吃了个精光。唉!岳翠儿想,能早点嫁人就早点嫁人吧,要是在旧社会,十七岁嫁人已经不算小了,更何况,别管是排级还是营级,那朱大林毕竟是个干部。是干部,那就说明他是党教育培养出来的人,觉悟肯定比一般平头老百姓要高些,而且又是崔书记暗中牵的线,还不得给安排个得劲工作啊?将来小两口日子过得滋腻,恩恩爱爱,养儿育女,吃喝不愁,这不正是当父母的辛辛苦苦扒扯一辈子,所要给儿女们营造的幸福生活吗?

岳翠儿在跟廖普生"统一思想"后,更觉得此事一定要好好铺排,千万不敢出岔纰。眼望儿两口子最担心的有两条,一是曼香这边使性子,死活不同意。这你不提前想到可不中,毕竟强扭的瓜不甜,两人事先谁也不认识谁,冇半点感情基础。就是萝卜白菜,你要想把这两样弄成一盘菜,那也需要一个炒的过程,谁知曼香现在想不想跟朱大林往一块"炒"啊。第二就是朱大林那边,那货虽是农村出身,但自身条件是真不错,说不好听话,人家找媳妇那是冇公开找,要是站到马道街上喊一嗓子,那多少小妮儿家还不"嗡"的一声乌泱乌泱地往身上扑啊,这幸亏有崔书记在那儿站着,好事儿让咱给搂住了,就这,也不能不防备会节外生枝。

两口子嘀咕了一夜,最后进行了明确分工:廖普生要抓紧时间去跟朱大林联系,一是面对面地看看人,替曼香把把关;二是把话说死,咬出个牙印儿,别让那货胡思乱想;三是找机会领到家里来,让两个年轻人照照头,万一要是看对眼儿了,我的天爷,那得省多少事儿啊。而岳翠儿的任务是,先稳住曼香,待两人照头后,看她有啥反应。要是冇反应,那就需要朱大林去义丰厚做布衫了,当然这是留的后手。两口子不相信曼香会冇反应,只要有反应就好办,岳翠儿这当娘的就可以顺水推舟,把一切事儿跟曼香挑明了。

眼下,全家人刚请朱大林吃罢饭,两人在饭桌上眉来眼去也冇逃过岳翠儿的眼睛,而这一路上曼香又不住地问,岳翠儿觉得机会来了,打铁不得趁热吗,于是她便把这前前后后的事儿一股脑地都告诉了曼香,而后就等着曼香点个头,说个"同意"俩字儿。可有想到曼香听罢,睁大两眼盯着亲娘看了片刻,嗷的一嗓子便吼了起来:"恁俩是吃饱撑的了,谁想嫁谁嫁,我不嫁!"

"不嫁也得嫁!"岳翠儿把脸一整,摆出一副生气的样子,"不能啥事都由着你。"随后又觉得自己这态度有点恶道,马上把口气缓下来说道:"当爹妈的还能害了你不成?早结婚早得子,多好的事儿啊,何乐而不为?你也不是有瞅见,朱大林那小伙子,浓眉大眼,个头又高,身板又直捻①,转业后让崔书记再安排进机关工作,吃皇粮,你还想啥?"

"别跟我说这,我跟他有感情,要是有感情,别说吃皇粮,吃狗粮都中!"岳曼香不耐烦地摆摆手,加快脚步向前走去。岳翠儿紧赶慢赶地追上,嘴里说道:"有感情可以培养感情,我跟恁爸年轻的时候也有感情,眼望儿不是也过得挺好吗?感情当不了饭吃,天天在一起吃饭才能产生感情,小妞儿家,懂啥!"

"我啥也不懂,我就懂要找一个自己喜欢的人。"

不管岳翠儿咋说,岳曼香都一个劲地打别,就认准了八个字儿,恋爱自由,婚姻自主。别说,这八个字儿可治病,宪法的明文规定,咋说咋有理,跟谁说谁都得支持。谁要是不支持,说轻了,谁就是封建社会的遗老遗少,谁就是地富反坏右;说重了,你就是仇视新中国梦想复辟,甚至说你是美蒋特务你都得认。啥朱大林条件好啊,啥崔书记可操心啊,啥鸡无三条腿娘无两条心啊,在这八个字儿面前统统狗屁不是。廖普生和岳翠儿忙活好些天的心血全白费了,两口子被这八个字儿打得是落花流水,肚皮被气得一鼓一鼓的还不敢不服气。曼香说了,不服气好办,俺娘那是犯糊涂,当妞儿的不追究,革委会的廖大主任可不糊涂,要再不悬崖勒马我就造你的反,当年那个黑脸妞儿能把你送进牛棚,我同样也能把你给送进去。这句话,让还想试巴试巴的廖普生立马嗫得紧紧的。

爹妈都嗫紧不吭了,岳曼香并没有感到轻松,反而心事更重了。朱大林这个小插曲,等于把她的婚姻大事摆上了日程,逼得她不得不认真考虑

---

① 直捻:方言。笔直、挺拔。

自己下一步该咋办,说不好听话,肚里藏着个孩儿,就这么耗下去也不是个事儿啊。朱大林的强势介入,让她更加怜惜无权无势的汤建国,她决定继续去跳城墙,认为只要把肚里的孩儿打掉,就打掉了她和汤建国通往幸福道路上的障碍……

第二天上班,岳翠儿吊着个脸不搭理岳曼香。汤建国看见了,便瞅个机会悄悄地问曼香,娘俩是摊为啥?"家务事儿。"曼香敷衍了一句,随后约他下班后继续去西南城坡跳城墙。汤建国犹豫了一下,点头答应了。在那一瞬间,岳曼香觉得心里可不得劲,自己虽然拒绝了家里说的那门亲事,但不知爹妈会不会就此拉倒,更不知崔书记和朱大林那边会不会拉倒,万一这事儿传到店里,而汤建国啥都不知道,这对他可是太不公平了。

下班后,汤建国骑着自行车带着岳曼香奔向西南城坡,一路上,坐在自行车后座的岳曼香,跟汤建国叨叨着朱大林的事儿,她决定以后有啥事都不再跟汤建国隐瞒,自己不愿意猜心事,也不想让别人猜心事,既然跟他好了,就好个彻彻底底、透透亮亮。汤建国闷头蹬着自行车一言不发地听着。

当他俩爬上城墙豁口,岳曼香正要再次往下跳的时候,却被汤建国一把搂住:"别再跳了。"岳曼香一愣怔,赶紧收回脚步,不解地看着汤建国。汤建国探头往城墙下看了看,神情沮丧地说:"跳也跳不下来,还是把孩子生下来吧。"三四米高的落差,人跳下去能好受才算怪,几天前他陪岳曼香来跳的时候,每次听到她落地时所发出的"砰!砰!"沉闷声响,就觉得她那两只脚不是蹾在地上,而是蹾在自己心里。

岳曼香看着汤建国,两人的眼睛里都起了雾,她能清晰地感受到他在心疼自己。"看你说的,那能中!"汤建国的这份情意,让岳曼香感动,但越是这样,她就越想尽快把肚子里的这块累赘,或者说是把王汴生留在她身体内的痕迹给清除掉,就像被人弄脏了的一件布衫,重新洗干净以后,穿上可以照样体面地在街上走。她想一身轻松地跟汤建国好下去。可是汤建国却泄气地躲闪开她的目光,一屁股坐在城墙上,又开始抱起了脑袋。

"你到底是咋想的,你说啊!"岳曼香感觉气氛有点不对劲,便挨着他身边坐下,等他说出心里的真实想法。汤建国耷拉着脑袋,许久,低声说道:"夜个晚上,我实在冇法了,就把咱俩的事儿跟俺妈说了……"岳曼香闻听心里咯噔一声,急忙问道:"你咋跟恁妈说的? 都说了些啥啊?"

"啥都说了,包括王汴生那天晚上的事儿……"

压得知岳曼香怀孕的那一天起,汤建国就冇过过一天安生日子,起先跟她商量打胎,过后立马就后悔了,那是自己的亲骨肉啊,再咋说也是一条性命,自己干的这是啥事,跟杀人有啥区别? 再说,万一要是把曼香的身体搞坏了,别说两人现在冇结婚,就是结了婚这日子还有啥过头? 所以在那几天他心里满满的犯罪感,每天回家见到母亲都不知该说啥好,那把龙头二胡更是让他拉得比鸡叫都难听。过冇几天,又见岳曼香似乎想开了,整天嘻嘻哈哈一副满不在乎的样子,他心里的压力更大了,暗想人家肚里多出个孩儿,那自然不是人家一个人的事儿,别管是闹出人命也好,把孩儿顺利生下来也好,自己都跑不了。也罢,曼香一个女孩儿家都不在乎了,自己要是再怵鳖①,那就不是人了。于是在夜个晚上,他终于忍不住跟他妈范小惠摊牌了,先说自己要结婚,由结婚就说到了岳曼香,说到曼香那自然就捎带出了她肚里的孩儿。反正汤建国是豁出去了,厚着脸皮把事儿说完,然后就等着他妈把户口本拿出来,让他去跟曼香登记结婚——还想啥,这下你儿媳妇和孙儿一下都有了,齐活。

要说范小惠那可真不是瓤茬,一听说这俩孩儿生米都煮成熟饭了,立马就想到了自己当年跟瘸老汤的那板事儿,与其说她那时候是勇敢,倒不如说是幼稚,怀上孩儿以后不知遭了多少罪,最后咋着,不照样挺过来了吗? 眼望儿又出来个这样的妞儿,而且还是地区革委会副主任家的妞儿,可见在祥符城里犯这种错误的女人不止自己一个。不,这不能叫犯错,应该叫敢爱敢恨。范小惠一时间觉得自己当年那板事儿不算啥丑气了,认为像岳曼香这样的妞儿才最可爱,甚至在汤建国说到岳曼香跳城墙要打胎时,她心里冇来由地涌起了一阵激动,眼圈都红了。可是,在汤建国最后伸手跟她要户口本的时候,她猛一下瘮症过来了,不对啊,自己当年跟瘸老汤可冇去办啥结婚手续,这一结婚就冇意思了,等于两个人把结婚后

---

① 怵鳖:方言。退缩。

三、军便服

该办的事儿给提前办了,等于把不合法的事儿给变成合法的了。范小惠在失望之余,再看汤建国那副冇成色的样儿,不禁心头一沉,别是这货让人给榷了吧?于是,在范小惠审贼一样的审问下,汤建国不得不把两人发生肉体关系的次数和每次的经过都给说了出来,虽然说得不是那么露骨和详细,但也不可避免地提到了王汴生和蓝花布咪咪罩……范小惠听罢,心里登时跟明镜一般,冲着那把龙头二胡骂道:"啥儿媳妇和孙儿一下都冇了,还齐活,恁老汤家的祖坟就冇冒出过青烟,我范小惠这辈子也不会有这个福分!"

现在,汤建国实在不忍再眼睁睁地看着岳曼香这样不要命地作践自己,便把昨天晚上娘俩摊牌的结果说了出来:"俺妈不同意咱俩好,因为……"他斟酌了一下词句,决定把所有责任都推到他妈身上,这样也许能让自己心里好受些,便咬咬牙说道,"俺妈说,你肚子里的孩子不一定是我的。"

岳曼香气恼地大声吼道:"恁妈胡说!"

汤建国的脑袋耷拉得更低,声音也更小:"我觉得俺妈说的有道理……"

岳曼香不再反驳,她闭上了眼睛,此时此刻,她突然感到天旋地转,似乎整个城墙都在转,转得让她恶心。许久,她压汤建国身边站起来,慢慢走到了城墙豁口,停顿片刻之后,纵身跳下,摔在了三四米高的落差下面,而后忍着泪,带着满身灰土压地上爬起来,站在那里,慢慢抬起手指着城墙豁口上面的汤建国,声嘶力竭地骂道:"汤建国!恁妈就是个半掩门儿!"

……

当天晚上,岳曼香回到家,主动撩开岳翠儿房间的布门帘,面无表情地站在了岳翠儿和廖普生的面前。刚躺下的两口子被吓了一跳,立马诈尸一样从床上坐了起来。"啥事儿?"岳翠儿问。旁边的廖普生慌张地披上布衫,吊着个脸接腔道:"啥事你能管了?人家有那八个字儿,啥事不能自主啊?"

岳曼香听了廖普生的话并没有在意,咧嘴笑了一下,开口道:"我想问问,那个朱大林楞中我冇?"

话音落地，廖普生的精神陡然一振，和岳翠儿互相看了一眼，腰板噌地一下就挺直了，脸上的表情立马变得生动起来："我的乖乖妞儿啊，何止是楞中，那天见罢面以后，他就不识闲①地给我打电话，一个劲问你楞中他冇，他对你可满意可满意，不是一般二般的满意，是满意得不得了……"他已经不知用啥语言来表达朱大林的满意程度了。坐在那儿的岳翠儿，起身站在了岳曼香跟前："咋？你想通了？"岳曼香冇直接回答，而是谨慎地问道："我能先跟他说说话吗？""当然可以！"大喜过望的廖普生紧跟着也跳下床来，拍着桌子赞同道："应该是这，俩人先聊聊，彼此做个了解，加深一点儿印象。你说吧，啥时间？我约他。"

岳曼香犹豫着，似乎在考虑哪天跟朱大林见面才好。岳翠儿伸出手一边理着女儿头上的乱发，一边和风细雨地说道："这就对了。乖，老话说，男大当婚，女大当嫁，十七岁也不算小了，能寻个好人家比啥都强。"廖普生见缝插针，帮腔道："十七岁真的不算小了，你不是也经常说，刘胡兰十六岁都为革命牺牲了吗？"岳翠儿立马嗔了廖普生一眼，意思是嫌他多嘴，这跟牺牲能扯上关系吗？妞儿眼望儿才转变过来，你再不小心把她给说恼了。随后赶紧拉着曼香在床边坐下，继续说道："我是觉着朱大林那个人还不错，虽说是农村人，但在部队干了恁些年，身上那股军人气质，可像个男子汉。恁俩找个时间单独聊聊，感觉一下，你要是觉得中，那就把结婚证领了。这样一来，他转业就可以留在祥符，等于是倒插门。恁爸也说了，让崔书记发句话，让他去机关里上班，吃上皇粮不比啥都强啊……""中了，中了！你别说恁长远，先让俩孩儿接触接触，看投合不投合。"廖普生到底是不甘寂寞，眼看曼香肯回心转意了，心里高兴地想，这事儿要成了，自己上对崔书记、下对她娘俩、中间对空降师，都算是有所交代了。于是他假意地摆手让岳翠儿别再啰唆，回头对岳曼香说："关键在咱曼香，只要俺妞儿愿意，他朱大林才有下一步的发展。啥去机关上班啊，吃皇粮啊，统统不在话下，崔书记一句话的事儿。"

岳曼香像泥偶一样坐在那儿，任凭老两口围着她你一言我一语说得口沫飞溅，说得眉飞色舞，其实她啥也冇听见，她的脑子里始终回荡着她

---

① 不识闲：方言。不停地。

站在城墙豁口下面,骂汤建国的那句话——恁妈就是个半掩门儿。

抑制不住内心欢喜的廖普生,第二天上班,立马就给朱大林打过去电话,替双方确定了见面的时间,星期天上午九点,地点在禹王台公园。

禹王台公园是坐落在祥符城东南边的一片古建筑群,压通往文庄火葬场的那条路一直往南走,过了铁路地下桥,就到了公园大门口。这个地方过去不叫"禹王台"而叫"古吹台",相传在春秋时期,晋国的大音乐家师旷曾在此筑起高台吹奏乐曲,名为"吹台";到了西汉初年,汉文帝封其次子刘武为梁孝王,"都于大梁",也就是眼望儿的祥符。这个货生性喜欢附庸风雅,经常和一班儿文人雅士到吹台这儿来吟诗作对、吹拉弹唱。他嫌地方太小耍不开,就围绕着吹台建起了不少亭台楼阁,栽种了一些名贵花木,逐渐把它给建成了一座古色古香的园林,也就是司马相如所说的"梁园虽好,非久恋之家"这句话里的梁园。不过祥符当地的老百姓却从来不叫它梁园,因为这座园林在后来的战乱中荒废了以后,里面野兔乱窜,所以都把这地方叫"兔园"。叫"禹王台"的年代就靠后了,明朝嘉靖二年(1523年),祥符地区屡遭黄河水患的袭扰,致使人人期盼大禹再生,修河治水,根除祸患。当地政府的一些官员在黄河边上鼓捣了一阵后,就觉得自己是大禹了,便在这地方修建了一座禹王庙,并将古吹台更名为禹王台。禹王台正式变成公园是在1955年,把封建园林变为平民百姓踏青赏花、休憩散步的地方,这当然是人民政府的功劳,只是这地方离文庄太近,一般人都不愿意来,所以就成了祥符城几座公园中最偏僻、游人最稀少的公园,不过也正因为如此,它反倒是个特别适合年轻人谈情说爱的地方。

转眼到了星期天,大早起床后,岳翠儿发现曼香坐在那儿发愣,既不梳洗打扮,也不整装换衣。"咋啦,乖,我咋瞅着你不开心啊?"岳翠儿关切地询问。压那天晚上曼香的态度转变以后,她就格外操心,唯恐事情再发生啥变故。"妈,你跟俺爸说说,给我换一个地方上班吧,我不想在义丰厚了。"看着镜子里自己姣好的面容,岳曼香的心里越发感到失落,她为自己即将走出的下一步而忐忑不安,同时也想从今天起,将过去的一切都彻底翻篇画上一个句号。不管今个跟朱大林见面是个啥结果,她都不能再待在义丰厚了,尽管是汤建国提出的分手,但她不能保证两人再见面时,自己能装得若无其事;再说,义丰厚还有王汴生那个孬孙……岳翠儿听了曼香的话,觉得自己很能理解妞儿的想法。尽管岳翠儿半辈子都在义丰厚,眼望儿又是那儿的领导,每天一进店门就像回家一样,或是说比回到真正的家还要熟悉和舒服,但人往高处走,妞儿毕竟跟自己不一样,自己这辈子就算赁给义丰厚了,可妞儿还年轻,跟了朱大林以后,换个新鲜单位工作也属正常。不过,饭要一口一口地吃,事儿要一步一步地办,她说:"想不想在义丰厚上班再说,先去跟朱大林见面,调工作是小事儿,嫁个好男人才是大事儿。"

岳曼香的眼神里透着迷茫,叹道:"好男人?我咋觉得有好男人啊。"

"你小小孩儿家,咋能说这话,恋爱还有谈,咋就说有好男人啊?男人好不好,要看他对你好不好,男人再孬孙,他只要对你好就是好男人。"岳翠儿说着话,心里不由得浮现出两个男人的身影,胡国杰和廖普生并排站在那儿,她也不敢说哪个算是好男人。

岳曼香问:"咋才算对我好啊?"

既然分不清哪个算好,岳翠儿便想,管他个孬孙,谁对自己好谁就是好人。"你身上所有的毛病在他眼里都不是毛病,你说错的话、做错的事儿,他统统能理解和接受,这就是好男人。"

岳曼香听了母亲的话,默默地点了点头。

上午九点,岳曼香准时来到了禹王台公园的大门口,大老远就瞅见身材魁梧穿着军装的朱大林,手里捧着一束鲜花,笔直地站在几乎遮挡住公园大门的那面巨大的宣传墙前。那面墙显然是不久前才搭建起来的,上面画着三个高大无比、浓眉大眼的工农兵,手里分别高举着锤子、镰刀和步枪,三个人另外的一只手都搦成了拳头,把一个渺小猥琐的身上写有"党内最大的走资本主义道路的当权派"字样的家伙给狠狠砸扁在地上。朱大林所站的位置,正好是在画面中那个梳着油亮背头、麻脸大鼻子的"当权派"前面,从岳曼香这个角度看过去,这货就好像是在给"当权派"献花似的。这一幕,让岳曼香觉得有点可笑,心情也一下子变得好了许多,而让她有想到的是,这个来自湖北的农村兵还真的挺浪漫,在看见她之后,就像天安门广场的小朋友迎接西哈努克亲王一样,跑过来先敬礼后献花,而且还直言不讳地告诉她,这束鲜花,是他压部队营房的花圃里偷偷摘出来的。幸亏在营房大门口执勤的是他们排的战士,要不这束鲜花他还真带不出营房大门。

岳曼香接过鲜花低头闻了闻，说道："你这叫色胆包天。"

朱大林"啪！"地又打了个立正："谢谢首长夸奖！"

岳曼香扑哧笑出了声，但立马就收敛了笑容，恢复了清冷，因为她实在不知该如何面对这个动不动就一惊一乍的男人。但是，她这昙花一现的浅笑，就像一只小手在朱大林的心里轻轻挠了一下，刹那间让他觉得满眼鲜花盛开，不知身在何处。他壮起胆子偷眼打量岳曼香，越看心里越爱，哪怕是对方长长眼睫毛微小的一个颤动，都能在他心里荡起一串涟漪。两人走在禹王台内树荫下的小道上，朱大林对岳曼香长久的沉默丝毫都有在意，反而认为这是一个好姑娘所应有的羞涩、矜持、恬静的美。这个妞儿不但个高条顺，长得滋腻，而且家教极好，自己不知哪辈子烧了高香，可算挑住了！幽静的小路上，朱大林如唱独角戏一般，紧跑慢赶，围着曼香滔滔不绝地表白，说自己压第一次和她见面后，是如何地吃不香睡不沉，如何地担心她看不上自己。夸她比他们老家村里那个最漂亮、曾经让他暗恋不已的村长家的女儿还要漂亮一百倍。他说，前两天他还偷偷压营房里窜出来，跑到马道街溜达了几个来回，想直接进到义丰厚去向她表达自己的爱意，等等，等等。直到说得口干舌燥，才终于察觉到岳曼香始终冇说话，这才赶紧刹住车，忐忑不安地问道："你是不是觉得我身上有啥缺点，对我不太满意啊？有啥你只管说，除了相貌没法改，其余的我都能改。"

岳曼香摇了摇头，低声说道："不是你有啥缺点，是我觉得我有缺点，配不上你。"

"你这叫啥话，我要是能娶你当媳妇，那是我烧了八辈子高香，你在我眼里没有缺点，哪哪都好。"朱大林有点慌了，女方说配不上自己，那不明显是反话吗？随后就听岳曼香继续说道："不，完全不是你想象的那样，我要说出我的缺点，会把你吓窜的。"朱大林闻听心头一松，嘿嘿地笑了，"我没那么胆小。再说了，你就是有缺点，在我眼里也是优点。"

岳曼香抬起头瞅着朱大林，想着临来约会前，母亲在家里对她说的那番话，她在暗自思量，真的是这样吗？如果真的是这样，他就是母亲说的那种好男人，自己就毫不犹豫地嫁给他。岳曼香决定，要把实情告诉他，用肚子里这个小生命来充当一块男人好坏的试金石。她知道这有风险，但她觉得无所谓，因为她已经走到这一步了。想到此，岳曼香很认真地说道："你听好，朱大林，我不想隐瞒，有一件事儿我必须要告诉你，如果你能原谅我，不计较，能接受，我就毫不犹豫地嫁给你。如果你觉得太吃亏，不能原谅，不能接受，那咱俩就各走各的路，权当啥也没发生过。你答应吗？"

朱大林愣了一下，忽闪着俩眼："这么严肃？"

"不光是严肃，还很严酷，你必须答应我。"说话的口气不容置疑，她就像小时候第一次站在西南城坡的城墙豁口上一样，暗自鼓励自己别害怕，跳下去试试。朱大林见她的神态不像是开玩笑，也不由得收敛了笑容，深吸一口气，重重地点了一下头："好，我答应你。"

禹王台的树荫小道上很安静，只有鸟在树丛里鸣叫着。岳曼香在一棵古老的槐树下停住了脚，整顿了一下自己的情绪，用一颗平常心，开始给朱大林讲她跟汤建国的故事，讲肚子里这个孩子的来龙去脉。但是，她保留了那个令她作呕的王汴生，她不想让朱大林觉得她是个不检点的坏女人，因为她认为，跟王汴生所发生的那种事情只有半掩门儿才能干得出来。爱情是美好的，半掩门儿是丑陋的……

岳曼香原以为，她把和汤建国的故事说出以后，朱大林最起码也要消化一下才能做出自己的决定，而令她没想到的是，朱大林听完她的故事后，几乎没有停顿，不假思索地就表明了自己的态度，这让她觉得毫无道理，也措手不及。就在她话音落地的下一秒，朱大林满脸轻松地说："我当多大个事儿呢，我是一名革命军人，在我眼里，只有反党反社会主义是敌我矛盾，其余的全是人民内部矛盾，都好解决。"

岳曼香忽闪着眼睛，蒙蒙地问："咋，咋解决？"

朱大林又打了一个立正，大声地说："只要你同意和我结婚就解决了！"

"就，就这么简单？"就在岳曼香还没反应过来的时候，她就猝不及防地被朱大林一把拉进了怀里，随即就感觉到两片湿漉漉的厚厚嘴唇，在她的脸上一通狂亲乱吻，那种猛烈程度让她有点难以招架。"我想要你！"朱大林喘着粗气。岳曼香竭力躲避着从对方嘴巴里所散发出来的那股刺鼻的味道,艰难道:"你不是已经要了吗?""我说的是,那种要孩子的要!"朱大林说着,双手有了进一步的动作。她依旧躲闪着:"我不是已经告诉你,我已经有孩子了吗……"朱大林的两手却丝毫没有停下来的意思,他陷入了一种迷乱状态。"不管了,啥都不管了,我要娶你,要留在祥符,为了让你相信,我现在就要你……"

岳曼香被朱大林抱到了小道旁一丛齐腰高的灌木丛后面,在朱大林鲁莽而果断的举动下,她闭上了眼睛……

那天,压禹王台回到家,岳曼香一言不发,岳翠儿和廖普生在岳曼香的脸上寻不到任何答案。廖普生有点沉不住气了,示意岳翠儿去问一下。岳翠儿蹑手蹑脚来到女儿跟前,小心地问道:"咋样?乖,恁俩咋说的?"许久,岳曼香面无表情地说了一句:"说好了,国庆节结婚。"廖普生和岳翠儿两人顿时睁大了眼睛,面面相觑。他们万万想不到事情进展得这么顺利。当然,他们也万万想不到,女儿是用肚子里一个小生命与这桩婚姻做出了交换。

真是快,压朱大林来相亲吃小笼包子到俩人国庆节结婚,前后不到一个月时间。朱大林之所以不顾一切,不计前嫌,要和岳曼香结婚,目的只有一个,那就是要留在祥符,更何况能娶上一个那么水灵、又比自己小快十岁的姑娘。再一个就是,他的这个老丈人还是地委的领导干部,对自己今后的仕途发展,将会起到一帆风顺的作用。

俩人的婚礼是在部队举办的,结罢婚两个月之后,朱大林脱下军装,正式转业。他被安排进地委宣传部的新闻科上班,不用说,廖普生在中间跑前跑后有少忙活,当然,崔书记也是发了话的。在朱大林去地委宣传部报到的前一天晚上,廖普生来到小两口借住在地委院内的新房里,一再嘱咐新女婿朱大林,去地委大院上班需要注意的事项,并向朱大林许诺,只要一切按他这个老丈人说的去做,三年内必有提拔的机会。

朱大林上班后的第二年春天,岳曼香肚子里的那个小生命降临到了这个世界上。起先,岳翠儿一直盼望女儿能生下个男孩儿,可生下来的却是个小妞儿,虽然有点失望,岳翠儿还是挺高兴的,小妞儿就小妞儿吧,不管咋着她也是当姥姥的人了。按理说,给孩儿起名字应该是爹妈的事儿,可岳曼香起了几个名字岳翠儿都不满意。岳翠儿让廖普生给小妞儿起个名字,廖普生推托说,小妞儿的名字还是应该让她爹起,谁知却被朱大林一口拒绝,理由是,自己是军人出身,冇啥文化,起不出好听的名字,还是让小妞儿她妈自己起吧。推来推去,最后小妞儿的名字还是姥姥一锤定音的,就叫朱叶子吧。

在起名字这件事儿上,这个家庭的人物关系中,那种微妙和只能意会不能言传的潜意识,可以说每个人都可清亮,都知自己应该是一个啥样的位置和啥样的立场。其实岳翠儿倒真冇把朱大林和廖普生相提并论,因为说到底她并不知道这个小妞儿的真实来历,认为朱大林之于叶子,廖普生之于曼香之间的关系终究是不同的,曼香是廖普生的养女,而叶子却是朱大林的亲生,所以见朱大林对孩子起名这事儿不太热乎,她这个当姥姥的便当仁不让了。她给小外孙女起名叶子,是借用了祥符的那句老话,"过日子比树叶还稠",期望小两口珍惜他们新组建起来的家庭,同时也警告朱大林千万别像廖普生平素对待曼香那样对待小叶子,当然,她更多的是希望小妞儿能像树上的叶子一样健康成长,不求红花鲜艳,但求绿叶长青。

叶子这个名字很好听,岳曼香非常喜欢,也能察觉出孩子姥姥的良苦用心,她相信若是像汤建国那样爱读书的人,一定能明了这个名字的言外之意,只可惜朱大林虽脱了军装当了所谓的文人,却从这个名字中琢磨不出任啥来……

岳曼香歇完了产假,上班那天,她突然发现汤建国不见了。自打她与朱大林结婚后,有相当一段时间就很难和汤建国碰面。汤建国三天两头请假不来上班,岳曼香当然知他不来上班的原因是不想与她见面。尽管店里多次向汤建国发出警告,再这样三天打鱼两天晒网的下去,他就有可能遭到开除。可汤建国依然是我行我素,就是来店里上班,也是迟到早退。岳曼香向母亲打听咋见不着汤建国了,岳翠儿不屑地说:"这小子已经快几月冇露头了,他不来正好,也用不着把他开除,把他那份工资充公,店里也不吃亏。"

再说那个王汴生,真够不要脸的,喝小妞儿满月酒那天,他不光随了礼,在酒桌上还与朱大林推杯换盏、称兄道弟,成了好哥们儿。压那以后,俩人来往密切,不但经常在一起喝酒,而且还恬不知耻地时不时来串门,每一次来,还都要抱起小妞儿一个劲地亲,可把岳曼香给恶心透了,嘴里还说不出啥,只能打碎牙往肚里咽。每一次王汴生来家抱小妞儿,岳曼香都在心里骂:不要脸的腌臜孙,得了便宜还卖乖!

日子一天天过去,岳曼香依然冇见过汤建国的身影,而义丰厚的职工包括岳翠儿在内,则早已习惯成自然,仿佛店里从来就没有汤建国这个人一样。

这天上午,岳曼香压义丰厚出来,去街道小的哺乳室给小叶子喂奶,刚走出马道街南口,就听见身后有人叫她,转身一瞅,只见汤建国推着一辆自行车站在她的身后。岳曼香的心冇来由地猛跳了一下,转身要走,却被汤建国叫住:"别走,我有话跟你说,只占你一分钟时间。"岳曼香站住了脚,用眼睛冷冷地瞅着这个似乎永远也长不大的孩儿。汤建国打量着岳曼香,说道:"你还是那样儿,冇啥变化,根本不像结过婚的人。"话音落地,两人眼里又开始起雾了,岳曼香竭力迫使自己将脸色冷下来,声音也冷下来:"有话快说,有屁快放,我还等着给孩儿喂奶呢。"

"我要走了,彻底离开义丰厚。"

汤建国这话出乎了她的预料,忍不住问了一句:"去哪儿?"随后便见对方压衣服兜里掏出一张纸递了过来:"你瞅瞅这。"岳曼香冇去接,依旧冷冷地问:"这是啥?"

"河南大学艺术系。"汤建国压抑着内心的激动,几乎是一个字一停顿地说出了这七个字。

其实,自己能跟这七个字挂上关系,对汤建国来说,就好像突然在漫野地里挖到了过去地主埋的一个金银罐,至今仍感觉像做梦一般,事情的前因后果都与岳曼香有关,正所谓成也萧何、败也萧何,同时也印证了后世人常说的一句话:当上帝关了这扇门,也一定会为你打开另一扇门。

在得知岳曼香要跟朱大林结婚的那天,他拎着龙头二胡又去了西南城坡,坐在残破城墙上拉了一曲《江河水》。他也不知道咋就突然拉出了这首曲子,只感觉自己眼望儿就像失去了丈夫的孟姜女一样,恨不能把这城墙给哭倒哭塌。因为在他看来,这半截城墙就像他妈范小惠,就像他心里克服不了的那点懦弱,就像王汴生,以及所有充斥在他和岳曼香周围的流言蜚语和人心险恶……可让他冇想到的是,一群路过的河南大学毛泽东思想宣传队的人听到乐曲围了上来,七嘴八舌地把他给批了一通,随后硬逼着他拉了一曲《东方红》。而让他更有想到的是,在他强颜欢笑拉罢《东方红》以后,竟被人家给楞中了,宣传队领头的那货认为,不能让汤建国这号人在社会上宣扬"四旧",把他吸收进宣传队,可以变废为宝,为革命运动发挥更大的作用。而汤建国听那货这么一说,立马动了心思,人挪活树挪死。他本来就不想去上班,一来觉得自己辜负了岳曼香,又怕王汴生等知情人看他笑话;二来也担心宣传队领头那货是吹牛逼装大蛋,所以这几个月一直在家闷头拉二胡。直到夜个下午,他终于接到了让他去河南大学宣传队报到的介绍信,第一个想到的,就是今个无论如何也得去跟岳曼香见上一面,打个招呼……

岳曼香似乎根本就冇听汤建国的这一通白话,怔怔地看了看他手里的那张介绍信,看清了上面盖的红戳戳之后,只平静地说了一句:"拉你的二胡去吧。"便转身头也不回地走了。汤建国的声音顺着风从身后飘来:"姐,照护好你自己。"

岳曼香噙着两眼泪快步走着,她竭力控制着不让在眼眶里打转的泪水滚落下来,可是,她还是没能忍住,眼泪就像决了堤的洪水倾泻而下。但此时她确定她心里是高兴的,为汤建国找到一个能发挥他特长的新单位而高兴,原本就知道这孩儿是个有本事的人,只可惜他那本事都集中在了那把龙头二胡上。河南大学虽然早已停课,但不管咋说,在一般人眼里还是可望而不可即的一所学校,汤建国能进去,算是鲤鱼跳了龙门,以后陪伴他的是乐曲,是歌声,是舞蹈,是绿草如茵的操场,是红砖碧瓦的洋楼……岳曼香意识到,打今个起,自己跟汤建国就是两个世界的人了,在她的世界里只有锅碗瓢盆的叮当响,只有孩子的哭闹声,只有每天压家里到店里两点一线的奔忙。不知为何,那句她在城墙豁口下骂汤建国的话又回荡在她的耳边——"恁妈就是个半掩门儿!"

汤建国进了河南大学的消息很快在义丰厚传开,夸赞声一片,就连岳翠儿回到家后都在赞叹汤建国,她对正在给叶子喂奶的岳曼香说:"真是人不可貌相,海水不可斗量,汤建国这孩儿还真有两下子,怪不得来上班,不简单,拉二胡能拉进河南大学,他真要是在咱义丰厚待上一辈子,那可真是亏了材料。"

最可恶的还是王汴生，他乘着冇人注意，晃着膀子走到正在裁剪的岳曼香身边，半真半假小声地花搅道："啥时候钱不够花，啥时候去河南大学找小妞儿她爹，小妞儿的生活费他不能不给吧？"

岳曼香根本就不愿意再搭理王汴生，在她眼里，这个得了便宜还卖乖的男人，是这个世界上最最恶心的男人，大卸他八块都不解恨，不想再跟他计较，是不想让自己的生活再起波澜。

不过，工汴生的话也让她为叶子的未来担心，她心里清亮，朱大林并不是真心实意接受她和叶子，只不过是一种利益交换而已，出于仕途上的长远考虑，他眼望儿是啥都认了，啥苦都能吃，啥罪都能受，但一年两年、三年五年，他会这样一直窝囊下去吗？他要是个随遇而安，冇点想法的人，恐怕当初也不会削尖了脑袋要留在祥符。当然，所有丑话都说在了头里，这是他自己的选择，心里就是再别扭他也得憋着，至于能憋到啥时候，那就过一天算两晌儿，走着瞧吧。岳曼香已经隐隐约约感觉到，朱大林心里埋着的那颗炸弹，迟早有一天会爆炸。至于爆炸后会对这个家造成多大的伤害，她却没有多想，也不愿意去想，想了也冇用，净给自己添心事儿。自打结婚以后，岳曼香觉得自己一夜之间成熟了许多，已经变成了一个标准意义上的女人。

十年，岳曼香和朱大林在一起生活了整整十年。无论是对于一个男人或是女人来说，十年时间都很漫长，以至于岳曼香最初针对朱大林的那些思想准备，被流逝的岁月冲刷得了无痕迹，或者说，她早已放弃了戒备而变得淡然、麻木。但是，该来的终究还是来了，十年后的一天，朱大林心里埋藏的那颗炸弹终于爆炸了。

那年冬天，在北京召开的十一届三中全会结束了，党中央确立了"实事求是，解放思想"的新战略，对提拔任用干部也提出了新要求。祥符地委贯彻中央会议精神，准备选用和提拔一批具有开拓思想的年轻新干部。朱大林的机会来了，他把目光盯在了地委宣传部新闻科副科长的位置上。虽说眼睛盯着这个位置的不止朱大林一个人，但他心里做了一番衡量和比较，自己最大的优势便是家里的那位老丈人。

此时的廖普生已接近退休年龄，因为资格老，冇党务工作经验，他被调到地委党校当校长去了。当朱大林看到组织部门下发的红头文件之后，便迫不及待地窜到党校去找廖普生，要老丈人趁着目前还在位，赶紧替他活动一下，抓住这次机会。可是，当朱大林进到廖普生的办公室，却发现老丈人的情绪十分低落，正独自坐在那里一个劲地抽烟。朱大林急忙问发生了啥事，廖普生起初不想说，但是搁不住对方一个劲地询问，老家伙心里余怒未消，想想女婿又不是啥外人，便伸手指着桌上那杯之前给崔洪沏的、却一口未动、早已凉了的茶，情绪激动地讲了刚刚发生的事情。

就在朱大林来党校之前，廖普生与地委书记崔洪发生了一场前所未有的争吵，并且红了脸，还拍了桌子。原因是，三中全会的精神传达以后，廖普生坚持认为"两个凡是"冇错，他说自己不反对三中全会制定的方针路线，但不管思想解放到什么程度，都不能说"两个凡是"不对，否则这个国家就会改变颜色。他这观点要是私下说说也无所谓，问题是他竟然在党校课堂上也公开这样讲，这就让地委领导们坐不住了，崔洪作为他的老上级，不得不亲自来找他谈话。起初，崔洪还是苦口婆心地对廖普生进行说服，"批判'两个凡是'"和"不搞阶级斗争"是新形势下党的大政方针，作为党的基层组织必须贯彻和执行这一方针。可廖普生是个犟筋头，跟崔洪别上了筋，啥话难听说啥话，最终把崔洪给说恼了。崔洪拍了桌子，指着廖普生的鼻子说："你再这么固执，我就撤你的职！"廖普生不吃这一套，头上暴着青筋冲崔洪吼道："你撤我的职，我也要说'两个凡是'冇错！"崔洪气得拂袖而去，临出门时撂下一句更狠的话："你已经不适合当领导干部了！"

听廖普生讲完这一板，朱大林忧心忡忡，他似乎已经感到老丈人要坏自己的事儿，可也想不出什么可以补救的办法。朱大林心里可清亮，"两个凡是"的问题，对老丈人这个级别的干部来说，可是大是大非的问题，屁股只要稍微歪一歪，那就牵涉到党内路线斗争，人家要上纲上线的话，那不撤你的职撤谁的职啊？他觉得廖普生的政治生命大概要提前结束了。可廖普生似乎还意犹未尽，拍桌子不服气道："正因为是大是大非问题，我才要表明我的立场，咋着，粉碎了'四人帮'，解放思想，就是要让人说真话说实话，我心里咋想的我就咋说，他崔洪也不能搞一言堂！"朱大林瞅着气得像吹猪一般的廖普生，嘴上冇说话心里却开始蹶葺儿——我的老丈人啊,你可真是个老丈人,就你能蛋,就你一个人长了张嘴?每天那些报纸和红头文件都看到狗眼里去了!你有想法?有想法的人多了,你就不能噘紧一段时间,看看风头再撂炮?眼望儿可好,你个老不要脸的痛快了,我的事儿咋弄?

但是,骂归骂,作难归作难,朱大林冷静下来想想,心里还是抱有一丝幻想的,不管咋说,崔洪跟自己老丈人毕竟是老战友,不会因为有争吵和意见分歧就真的撤了老丈人的职。再者说,自己当年能够留在祥符,也算是崔洪一手经办,只要单位把干部人选名单报上去,想来他肯定会开绿灯。还有一点就是,没有崔洪,自己也不会成为廖普生的女婿。所以,着急也有用,等吧,等到新干部任用的红头文件下达时才能见分晓。

可是出乎朱大林意料的是,地委宣传部报的名单里虽然有他的名字,但上边批下来的红头文件里却没有"朱大林"三个字,也就是说,他白忙活了一场,连宣传部后备干部的资格都冇混上。懊丧之极的朱大林,回到家后,摔盆打碗,鼻子不是鼻子脸不是脸,岳曼香刚问一句,他便指着她跳脚大吼:"我的政治前途都毁在你那个没眼色的后爹手里了!"

这段时间,不光是地委宣传部,整个祥符的政府机关都被新干部的选拔事件闹得沸沸扬扬,岳曼香自然知道朱大林在单位的尴尬处境,她从廖普生嘴里得知,这次朱大林之所以落选,并非是因为他工作能力不中,而是这货太钻挤①,不围人②。廖普生早看出朱大林不是个摊儿,只是有些话不好当面讲,毕竟打人不打脸,再说也知道这货听不进去,所以只能私下跟曼香说说。但是岳曼香也很无奈,作为妻子,她几次想跟朱大林谈谈他工作上的事儿,都是刚开口就被对方给打住了——你一个做布衫的裁缝操心别把领子袖子上反了就中了,操心照护好恁妞儿就中了,官场的事儿离你十万八千里,还想给我批讲,听你的我早掉进茄子地里了——所以现在见朱大林把怨气都撒在自己身上,岳曼香觉得很委屈,她说:"别手不溜怨袄袖,亲爹也好后爹也好,恁俩又不在一个单位,你咋就不从你自己身上找找原因?"

---

① 钻挤:方言。耍小聪明。
② 围人:方言。人缘不好。

这话朱大林当然不爱听，噌地一下火就上来了："就是因为他，他把崔书记给彻底得罪了，你那个后爹，就是个大傻孙！"见朱大林不论理了，岳曼香也上了脾气，两口子开始大吵起来——"你冲我吼有啥用，又不是我不让你当副科长！"

"我当然要冲你吼，我娶你因为啥？要不是为了我的前途，我能娶你吗？这下可好，孩子不是我的，副科长也不是我的，我落得个人财两空！"

"满嘴放屁！你说话要一点脸中不中，是我让你娶我了吗？我强迫你娶我了吗？你还是个男人不是？你为啥和我结婚，你心里比谁都清亮！"

朱大林被岳曼香揭了老底儿，登时恼羞成怒，开始破口大骂起来，随后又觉得用半生不熟的祥符话骂人不解恨，于是骂出了湖北方言："人头不像狗子裸，狗裸不像桑树根①！"

岳曼香冇听懂："你说啥？"

朱大林又大声骂了一句："你个婊子养的！"

这句岳曼香听懂了，回击道："你才是婊子养的！你是个半掩门儿养的……"

"啪！"

朱大林动手了，抬手一巴掌扇在了岳曼香的脸上。毫不示弱的岳曼香忍着脸上的疼痛，抓起茶几上的玻璃茶杯朝朱大林砸过去，不偏不斜，正好砸在了朱大林的额头上。朱大林的头还挺硬，茶杯碎了，额头却冇破，只是瞬间拱起一个大疙瘩。于是乎，家庭变成了战场，俩人厮打在一起，直到十岁的小叶子放学回来，站在门口怔怔地看着他俩，两人这才住了手。

朱大林一手捂着额头上的大疙瘩，一手指着小叶子，冲岳曼香撂下了狠话："你把户口本上这个姐儿的名字改了，她不姓朱，她姓汤！"

"改就改！她本来就不姓朱！"

历史真是惊人的相似，岳曼香冇想到，她十岁的女儿，竟然跟她在十多岁的时候所经历的事情如出一辙。改户口改姓不是啥大事，换一个汉字而已，但是一个人的姓氏被改变了，就必然会对自己的生命来源和所在

①　人头不像狗子裸，狗裸不像桑树根：方言。形容人长得丑。

家族产生诸多疑问,会突然之间对任何一个家庭成员都感到陌生和恐惧。岳曼香有这个体会,所以她现在所能做的,就是安抚好小叶子的脆弱心灵。

第二天,岳曼香真就去了派出所,把户口本上的朱叶子改成了岳叶子。也就是压朱大林这第一次动手开始,这个小家庭里的战争不断。起初,在朱大林动手时岳曼香还能还两下手,可这种还手虽然对朱大林来说就跟挠痒痒一样,却成了他对岳曼香施暴的借口。朱大林不但是个孔武有力的男人,而且还当过兵,收拾一个女人太简单了。当打人成了一种习惯的时候,朱大林下手就有轻重了,只要岳曼香敢还手,就必将遭到一顿暴打,轻则鼻青脸肿,重则下不了床。而每次被打之后,岳曼香都忍气吞声,不愿把经常挨打的事儿让家里两个老人知道,直到有一天被打得实在受不了了,她才去把挨打的实情哭诉给了爹妈。

岳翠儿瞅着女儿展露给她看的满身累累伤痕,顿时潸然泪下,暴怒着要冲出门去找朱大林理论,却被廖普生拦住了。"冷静冷静,冷静冷静,考虑好了再说。"见曼香被打成这个样,廖普生也生气、也心疼,当年曼香就是再任性、再跟他生气,他也有舍得动她一指头。可他知道,冰冻三尺非一日之寒,两人从恩爱夫妻发展到现在恨不得谁掐死谁,这里的事儿恐怕不简单。岳翠儿可不干,坚持要去找朱大林讨个说法:"有啥可考虑的,把俺妞儿打成这样,你能冷静我可冷静不下来!"廖普生再次拦住老伴,说道:"我这可是为曼香好,虽然我不是她的亲爸,但也是一把屎一把尿,跟着你一块儿把她拉扯大的,咋着也是妞儿她爹吧,你听听我的建议中不中?"

"你的啥建议?"岳翠儿赌气坐下来,准备听廖普生说出里面的弯弯绕绕。其实这些年来,她一直都觉得朱大林当初能够留在祥符,吃上皇粮而不是回老家去种地,完全是沾了曼香的光,既然成一家人过日子了,也不图他回报啥,可你总不能动手打人吧,而且还下这么重的手,一个大男人家,打老婆算啥鳖孙本事。廖普生摆摆手,让岳翠儿消消气,而后说道:"两口子打架实属正常,天底下不生气、不打架的两口子有几个啊?我觉得,只要不是啥原则问题,都不是大问题,批评教育一下就完了,最好不要翻脸,真要是翻了脸,后果都很严重。打个不恰当的比方,就像当年的中苏关系,开始好得就跟两口子一样,结果翻了脸,先骂架,后打架,要不会发生珍宝岛事件? 当然,别管是骂架还是打架,原因都不在咱,可是外人不知啊,这一点你还不清亮吗?"

"别拿中苏关系说事儿,你就说该咋办吧。"岳翠儿听出来了,廖普生拿中苏关系做比喻是话里有话,这么多年过去,葛利高里那件事儿的阴影一直在他心里笼罩着。但眼望儿是说妞儿的事儿,扯远了都是废话。"该咋办最后还是要由曼香自己拿主意。"廖普生说道,"我的意思是,先把根源找到,对症下药。婚姻这个事儿,说小也小,说大也大,一辈子的事儿,不要那么轻率。咱俩是过来的人,可他俩还年轻啊。"

岳翠儿听了,忍不住叹了口气,觉得廖普生说得不无道理,啥事有因才有果,可谁知这船到底歪在哪儿啊。"这船不就是歪在朱大林这次冇被提拔上嘛。"廖普生心里太清亮了,自己在地委混这么多年,起起伏伏,扫一眼就知道谁是啥样的人。朱大林就是个志大才疏的货,办事眼高手低,还自我感觉良好,总想往上爬。别说自己当时跟崔洪闹翻了,就是不闹翻,给他推荐上去,恐怕自己良心上也过不去。果然,说到这儿,岳翠儿数落道:"那还不都怨你,谁让你跟崔洪吵架的,恁要不吵架,哪会有这事儿?"廖普生皱着眉头苦笑着摆摆手,刚要跟岳翠儿解释,却听曼香在一边发话了。

"他冇被提拔上只是一方面。"岳曼香抹着眼泪,撂出这半句话后就又不吭声了。还有的那另一个方面她不能说,那就是朱大林知道小叶子不是他的亲妞儿,她也不想让爹妈知道自己那段难以启齿的情感经历,这也是她想和朱大林离婚却又不敢离的根源所在。她心里比谁都清亮,一旦她要提出跟朱大林离婚,自己将会身败名裂,朱大林肯定会四处张扬她是个半掩门儿,孩子是汤建国的种儿,自己是因为戴了这么大一顶绿帽子,才导致家庭难以和睦,这个理儿你就是讲到天边,都不会有人说他朱大林的不是。当然,岳翠儿和廖普生也不愿意让她小两口离婚,说白了,这老两口过了这么一辈子,也都是为了一个脸面。

见岳曼香不吭气儿,老两口也冇继续往下问。都是过来的人,婚姻中有些难言之隐只能两口子自己知道。可是这事儿不说清楚,两人就这么闹下去,到头来最受伤害的还是小叶子。姥姥姥爷想到无辜而又可怜的外孙女,心里是揪着疼。尽管廖普生跟小叶子冇半点血缘关系,那也是隔辈亲,你说孩子招谁惹谁了,凭啥跟着恁俩受罪啊。所以岳曼香也知道,光来告状冇用,得尽快找出个解决办法,她用期盼的眼神望向廖普生:"你说该咋办,这事儿我都听你的。"

廖普生想了想,觉得自己还是能号住朱大林的脉,当年他为了能够转业留在祥符,恨不能一个头磕到自己跟前,眼望儿不还是为了当官吗? 这人要是有毛病就好办,他要是个无欲无求的人,自己反而冇处下手了。于是对曼香说道:"要不这样,我去找那小子谈谈话。男人嘛,往往把仕途看得比家庭重要,把这小子在仕途上的担忧先给他排除掉,让他明白,只要好好跟俺曼香过日子,我不会不操心他的仕途。"岳翠儿瞅了瞅岳曼香,问道:"咋样? 恁爸说的中不中啊?"

岳曼香冇吭气儿,脸上的茫然似乎在说:中不中也只能试试了。

第二天,廖普生就打电话把朱大林叫到了党校他的办公室,只字不提两口子打架的事儿,他明确地告诉朱大林,这次冇提拔上不算个啥事儿,只要他听话,按自己说的去做,就不会没有提拔的机会,别看自己马上就要退休,眼下又不受崔洪待见,但是,瘦死的骆驼比马大,在祥符这块地面上,他廖普生咳嗽一声,还是有人能听见的。

听罢廖普生软硬兼施的一番话,朱大林瓮声瓮气地对廖普生说,他不想在宣传部干了,想另换一个单位,宣传部那活儿太不好干,天天在领导们的眼皮子底下,一不留神就会出错,反而对今后走仕途不利。这一点廖普生也很能理解,可不想在宣传部干又能去哪儿干呢? 去哪儿干才更有利于这小子今后的提拔呢? 廖普生说让自己想想,先掂量一下,去啥样的单位才更利于朱大林仕途的发展。

就在廖普生考虑给朱大林换一个单位上班的时候,《祥符日报》复刊的筹备工作正在进行当中。廖普生觉得这是个机会,新单位,需要的人手多,除了需要大量的专业编采人员之外,还需要不少行政管理人员,让朱大林去《祥符日报》应该是个不错的选择,就是不知这个小子愿不愿意去。于是,廖普生把这事儿透给了朱大林,想先征求一下他的意见。朱大林一听就兴奋地说道:"我的文笔可好啊,在部队的时候,我写的诗歌还在解放军报上刊登过呢。"

廖普生将信将疑地瞅着朱大林："你还会写诗？"

朱大林满心欢喜地表态："我小时候的理想就是当作家，上学时作文写的也可好，我愿意去报社工作！"

就这，廖普生出面请了一桌客后冇几天，朱大林就去报社上班了。

四、西服

如果你为了生活中自己想要的东西而着装打扮,你会得到你想要的一切。这句话是一个老外说的,这个老外的名字叫伊迪斯·黑德。

1. 绿帽子

朱大林调到祥符日报社上班后依旧很忙,因为有廖普生这层关系,他当上了采访部主任,整天风风火火地满世界乱窜,不是今个这家请,就是明个那家请,每天回家都很晚,基本上都是喝得侧侧歪歪舌头打卷,回到家后倒头就睡,大早起来就走。两口子这段时间虽然拌嘴不多,但说话也不多,交流更是几乎没有。朱大林对岳曼香变得更不耐烦,稍不如意张口就骂,湖北话夹杂着祥符话外加普通话,有时也不知骂的是啥。岳曼香也越来越懒得搭理他,真要是摊为啥事儿别上了筋,最后吃亏的还是她,轻则祖宗八辈叫骂,重则又是一顿拳脚。岳曼香想,这个家也就是这么回事儿了,凑合着过,自己能把女儿给照护好也就不错了。

一天晚上,又喝大了的朱大林,被一个男人送回家,早上出家门时朱大林身上穿的是一件军便服,不知为啥晚上进家门时却变成了一件灰色西服。送朱大林回来的那个男人,自称是祥符宾馆的经理,姓刘。岳曼香注意到,这个刘经理身上穿的西服,跟朱大林身上穿的那件一模一样,显然是同一个厂家同一批做出来的。朱大林搂着刘经理的肩膀头,舌头打着卷,操着那口半生不熟的祥符话对岳曼香说:"咋样?俺俩是不是像弟儿俩啊?瞅俺身上的布衫,一模一样吧?俺俩就是弟儿俩,亲弟儿俩,要不咋可能把这么大活儿给恁义丰厚啊。你说是不是,刘经理……"刘经理接着朱大林的话茬,龇眉带笑地对岳曼香说道:"嫂子,哦,应该叫弟妹吧,我比大林老弟年长几岁。"

朱大林拍着刘经理的肩膀头笑着说:"都中都中,叫啥都中,还是恁嫂子……不是嫂子,给恁弟妹说说吧,我今个是喝大了,嘴不当家,你把情况给恁嫂子……不是,给恁弟妹说说吧,恁弟妹眼望儿是义丰厚的主裁缝,恁丈母娘……不是,不是恁丈母娘,是俺丈母娘,是义丰厚的一把手,当家的,说了算。恁这个活儿交给义丰厚也就是交给俺家了……"刘经理道:"可不是嘛,要不我能找到你老弟。"

"赶紧说吧,啥事儿,时候不早了,明个还要上班呢。"岳曼香闻着两人身上散发出的熏天酒气,神情有些不耐烦。朱大林冲岳曼香瞪起了眼睛:"你别催,我要不是为了让恁义丰厚挣这个钱,我才不管这些球事儿。赶紧!给刘经理沏杯茶!"岳曼香把沏好的茶端给刘经理后,刘经理一边喝着茶一边开始讲,今个晚上喝这场酒的来龙去脉。

七十年代末八十年代初,祥符城跟全国各地城市一样,市民的衣食住行都悄然在起着变化,最为明显的变化就是着装,衣食住行衣排在第一位,所以格外明显。就看从早到晚川流不息的马道街吧,似乎军便服在渐渐减少,年轻人身上穿的奇装异服越来越多,有些穿戴简直就像旧社会上海滩上流氓阿飞的打扮。尤其是那款被人们称为"喇叭裤"的裤子,流行之后遭到了政府部门强烈抵制,岳曼香就亲眼瞅见戴着红袖章的政府工作人员和警察一起,手里掂着剪刀,在马道街口守株待兔,只要瞅见穿喇叭裤的小年轻,二话不说,上前挎住就把裤腿给铰开,随后使劲一撕,恨不得压裤腿角撕开到大腿根儿。起初,岳曼香有所不解,不就是穿条裤子嘛,又不是穿超短裙一不留神会露出裤衩,这不就把好好的一条裤子撕成超短裙了吗?但,与此同时她也很不理解,喇叭裤有啥好看的,恁多年轻孩儿喜欢穿,恁大的裤腿,走起路来呼扇着像两把扇子,又像两把扫帚在地面上来回地扫着。尽管满大街都是戴着红袖章撕裤子的人,可仍旧挡不住一些年轻孩儿对喇叭裤的钟爱,还是有人冒着撕裤腿的巨大风险,穿着喇叭裤上街。后来,政府觉着这样撕裤腿也不是个事儿,容易激化社会矛盾。于是,那些戴红袖章的人,手里掂着把尺子,事先由政府下达红头文件,然后规定好尺寸,喇叭裤的裤腿只要在政府规定的尺寸之内,就可以不撕裤,超过了尺寸就一定要撕。

和喇叭裤在同一个时期进入祥符城的还有西服。对于西服政府倒是没有排斥,只不过祥符人对西服有两种看法。一种看法是,会有人背后骂那些穿西服的人：神经蛋，装洋蒜，瞅瞅那脖子上勒的那也叫领带？跟条狗链子差不多。其实，不是说穿西服不好看，而是相当一部分人不会穿。老一辈穿过西服的人说，穿西服既要打领带，西服里面就应该穿一件支棱点儿的衬衣，不穿衬衣打个领带，咋不像脖子上勒个狗链子啊？还有一种人的看法是，西服是那些上档次、有品位、文化人穿的，真正配穿西服的人，他们穿的西服一定是支支棱棱，布料好，做工讲究，一定是名牌厂家制作的手工西服，比如上海的"裴乐蒙"之类的。可话又说回来，名牌西服又有几个人能穿得起，买一件名牌西服的钱，足足是一个普通人大半年的工资，就祥符人这种工资标准，谁穿得起。可是，眼看着西服这股潮流势不可挡，那些已经开始崇洋媚外的祥符人，把西装革履当成了一种追求和向往，各个阶层，各种行业，都能瞅见西服的影子了。那些根本就不懂西服，也根本不懂咋穿西服的人，他们给这个城市添加了一种不太协调的色彩。

　　刘经理大晚上跟着朱大林来家里，是要跟岳曼香报个信，祥符宾馆的职工准备换装，赶个时髦，要与全国大城市的一些宾馆酒店一样，职工统一要穿西服。正赶巧，下午刘经理他们刚开罢会，朱大林为写一篇表扬祥符宾馆一名叫杨红的女职工拾金不昧的稿子，他在采访完了杨红之后，去了刘经理的办公室。刘经理是个很注重宣传的人，对报社的主任亲自来采访自然是喜出望外，好烟好茶地招待。在俩人喷空的时候，聊到了祥符宾馆准备换服装的事儿，当刘经理得知朱大林的媳妇和丈母娘都在义丰厚上班时，立马兴奋起来，他兴奋的原因是，如果能在祥符本地制作这批西服，那能省老鼻子的钱。就在朱大林进门之前，刘经理刚放下跟上海裴乐蒙西服厂的电话，他咨询了一下，上海方面做这批西服的价格，好家伙，对方一开口就把他给吓住了。其实，对方也不是狮子大开口，上海人做买卖规规矩矩，该是啥是啥，只是刘经理不了解名牌西服的制作和销售是怎么回事儿而已。

　　听罢刘经理的想法，朱大林大包大揽，说义丰厚保证可以完成这批西服的制作，啥手工不手工啊，有几个人买衣服时，会掰着针脚去瞅是不是手工制作的啊，别听上海人吓唬咱，他们做一件西服连工带料的钱，咱义丰厚可以做三件也不拉倒。刘经理一听朱大林的话，更来了精神，立马取出了两件西服样衣,俩人各穿上一件进了宾馆餐厅。刘经理好吃好喝招待了朱大林一番,并保证,只要义丰厚愿意干这批活儿,绝不会亏待朱大林。俩人话投机酒也投机,不知不觉快两瓶张弓大曲下肚,朱大林喝高了,刘经理不放心,便亲自把他送回了家。

刘经理喝着茶打着酒嗝,终于把这点事儿给说清了。岳曼香蹙着眉头说:"义丰厚可是冇做过西服啊。"朱大林在一旁大声嗷嗷道:"咋冇做过西服,你跟我说过,恁妈会做!""我跟你说的是俺妈学做过,这么大规模接西服单子,据我所知是从来没有的,也冇听老职工们说过。"当着外人,岳曼香耐着性子跟朱大林解释。但朱大林却觉得她是在故意不给自己面子,便继续嚷嚷道:"即便真的冇做过,那就从这一批活开始做,啥叫战争中学习战争?活人还能让尿憋死啊!"刘经理一看两口子要吵起来了,急忙说道:"弟妹,我看这样吧,稳妥起见,明个你先问问恁家老太太,咱义丰厚能不能做西服,有把握冇,别管每章儿做过没有,只要有这个把握,俺这块大肥肉就是恁的了,肥水何必要流外人田呢。"

岳曼香觉得刘经理的话说的有道理,西装算是老掉牙的东西,压一破"四旧"就不让穿了,谁穿谁倒霉,可眼望儿不是形势变了吗,堂堂的义丰厚老字号要说不会做西服岂不招人笑话?再说,咱国跟苏联好那会儿,列宁服和布拉吉之前谁也冇见过,还不是照样做出来了?常言说穿衣戴帽,各有所好。管他个孬孙,反正兴啥啥不丑,义丰厚几十号人也得吃饭,只要人们敢穿,咱就敢做。

第二天一上班,岳曼香就把祥符宾馆要做西服的事儿跟岳翠儿说了,岳翠儿听罢也蹙起了眉头,叹息道:"唉,谁也冇长前后眼啊,早知今日,当初就不该把那个上海人胡师傅撵走。"岳翠儿说的那个"胡师傅",岳曼香似乎还有点印象,那时候她还在学校,偶尔去义丰厚找华姐或是母亲,好像就见过那个人,个头不高,脸皮白净,人不胖,看着很筋骨,说话也很文气,只是不知道原来他竟会做西服。

新中国成立初期,中原省的省会还在祥符,那个时候,因为是省会,祥符城里的各行各业都处于全省领先的位置,尤其是衣食住行和文化生活,比起中原其他城市要高出一头,光是演戏的大小剧团就有十来个:京剧、豫剧、曲剧、二夹弦、歌舞、杂技、话剧、评剧、越剧、吕剧,等等,竟然还有让祥符人听着很费劲的沪剧。岳翠儿说的这个上海人胡师傅他老婆,就是当年祥符市沪剧团的头牌,当年胡师傅是跟着他老婆一起压上海到祥符来的。之所以一帮上海人到祥符来组建了沪剧团,是因为祥符城有一个较大的上海人群体,他们是随着工厂内迁到祥符来的。工厂内迁的原因有两个:一是,中原地区工业欠发达;二是,根据战备需要,中央要求沿海地区部分工业往三线地区转移。这一下子,上海以及周边好几个大工厂都挪到祥符来了。于是乎,在祥符的大街上,很容易就能听到上海方言。

岳翠儿说的那位胡师傅,曾经就是上海裴乐蒙西服厂的师傅。上海是个啥地儿?那是帝国主义用金砖银砖垒起来的地儿,压民国开始就盛行穿西服。胡师傅一小点儿就拜师学艺开始做西服,据说,他在上海做西服这个行当里颇有名气。他十八岁那年,娶了个唱沪剧的老婆,结婚有两年,他老婆的沪剧团跟着大批工厂内迁,他就随他那个唱沪剧的老婆来到了祥符。谁知,在落户祥符之后,情况并非是他们两口子预想的那么好,英雄无用武之地,喜欢沪剧的除了那些上海人之外,几乎见不到本地观众,好在剧团吃的是公家饭,工资还能确保。做西服的命运也是同样,胡师傅调进的那个祥符市第一服装厂,压根就不做西服,而更让胡师傅痛苦的是,他被安排在了工厂的传达室,每天的工作是收发报纸信件。当时还很年轻的胡师傅,不堪忍受这种工作,就私下跑到了义丰厚来联系工作,当时义丰厚的一把手刘主任和二把手岳翠儿,在与胡师傅交谈之后,觉得这位年轻的胡师傅人才难得,义丰厚也正好缺一个熟悉"洋装"的技师。在向上级主管部门汇报之后,义丰厚决定试用一下这位胡师傅,如果他真是个能人,就把他调进义丰厚。谁知,就在义丰厚确定这位胡师傅是一个难得的人才,准备正式办理调动的时候,满大街的红卫兵出现了,义丰厚准备开展西服业务的计划彻底有戏,胡师傅也就随之消失。

"妈,有这个胡师傅的地址有?不中咱去找找他?"岳曼香不想再听母亲扯老皇历,那年头倒霉的人多了,胡师傅真要留在义丰厚,说不定早被斗死了。

岳翠儿见女儿对这件事上心,倍感欣慰,即使是没有祥符宾馆这批大活儿,大形势搁在这儿,义丰厚不能光吃老本,还要拓展新业务啊。她瞅着女儿,语重心长地说:"妞儿啊,恁妈已经老了,快干不动了,也该退休了。我听局领导的意思，等我退了以后，准备让你来接义丰厚这摊儿，不管是好是孬，咱跟这个义丰厚是有感情的……"冇等她把话说完，岳曼香马上问了一个问题："改革开放，咱义丰厚马上也要实行个人承包吗?"听女儿提到"承包"，岳翠儿便立马意识到，若曼香真的接了义丰厚，肯定会有一番大折腾。对岳翠儿来说，"承包"俩字儿并不陌生，早在"文革"前就热火过一阵，当时她还以为就跟解放前在店里当二掌柜差不多，可是后来，那些吆喝承包的人都被打倒了，所以对于眼望儿又兴起来的"承包"，她心里实在冇忖，也不愿让女儿在这俩字上抱多大幻想，便说道："局领导说了，个人承包归个人承包，咱义丰厚是老字号，是国有企业，对外咱可以说实行了个人承包，对内咱还是一个锅里捞稀稠，这样保把。不管咋说，拓宽咱的业务范围，多卖布衫，才不会被淘汰，所以……""妈，你别说了。"岳曼香明白，一切都是后话，眼前是要抓紧时间找到胡师傅，把宾馆那批活儿接下来再说。

很快，岳曼香就压第一服装厂一位熟人那儿打听到了消息，那个胡师傅还在第一服装厂上班，只不过已经不在传达室收发报纸信件，办了停薪留职，自己在家接活儿自己干。其实在国家不允许单干的时候，胡师傅就开始私下给人做布衫了，可谓是最早的地下个体户，就像寺门卖牛肉的老沙家一样，你说你的，我干我的，别管是国民党还是共产党，就是日本人来了，老百姓也得吃饭穿衣，你总得让人活着吧。万幸的是，胡师傅和沙老二都是不显山不露水的平头老百姓，上边虽然喊得响，下边负责具体执行的基层干部却知道人活着不易，即便风声紧了，也是做做表面文章，睁一只眼闭一只眼就过去了。胡师傅是在国家出台了停薪留职的政策后，才开始敞明亮响地当起了个体户。眼望儿他也成了老光棍，红卫兵造反那会儿，虽然祥符那个沪剧团早已解散，可他那个沪剧头牌老婆还是遭到批斗，咽不下那口气，悬梁自尽了。老婆走了，胡师傅把儿子抚养大，成家立业，眼望儿他们爷俩一起在家做布衫，靠自己的手艺谋生……

胡师傅家住在铁路南沿一个工厂的家属院里，这家工厂就是当年压上海整体迁移过来的，家属院里全部住着上海人，这些上海人也都已经适应了祥符的生活，而且都会说双语，在家属院里说上海话，在社会环境中说祥符话，虽然他们说的祥符话里还夹杂着上海音儿，但他们已经彻底融入了祥符这座城市。胡师傅并不是这个工厂的人,他租用的是他们上海老乡的房子。自打他那个沪剧头牌老婆死了以后,他就不愿意再住在原来的地方,因为只要一进到那个房子里,他那个悬梁自尽的老婆就总在眼前晃动……

岳曼香找到了这个家属院。二十世纪五六十年代盖的房子,已经显得很破旧,胡师傅住在家属院最里面一座二层楼上,楼内墙壁脱落斑驳,二楼的过道里有灯,大白天都黑黢黢的,过道内堆放着各家各户的杂物,稍不留神就会绊住脚。胡师傅家在二楼东头最里面,岳曼香顺着楼梯上到二楼来,隐隐约约就听见了一阵阵缝纫机咔咔作响的声音,她循着这声音向二楼东头寻去,来到了发出声响的房门外。

"啪啪啪,啪啪……"岳曼香拍响了房门。

给岳曼香开门的是一个模样显得老气横秋的年轻人,之所以说他老气横秋,大概是因为他那身穿戴打扮:头上戴了一顶帽檐耷拉下来的工装帽,与身上穿着的工装是一套,一看就是六十年代发放的那种样式的工装,袖子上套着袖头,一根软皮尺挂在脖子上。他那张脸又白又瘦,也许是干活时间太长,缺乏休息,他的神态显得疲惫。老气横秋的年轻人迷瞪着俩眼。打量了一下门外站着的岳曼香,问道:"你是不是要做衣服?"

岳曼香说:"我是来找胡师傅的。"

"哪个胡师傅? 老胡师傅还是小胡师傅?"对方问道。

岳曼香明白了,问:"你是胡师傅的儿子吧?"

"俺爸不在,出去了,有啥事儿你可以跟我说,我是他儿子。"

岳曼香不由得多打量了对方几眼,点头道:"那也中。我是马道街义丰厚商店的,想找恁谈谈合作的事儿。"

"进屋说吧。"

岳曼香被让到屋里,她打眼一瞅,这间屋里稍高一点的地方挂满了样式各异的服装,下边所有空隙包括犄角旮旯儿都堆放着不同颜色的布料,简直就有下脚的地方。屋子本来就不大,两架被布料和服装包围着的缝纫机,几乎占去了整个屋里三分之一的面积。

小胡师傅一边给岳曼香腾出一个能坐的地方,一边做着自我介绍:"我叫胡小沪,不是老虎的虎,是上海那个沪剧的沪。"岳曼香使劲地点了点头："我知,我知,我在收音机里听过沪剧《芦荡火种》,我觉得沪剧可好听。"胡小沪却露出不以为然的笑容："好听啥? 我觉着不好听,冇咱的豫剧好听。"岳曼香瞅着胡小沪,不由联想到那些有关他母亲的说法,又联系到胡小沪这个名字,和他操着的这口标准的祥符话,不了解的人根本就不会想到他是一个上海人。

胡小沪的随和,让岳曼香觉得很轻松,她开玩笑说："你不应该叫胡小沪,你应该叫胡小祥,祥符的祥。"这话说完,她便惊讶地看到胡小沪竟然冲她俏皮地做了个鬼脸,随后就见他以自嘲的口吻说道："名字是爹妈起的,冇法儿,他们喜欢上海,就给我起了个这名儿。其实我也觉得应该叫胡小祥,又好听,又顺口。我跟俺爹探亲回过几次上海,我说上海冇咱祥符好,俺爹冲我瞪眼,骂我是个土包子。用俺爹的话说,在上海扫大街也比在祥符强,我就怼俺爹,既然是这,恁窜到祥符来弄啥,回上海扫大街呗。"岳曼香忍不住咯咯笑起来,替他开脱道:"那不都是因为历史原因吗,也怨不得恁爹。我听说,当年恁爹是为了恁妈才到祥符来的。"

"是啊,女人家头发长见识短。"

"你咋就这说恁妈啊,让恁爹听见又该冲你瞪眼了。"岳曼香打趣道。

"我的意思是,别管当初命运咋把他们抛到了祥符,既然来了就得认,在哪儿生活不重要,咋生活得好才重要。"胡小沪说话时打着手势,神态就像一位在课堂上讲课的老师。

"那也怨不得恁妈,要怨就怨'文化大革命',要不恁妈也不会……"岳曼香作为女人,本能地认为自己更能理解胡小沪母亲的苦衷。

胡小沪道:"说是这么说,但我却不认为完全是因为'文化大革命'。"他说,"在我的印象里,俺妈个性太强,认死理儿,受不了委屈,眼里容不得沙子,只能接受好的,不能接受孬的,死要面子活受罪。如果当初他们来祥符,一发现不对劲,祥符人根本就不喜欢听沪剧,就应该立马回上海去,就像俺爹说的那样,回上海去扫大街。听俺爹说,当初俺爹是有这个打算回上海去,可俺妈坚决不同意。"

"恁妈因为啥不同意?"

"因为要面子,要她那个头牌的名声。"胡小沪摊开两手,似乎为自己的母亲感到悲哀,"就像鲁迅小说里写的那个'孔乙己'一样,穿着补丁擦补丁的破大褂，喝酒也得站着喝，倒驴不倒架。人啊，吃亏就吃亏在个性上，太要强不是个啥好事儿，尤其是女人。"

"为啥尤其是女人啊？"岳曼香陡然觉得他的话是意有所指，既像是说他母亲，也像是在说她。

胡小沪注意到了岳曼香情绪上的微妙变化，紧跟着解释道："老话咋说的，男人强了是福，男人弱了是祸。反过来说就是，女人弱了是福，女人强了是祸。俺妈就是太要强了，如果苟且偷生，她不会死。"

岳曼香思索道："我在想，如果我是恁妈，会咋样……"

胡小沪笑了："如果你是俺妈？如果我还是恁爹呢。"

俩人顿时大笑了起来。

怎么说呢，岳曼香和胡小沪第一次见面，就有种说不出来的感觉，总觉得这个胡小沪跟别的男人不太一样，别看他个头不高显得单薄，但说起话来，声音不大却很有磁性，脸上的神态和说话的声音搭配在一起，让人感觉到他是一个很有主见的人，也是一个能干成事儿的人。

当俩人闲聊完进入正题的时候，胡小沪毋庸置疑地告诉岳曼香，做西服这事儿根本就不是问题，也用不着再惊动他爹，眼望儿这个家庭服装作坊，他爹说了不算，所有的活儿都要经过他的手。他还拿出了一件刚做好的西服让岳曼香看，他告诉岳曼香，并不是纯手工制作就是最好的西服，手工制作只不过是服装这个行当招揽生意的一个噱头，不懂行的人一听是手工制作，就会理所当然地认为，这件服装因为制作者下了足够的功夫，倾注了更多的心血，当然是高档货。他说其实不然，只要是个好裁缝，无论是手工制作还是机器制作，都会达到顾客的满意程度。岳曼香仔细看了胡小沪拿出来的两件西服样品，那真可叫无可挑剔，这两件缝纫机制作出来的西服，工整、规矩、平展，真是比手工制作的要好。当岳曼香夸奖那两件缝纫机做出来的西服时，胡小沪告诉她，人们为啥都说上海人能蛋，那是因为上海人与西方人交往的多。从历史上看，上海人就是最早、也是最善于接受外来事物的人，上海也是中国缝纫机最多、西服制作也是最精良的城市。

这一整个下午，岳曼香压胡小沪的嘴里，听到了许多她从来冇听说过的知识，真长了不少见识。比如，在中国清朝的乾隆时代，英国一个叫托马斯·山特的木匠发明了缝纫机,最早的缝纫机是先打洞、后穿线,是用于缝制皮鞋的手摇缝纫机。胡小沪还说,第一个见到缝纫机的中国人是李鸿章,1869 年李鸿章作为洋务派代表人物访问英国,回国时带回了一架镀金的缝纫机,作为礼物送给慈禧太后,可把慈禧太后给高兴坏了。胡小沪还告诉岳曼香,西服最早的起源,是西欧渔民穿的,渔民终年与海洋为伴,在海里谋生的人穿着散领少扣的服装,捕起鱼来会更方便。这种服装是以人体活动和体形等特点,结构分离组合为原则,形成了以打褶、分片、分体的服装缝制方法,并以此确立了日后流行的服装结构模式。不过也有人说,西服是英国王室的传统服装,它是以男士穿同一面料成套搭配的三件套装,由上衣、背心和裤子组成,在造型上延续了男士礼服的基本样式。而现代的西服形成于十九世纪中叶,但从其构成特点和穿着习惯上看,至少可追溯到十七世纪后半叶的路易十四时代,那个时代,逐渐形成了现代三件套西服的组成形式和许多穿着习惯,比如,前面的扣子一般不扣,要扣一般只扣腰围线上下一两粒,这就是现代西服一般不扣扣子不为失礼,两粒扣子只扣上面一粒的由来……

岳曼香满眼带着敬慕瞅着胡小沪,说道:"你咋懂得那么多啊……"

胡小沪的脸上露出了谦逊的笑容,虽然合作的事儿八字还有一撇,跟眼前这个漂亮少妇也还有谈任何具体条件,但他已经进入了角色,自信地说道:"用祥符人的话说,干啥就得吆喝啥;祥符人的话还说,光说不练假把式。你就等住看俺的活儿吧!"

一切都顺理成章,义丰厚接下了祥符宾馆这批西服活儿,专门把胡小沪聘请到了义丰厚当了个长期顾问,目的不光是为了眼下祥符宾馆这批活儿,还为日后开展西服业务做准备。对祥符宾馆来说,胡小沪的加盟是个好消息,义丰厚做这批西服的开价不但比上海便宜得多,而且还请来生活在祥符的上海籍裁剪高手来做,再合适不过。而对义丰厚来说,那更叫合适,这种合适不光是在经济上,最关键是,胡小沪将给义丰厚未来开辟西服业务打下一个很好的基础。即将退休的岳翠儿更是很欣慰,她在全店职工开会的时候说:"中了,咱义丰厚又多了西服这么个大营生,还聘请来了高人,这下我就可以放心退休了……"

祥符宾馆让义丰厚做的这批西服,让几方面都有收获,其中收获最大的要算朱大林了，他从中吃了刘经理给的介绍费不说，还和那个被他登报表扬的祥符宾馆女职工杨红成了相好，可谓是财色双收。

祥符宾馆那个叫杨红的女职工，是个独守空房的小媳妇，三十出头，因为丈夫去南方沿海一带走私、贩卖台湾女歌星邓丽君歌曲盒带和港台黄碟，被判了八年徒刑。在丈夫入狱之后，杨红在单位一度很孤立，平常要好的男女员工都离她远远的，她老头卖黄碟，那她不是个破鞋也是个女流氓，谁也不敢沾她。而杨红自己也觉得很丢人，要说那些黄碟她都冇看过是瞎话，但主要是为了挣钱，眼望儿家里一出事，咋解释也冇人听，虽然单位冇处理她，她也混成了个万人嫌，被彻底边缘化了。但是这个杨红很有心计，那些黄碟若抛开具体内容，给她的启示是，这人和人之间给予和付出都是相对的，在你想得到之前就必须要舍得付出，不仅仅是肉欲上如此，任何事情都是这个道理。于是，她在单位里努力工作，力图用出色的表现来重新获得周围人的尊重，而恰恰朱大林在她最需要关怀的时候关怀了她，给她写了一篇表扬报道登在《祥符日报》上。为了感激朱大林在报纸上对她的表扬，她单独请朱大林吃了一顿饭，也就是这顿饭吃坏事儿了，俩人趁着酒劲，壮着酒胆，喝罢酒就睡到了一起。压那以后，你情我愿，互诉衷肠，互吐苦水，朱大林谴责杨红的丈夫不顾家庭走私贩黄违反法律，杨红谴责朱大林的妻子道德败坏未婚先孕生下别人的孩子，两个人在共同的谴责声中互相寻找到了心理平衡，为两个人的长期偷情建立了基础。

俗话说，没有不透风的墙，何况寡妇门前是非多。杨红这个女人长得滋润，又独守空房，在冇和朱大林相好之前咋可能闲着呢。时隔不久，市委宣传部和祥符日报社同时收到了匿名信，信中揭发了朱大林利用职务之便乱搞男女关系，还吃了祥符宾馆做西服的回扣。一石激起千层浪，所谓民不告官不究，对报社领导来说，有了白纸黑字的举报信，就不能再将这事儿看成是个人生活作风上的小问题了。报纸是党和政府的喉舌，报社更是市委宣传部下属的重点单位，朱大林还是采访部主任，他要是不规矩，不仅会带坏内部一窝人，还会在社会上造成极为恶劣的影响，最起码会让人怀疑报纸上那些话的真实性。于是，报社领导很严肃地找朱大林谈了话，并且停了他的职，还要对他进行彻底调查。

这一下朱大林可慌了神,急忙去找杨红商量对策,俩人一致认为,必须先挖出那个写匿名信的人来。分析来分析去,朱大林越来越觉得,找那个写匿信人的线索不在他身上,应该是在杨红身上。起初,杨红竭力反对朱大林,可在朱大林的质问下,她又找不到与自己无关的理由去推翻朱大林的分析和猜测。在朱大林那些分析和猜测中,最让杨红不可辩驳的一条就是,义丰厚这批西服活儿他吃了好处费,不可能有外人知道,除了他本人,知情的人只有四个:义丰厚的主任岳翠儿,自己的老婆岳曼香,祥符宾馆的刘经理,再一个就是杨红。自己的丈母娘和老婆不可能揭发自己,杨红是自己的相好也不可能,唯一可能的就是祥符宾馆的刘经理。对刘经理的怀疑还有一点就是,在那篇表扬杨红的稿件登报不久,也就是杨红和朱大林成为相好之后,杨红被刘经理压客房部调到了洗衣房,登报受表扬本应提拔到更体面的部门才是,咋就下放到最不体面的洗衣房去了呢? 在朱大林质疑的步步紧逼下,杨红终于哭出了声,一把鼻涕一把眼泪地向朱大林交代出了内情,那个第三只眼不是别人,真是杨红的另外一个相好刘经理。

　　水落石出,朱大林恨得咬牙切齿,他一巴掌扇在杨红脸上,怒不可遏地要去找刘经理算账,却被杨红紧紧给抱住。“撒手,他给我戴绿帽子,看我不去把他的腿打折!”自己好不容易挂了个相好,冇想到被刘经理插了一腿,朱大林顿时想起了眼望儿社会上流行的一句话,女人如衣服,兄弟如手足,你穿我衣服,我断你手足。杨红见他一副怒目金刚要去拼命的架势,不由得大声哭喊道:“你搞错了,不是他给你戴绿帽子,是你给他戴了绿帽子!”

　　杨红这一声喊,宛如一记闷棍,把朱大林一下子给打蒙了。可不是嘛,上厕所还有个先来后到呢,明明是自己挖了人家刘经理的墙脚,还那么理直气壮,是有点气蛋,不懂江湖规矩。可是,再气蛋,再不懂江湖规矩,最吃亏最倒霉的是自己啊,受个处分是跑不了的,做西服的回扣退回去也是跑不了的,这还不说,最重要的是自己的仕途,从此不就去球了吗?

　　杨红见朱大林缓和了下来,不失时机地又说:“你要是这么一闹,义丰厚的人肯定就会知,这要是被恁媳妇知了,那就更糟糕了。”

"我才不怕她知!"朱大林敢这样说,就说明他心里早已经不在乎岳曼香了。

杨红当然理解他的意思,但还是想往井里再撂一块石头,她用低沉的声音说:"可恁俩结婚以后,她可有给你戴绿帽子啊,是你给她戴了绿帽子。"

朱大林气急败坏地用湖北话骂道:"好犯嫌啊,绿帽子,绿帽子,满世界都是绿帽子! 你个婊子养的,老子我早晚会被绿帽子把脑壳压崩……"

朱大林受到了处分,给组织上写了检查,退还了所有好处费不说,还被撤掉了采访部主任的职务。朱大林心里明白,他被撤职还有一个重要因素,就是老丈人廖普生给他使不上劲儿了,两个月前,老头正式办了离休手续,回家歇了,正所谓人走茶凉,这直接的靠山冇了,他只能自认倒霉。

对于朱大林受处分这件事儿,岳曼香一直蒙在鼓里,她只是听说朱大林的主任一职被抹哈①掉了,具体因为啥被抹哈掉却不清楚,直到祥符宾馆那批西服交活儿了以后,一天下班的时候,跟她前后脚出店门的王汴生主动与她搭讪,她才从对方的嘴里得知了此事的前因后果。

"哎,我问你个事儿。"王汴生喊了一嘴。他心里可清亮,也就这句话能叫住岳曼香,换句话人家都不会搭理他。果然,见岳曼香停住了脚,他上前套近乎道:"听说你的主任正式任命就要下来了,和尚不亲帽子亲,还要请新岳主任多多关照老朋友啊。"可此时的岳曼香早已不是前些年的那个岳曼香了,她毫不客气地对王汴生说:"我劝你最好早点调走。"见对方听了现出一脸的愕然,便又加上一句,"因为我一瞅见你就恶心!"

王汴生撇嘴冷冷一笑,鼻子里随之哼了一声,立马反击道:"你瞅着我恶心,我再恶心也有你男人恶心。"

岳曼香闻听一愣,自己刚结婚那会儿,这货跟朱大林也算有点交情,可后来知道朱大林对小叶子不好,这货第一个心里闹和,又不敢直说,就在一次喝酒的时候故意找茬,跟朱大林差点有打起来,压那以后,这么多年两人几乎都冇啥来往,咋今个突然说起朱大林来了?"我男人咋恶心

---

① 抹哈:方言。除去。

了?"她问。

王汴生翻着眼瞅瞅岳曼香,用试探的口气说:"得了便宜还卖乖,别装迷了你。"

"你把话给我说清楚,我装啥迷了?"

"说清楚就说清楚,有啥了不起。"

王汴生在确定了岳曼香真不知情以后,便把他听到的那些有关朱大林的事儿,统统抖落个底儿掉,末了他推断说,朱大林吃的那个回扣,跟刘经理有关系,钱是义丰厚出的。

岳曼香其实根本就不在乎朱大林被不被撤职,她担心的就是吃回扣这个事,虽说眼望儿回扣在大小商业活动中满天飞,可要是有人给你上纲上线,那就跟经济犯罪扯上关系了。说白了,即便朱大林犯了罪,那也是他罪有应得,可王汴生说这回扣钱是义丰厚出的,岳曼香立马就觉得事儿沉了,常言说无风不起浪,义丰厚眼望儿正处于新老交替阶段,可不敢出事,不然的话,通过引进小胡师傅所打开的西服产销两旺的局面就会被彻底打乱,这是其一。其二,自己跟母亲正在准备办理交接,如果此时流言四起,或是坐实朱大林收的回扣钱就是店里出的,那是个人都会认为,她们母女俩就是个下三孙,利用职务之便给自己家里捞钱。所以不管此事是真是假,岳曼香都必须要查个水落石出。

王汴生见岳曼香半天不言语,就知道对方害怕了,自己又一次抓住了她的软肋,便嬉皮笑脸地提醒道:"你可别说是我告诉你的啊,你要是敢把我出卖了,我就把咱俩那点事儿也出卖了。"岳曼香岂能看不出他那点小心思,便忍不住恨恨地骂了一句:"你就是个腌臜菜!"

回到家,岳曼香瞅见朱大林正坐在那儿闷着头抽烟,她铁青着脸劈头就问:"给祥符宾馆做那批西服,你是不是吃人家好处费了?"朱大林一愣,然后把脸一转,根本不搭理岳曼香。

"我问你话呢!"

朱大林还是不吭气儿,继续闷头吸烟。

"不回答就等于回答,你肯定是收了人家的好处费。"岳曼香知道,这都是公开的事实,他也否认不了,但她还是希望他能清楚这其中的利害关系,缓了口气,她继续说道,"可你想过没有,你不当采访部主任事小,败坏了自己的名声事大,人家还以为你是给咱家在捞钱呢!俺义丰厚做西服比大城市便宜,那是因为我们头一次做西服,但不等于我们做不好西服,你压这里头吃好处费,还会被人家认为我们廉价的原因是冇底气。你是我男人,你收人家回扣,不光是在毁咱家的名声,也是在砸义丰厚的牌子!"

朱大林把手里的烟狠狠往地上一摔,吼道:"好处费我已经还给祥符宾馆了,杀人不过头点地,你还要我怎么样!"

其实岳曼香是真的不知道,那批西服的回扣的确是刘经理送给朱大林的,走的是祥符宾馆公关费的开支,与义丰厚冇半毛钱关系。就摊为朱大林压根冇把岳曼香给当回事儿,收的钱也都花在姘头身上了,而自己也被组织给处理罢了,你再哪壶不开提哪壶,这不是明装孬吗?所以他明知道对方误会了,就是赌气不愿意说这一板。要么咋说,那些日子过得滋腻的人都无一例外地大谈特谈夫妻沟通的重要性,事实就是这样,别说是夫妻,就是家里那些七大姑八大妗子亲戚之间,或是街坊邻里之间常年不说话,有啥事都互相瞒着,那也搁合不到一块不是?

此时,岳曼香见朱大林又开始论堆儿了,火便上来了,瞪眼跟他嚷嚷道:"我不想要你怎么样,我是觉得太恶心!太丢人!"

"我恶心?我丢人?我再恶心,我再丢人,我也冇你恶心!也冇你丢人!"

"我知你想说啥,你不就是想说叶子不是你的孩儿吗,随你的便!那也比你吃人家的好处费强!"

坐在那里的朱大林一下子蹦了起来,飞起一脚把岳曼香踹倒在地上。这一脚可真是太厉害了,倒在地上的岳曼香咋爬也爬不起来……而朱大林根本冇去管岳曼香的死活,看也不看一眼倒在地上的岳曼香,抓起自己的挎包,怒气冲冲地出了家门。

岳曼香是被邻居送到医院的,医生诊断,大腿骨折。躺在病床上,岳曼香心里真有点后怕,她倒并不是怕朱大林对她的凶狠无情,而是怕自己这一卧床,小叶子就冇人照护了,更庆幸在朱大林施暴的时候小叶子冇在场,不然的话,还不知这事儿会给十多岁的女儿在心灵上造成啥影响呢。岳曼香拜托邻居先将此事瞒着小叶子,让她暂时去姥姥姥爷家住一段。

对于已经离休和即将退休的廖普生和岳翠儿来说，小叶子的到来就算过年了，老两口忙前忙后，给孩子张罗吃喝，但随后就觉得不大对劲儿，孩子父母咋不露个面啊，即便是爹忙，难道娘也忙得连句话都冇？岳翠儿去了一趟义丰厚，发现女儿竟然请了病假，我的天爷，这到底出了啥事啊。老两口心里打着鼓，安置好小叶子之后，便忙不迭地窜到了医院，待见到了岳曼香之后，登时啥都明白了。

这咋能把人给打成这样，以后要是残废了可咋办？看着岳曼香的惨样，岳翠儿气炸了肺，这个女婿简直就是个畜生啊，这哪儿还有半点夫妻情分。岳翠儿抹着眼泪，态度坚决地替女儿拍了板："跟他离婚，不跟他个孬孙过了！"在病床旁边一直冇说话的廖普生，开口说道："气头上，冷静一下，离婚可不是那么轻而易举的事儿，一定要想透才中啊。"岳翠儿呜呜地哭出了声："妞儿被打成这样，你不心疼我心疼……"

廖普生知岳翠儿心里的潜台词是啥，如果是早些年，两人肯定又会大吵一架。可眼望儿的廖普生已经不是以前的廖普生了，毕竟上了岁数，一辈子的孬脾气也被磨得差不多了。自打退下来以后，他似乎把人生一些看不透的事情都已经看透了，谁的妞儿对他来说已经不那么重要，重要的是老百姓常说的那句话：平安是福。他接着劝道："凡事不要总往坏处想，往坏处想多了会越想越冇法过。再说了，就是离了婚，谁敢保证再结婚两口子就不打架啊？求大同存小异吧，只要朱大林能把他那个孬孙脾气给改喽，保证以后不再动手，睁一只眼闭一只眼赌过了，等熬到了俺这个岁数就会明白，跟谁结婚都一样，都是搭帮过日子，就那么回事儿。这个世界上啥是你的？啥也不是你的，就连你自己也不是你自己的……"

岳曼香冇太在意养父的这番话，也冇太在意母亲的眼泪，她想的最多的是，一旦跟朱大林离婚，会有哪些负面影响，而最大的负面影响就是，朱大林那张不主贵的嘴，一定会四处散布叶子不是他的女儿。虽说叶子已经不姓朱，但外人并不知内情，这个社会，人们最不能接受的，就是老婆生了不是自己丈夫的孩儿，在人们的眼里，这要比吃人家的好处费严重得多，也就是朱大林骂的那样，真正恶心丢人的不是朱大林，是她。

思来想去，岳曼香咽下了这口气。

在岳曼香住院期间，有不少人来医院看望，唯独朱大林冇露面。岳曼香也想好了,不提离婚,出院以后各自过各自的,朱大林不搬走她就搬走,带着叶子跟父母一起过,眼不见心不烦,省得三天两头生气打架,对叶子的成长也不好。

压岳曼香请假住院,义丰厚就处在一种混乱之中,岳翠儿临近退休,加之又要照护女儿、外孙女,几乎无心工作,每天来店里打一照面就不见人影了。有几个平素跟曼香要好的女职工去了医院,回来后说啥的都有。有的说,妥了,这下咱店里的新主任恐怕要换人了;有的说别发迷,人家不过是不小心摔一下把腿给摔断了,等出院以后还是咱的领导;还有的说扯淡,伤筋动骨一百天,你看眼望儿的形势变化,别说是一百天,就是一个月,你知道这街上的店铺有多少家换招牌? 总之一句话,这义丰厚的领导不一定非得姓岳。有想法的人开始钻挤,例如王汴生这号货,论资排辈,觉得自己也有当领导的潜质和能力;有门路的人心眼也活泛起来,察言观色,发现谁有审上去的可能便赶紧巴结……

胡小沪在义丰厚的地位既超然也尴尬,他是义丰厚通过商业局正式下聘书而聘来的技术顾问,无论谁来义丰厚当主任,只要商业局不发话谁也动不了他,除非是他自己撂挑子。所以在店里新老交替的关头,他是超然的。可是你超然并不代表你就光棍,别人想收拾你那也有的是招儿。打个比方说,你不是顾问吗,我这个新主任犯不上得罪你,但可以把你供得高高的,就像挂在作坊顶棚上的样品布衫一样,让你啥都顾不上了,你还问个屁啊? 所以胡小沪的尴尬,就在于他不知道,在眼望儿这种形势下自己还该不该留在义丰厚。在他的心目中,能够赏识自己尊重自己的人,还是岳曼香……

胡小沪掂着一兜点心杂果来到了医院,他之所以冇在她住院的第一时间来探望,是因为之前对她家里发生的事儿有所耳闻,他一厢情愿地认为,若自己表现得太积极了,反而有可能会加深她夫妻之间的误会。这些天来,胡小沪一直压抑着内心的躁动,在店里支棱着耳朵听那些来过医院的人议论岳曼香的伤情,谨慎地掂量和挑选自己去医院的合适时间,直到今天他走进病房的那一刻,看到躺在病床上、跷着腿被打着牵引的岳曼香,心里一下子感觉到无比的坦然——男人之所以被称为男人,其使命之一便是要保护女人。他觉得自己之前想得太多了，就是眼前这个美丽而憔悴的少妇，在茫茫人海中找到了他，成了他的知己和伯乐，给他平淡的生活注入了精彩，如今她被摧残至此，而自己却还在纠结于男女之防，真是愧煞人也。"幸好，我来了。"胡小沪想着，看了一眼躺着的岳曼香，把点心杂果往床头柜上一搁，说道："祥符人都说'老五福'的点心好吃，我也是祥符人，压小就吃'老五福'的点心，也有觉得哪好吃。"

"你哪是祥符人啊，你是上海人。"话说得很随意，岳曼香对他的到来似乎没感到有任何的意外，两人之间也没有任何客气的问候语言。胡小沪摇头否认道："祥符生，祥符长，我才不是上海人。"岳曼香记得，对方一直以来都不承认自己是上海人，也难怪，在祥符人的眼里，上海人就是"洋蛋"的代名词，既羡慕又不屑，总有一种吃不到葡萄反说葡萄酸的意思。"祥符哪儿好，让你这么情有独钟的？"她问。

"祥符哪儿都好，就是人太恶道①。"

岳曼香听出对方话中似有言外之意，自然想到了他在店里的处境，便问："不是俺义丰厚有人欺负你了吧？"胡小沪的目光从她打着牵引的修长腿上掠过："跟义丰厚有关系。"岳曼香突然发现，他的脖颈上有一条血布凌："你的脖子上咋啦，跟谁打架了你？"胡小沪冇搭腔，沉默片刻，随即改变了话题。问道："你是咋回事儿，好好的咋会把腿摔成这样？"岳曼香也在短暂沉默后，低声说了一句："命该如此呗。"

胡小沪瞅着岳曼香打满石膏的大腿，问道："看过雨果的《悲惨世界》吗？"岳曼香摇了摇头："俺就是个做布衫的，不爱看书。"胡小沪淡然一笑，往岳曼香的病床边一坐，说道："雨果说过一句话，'命运递给我们一个酸的柠檬时，让我们设法把它变成甜的柠檬汁'。是啊，俺也想把酸柠檬变成甜柠檬汁，可咋变也变不成。知道为啥吗？"

岳曼香又摇了摇头："不知。你说因为啥？"

胡小沪苦笑："我也不知因为啥。"

岳曼香思索了一下，说道："我觉着吧，命运就是居家过日子，过得好就是命好，过不好就是命不好。"胡小沪觉得岳曼香说得很有道理，命运这

---

① 恶道：方言。凶。

东西往往是当事者迷,等事儿发生了,过去了,再回头看时,才突然发现原来自己当初竟然可以有很多不同的选择,可却偏偏选了最糟糕的那一个。正想着,就听岳曼香又说道:"我觉着,过好过不好关键在男人。"这话让胡小沪不敢苟同,他反问道:"为啥关键在男人,女人就有孬孙了吗?"岳曼香略感惊讶地瞅着胡小沪,问道:"咋,恁媳妇对你不好吗?"胡小沪有搭腔,用手轻轻摸了摸脖颈上的血布凌。他就这么一个动作,岳曼香立马就明白了一切:"恁俩打架了?"

"打架是两个人的事儿,打架是互有胜负,我不打架,我是挨打。"

岳曼香用难以置信的目光瞅着胡小沪,想继续问啥,却有问出口。

胡小沪并没有回避岳曼香难以置信的目光,而是用自己的目光迎上去说道:"我知你想问啥,你是不是想问,你个大男人家,咋会挨老婆的打,对吗?"

岳曼香摇摇头,随即又点点头。

"那中吧,你想听我就告诉你,权当是听一个故事吧……"

临近中午,慵懒的阳光洒落在病房的窗户台上。岳曼香听完了胡小沪讲述的故事,她不知是为胡小沪的婚姻难过,还是为自己目前的境遇悲伤,她的眼里噙着两汪泪水,窗台上的阳光在她的眼中一片模糊……

2. 一条道走到黑

马道街南口,有一个一年四季坐在那儿卖枣糕的老扁糊爱说:压马尾头到卷发头,压衬衫到长裙,压帆布到高跟,压素颜到浓妆,压青涩到老皮①,地球转一圈和转一百圈一个样儿,生活就这么长,故事就这么多……

胡小沪的老婆叫于珊珊,名字挺文气温柔,模样长得可是既不文气也不温柔,个头不高,一脸男相,在一所中等专科学校当校医。据胡小沪描述,那所中专学校的医务室,很少有啥学生和老师去看病,其原因也不完

---

① 老皮:方言。成熟。

全是因为于校医长的那一脸凶相,而是师生们都知道,于校医看病是半瓶子醋,经常对症下错药,就连校长感冒不舒服,她都能把聋子治成哑巴,一天三次、一次一片的感冒药,她说成一天三次、一次三片,结果把校长吃得下不来床。学生去看病就更不用说了,磕磕碰碰抹点紫药水的事儿,她非得给包扎成上甘岭战役中负了重伤的伤员模样,谁要批评,说她小题大做,小病大治,有那个必要,她立马就会像狼狗一样冲着批评者一通狂叫:"你是大夫还是我是大夫,杀猪杀屁股,各有各的杀法儿!"久而久之,每天上班,她往校医务室里一坐就是一天,冇一个学生和老师去看病,有啥小不得劲人家自己解决,大不得劲人家就去医院。学校里曾经有人给校长建议,干脆把医务室关了门拉倒,聋子的耳朵就是个摆设。可每当有人提出这个建议,校长就瞪着眼说:"关了校长室的门也不能关医务室的门,关了医务室的门,咱学校的门也就关了!"其实,学校里的人都知校长的苦衷,于珊珊她哥是教委供应科的科长,学校每年的教学器材和其他一些固定配额,都归于珊珊她哥控制。用校长的话说,能不能保证咱学校的供应,不是于珊珊她哥说了算,而是于珊珊说了算。

于珊珊有俩哥,在祥符城还都是有头有脸的人物,除了那个在教委当供应科长的哥之外,另外一个哥在市工商局管审批工商营业执照,实权。最厉害的还不是她这俩哥,而是于珊珊她妈。别看她妈已经退休在家,她要是咳嗽一声,半拉祥符城都能听见。于珊珊她妈是何许人?咋会恁牛叉?这么说吧,凡祥符城里五六十年代出生的人,都学习过她妈的先进事迹。

祥符城有座名气很大的澡堂子,里面曾经出过一位享誉全城的女搓澡工,就是于珊珊她妈。因为她妈搓澡搓得好,一举搓成了全国妇女模范人物,去北京被中央领导人接见过好几次,祥符城的大街上随处可见那位女搓澡工胸戴大红花、肩挎红绶带的照片。她妈能如此轰动全城,全仰仗一位曾经的市革委会主任。当然,工农兵走上政治舞台,也是当时的潮流,农民还能进国务院当副总理管理国家大事呢,搓澡工凭啥就不能出来亮亮相?于珊珊她妈是穷苦出身,十二三岁就进了澡堂子当搓澡的学徒工,压旧社会一直搓到新社会,一个大字不识,但搓澡搓得好。一次,恰逢那位市革委会主任的夫人去洗澡,给夫人搓澡的正是于珊珊她妈,搓澡就搓澡呗,可她妈还有一手"拿笼"的绝活儿。所谓"拿笼"就是专治颈椎的毛病,把颈椎日久形成的不直捻恢复直捻。她妈正是有这手绝活儿,把革委会主任老婆的颈椎给拿直捻了,荣获了"深受广大人民群众喜爱的搓澡工"称号。由此一发而不可收,各种荣誉纷至沓来,当了先进入了党,三天两头去演讲。而后就不再给人搓澡了,不但当上了澡堂子的一把手,而且还加入市妇联成了常委,参加了在北京召开的全国妇女代表大会。自从获得那么一大堆荣誉以后,整个人就开始变得嘻胀,家里的三个子女也随着他们母亲身份和地位的改变,压社会底层一下子蹿了上来,成为同龄人中吃香喝辣的"干部子女"。

她妈出人头地的时候,于珊珊还在上中学,中学毕业之后进市卫校上了两年,然后分配到市妇产科医院当了一名护士,因为不想上夜班,她妈动用市里的关系,就把她调到了这所中等专科学校当了校医。按理说护士是冇资格当校医的,可冇资格不碍事,上面有人就中,她妈出面请了两次客之后,就啥都顺理成章了。

胡小沪告诉岳曼香,他与于珊珊结婚是偶然也是必然,反正说到底是冇逃过命运的安排。中学毕业后,胡小沪下放到兰考县当知青,乡里太苦,吃不饱饭,大多数下放知青都蹿回城里打临时工,胡小沪随大流也蹿回了祥符,在一家冶炼厂里当翻砂工,干了两年眼瞅着冇转成正式工的可能,上面又冇关系,索性他就跟着他爹胡师傅学做裁缝。那时候,党的十一届三中全会还冇召开,就是有手艺也不敢明着靠自己的手艺去挣钱吃饭,胡小沪只有依靠熟人四处找活儿,给人量身制作的口碑不错,隔三岔五活儿也不断,维持个生计冇一点问题,于珊珊就是经熟人介绍,成了他量身制作的一个客户。那时候正是满大街撕喇叭裤、禁止穿喇叭裤的风潮刚过去,一些爱赶时髦的年轻人,又把目光盯上了瘦腿裤。据说瘦腿裤这种款式也是压沿海城市流行过来的,它跟喇叭裤正好是两个极端,喇叭裤是两条裤腿像两把大蒲扇,走起路来恨不得能当扫地的扫帚;瘦腿裤则正好相反,紧紧裹在腿上,尤其是两条又瘦又细的裤腿,穿裤子时恨不得脚丫子都伸不出来。起初,胡小沪也感到困惑和奇怪,这种样式的裤子冇哪儿好看啊,咋会受到恁多年轻的男孩儿女孩儿疯了一样的追捧?而且女孩儿们还占了多数。后来他终于明白为啥有那么多男女青年喜欢穿瘦腿裤了,那瘦腿裤穿在腿上,粗腿能变瘦,短腿能变长,尤其是那些身材不匀称的人,穿上瘦腿裤能在人的视觉里,变成当下最流行的一个词儿——性感。而这种性感在于珊珊的腿上得到了充分体现,因为她的腿既短又粗。

那天,胡小沪把做好的瘦腿裤送到于珊珊家,正赶上她家刚吃罢晌午饭。试穿上瘦腿裤的于珊珊格外兴奋,在全家人面前大夸胡小沪的手艺好。她妈坐在一旁,把很鄙视瘦腿裤的眼神,压女儿的腿上挪到了胡小沪身上,她打量了一下这个年轻裁缝,开始询问胡小沪的个人和家庭情况。其实压胡小沪一进门,她妈就觉得眼前一亮,这小青年的气质与别人不一样,从里到外都透着一种干净和文气,很脱俗,与自家混乱的土俗气息形成了鲜明的对比,一问之下,果然是大城市里来的人,而且说话极为温文尔雅。就在那一刻,她妈坚定了一个想法,那就是要让胡小沪做她的女婿,有了这么个女婿,家里也就有了装门面的人物,下下一代也有了脱胎换骨的机会,一举两得。

就相貌而言,于珊珊就是穿上那条胡小沪给她做的、令她十分满意的瘦腿裤,也不会让人感到性感,何况她那张银盆大脸上,还长着被人称作"杀死男人不用刀"的大颧骨。最让人不喜欢的,就是于珊珊那种张扬跋扈的个性,犯起浑来,就连她妈她也放不到眼里。她妈深知,她这个女儿,非得嫁给一个与她性格相反的男人,否则日子有法儿过。见到了胡小沪后,便觉得这下可捡了个宝。于是,她妈问清了胡家的地址,随后找了一个跟胡师傅关系不错的上海老乡,领着她登门拜访了胡师傅,并与对方做了私下交易,只要胡师傅能说服儿子跟自己的女儿结婚,婚房不用发愁,由她来安排,还有当下娶媳妇最时兴的"三转一响"①,全归女方家来准备。她妈最大的承诺就是,能把胡小沪调进国家事业单位去上班。对胡师傅而言,能让儿子去吃皇粮当然是天大的好事儿,从他的本意来说,并不希望儿子和他一样一辈子当个裁缝,眼下子承父业是迫不得已。老伴死得早,他们爷俩相依为命,儿子要是能有一个好的归宿,过上安稳的生活,也算对他死去的老伴有个满意的交代。

---

① 三转一响:指的是自行车、手表、缝纫机、收音机。

起初，胡小沪强烈反对他爹的说法，直到他爹一连几天流着眼泪坐在他娘的遗像前两眼发呆，他才接受了命运的安排。用他爹的话说，娶谁不是娶啊，娶老婆就是过日子、得实惠，与漂亮不漂亮没关系，他爹学着祥符话说：漂亮咋啦？漂亮又不能当馍吃。胡小沪觉得他爹把他拉扯大不容易，也不想眼看着身板尚硬朗的老人被他逼得去另一个世界找他娘，便答应了这桩婚事儿。于珊珊她妈说话算数，果真通过各种关系把胡小沪弄进了市粮食局。人们都知，粮食局是个旱涝保收、吃喝富裕的单位，可是，与于珊珊结罢婚的胡小沪，进粮食局上班不到半年，不吭不哈，也冇跟任何人打招呼，就主动辞职不去粮食局上班了，直到他丈母娘找上门来询问究竟，胡小沪才当着两家人的面说出了原因。他说，他有自己的理想和抱负，不能把自己的青春搭在粮食局的粮食仓库里。想想也是，为吃上一口皇粮，天天干坐在大仓库里看守着粮食，又不能干私活儿，那种日子不是他这种人能忍受的，他喜欢服装剪裁，他离不开缝纫机哒哒作响的声音……

　　平时看着蔫蔫的、处事不惊的胡小沪，他可以忍受婚姻的不合适，但是，他忍受不了自己事业上的误入歧途。冇法儿，他爹只好对于珊珊她妈说："就这吧，随他去吧，只要他俩能把日子过好，其余都是小事。"

　　胡师傅这句话说的可照，凭手艺吃饭的胡小沪绝对是饿不着，可是，小两口的日子过得却不咋样。别看胡小沪平时蔫不唧的，个性还是有的，尽管于珊珊在他们的家庭生活中处于绝对强势，胡小沪却有自己的一套办法对付她，那就是惹不起躲得起。胡小沪成天待在他爹家属院那间老房子里，很少回家，既听不见于珊珊满嘴带把儿的语言，也看不见她稍不如意就破口大骂的泼妇形象，落得个清净。对于珊珊来说，渐渐也习惯了这种模式的家庭生活，特别是，当他们有了孩子以后，于珊珊的精力基本都用在了孩子身上，只要胡小沪按月能把挣来的钱交到她手里，她很少去南边家属院那个做布衫的家庭作坊。

　　真是家家都有一本难念的经啊，自打听完胡小沪对他家庭的表述以后，岳曼香对照自己，内心做出了一个总结：也许天底下大多数人的婚姻都是这副德行，除了阴差阳错之外就是一场稀里糊涂的赌博，既然是赌博，那就要愿赌服输，就要认命。她问胡小沪，结婚之前有没有爱过别的女人,胡小沪却反问她有没有爱过别的男人,她坦诚地说爱过一个比自己年龄小的男人,胡小沪承认自己也有过爱的经历,他爱过一个比自己年龄大的女人。岳曼香感到她与胡小沪似乎同病相怜,是一根藤上的两个苦黄瓜。或许正是有了这种同病相怜的感觉,他们俩的交流才是那样的顺畅、自然,彼此都能敞开心扉。

在岳曼香住院期间,胡小沪给她送去了一本破旧的《悲惨世界》,他对岳曼香说:"你不喜欢读书也不妨碍,不用逐字逐句读完,你就看看书里面我用钢笔画的道道就中。"

奇怪的是,从不爱看书的岳曼香,把那本《悲惨世界》逐字逐句地看完了,不单是看完了,书里面画的那些道道还真触动了她的心。特别是其中有一段话,不单是触动了她的心,她还觉得那句话表达和概括了自己的当下。于是,她默默地把那句话给背诵下来——人生至福,就是确信有人爱你,有人为你的现状而爱你,说得更准确些,有人不问你如何就爱你……

出院后的第二天,岳曼香去南边家属院的作坊给胡小沪还书。当胡小沪让她谈谈看罢书的感受时,她就用普通话背诵出了那段话。胡小沪听罢她的背诵后,说她的普通话有点阌白①,是标准的祥符普通话。岳曼香很不服气,她让胡小沪给她背诵个不阌白的听听。于是,胡小沪就用一口标准的祥符话背诵道:"人活着啥叫福,就是心里清亮有人喜欢你,有人为你的眼望儿喜欢你,说得更得劲就是,有人不管你咋着就喜欢你……"

岳曼香扑哧笑道:"祥符话真难听。"

"我觉着挺好听啊。"胡小沪又摆出一副要跟她争论的架势。岳曼香已经习惯了他这种说话的方式,这分明是把话语的主动权交给她,既可以让彼此之间的谈话继续下去,又能够鼓励着她把想要表达的意思说清楚。"祥符话是这个意思,但表达不准确。"她说。

"咋不准确啊?"

"爱跟喜欢不是一个意思。"

"用祥符话说就是一个意思。"

"那,那我问你……"岳曼香踌躇着,声音也变得有些颤抖,"你,

---

① 阌白:方言。四声不分。

你……"

"你啥你,快说啊。"

岳曼香低声说道:"你喜欢我吗?"

胡小沪似乎并不慌张,也并不局促,他只是在沉默。

"不喜欢我也没事,我就是问问。"

沉默中的胡小沪突然反问道:"你喜欢我吗?"

岳曼香毫不犹豫地点了点头。

一直都在说祥符话的胡小沪,在他的嘴里,突然冒出一句普通话"我爱你"之后,他一把将岳曼香揽进了怀里……在那间狭小的家庭作坊里,俩人似久旱逢甘露,又如干柴烈火,在腾云驾雾之中完成了第一次偷情。

有了第一次就会有第二次,偷情是件越偷越上瘾的事儿,越偷胆越大的事儿,有条件要偷,冇条件创造条件也要偷。而就在两人偷情偷得热火的时候,义丰厚的老主任岳翠儿正式退了,岳曼香被正式任命为新主任。要说住了小半年医院,这职务上的事儿早该黄了,可偏偏商业局那边认为,从业务和管理上讲,岳曼香是最佳人选,论资排辈,也只有岳曼香坐到主任位上,才能压得住阵脚。岳曼香和胡小沪很自然地就把这事儿跟两个人的关系联系到了一坨——这叫啥,这叫苦心人天不负,这叫时来运转,这叫两人相好相对了,阴阳平衡了,老天爷都保佑。有了这个想法,那两个人就彻底放开了,偷情的次数比以前更加频繁,而且一次比一次质量有所提高;也不论地方了,在胡家的家庭小作坊里,在义丰厚的裁剪后作坊里,在黑间的包府坑边,在荒无人烟的破城墙上,在一切被他俩认为可以完成偷情的地方,这俩人已经到了那句老话所说的"色胆包天"的地步。

当然,还有句老话叫"想要人不知,除非己莫为"。两人一旦成了相好的,彼此在举手投足之间就必然显得与众不同,或是说,有某种生物化学介质如一根看不见的丝线,将两个人紧紧拴在一起。这种微妙的变化,只有那些眼毒的人才能看得出来,而王汴生恰恰就是一个眼力头很毒的人。当年,岳曼香跟汤建国刚一好上,就冇逃过他那双毒眼,眼望儿他又看出了胡小沪与她之间有了让他隔意的关系。可以这么说,这些年来他对岳曼香的"贼心"一直都冇死过,也是店里对她最"操心"的一个人,因为在他和她之间毕竟还有个叶子……

自打义丰厚聘请胡小沪当了技术顾问以后，王汴生就觉得岳曼香对西服的热衷，除了市场需要的因素之外，更多是出于对这位年轻顾问的兴趣。人与人之间的好感，是能从日常中觉察到的，一个眼神、一个动作、一个语气，就能深入内心。俗话说"不怕贼偷，就怕贼惦记"，王汴生就是时刻惦记岳曼香的这个贼。

这天黄昏，下班时间已过，岳曼香正准备利用值夜班人员有来之前这个空当，跟胡小沪在后作坊里约会。下午五点半到七点半这个时间，往往也是作为主任的岳曼香，独自在店内的时间，在这个时间里，她要把前厅和后作坊细心地检查一遍，尤其是要防止火灾等隐患。当她刚检查完，就听到有人在拍前店的大门，她原以为是胡小沪来了，急忙去把前店的大门打开，看见的却是王汴生那张嬉皮笑脸的面孔。

岳曼香冷着脸问："你咋又回来了？"

"有几句话我忘了跟你说。"王汴生说完这话故意停顿了一下，习惯性地准备卖个关子，却不料对方半烦道："有话就说，有屁快放，我正忙着呢。"王汴生讨了个有趣，便讪笑道："都下班了，还有啥可忙的。"

"废话，让你当主任你也一样忙。有啥话赶紧说！"岳曼香还是一副极不耐烦的神情。

嘿嘿！王汴生心中暗想，别看你现在怪大样①，有跪下来求我的时候。打定主意后，他说："我也当不了主任，但我也照样忙。想知道我忙啥不？"

"你忙啥关我屁事儿。"

"话不能这样说，不管咋着，我是叶子的亲爹不是？"

岳曼香一下子恼了，指着王汴生的鼻子骂道："闭上你这张臭嘴！我警告你，叶子跟你有一点关系，你再敢这么胡说，我会跟你拼命！"

王汴生似乎早料到岳曼香会炸刺儿，连连摆着手道："别急别急，有话好好说，我也有啥恶意。谁是叶子的亲爹，天知地知你知我知，裹不着拼命，我只是想提醒你，别跟那个做西服的小子再勾搭了，你以为有人知啊？谁都不傻，人家只是不吭，我提醒你是因为咱俩有一腿，还不是一般的有一腿。朱大林对你不好，满足不了你，我可以满足你嘛，你跟那个做西服

---

① 大样：方言。傲慢。

的小子搞在一起风险太大，一旦要是出啥岔纰，叶子咋办？你不替叶子着想，我还要替叶子着想呢……"

虽然，岳曼香已经压王汴生说的话里听明白了意思，但她还是无法容忍这个不要脸的家伙，敢公然对她说这种带有挑衅性和侮辱的话。她用眼睛死死盯着王汴生那张脸，抬起攥紧了的拳头，狠狠地砸在了王汴生的鼻子上，对方的脸上立马就见了血。王汴生满脸痛苦地用手捂住流血的鼻子："中，乖乖，你敢打我……"

"我还敢杀你呢！"岳曼香回身就去操案子上搁着的一把剪子。

王汴生一瞅不妙，捂着鼻子扭头蹿出了店门。

大约过了一二十分钟的样子，胡小沪来到了店里，岳曼香把刚才发生的事儿告诉了胡小沪后，胡小沪坐在布料堆旁一言不发，俩人都失去了以往见面时的那种汹涌澎湃的激情。不过，有一点他俩是能提前预料到的，那就是他俩这种见不得人的关系，迟早有一天会被别人发现，可一旦被别人发现了之后该咋办，俩人却右去想。

岳曼香把头靠在了胡小沪的肩上，轻轻地说："咱俩结婚吧。"

胡小沪有吭声。

岳曼香继续说道："咱俩这事儿早晚会被人知的，与其这样，不如快刀斩乱麻。"

胡小沪扭脸瞅着岳曼香："快刀斩乱麻？我咋觉得乱麻太多，斩不完啊。"

"大不了再打折我一条腿。"岳曼香神色决绝地说道。

胡小沪沉默不语了。他虽不再说话，但岳曼香知道此时此刻他心里想的是啥，他家那个于珊珊的恶道程度，不比自家的朱大林差。朱大林再恶道只是他一个人，于珊珊的恶道则不同，是身后有一群人，胡小沪根本就不是对手。岳曼香不想让胡小沪作难，她沮丧地说："要不，咱俩断了吧？"

胡小沪依旧沉默，他的思绪不知在哪儿，空洞的眼神越发显得迷茫。

"我跟你说话呢。"

"我听着呢。"

"我说咱俩还是断了吧。"

"这么轻易断了？"

"那你说咋办？我说断了，你舍不得。我说不断，你又害怕，摆在咱俩面前只有两条路，断和不断。"

胡小沪长叹一声，看着岳曼香动情地说道："不管这两条路走哪条，我都舍不得你……"

"我也是……"岳曼香把脸埋进了他的怀里……

后作坊墙壁上的老挂钟在敲响着七点。值夜班的人快来了，胡小沪带着沮丧匆匆离开了义丰厚。压他来到他走，在断和不断的问题上，俩人都冇说出个小鸡叨米。人一旦因为爱而产生感情，就是一件很麻烦的事儿，真的是剪不断理还乱。岳曼香坐在后作坊的布料堆旁，那些熟悉的布料让她想到在这个地方与自己发生过性关系的三个男人，汤建国，王汴生，还有胡小沪。她心里对这三个男人的定义是不一样的。她和汤建国属于情窦初开，那种情爱和性爱充满幼稚，还带有一些无知无畏；和王汴生那样的流氓，纯属就是遭人暗算，吃了个哑巴亏；而真正能上升到难分难舍程度上的，只有胡小沪。冷静下来的岳曼香，思路慢慢开始清晰，她决心要说服胡小沪，排除万难，与她一起走上通往幸福婚姻的道路……

再说那个鼻子上挨了岳曼香一记拳头的王汴生，回到家后鼻子依然在流血，而且疼痛难忍，他跑到医院挂了急诊，拍了个片子，结果是鼻梁骨被打断了。这一下可惹恼了王汴生，他暗自发誓要报这一拳之仇。

第二天，王汴生去店里向岳曼香递上了病假条，岳曼香故意当着众多人的面，关心地说道："以后走路招呼点儿，又不是小蛋罩，冒冒失失，这一回碰住了鼻子，再不接受教训，下一回还不定碰住哪儿了呢。"

王汴生也一语双关地说："谢谢主任提醒，估计就不会有下一回了。"

岳曼香并冇太在意王汴生的这句一语双关，给这货一个惨痛的教训，是为了让这货长记性，让他以后少操不该操的心。其实，这一拳早就该砸在他的脸上了，只是冇想到，这一拳下去砸得那么狠罢了。

王汴生请了一星期病假，这一个星期他可一天也冇闲着。很快，他就摸清了胡小沪的底细，原来那个享誉祥符城、大名鼎鼎的搓澡女工就是胡小沪的丈母娘啊，一场为鼻子报仇的好戏可就要开场了。很快，他又顺藤摸瓜了解清楚了胡小沪老婆于珊珊的情况。这就是祥符城，只要想找人，转不了两圈,就能摸清谁家的大门面朝哪儿。王汴生肿着张脸,骑着自行车来到了于珊珊的学校,在那间冷冷清清的医务室里,他把岳曼香和胡小沪偷情的事儿,告诉了于珊珊。

听罢王汴生绘声绘色的述说后,于珊珊一反常态,她并没有像点着了捻的炸药似的立马爆炸,而是支棱着眼瞅着王汴生,问道:"你是个弄啥的啊?"

"我是义丰厚的职工啊。"王汴生带着一脸的气愤,表明自己是因为看不惯,所以才要揭发那对狗男女。于珊珊道:"我知你是义丰厚的职工,但我就纳闷,你跟这件事儿有啥关系? 那个岳曼香是你啥人?"

"是俺主任啊。"

于珊珊把嘴一撇,紧跟着问道:"恁这个主任咋得罪你了,让你跑到我这儿来把恁主任给卖了,这可是要出人命的事儿啊,你就不怕?"

王汴生倒真有听出于珊珊话中暗藏的杀机,他以为对方是惧怕岳曼香是个主任不好惹,嫌自己多事,专门跑来搬弄是非,便解释道:"我这不是为恁家老母亲着想吗? 她老人家是全市人民学习的榜样,咱祥符市谁不知恁家老母亲啊。好事儿不出门,坏事儿传千里,这事儿要是在祥符城传得个一事儿八节,有损恁家老母亲的形象不说,第三者插足不是也破坏了安定团结的大局吗?"于珊珊仍旧坐得很沉稳,把桌子上的剪刀、针管等物用手拨得溜溜转。"冇你说的那么简单吧? 咱俩又不认识,你今个跑到我这儿来说这事儿,我总觉得有点儿蹊跷。"

王汴生暗自观察着于珊珊,他心里冇来由地陡然一颤,这个丑八怪能跟胡小沪过一家人,那可是烧了八辈子高香,可她为啥就不在乎这事儿呢? 不对,这号娘们儿就是典型的闷孙……于珊珊的泰然自若,让王汴生越看心里越吓瑟,急忙站起身道:"该说的我都说了,你爱信不信。但是,我可把丑话说到头里,你咋解决这事儿是你的事儿,别牵扯我,咱祥符人做事儿讲的是人物,你别不人物,一旦出点啥事儿,我可不会承认是我告诉你的。"于珊珊摆弄着溜溜转的剪子,头也不抬地说道:"这你尽管放一百二十个心,我于珊珊还冇到香臭不分的地步,我才不管你是不是别有用心,只要这事儿是真的就中。"王汴生立马抬起手,用手指着天,狠狠地赌咒:"谁要是说一句瞎话,让他全家不得好死,天打五雷轰,出门让汽车给撞死!"

于珊珊当然相信王汴生说的全是实话,谁又会跑到她这儿来说这种瞎话啊,可这种实话带来的后果是啥?于珊珊一时也不清楚。她独自在医务室里坐到了下班,经过一番思考,她决定改变一下自己以往的风格,先换一种方式来给自己的下一步探探路。

下班后,于珊珊去到了南边家属院的裁剪作坊。她是堆着满脸笑容进门,心平气和与胡小沪进行谈话的,嘘寒问暖唬搭得可近,好像过去从冇打过他骂过他似的,搞得胡小沪一头雾水,简直不知自己老婆今天是哪根神经错乱了。但是,俩人聊着聊着,胡小沪似乎就感到聊的话题开始不太对劲了。

"眼望儿你每个星期去几次义丰厚啊?"于珊珊问道。似乎是怕对方不好回答,她立马又给了个下台阶:"你不是义丰厚的顾问吗?"压于珊珊一进门,胡小沪心里就紧提防着,见她终于问到了义丰厚,便把心里的那根弦绷得更紧。"有事儿就去,冇事儿就不去。"他故意把话说得模棱两可。于珊珊还是那副啥都不知的样子,随意问道:"啥叫有事儿,啥叫冇事儿,有事儿冇事儿还不是自己说了算。"胡小沪发出身不由己的感叹,苦笑道:"咋会是自己说了算,人家义丰厚说了算,有客户做西服他们会通知我,不做西服我去弄啥。"

"看你说的,不做西服就不能去了,跟义丰厚的主任聊聊天什么的。"

当"义丰厚的主任"这几个字从于珊珊嘴里说出来的时候,胡小沪的心里便咯噔一声,他不由得提高了嗓音:"聊啥天啊,都忙得跟啥一样,你当义丰厚跟恁学校的医务室一样啊。"于珊珊看也不看对方,依然阴阳怪气地继续敲打:"要跟俺学校的医务室一样就好喽,冇人去打扰,偷底摸张①干个啥也冇人知。"

"你啥意思?"敏感的胡小沪觉察到不对劲了。

"冇啥意思啊,我就是说,俺学校的医务室特别适合干那种事儿。"

"干哪种事儿?"

"偷情!"

_____

① 偷底摸张:方言。偷偷摸摸。

　　　　　　　　　　　　　　　　　　　　　四、西服

瞬间，裁剪作坊里冇了一点声响，那散发着布料气味的空气让胡小沪感到了窒息。虽然他早就想过会有这么一天，两口子要面对面，真刀真枪来面对这件事儿，但，于珊珊"偷情"俩字一说出口，还是令他猝不及防，不知该如何面对。此刻，于珊珊收起了脸上那些伪装出来的笑容，也到了实在难以伪装和控制不了自己的程度，她俩眼死死地盯着胡小沪："说话啊，咋不说话啊？"

"说，说啥？"

"说说偷情的滋味，得劲不得劲？可得劲吧？咋？是不是想编个瞎话蒙混过关？不着急，想好了再说，把瞎话编圆！"

缄默。屋里一丝声响都冇，窗外传来家属院里孩子们放学后的嬉闹声。许久，胡小沪开口说话了："今个是星期三，俺儿今个有课外辅导吧？"话音落地，就见于珊珊手指他鼻子，恨恨地说道："你心里还有恁儿？姓胡的，你心里要是有恁儿，你就不会和那个半掩门娘们儿偷情！"

胡小沪此时已经平静下来，看了一眼气鼓鼓的于珊珊，说道："我就是心里有俺儿，才冇提出和你离婚。"

"咋？你还想跟我离婚？"

"我觉得我们需要心平气和地谈谈……"

于珊珊一步跨到了胡小沪的跟前："谈啥？"

"好合好散。"

一忍再忍的于珊珊，终于忍不住了，挥手一巴掌扇在胡小沪的脸上："等我去找罢那个半掩门娘们儿以后，咱俩再谈好合好散！"说罢转身要走，被胡小沪一把搂住："找人家弄啥，婚姻是咱俩的事儿。"胡小沪心里可清亮，这娘们儿是个二百五，一急啥事都能干得出来。

"第三者插足！破坏别人的家庭！能是咱俩的事儿吗？你还有脸说！"于珊珊挥手又是一巴掌扇在胡小沪的脸上，"你给我等住，我先去找那个半掩门娘们儿她男人，她男人要是放她一马，别管了，我也放你一马！"

胡小沪捂着自己的脸不再说啥，他知说啥也冇用了，于珊珊说到就能做到。此刻，他唯一的担心，就是朱大林知道后，岳曼香会是个啥下场。他眼前闪现着她那条被踢折的腿，他想，一定会比这个更糟糕……

于珊珊临出裁剪作坊门的时候,指着胡小沪骂道:"不要脸孙,明个我就去找那个半掩门娘们儿的男人,就你这个小身板,只要能搁住人家男人的打!"

心里惴惴不安的胡小沪听了于珊珊这话,反而觉得一阵轻松,他暗暗祈祷,这娘们儿最好在朱大林跟儿把所有腌臜都推到他胡小沪身上,他宁愿替岳曼香挨这顿打。甚至于珊珊走后,他还抓起布案上的尺子往自己胳膊上抡了两下,试试自己承受疼痛的能力。他想,事儿既然做出来了那就得认,只要岳曼香好好的,自己拼着挨朱大林一顿打那也值了。

于珊珊此时被愤怒充斥着大脑,她原本是想作挠罢胡小沪之后,就直接去找岳曼香算账,拼她个丈人!可转念又一想,这样恐怕就太便宜那个半掩门了,因为王汴生之前告诉她,那个半掩门娘们儿的男人是个复转军人,身高马大,脾气也孬,要不咋会把自己老婆的腿踢折。于珊珊觉得若是自己去跟岳曼香动手,毕竟是女人打女人,撕撕挠挠根本就不解恨,她想亲眼看着朱大林那孬孙把岳曼香的另一条腿也给踢折,把胡小沪的两条狗腿都给跺折,那才过瘾。"谁也别说我心狠。"于珊珊心里在为自己的歹毒开脱,"这事儿冇搁在恁身上,换换家儿谁也受不了。别管怨谁不怨谁,这对狗男女败坏了社会风气,破坏了两个家庭,就是被打死都不亏。我招谁惹谁了,摊上这种腌臜事,恶心八回带干哕,恁不要脸,我还要脸呢,恁不让我好过,咱都别好过!"

第二天一大早,于珊珊在祥符日报社的印刷厂里,找到了被贬到这儿干活儿的朱大林。但出乎于珊珊意料的是,朱大林听着她义愤填膺的控诉,就好像是在听一个与自己无关的故事,平静的脸上找不到一丝一毫的愤怒。于珊珊大惑不解,用手狠狠推了朱大林一把,质问道:"哎,她是不是你老婆?你咋就跟冇事儿人似的!"

朱大林吸吸鼻、耸耸肩,两手一摊:"是老婆不是老婆,那就是法律上的一张纸儿,人各有志,她想跟恁男人偷情,我有啥法儿,猫要是偷嘴吃,你能看得住?"

"哎?"于珊珊从冇听过这种奇谈怪论,"你啥意思啊?"

"我的意思是,能过就过,不能过去球,就离。"朱大林说罢,转身继续干活。于珊珊追着他喊道:"听你意思,你是不想管啊?"朱大林把手中的一包印刷纸重重地蹾在地上，抬头看了一眼于珊珊："我不是说了吗，猫要是偷嘴吃，你根本就管不住。我就是把她那一条腿也踢折，接上以后她照样偷人。"于珊珊用指头点着朱大林的鼻子尖，恨铁不成钢地咬着牙说："我看你就是个肉头孙吧，恁老婆咋不给你戴绿帽子！"

朱大林又吸了吸鼻子，他当然不会让于珊珊知道他心里打的啥算盘，但也不想失去这个火上浇油的机会，伸手把对方伸到鼻尖上的手指拨拉开，操着半生不熟的祥符话说道："就这吧，老姊妹，咱各自看好各自的门，各自管好各自的人，至于今后日子该咋过，还是各自的事儿。今个你跑来找我，实话我也对你说了，我是个外来户倒插门，不管咋着，俺老丈人也是个老革命，虽然已经离休了，可瘦死的骆驼比马大，我是惹不起，我劝你最好也别找这个麻烦，能忍还是忍了吧……"

忍了吧？于珊珊压根就不是那种会忍的性格，尤其是朱大林说，那个半掩门娘们儿她爹是个老革命，这句话她更忍受不了。老革命咋了？老革命的妞儿就可以当第三者？就可以破坏别人的家庭？再说了，她爹是老革命，自己的娘也不比她爹差，论知名度和社会影响，自己的娘比老革命大得多，不说别的，国家领导人就接见过自己的娘好几次，她那个老革命爹享受过这种待遇吗？就别拿爹妈说事儿，老革命爹总不能支持自己的妞儿去插足别人的家庭吧，老革命也得讲理吧。于珊珊和朱大林见面后，心里的火越烧越旺，"我倒要看看你这个老革命爹有多厉害"。气顶到了这里，于珊珊决定跟岳曼香短兵相接，她压祥符日报社出来之后，径直去了义丰厚，瞅她那个劲头，是要天翻地覆慨而慷啊。

于珊珊气势汹汹地来到了义丰厚，发现很多顾客都挤在柜台前，一时之间她也瞅不准哪个是那个半掩门。要说义丰厚眼望儿的生意好，那还是摊为胡小沪的加盟。真正会穿西服的人一般都讲究点品位，不会让西服穿在身上跟大褂一样，使自己整个人看起来显得那么猥琐和邋遢，所以对西服版型的选择，就成了行业内竞争的撒手锏。胡小沪根据亚洲人的体型特点，果断选择了日韩版型，这就使义丰厚的西服与市面上那些欧美版西服比起来，更被人们所喜爱，这是其一。其二，还有一个社会大背景的因素。起先穿西服的大多是知识分子，特别是大中小学的老师们；之后，是机关工作人员和企业的领导干部们；再之后，就是社会各行各业，只要是条件允许穿西服的,身上统统都套上了西服。最时兴的还是在新婚大喜的时候,新郎身上要不穿上一套毛呢子西服,似乎就冇资格娶新媳妇。货比三家,祥符人比较来比较去,能做出物美价廉西服的店铺,还只有老字号义丰厚。

五一劳动节将近,结婚的人多,义丰厚店内挤满了前来量身做西服的人,没有人注意进到店里来的于珊珊。正忙着接待客户的岳曼香也不认识于珊珊,但于珊珊的俩眼在人堆里扫来扫去,凭自己的感觉,最终认定那个年龄与自己相仿,个头比自己稍高一点儿,皮肤比自己白,长得比自己好看,而且明显是这个店里说话当家儿的女人,就是自己的情敌。

"你就是岳主任吧?"于珊珊说着,朝正在柜台外跟顾客说话的岳曼香走了过去。

"是我。"岳曼香脸上挂着笑,以为对方也是来定做西服的顾客。

"怪不得恁招人,长得怪滋润啊。"

岳曼香感到了来者不善,打量了一下于珊珊:"你啥意思?"

于珊珊继续作挠岳曼香,阴阳怪气道:"长得滋润好啊,勾引男人一勾引一个准啊。"

岳曼香严厉地问道:"你是谁啊?"

"你说我是谁啊?谁能寻到恁门里找你啊!"

岳曼香已经明白这个来者不善的女人是谁了,用平和而拒人以千里之外的口气说道:"请你出去,你不出去我就去叫派出所的人了。"

"别说你去叫派出所的人,你就是去把公安局的局长叫来也冇用!"

"你想弄啥?"

于珊珊立马扯起嗓门蝎嘹起来,她就是要让所有的人听见:"我想弄啥?你正好问反,不是我想弄啥,是你想弄啥!你个半掩门,不要脸,自己有男人不使,去使别人的男人!咋样?那个姓胡的你使着可得劲吧?!"

岳曼香心里清亮,一场大战已经不可避免,既然胡小沪的媳妇找上门来撕自己的脸皮,躲是不可能躲过去的了,这种情况她不是冇想过,只是冇想到会来得这么快,也冇想到胡小沪的媳妇会寻到店里来,用这种撒泼的方式来跟她摊牌。在于珊珊开骂的那一刻,岳曼香本想抬手去呼她一巴掌,可她控制住自己冇那样做,因为她知道,所有围观的人都是准备看

四、西服

笑话的,都在等着看一场互殴的好戏,真要是打起来,她倒不在乎什么恶劣影响,而是担心会给胡小沪造成更大的麻烦,同时也对自己冇半点好处。因为,就在她确认这个骂上门来的女人是胡小沪媳妇的那一刻,她的心里已经预料到了接下来将会发生的事情,能不能跟胡小沪结婚那是后话,跟朱大林离婚已经势在必行。所以,她一点也不怯气,她决定使用另一种方式,再给对方上点眼药,加大点儿催化剂。

岳曼香笑着对于珊珊说道:"可让你给说对了,恁男人使着就是可得劲,比俺男人使着得劲多了。你知不知,恁男人跟我说,他根本就不愿意上你的床,他说每次上你的床,就跟奸尸一样,可恶心。"

"你才恶心!你恶心八回带干哕!祥符城里咋出了恁这一对狗男女!一个西门庆,一个潘金莲,奸夫淫妇,不得好死!"于珊珊手指岳曼香,跳着脚叫骂。

岳曼香依旧面带笑容,故意气着对方:"俺俩才不死,俺俩还要结婚,结罢婚还要生孩儿,气瞎你的眼。"

于珊珊发现自己冇对方的嘴皮子溜,立马转向围观的众人:"大家都听听,都听听,天底下有这么不要脸的人冇!跟别人的男人胡搞还这么理直气壮,全世界的半掩门她排老大!因为啥排老大恁知不知?我听说,她妈跟别的男人胡搞生下了她,给她爹戴绿帽,因为她妈就是个半掩门,遗传!"

岳曼香毫不示弱,撂着高腔:"恁妈才是个半掩门儿,全世界独一无二的半掩门,一个搓澡的娘们儿,不跟人家胡搞,能让全市人民学习?我就奇怪,学习恁妈啥?是不是学习恁妈个半掩门,跟男人胡搞?"

俩人骂架骂到了家里老人头上,这是俩人都不能接受,又都无法控制的,那些道听途说的内容,无疑是让情绪最后失控的助推器。于珊珊彻底失控了,她像疯了一般扑上去,伸手揪住了岳曼香的头发。岳曼香也不示弱,一把也揪住了于珊珊的头发,这种互相撕扯头发是女人之间厮打常用的战术。俩人撕扭在一起,嘴里辱骂着最不堪入耳的对祖宗八代的侮辱。而这样的女人互殴是极富吸引力的,刹那间,围观的人压店里到店外,把整个义丰厚前店给塞得满满当当,别管男女老少,个个脸上都带着猎奇和嗜血的兴奋。

然而,胜负的悬殊很快就显现了出来。论个头,论吨位,论力量,于珊珊与岳曼香都不在一个级别上,撕扯着撕扯着,岳曼香就占了上风,而且优势明显,于珊珊被岳曼香扯住头发,把脑袋按到了地上不说,还被对方连续不断地往地面上磕着。被磕得头昏脑涨眼冒金星的于珊珊渐渐失去了反抗能力,手撒开了,嘴还在战斗:"中,姓岳的,你个半掩门孙,你给我等着,咱俩冇完!"

岳曼香用手把于珊珊的脑袋紧紧按在地上:"冇完就冇完,你还能咋着,老娘随时等着你,只要你敢来,来一次打你一次,打不孬你我就不姓岳!"

在义丰厚职工们的劝说和拉扯下,这场厮打结束了。所有目睹了这场厮打的人,心里都可清亮,此次战斗只是个开场,真正的"好戏"还在后面。一瞅这俩娘们儿厮打的那股劲头,都不是瓤茬,尤其是于珊珊,虽然在打斗中不占上风,但,这是一场触及她根本利益的战斗,即便她是屡战屡败,她也会不惜一切代价继续战斗的。这一点岳曼香也明白,于珊珊是啥样个性的人,她早就压胡小沪嘴里了解得一清二楚。反正事已至此,岳曼香其他啥也不再想,她唯一的想法,就是不惜一切代价要和胡小沪结婚。

3. 是祸躲不过

过来的人都这么说:日子过不到一起,散伙儿不是一件坏事儿。有时候,过日子就像买布衫,不一定是要最贵的、最时髦的、最漂亮的,而是要寻找最适合自己的。

这场架一打,无疑就是把下面该咋办这个大问号摆在了两个家庭面前。心怀鬼胎的朱大林始终就是一句话:"爱咋喽咋喽,不想过就离婚,与人方便自己方便。"其实他心里巴望着赶紧离婚,就是离婚他也占理儿,谴责岳曼香的人和同情他的人肯定占大多数,铁的事实明摆在那儿,女儿不是他亲生的,老婆又出轨找了别的男人,给自己戴了绿帽子,即便是他和杨红有一腿那事儿,就是让别人知道了也会被理解。他希望于珊珊还会继续去找岳曼香打架,打的次数越多,就越坐实了岳曼香半掩门的名头,就再也不会有人说她是摊为腿被他踢折后,才去外边找家儿的,如此一来,他朱大林就稳稳占据了道德的高地。所以,他暗自告诫自己,眼望儿绝对不能主动提出离婚,在这件事上当个无辜被戴上绿帽的受害者似乎对自己更有利。其实,朱大林的心里可透亮,他与岳曼香的婚姻已经走到了头,离婚是早晚的事儿,同时他也明白,真要离婚还需要有一定的步骤,并不是想象的那么容易,眼望儿还有到水到渠成的地步。

再说胡小沪,虽然他爱岳曼香是爱到了骨子里,但真要让他舍弃了眼望儿的这个家,去跟岳曼香过一家儿人,他还真下不了这个决心。胡小沪虽一直认为自己是个地地道道的祥符人,但他的血脉里终究缺少中原汉子的豪气和果决,在从激情浪漫的云端跌落到现实的地面之后,站在人生的十字路口上,他觉得自己并非毫无牵挂。首先是孩子,于珊珊就是再孬孙,她也是孩子的亲娘。结婚过日子是啥? 不就是过孩子吗? 夫妻离婚受伤害最大的就是孩子。胡小沪考虑最多的,就是宁可自己忍辱负重,也不想让孩子缺爹少娘。但是有一点,只要于珊珊提出离婚,他也不会反对,但孩子必须跟着他,不管他跟哪个女人再婚,至少他能得到心理上的一些平衡。所以,在是否离婚的问题上,胡小沪始终抱着一种听天由命的态度。当于珊珊被打后回到家,劈头盖脸暴打他的时候,他做出的表态和朱大林差不多:"想离婚你就离,不想离婚咱还继续凑合着过。"于珊珊给他的态度却是:"你想离婚就离婚了? 做你的大头美梦,咱俩就是离婚,我也不能便宜了那个半掩门娘们儿!"胡小沪虽然早已习惯了于珊珊的威胁,但有一点他很清亮,于珊珊不会轻而易举地放过他和岳曼香,至于下面会发生啥事儿,他真不知,也猜不透。不过他觉得,如果这件事情真像人们常说的"是福不是祸,是祸躲不过"那样,他绝对不会去做一个躲祸的人,而不跟于珊珊离婚,或许就能让她把所有毒气都发泄在自己身上,从而给岳曼香留出一条活路。

这样一来,事情便很明朗了,当事人中,只有岳曼香一个人在离婚的问题上,表现出的态度很明朗,立场很坚定。且不说这四个当事人,还有当事人身后两家老人的态度同样至关重要,更重要的是,这两家的老人还都是有一些底气和社会背景的人。谁都明白,中国人结婚不是两个人的事儿,两个人身后成疙瘩连蛋能抳出一大帮人来,可别小看这一大帮人,他们往往会起到主导作用,更会成事不足败事有余。

岳家的俩老人,在女儿是否离婚的问题上,持有两种态度。岳翠儿立场鲜明支持女儿离婚,她一直无法接受女婿惨无人道地踢折女儿腿的现实,也一直耿耿于怀。既然已经闹到了大打出手的地步,造成了那么坏的社会影响,不如早点离掉为好。养父廖普生的态度是一种无所谓,说到根上,岳曼香不是自己的血脉。所以,廖普生对岳翠儿表态:"你的态度就是我的态度,你说咋喽就咋喽,听你的。"于珊珊家却不然,她妈可是个难缠的主儿,别管离不离婚,这口气她妈是咽不下,必须先出了这口气,再说离不离婚的事儿。她妈是祥符城的公众人物,是给这个城市争过大面子的人物,进哪位市领导的办公室都如履平地。尽管她妈已经退休,但,市里只要有重大活动,主席台上都少不了她妈的影子,一个卖布做布衫的商店,根本冇被她妈看在眼里。再说,自己女儿又不是不占理儿,去找第三者理论讨要公道是天经地义的事儿,却被第三者给打了,用她妈的话说:"我倒要瞅瞅打俺妞儿的那个义丰厚主任,有多大的排气量!"

于珊珊被打以后,她妈领着她先去到相国寺派出所报案。于珊珊把自己被第三者打的前前后后,在相国寺派出所做了笔录。相国寺派出所的所长感觉事儿有点沉,虽然义丰厚在相国寺派出所的辖区之内,可义丰厚一向跟派出所的关系很好,只要派出所干警们的家属去义丰厚做布衫,统统优惠不说,逢年过节还给派出所送慰问品,把义丰厚的主任提溜到派出所来做个问询笔录还说得过去,真要是按于珊珊她妈说的,至少要把岳曼香拘留上十天半月,这事儿可就不得劲了,两家单位之间的传统友谊会受到影响不说,岳曼香她爹那里也冇法儿交代,谁不知岳曼香的继父廖普生是个老革命,原先还是祥符地委的领导啊。别看那老头已经退休,他真要是拄着拐棍寻上门来,一个小小的相国寺派出所还真惹不起。

派出所所长以当不了家的理由,把这事儿上交到了鼓楼分局,分局长更觉得头疼,两边他也都得罪不起。分局长和派出所所长俩人商量来商量去,还是觉得分别去做做两家的工作,都是有头有脸的人,裹不着把事态扩大化,让岳曼香去给于珊珊赔个礼道个歉,大事化小,小事化了,这事儿也就算完了。于是,分局长和派出所所长分别去到两家,皆碰壁而归,这两家的两个妈，一个比一个说话锵实。岳家妈说："谁给谁赔礼道歉？她给俺赔礼道歉还差不多，不服气就让她俩再打一架，谁把谁打折坏都刚好，不服气就还去告，中央政府、联合国，想去哪儿告去哪儿告，随便！"于家妈更是嗷嗷叫："赔礼道歉就算完了？天底下哪有这种好事儿，明说了吧，俺妞这顿打不能白挨，恁派出所、分局别做老好人，恁派出所、分局要是不依法处理，我就去市局告恁的状，恁市局领导不依法办事儿，我就去找市委书记、省委书记，一直找到党中央，我还就不信了，光天化日之下，俺妞儿这顿打就白挨了！"

分局长冇法儿，只有把于家妈的话传给了岳家妈，冇等岳家妈开口说话，廖普生不愿意了，瞪着俩眼蝎嚯道："去去去，让她去找党中央，她要不去算她孬了！嗨嗨，不就是一个搓背的娘们儿，混了个劳动模范去过北京吗？老子出生入死枪林弹雨啥冇经过，还怕她不成，这官司打到哪儿，俺都奉陪到底！"

公安局一瞅这两家互不相让的架势，干脆来了个惹不起躲得起，退避三舍，管不了啦，恁想咋着咋着吧。这一下可把于珊珊她妈给气孬了，一怒之下真去敲开了祥符地委书记办公室的门。地委书记听罢于珊珊她妈声泪俱下、无比愤怒的陈述之后，指着自己乱糟糟的办公室说："老姐姐，你还不知吧，中央让地市合并，正式撤销了祥符地委，组织另有安排，我已经不再是地委书记，不管事儿了。这不，你瞅瞅，正给人家腾办公室呢……"

地市合并确实是个实际情况，两套班子合并成一套班子，领导干部们调整的力度很大，那些领导，一时半会儿都在操心自己的仕途，不是自己分儿内的事能推就推，能敷衍就敷衍。于珊珊她妈一瞅，市里冇希望了，抬腿就去到了省里。她妈与省总工会一位退休的老领导关系很熟，当年也就是这位老领导在位时，把她妈举荐到北京，受到国家领导人的接见。当于珊珊她妈把受到的委屈哭诉给这位老领导后，别说，省里这位老领导还真人物，他让于珊珊她妈放心，并打了保票，一定会给她妈一个满意的答复。

于珊珊从她妈嘴里得到了一个明确答复：省领导已经关注此事，很快就会有结果，第三者岳曼香一定会受到公安机关的严肃处理，即便是法律中没有处罚第三者的条款，单凭打人这一条就可以按治安管理处罚条例给予不少于十天的拘留。这正是于珊珊所需要的，目的就是要让岳曼香丢人。

可是，一晃半个多月过去，那些关注事态发展的人们发现，岳曼香跟冇事儿人一样，照常在义丰厚按时上下班，该干啥干啥，该说笑说笑，就像这事儿已经过去了一样。王汴生把这个情况告诉于珊珊之后，于珊珊坐不住了，催问她妈，省里领导到底有没有关注这件事儿啊？不是说很快就有处理结果了吗？她妈心里也打起了鼓，就是啊，都恁些天了，咋冇一点动静啊？在女儿一再催问之下，她妈又窜到省城去了。总工会那位退休的老领导，一见她妈的面，就甩着手对她说：这件事儿是小鬼的胳膊——麻缠了。

老领导把事情的经过，原原本本告诉了于珊珊她妈。

事情是这样，那位老领导也确实帮了这个忙，亲自给祥符市的主要领导打过去电话，让尽快处理好这件事情，否则会造成不良影响。祥符市的几个主要领导，还专门为这件事儿碰了个头，商量出了一个处理方案，那就是，打架这事儿是因岳曼香插足别人家庭而引起，负主要责任的肯定是岳曼香，最终处理意见是，给予岳曼香五天拘留，免去罚款。谁知，就在市公安局要去执行这一决定的时候，却又被市主要领导叫停，叫停的原因是，老书记崔洪过问了此事儿。当崔洪得知市公安局要执行对岳曼香的拘留时，给市主要领导打了电话，他的一番话让主要领导心里隔应①起来，主要领导把崔洪电话里的这番话，又转达给了其他几位市领导，几个人都傻脸了，准确地说是给吓住了。崔洪那番话的意思是，他不反对市公安局去执行拘留岳曼香的决定，但他要提醒的是，据他所知，岳曼香的养父廖普生，已经给一位在军内有影响的退休老将军，也是他的老战友，打过去了电话，那位老将军发话说，只要祥符市敢去执行拘留岳曼香的错误决定，他就给中央军委打电话，并不是要让北京方面来干预这件事儿，而是要让北京方面督促地方政府，要秉公办事，特别是廖普生这样对革命做出过贡献的老复转军人，不要因为一些生活琐事的处理不当，而伤了这些老

①　隔应：方言。与"隔意"意思相近。此处意为担心。

　　　　四、西服

革命的心。崔洪这番话虽然说得很平和,却很关键,这番话其中还有另外一层意思,那就是,一个为共和国打下江山的老革命,跟一个搓澡的劳动模范相比,何轻何重,恁自己掂量吧,这事儿真要是搞大了,那一定会出大岔纰的,别看岳曼香那个养父退休在家,无所事事,成天骨堆在马路沿看人打牌下棋,他真要是动起劲来,就会有人吃不了兜着走。

对那些久经官场的地方政府官员来说,何轻何重他们心里太清亮了。老书记崔洪过问这件事儿,肯定是廖普生在他那儿垫了砖①。但是,老书记崔洪的过问,才让市主要领导作出最终决定,指示公安局立即撤销对岳曼香的拘留决定。所有人都明白一个理儿,得罪劳模就得罪劳模吧,老革命谁也得罪不起啊。

尽管于珊珊她妈在了解到实情之后反应十分激烈,一边大骂廖普生仗势欺人,一边鼻涕一把眼泪一把地表述自己这么多年来,为祥符市所争得的荣誉和做过的贡献,但她妈心里明镜似的,别看祥符大街上挂着她的照片,她的劳模事迹在这座城市里无人不知无人不晓,也别看廖普生就是个骨堆在马路沿看别人下棋打牌的糟老头子,真碰到事儿上,才知锅是铁做的,才知胳膊扭不过大腿,才知劳动模范在老革命跟前啥都不是。

压省城回到家后,于珊珊她妈把事情的结果告诉了女儿。于珊珊坐在那儿一声不吭,尽管不说话,她妈却强烈地感受到女儿周身的怒火在燃烧,她妈心里清亮,就女儿压小养成的个性,恐怕是咽不下这口气的。于是,她妈竭力安慰着女儿:"乖,冇啥了不起的,大不了这个女婿咱不要了,休了他个孬孙,有多远让他滚多远,拾掇不住他的相好,咱再拾掇不住他个孬孙吗? 别管了,乖,咱让他胡家从今往后做不成布衫!"

不管她妈如何宽慰,于珊珊就是一言不发,她知她妈会采用啥手段去断了胡家的营生,胡家最大的短处就是,做了那么多年布衫都属于无照经营,两台缝纫机的小作坊,冇人跟他们计较,也冇人操他们的心,工商税务部门真要是跟他们较真,给他们扣上一顶无照经营偷税漏税的帽子,吃不了也让他们兜着走。对于珊珊来说,这些都是小事儿,封了胡家的作坊也难消除她的心头之恨,更何况,她压内心里根本就冇去考虑要跟胡小沪离

---

① 垫了砖:方言。告状。

婚，她始终觉得胡小沪还是一个不孬的男人，最起码听喝①。这件事儿，于珊珊始终认为，责任不在胡小沪，要不是那个不要脸的娘们儿主动插足，借他胡小沪仨胆儿，他也不敢背叛自己。冤有头，债有主，于珊珊暗下决心，要让岳曼香付出更加惨重的代价。祥符不是有句话叫"丢人不丢钱不算破财"吗，这一回她要让岳曼香和义丰厚在祥符城里既丢人又破财。

于珊珊平静地问她妈："妈，我要是出事儿了，你能给我兜住吗？"

这话让她妈心里一咯噔，兜住兜不住很难说，自己过去积攒下的那老关系眼看都不好使了，正所谓书到用时方恨少，事到临头不自由，她瞪大俩眼对女儿说："乖，你可要冷静啊，千万别去干出格的事儿啊！"

于珊珊依旧很平静，觉得她妈有理解她的意思，眼望儿她已经不指望靠家里老人的关系来解决这件事了："我只问你，真出了事儿，你能不能给我兜住？"

她妈回答说："那要看出啥样的事儿，出了人命谁也给你兜不住。"

于珊珊微微一笑："放心吧，人命是不会出的。"

"那你准备弄啥啊？"

"我要让那个半掩门娘们儿丢个大人，丢个一辈子的人。"

她妈一听，第一反应就是认为女儿又要去找岳曼香打架。都说知女莫若其母，她这个妞儿压小就冇吃过亏，别说在外边，就是在家里也是两个哥哥啥事都让着她。唉！她想，自己眼望儿是帮不上啥忙了，门神老了不捉鬼，可打架也解决不了问题啊，现在咱是占理，一打说不定咱就不占理了，再说，你也打不过那个娘们儿，到时候岂不是更下不来台？于是她劝道："你可千万不要胡来啊！不管咋着，不为自己考虑也要为孩儿考虑吧。听妈的话，天下男人多的是，三条腿的不好找，两条腿的遍地是。赶紧跟那个爱偷嘴吃的男人离婚，离罢婚，妈给你找个更好的。"

于珊珊又是微微一笑："我这辈子，就吊死在一棵树上了……"

无论她妈咋劝咋安慰，于珊珊不再多说啥了，很奇怪的是，压她不再说啥的那一刻开始，她的脸上就挂上了一丝微笑，这种微笑显得神秘莫测，显得有些诡异，显得内心充满了坚定，更显得无畏无惧。这种微笑让

---

① 听喝：方言。听话。

她妈害怕起来,但又不知该咋去了解这种微笑的背后到底隐藏着什么。于是,她妈决定这段日子寸步不离女儿,一来是让女儿有个说话的伴儿,不至于想不开;二来胡小沪也不在家住,她搬过去也现成儿。总之,她妈的意思是就这样先耗上一段时间,让时间来淡化一切。这也是冇办法的事儿,谁让人家有个老革命的爹呢,若换换家儿,早就搦死他八回了。于是,她妈跑到于珊珊的学校,给女儿请了个长假,然后就搬了过去。但说是寸步不离,也根本不可能从早到晚像看犯人一样看住女儿。

这天,于珊珊她妈发现,女儿一个人在储藏室里老半天冇出来,也不知她在里头弄啥,她妈觉得有点不太对劲,敲了半天储藏室的门后,于珊珊才把门打开,就在储藏室门打开的那一瞬间,她妈蹙动着鼻子,闻到了一股说不上来的气味儿。"啥味儿?"她妈问。

"冇啥味儿啊。"于珊珊回答。

她妈又蹙动鼻子闻了闻:"你喝酒了?"

于珊珊一怔,随即说道:"噢,喝了点儿。"

此时,她妈歪了歪脸,透过于珊珊身体一侧,瞅见了两个小酒瓶,就是那种三两装的、玻璃杯模样的酒瓶子。她妈问道:"你喝的啥酒啊?"

"张弓大曲。"

她妈心想,女儿平时不会喝酒,眼望儿心情不好,借酒浇愁也是情有可原,只是一个人栖在储藏室里喝酒,让人心里觉得不安,她说:"那也用不着关着门喝啊。"

于珊珊脸上露出不耐烦的神情:"中了,别跟审贼似的,以后不喝就是了。"

在于珊珊喝酒的第二天,她妈解完大手压卫生间里出来这一会儿工夫,便发现于珊珊不见了。几间屋里瞅不见人之后,她妈想,是不是又进储藏室喝酒去了?推开储藏室的门一瞅,里头冇人,再一瞅,夜个那俩三两装的、玻璃杯模样的酒瓶子也少了一个,不过她妈并冇在意,转身出了家门,四处寻找着女儿。院子里有人告诉她妈说,瞅见于珊珊背着个包,骑着自行车出了院子大门。这上哪儿去找啊,她妈有点沮丧,正准备返回屋里时,突然想到,女儿会不会去了义丰厚啊?她妈当机立断,不管女儿是不是去了义丰厚,先去义丰厚瞅瞅再说。

真让她妈猜着了，于珊珊就是去了义丰厚。

于珊珊剜住①了岳曼香，对她来说，只要活着就别无选择，出不了这口恶气，就失去活着的意义。一连想了好几天的于珊珊，不再指望得到任何人的帮助，她要用自己的方式来达到复仇的目的。在一番深思熟虑之后，她开始行动了。

于珊珊把自行车停在了义丰厚的大门外，稳定了一下情绪，然后压自己背着的挎包里取出一副皮手套，把皮手套戴在手上，又压挎包里取出了那个三两装的、玻璃杯模样的酒瓶子，把盖子拧开，再次稳定了一下自己的情绪，随后走进了义丰厚的店门。

走进店内的于珊珊，停住脚步，用眼睛扫了一圈前厅，并有瞅见岳曼香。几个前店内的职工发现于珊珊径直进来了，顿时个个目光诧异，并显露出一种兴奋，他们的内心似乎异口同声地在说：乖乖，这个娘们儿又来了，好戏又要开场了。前厅的几个职工，冇一个人张嘴询问，也冇一个人去上前阻止，就这么眼睁睁地瞅着珊珊朝后作坊走了进去。

此时，后作坊里嗒嗒的缝纫机声响成一片，岳曼香正在和缝纫师傅们一起埋头做活儿，于珊珊走进来她全然不知，周围也冇人去在意。只有漫不经心正在调试设备的王汴生，瞅见了于珊珊，他顿时感觉有点不对劲。

要说，王汴生才是挑起这一事端的始作俑者，但是随着事态的发展，这货眼望儿心里也有点怵气。因为两家人都不是瓢茬，这家儿市里、省里有人，那家儿竟然能够得着中央军委，疙瘩越系越紧也越系越大，各路神仙都出来了，乒乒乓乓，谁也咋着不了谁，就连傻子都能看出来，这不是小打小闹就能够解决的事儿。眼望儿给他的感觉，就像一个调皮捣蛋的孩儿在当街点燃了一只炮仗，跑得慢了，挨炸的肯定是他自己。另外，朱大林和胡小沪的坐山观虎斗，也让这货心里有了一丝悔意，自己弄的这叫啥球事，皇上不急太监急了，这不是为他人做嫁衣吗？说到底，岳曼香是小叶子的亲娘，和尚不亲帽子亲，平时装个孬占个便宜可以，真要把人给逼到绝路上，他也冇那个胆儿。总之，对王汴生来说，在损人不利己的情况下，这损人就变得毫无意义，也毫无乐趣可言，有时他私下想想，也觉得自

---

① 剜住：方言。死盯。

己干的真不像个人事儿。

此时，王汴生见于珊珊冷不丁地窜进了后作坊，而且带着满脸的戾气，心里顿时一吓瑟，立马丢下手里的活儿，朝于珊珊走了过去，用身体挡住了已经被她看见的岳曼香。

王汴生拦住了于珊珊的去路，语气温和地说道："哎哎，工作重地，闲人免进，有啥事儿等下班再说中不中……"在说话的同时，他发现于珊珊手里掂着一个玻璃杯酒瓶，同时也闻到了酒瓶里散发出来的异味，问道："你手里拿的啥？"

于珊珊一把推开了王汴生，喝道："起开！"

"哎……你……"王汴生在被对方推开的那一瞬间，心里陡然开了窍，断定于珊珊手里端着的那个玻璃杯样式的酒瓶里面，装着的肯定不是酒。他本想再次上前阻拦，可就在那一刻，他突然害怕了，心念陡转之间，不由得冲正在埋头做活儿的岳曼香大喊了一声："岳主任！有人找你！"

岳曼香抬起了头，瞅见了正朝自己走过来的于珊珊，此刻，她还没有太在意，出现在脑海里的第一个念头就是这个坐地炮咋又来了，大不了再打一架就是了，斗败的鹌鹑打败的鸡，你以为老娘怕你？可是，当她瞅见于珊珊手里端着的那个玻璃杯样式的酒瓶时，立马警醒起来，但已来不及做任何防范了。一切为时已晚，当岳曼香刚压缝纫机前站起身，还有来得及躲闪时，走到她跟前的于珊珊，抬手就把玻璃杯样式酒瓶里面的液体泼了出去。出于本能的反应，岳曼香扭了一下脸，酒瓶里的那汪液体，正好泼在了她的左脸庞上。刹那间，就见她的左脸庞刺刺啦啦作响着冒起了一大股白烟，在那股白烟中，传出了岳曼香撕心裂肺的惨叫声……

第一个反应过来的王汴生，惊悚无比地大声呼叫着："不好！硫酸！她泼的是硫酸……"

后作坊里顿时乱作一团，惊恐万状的师傅们统统窜了出去，与前店围拢过来的职工们站在后作坊门口，远远地观望着，冇一个人敢再进入后作坊里面，整个后作坊内，只剩下在疼痛中挣扎的岳曼香，还有那个神态平静的于珊珊。

脸色煞白的王汴生，高声在呼喊："报警啊！赶紧报警啊……"

于珊珊面带微笑地瞅着在惨叫中抽搐的岳曼香，说道："你不是怪厉害吗？你不是喜欢跟俺男人睡觉吗？我把他让给你，让恁俩永远睡在一起中了吧，这是你的缘分，也是你的报应，更是你罪有应得，偷嘴吃那会儿可得劲吧，这一回我让你得劲透。你放心，我不会跑，我就在这儿等着老警们来抓我……"

义丰厚的人打电话报了警。于珊珊她妈是在公安局来人把于珊珊抓走之后才赶到义丰厚的，得知自己的女儿往别人脸上泼了硫酸，她并没有感到震惊，似乎这一切都在意料之中，无论是女儿被抓，还是岳曼香受了伤害，都是在劫难逃，只是冇想到这一切会发生得那么快。她妈站在义丰厚的大门口，瞅着那些还在议论纷纷的人，脑子里在飞速想着此事接下来会发展到何种地步及种种可能性，其中拯救女儿的最大机会应该是啥，咋样才能让自己的女儿逃过即将面临的法律制裁。她妈心里可清亮，摆平这件事儿会比登天还难，女儿这是犯了王法，但她也知道，再难她也要迎难而上，就是泼上这条老命，也不能让女儿去坐大牢。

岳翠儿在得知女儿遭于珊珊泼了硫酸被送进医院后，悲伤和愤怒中的第一反应就是，女儿会不会被毁容？一旦被毁容该咋办？女儿毕竟还很年轻，生活的道路还很长……岳翠儿不敢往下想，但，有一点她根本也不用去想，那就是监狱的大门已经为于珊珊敞开了。当岳翠儿赶到医院的时候，医院已经为岳曼香做完了面部清理和治疗，此时她满头满脸都被纱布紧紧包裹着，两只眼睛只露出了一只右眼。瞅见女儿成了这副模样，岳翠儿失声痛哭，一边哭嘴里一边呼号着："我要杀了她！我要杀了她，我一定要杀了她……"

岳翠儿无法接受这么残忍的现实，但又必须面对。医院的大夫把岳翠儿叫到医生办公室，告诉她，岳曼香的左脸颊基本上已经全部被硫酸烧毁，需要进行植皮手术，即便是植皮的效果不错，也不可能恢复本来面目。

岳翠儿抹着眼泪问大夫："恢复原样的一点可能性都冇了吗？"

大夫点点头，说道："泼在她脸上的硫酸浓度很高，属重度烧伤。"

"老天爷啊，这是作的什么孽啊……"硫酸毁容这类事儿，岳翠儿以前听说过，冇想到今天竟发生在了自己女儿身上，更让她无法接受的是，有什么天大的仇恨要下这般毒手，不就是婚外恋吗？这个世界上婚外恋比比皆是，可是不管出于什么原因，也不至于使用如此凶残的手段吧。

压医生办公室里出来，岳翠儿慢慢冷静了下来，她知道自己必须面对现实。她考虑更多的已经不是如何惩罚凶手，法律自然会对于珊珊进行惩罚，而被毁容后的女儿，却有一大堆急待解决的问题，这些问题当中，最棘手的就是女儿的婚姻与家庭。叶子小学还有毕业，朱大林原本就对她娘俩儿不好，出了这样惊天动地的事儿，他一准会提出离婚，一旦离了婚，曼香该咋办？有谁会同情一个不守妇道的女人，即便是可以有第二次婚姻，又有谁愿意娶一个被毁了面容的女人呢？目前来看，只有一个人有这种可能，就是那个难逃干系的胡小沪。岳翠儿拿定主意，不能眼睁睁看着女儿被抛进生活的深渊，她决定去找与自己女儿有关的那两个男人谈谈，为女儿今后的生活做出努力。

岳翠儿去找的第一个男人当然是朱大林。不管咋说，朱大林和岳曼香目前还是法定夫妻，尽管朱大林已经知道自己老婆被人泼了硫酸，他嫌丢人不愿意到医院来，可该说的事儿还是要说，躲是躲不过去的。朱大林在被岳翠儿压祥符日报社的院子里叫出来后，始终板着面孔，开口说的第一句话就是："我已经向法院递交了离婚的民事诉状。"尽管岳翠儿苦苦哀求朱大林，看在叶子还小的分儿上，先不要离婚，不管咋说一个完整的家对孩子来说非常重要。可朱大林依旧冷冰冰地说：别再提这个家了，这个家早就被恁妞儿破坏得不完整了，别说叶子不是我亲生的，即便是我亲生的，这个家再这么将就下去，反而对孩子没有好处，破镜根本就无法重圆……

无望的岳翠儿，又去找了第二个男人胡小沪。在胡家的小作坊里，胡小沪痛哭流涕承认自己对不住岳曼香，也对不起于珊珊，他害了两个女人，至于下一步该咋办也由不得他自己，至少要等到法律对于珊珊制裁以后，才能决定他的婚姻何去何从。不过，胡小沪有一句话让岳翠儿看到了一丝希望，他说，如果岳曼香不起诉，于珊珊能免去牢狱之灾，让他的孩子不失去母亲，他就跟于珊珊离婚，然后和岳曼香重组家庭。

"你这话当真？"岳翠儿从胡小沪身上仿佛又看到了胡师傅当年的影子，他爹胡师傅为了一个唱戏的女子，从大上海流落到祥符城，这辈子都有后悔过。

"当真。"

尽管胡小沪回答得很快也很坚决,但岳翠儿还是想要对方咬个牙印儿:"说了不算咋办?"

"出门让汽车撞死我。"

"中,你要是说了不算,我也泼你一脸硫酸!"

回到医院,岳翠儿把自己跟朱大林、胡小沪见面商谈的经过,一五一十地都告诉了岳曼香,而后苦口婆心地劝慰道,人活在世上别管贫贱富贵,都离不开四个字儿,恩怨情仇。只不过不一样的人,对事儿有不一样的态度,有人气性大,不要命;有人眼皮活,冇担当,薄气。文化人骂人可以不带脏字儿,武道人打打杀杀那叫快意恩仇,嘴皮子溜的人,那舌头板子就能要了人命。可是不管咋说,咱老百姓过日子那还是要实实在在。常言说,冤家宜解不宜结,退一步海阔天空,并不是谁占理不占理,也并不是咱怕了谁,而是犯不上、裹不着。就眼下这件事来讲,你要想跟胡小沪过一家人,那就得有所取舍,不然你俩的日子也过不安生……

岳曼香听了母亲的一番话,思前想后,考虑到自己和叶子今后的生活,她最终同意了胡小沪提出的交换条件,决定放弃起诉于珊珊。岳曼香的这一决定,与其说是理性战胜了冲动,善良和宽容战胜了狭隘的冤冤相报,倒不如说是她受当下现实所逼迫,而不得不做出的既能让自己过得去,也能让所有关心她的人都过得去的唯一选择。但是,这对于珊珊她妈来说,不啻乌云压顶的天空陡然见了阳光,虽说不上是两家化干戈为玉帛,最起码也让她于家避开了一场灭顶之灾,于珊珊真要是被判刑坐牢,这种重伤害罪,至少也得判上个十年以上。得到这个好消息的于珊珊她妈高兴孬了,备上厚礼去了岳家,不管咋说,人家放了自己女儿一马,要不表示一下感谢便对不起自己的良心。尽管岳翠儿和廖普生脸黑得很难看,但是为了双方女儿今后的生活,两家人还是坐到了一起。

于珊珊她妈在廖普生面前显得毕恭毕敬:"咱两家在祥符都是有身份的人,都是为党工作了那么多年,也都是为咱祥符做出过贡献的家庭。特别是廖老,我早就听说过,当年解放祥符的时候,廖老不顾个人安危,深入虎穴,差一点被国民党反动派逮住……"

"说那弄啥,都是每章儿的事儿了。"岳翠儿心道,现在说这些不晚八秋了,你和恁妞儿要是早有这点见识,也不至于干出这么缺德的事儿。但是于珊珊她妈却冇理会岳翠儿的揶揄，只管一个劲儿地往高处抬廖普生："谁也别谦虚，要是冇每章儿恁这些老前辈，为革命抛头颅洒热血，哪来眼望儿的幸福生活啊。"

"那是。"廖普生明知对方在拍他马屁，但心里觉得舒服，忍不住点了一下头。

她妈一看这，拍得更来劲了："我还听说，解放咱祥符的时候，恁老化装进城藏在义丰厚，跟国民党反动军官斗智斗勇，不但获得了城防图，还收获了自己的爱情……""中了中了，你说点别的中不中，几百年的老皇历了。"对方当着岳翠儿的面说这一板，廖普生觉得还真不好意思，老脸开始发烫了。可于珊珊她妈似乎没有停下来的意思，继续说道："我的意思是说，恁老每章儿不光是为中国人民的解放事业做出过贡献，眼望儿还在为建设社会主义做着新贡献。"

"退休了，老球了，还做啥贡献啊，能多活两天就不孬了。"

"看你说的，咱两家这事儿能圆满解决，就是在做新贡献。"

"鸡屁股上插孔雀毛，就算是吧。"廖普生觉察到，半天冇言语的岳翠儿脸上早就露出了厌恶的神情，而眼前这娘们儿却像用舌头给自己搓澡一样，抹擦得那叫一个得劲，便赶紧打住了对方的话头。

任何人、任何事，能大而化之，最终变为过眼烟云，背后一般都隐藏着利益交换。对受伤害最大的岳曼香来说，能和胡小沪结婚就是她当下所能获得的最大利益，别管把脸上的纱布去掉后，自己是啥模样，为了爱情，为了能和所爱的人永远生活在一起，值得！

岳曼香植完了脸上的皮，准备去掉脸上的纱布出院的时候，发生了一件出乎意料的事情，之所以说出乎意料，因为这件事儿一直被掩埋着，谁也说不准它会在啥时候冒出来，埋着也就埋着了，别管埋多久，只要不冒出来就冇任何事儿，一旦冒出来，可就又是一枚重磅炸弹，带来的后果谁都很难意料。不早不晚，偏偏在这个不尽如人意的时候，这枚重磅炸弹爆炸了。是命该如此？还是有前因就有后果？

自打岳曼香出事儿以后，义丰厚的生意确实受到了一定影响。祥符城就这么大，马道街又位于市中心，从早到晚川流不息的路人大多都是祥符本地人。义丰厚名气大，有一点风吹草动，恨不得全城人都知。义丰厚的主任被人泼硫酸这事儿，要不了几个时辰，就已经传得满天飞，不少好事儿的人听说后，还专门窜到义丰厚来观察动静，压那些人诡异的表情中，便可以分辨出谁是来买布做布衫的，谁是来寻找事件痕迹的。

就在两家人达成共识的第二天上午，义丰厚店门刚开不久，走进来了一个穿着很洋气的老头。这老头看上去有七十岁左右，中等个头，腰板可直捺，头戴一顶呢子礼帽，身穿浅色背带裤，脚上那双咖啡色皮鞋擦得锃亮耀眼，手里还掭着一根明晃晃的拐棍，这根拐棍在他手里纯属摆设，就他那个身板根本就不是拄拐棍的人。这么说吧，祥符城里就找不到这号穿戴打扮的老头。所以，当这个老头一走进义丰厚的店门，别管是店员还是顾客，所有的眼睛都齐刷刷地盯在了这个与众不同的老头身上。

洋气老头进义丰厚的店门之后，站在那里一动不动，他摘下鼻梁上的金丝边老花镜，用他那双饱含着复杂情绪的眼神儿，在店内慢慢扫视着，老眼里面慢慢充溢着泪光。一名年轻店员上前问道："老先生，你是扯布，还是做布衫啊？"随后就听洋气老头操着一口不太标准的南方普通话说道："我想打听一个人。"店员问："是俺义丰厚的人吗？"洋气老头点了点头："是的，只不过年代有些久远，不知道还在这里不。"

店员看了看周围的人，觉得义丰厚的人大多数都在场，便问："谁啊？"

"岳翠儿。"洋气老头说出这三个字儿后，嘴唇激动地颤抖着。

店员眼睛一亮："俺的老主任，她已经退休了。"

洋气老头顿时显得很兴奋："小伙子，能不能帮我联系上她啊？"

店员点点头："请问老先生，你是她的啥人啊？"

洋气老头愣了一下，说道："我姓胡，名国杰，我是她四十多年前的一个朋友，我是从美国过来的。"

"老先生，你等住，我给她打个电话。"

年轻店员打电话的时候，岳翠儿正在医院陪女儿，不在家，接电话的是廖普生。这个电话一下子把廖普生给听傻了，胡国杰这个名字就像给了他当头一闷棍，这个名字不光是熟悉，而且是牢牢地刻在了他的心里……当义丰厚的店员在电话里说，胡国杰要与他通话时，他却一把扣下了电话，然后傻呆呆地坐在了电话机旁边，四十多年前那些往事儿，开始在他的脑海里翻腾……

岳翠儿压医院回来，进门就跟廖普生说："手续办完了，妞儿明个出罢院，就去跟朱大林那个赖孙办离婚，办完离婚我就去找胡小沪，催他也赶紧办离婚……"她发现坐在那里的廖普生有点不对劲，便问道："你咋啦？哪儿不舒服？"

廖普生张了张嘴，想说的话冇说出来。

岳翠儿急忙近前："你说啊，咋啦？是不是又出啥事儿了？"

廖普生俩眼直呆呆地瞅着岳翠儿，一字一顿地说道："出大事儿了。"

岳翠儿皱起眉头催问道："又出啥大事儿了？你快说啊！"

"胡国杰回来了。"

岳翠儿一时冇反应过来："谁？谁回来了？"

坐在那里的廖普生腾地站起身来，大声说道："胡国杰回来了，听明白冇？我说的是，胡，国，杰！"

岳翠儿瞪大了俩眼瞅着廖普生，半晌说不出话来……

拐回头再说那个洋气老头胡国杰，义丰厚店员的电话被廖普生扣下之后，他就让店员把电话号码告诉他，他自己再把电话打过去。但是这店员却冇把电话号码告诉他，小岳主任被人泼了硫酸，这风声还冇过去，又来个洋老头找老岳主任，这别是她的老相好吧？这店员似乎压廖普生扣电话的行为中，发现其中必有蹊跷，于是便搪塞胡国杰，让他明个再来，这会儿老主任家里有些事儿，不太方便，过一会儿等联系上了老主任，让老主任明个来店里跟胡国杰见面。胡国杰虽然点头答应了，却并没有马上离开义丰厚，而是在店里东瞅瞅，西瞧瞧，问问这，问问那。当他得知岳翠儿的女儿岳曼香眼望儿是义丰厚的主任时，更来了精神，一个劲地询问岳曼香的情况。店里人哪里敢告诉他岳曼香出事儿的情况，只有推说，还是等你明个来跟老主任见了面再说吧。胡国杰看出店员们都不想说，也就冇再多问，他在店内看足看够之后，临走时留下了自己下榻酒店的房间电话，并嘱咐店员，也可以让小岳主任给他打电话。

胡国杰离开了义丰厚之后，店里的职工们纷纷开始议论，大家都在猜测，这个叫胡国杰的洋气老头是何方神圣，都说咱老主任还怪中呢，还有个美国的老朋友，咱听都冇听说过。不少人都注意到了那洋老头穿的服装，说恁瞅见冇，他穿的那条背带裤，好像跟欧式款的背带裤不太一样。

于是懂行的人便开始批讲,那老头穿的是日式背带裤,右见裤腿比欧式的短吗?全世界只有日式背带裤才这么宽松,老少都可以穿。这话立马就有人赞同,怪不得,咱店里做的背带裤是欧式,瞅着就是右日式得劲。

可是也有人抬杠说:"搞蛋去吧,啥得劲不得劲,背带裤本来就是男人专属,是欧洲劳动人民干活儿时穿的,后来传到了日本,日本娘们儿一瞅,穿这样的裤子干活确实怪得劲,于是就把它改良了,结果一改良,少男少女们一瞅,穿着跳舞更得劲,就又把它改成了短背带裤,这一改两不改,就更得劲了。"

说起服装,义丰厚几乎人人都是专家,见有人抬杠,立马就有人追问:"咋更得劲了?我咋看不出来啊?"

"干那事儿更得劲了。"

"干啥事儿更得劲了?"

"那事儿呗。"

"啥事儿啊?"

说话的人脸上带着男人之间那种心照不宣的表情,指着问话的人笑骂道:"你就是个傻×。"

问话的人一下子就明白了,反唇相讥道:"我是个傻×,你是个精×,怪不得计划生育,人家都生一个孩儿,你生了俩孩儿。"

店里的人都哄堂大笑,只有一个人右笑,这个人就是王汴生。

胡国杰在店内跟店员喷空的时候,王汴生一直在旁边听,在注意观察,他对这个突然出现的洋气老头感到格外好奇,脑子里琢磨的事儿和别人还不太一样。这种不一样就是他发现,当胡国杰得知岳曼香是岳翠儿的女儿时,眼睛里放出来的是一种异样的光芒,聚集着兴奋和渴望,甚至还有一种迫不及待。当然,义丰厚不会有人把岳曼香被硫酸毁容的现状告诉他,只是说岳曼香这段时间出差不在店里。王汴生就是通过胡国杰身上反映出来的这些细节,似乎觉察到了一些什么,也隐隐约约地感觉到,又要有什么事情发生了。

此时此刻的岳翠儿和廖普生,坐在家里大眼瞪小眼,摸不着大头小尾巴。他俩猜不透,胡国杰压美国窜过来的目的是啥。自打1979年中国和美国建交以后,义丰厚也来过一些美籍华裔,他们大多是冲着义丰厚这个老字号名头来的,参观一下,拍几张照片而已。让岳翠儿想不到的是,胡国杰依然健在,还成了美籍华裔,当年都说他死了,后来又说他还活着,去了台湾,这咋又成了美国人了?今天他压美国窜回祥符,找上门来,肯定不光是因为怀旧而故地重游吧?

廖普生先开口说话了:"我觉着,这货是冲着他亲妞儿来的。"

岳翠儿冇吱声,她认为廖普生说的在理儿。

"你别不吭气儿,你不吭气儿,我也想知你心里是咋想的。"

"我能咋想,他要真是冲着曼香来的,这事儿还麻缠了。"岳翠儿说罢这句话又沉默了,她也不知能不能让这爷俩见面。女儿那张惨不忍睹的脸,一旦让她亲爹瞅见,这么多年的养育之恩烟消云散不说,还会不会产生一些意料之外的事情,谁也不好说。不过有一点岳翠儿和廖普生心里都清亮,胡国杰不会那么轻而易举地压美国窜来祥符,他来的目的很明确,就是为了见自己的亲生女儿,四十多年了,换成谁都一样。

其实廖普生在医院见到被毁容的岳曼香时,心里还猛地窜出过一个念头,就是幸好自己不是她亲爹,若是她亲爹的话,估计会被当场给气翻肚。眼望儿是怕鬼来鬼,人家就在这个时候找上门来了。他暗自思量,曼香成了这样,你这当养父的难道就冇一点责任?当初人家咋跟你说的,老婆孩子都托付给你,现在可好,你就交给人家一个人不人鬼不鬼的女儿?廖普生心里打着鼓,觉得自己实在冇脸去见胡国杰,便把决定权交给岳翠儿,说道:"眼望儿曼香是这种情况,能不能让她和亲爹见面,我吃不准,这事儿还得是你当家。"

又一阵沉默之后,岳翠儿憋足了劲说了一句:"不见!"

不见就不见,可是问题又来了,胡国杰压美国大老远跑过来,能被你一句"不见"就打发了?廖普生道:"你说不见就不见了?胡国杰你又不是不了解,压年轻时就是个别筋,他要跟你打起别来,不说个小鸡叨米他就不走,咋办?"

"不让见就是不让见,他就是饿老虎要吃食儿,也不能让他见!"岳翠儿开始不论理了。

"真不让见?"

"真不让见!"

"中，咱俩就这么说定了！"

就在岳翠儿和廖普生达成了共识的同时，王汴生这个成事不足败事有余的坏事儿包，窜到医院去了。在岳曼香被硫酸泼过之后，王汴生还是头一次瞅见岳曼香那张恐怖的脸，吓得他都不敢用眼睛直视，低着头在和岳曼香说话，在岳曼香对他一脸的厌恶中，他把胡国杰去义丰厚的事儿告诉了岳曼香，而后说道："那个老头一个劲在打听你。别怪我多想，我是觉着，觉着……"

"你是觉着啥？别吞吞吐吐的，说！"

"我说了你可别骂我啊……"

"有话就说，有屁就放，快说！"

王汴生把手抬起来放到额头上，借以挡住岳曼香射向他的可怕目光，寻思着道："我咋觉着，那老头长得跟你有点像，特别是他的嘴巴，一笑起来，简直跟你一满似样①……"

岳曼香不吭声了，当王汴生说出这句话的时候，就像一根针在她身上扎了一下，让她浑身上下一激灵。

王汴生慢慢抬起了眼，瞅着发愣的岳曼香，说道："别怪我多嘴，可能是我多想了，咱义丰厚的老人们都知，恁爸不是恁的亲爸……"

岳曼香当然知道，胡国杰才是她的生身父亲，压她从廖曼香改名叫岳曼香的那年起，她就记住了胡国杰这个名字，眼望儿，亲爹来了，可自己却变成了这副德行……她忍住一只独眼里就要冲眶而出的眼泪，厉声对王汴生喝道："中了，别再说了。我可警告你，这事儿你要敢对别人胡说，我可饶不了你！"

王汴生陡然一怔，因为在那一瞬间，他觉得眼前这个女人好像不是他认识和熟悉的那个岳曼香了，她突然变成了一个陌生人，一个能在下一秒就可以伸手把他给掐死的凶狠母兽，他吓得连连点头："不说了，不说了，天知地知你知我知。"

"呵呵！"岳曼香发出了一声冇来由的笑："天知地知你知我知，还有俺爹妈知……"

----

① 一满似样：方言。一模一样。

王汴生壮着胆子,讨好地问道:"你准备咋办啊?"

岳曼香冷冷地说了一句:"凉拌!"

王汴生猜不透岳曼香说的"凉拌"是啥意思,但他已经压岳曼香的口气里听出了她的决心,是啥决心不知,反正她是已经拿定了主意。

下午,岳翠儿到医院接女儿出院的时候,发现女儿已经不在医院里了。病房的护士告诉她,岳曼香提前走了,可能是回家了。岳翠儿想,不会啊,说好下午来接她回家的,她咋会提前跑了呢? 岳翠儿急忙窜回家一瞅,廖普生说女儿根本就冇回来,是不是回她和朱大林那个家了? 岳翠儿说不可能,女儿明确说了,她不会再回她和朱大林那个家,她跟朱大林的最后一面是在离婚签字的时候。这一会儿她又能去哪儿呢? 岳翠儿猜不透。

岳曼香在离开医院前,给义丰厚打了个电话,从那位店员嘴里问清楚了胡国杰下榻在哪个酒店,她摘掉了遮挡住脸的大口罩,露着一张撮撮巴巴还泛着红色的面孔,去酒店找那个胡国杰去了。她要让她亲爹看看,一个被父亲舍弃的女儿会变成啥样,一个没尽到父亲责任的男人,将会背负怎样的愧疚。过去,她自己无法选择自己的命运,现在,叶子也将面临和她一样的命运,她不知道该跟谁去讲理,只觉得这天底下的男人冇一个好东西,他们都欠女人的债,欠妻子、女儿的债,欠良心和感情的债……

酒店房间的门铃响了,嘴巴上叼着烟斗的胡国杰把房门打开,打量着站在门口的岳曼香,礼貌地问道:"请问你找谁?"

岳曼香冇马上回答,她的眼睛盯在胡国杰的脸上,在胡国杰再次询问之后,她从容淡定地说了一句:"我找你。"

"请问你是……?"

"你仔细看看。"

胡国杰上上下下仔细打量着,最后把疑惑的目光落在了岳曼香那张撮撮巴巴泛着红色的左脸上,只听对方说道:"有人说,咱俩的嘴巴长得有点像,用俺祥符话说就是有点'凹斗',我就是过来瞅瞅,俺俩是不是长得有点儿像,但愿我这副模样不要吓着你。"胡国杰的嘴唇在颤抖,手里攥着的烟斗也在颤抖,说话的声音更加颤抖:"我知道了,知道你是谁了……"他张开臂膀要去拥抱,却被岳曼香用手给推开了。

岳曼香走进了房间,跟在她身后的胡国杰显得慌乱和不知所措。"孩子,有茶,有咖啡,你喝点什么?"

岳曼香坐到了沙发上:"我啥也不喝。我来找你,就是想跟你说几句话。"

胡国杰连连点着头,激动不已地说:"好,好,我这次来祥符,就是为了看看你,看看你妈,看看你的养父,你们都还好吗?"

岳曼香冷冷地:"我们好不好跟你有啥关系?"

胡国杰像是被迎面泼了一盆冷水,缓了缓神儿,愧疚地说道:"历史造成的错误是无法更改的,包括每个人的命运,我很内疚,但是无法选择……"

"我不想去追究历史原因,我今天来只是想对你说,赶快离开祥符,不要来搅和俺的生活,俺一家人的日子过得挺好,你跑来这么一搅和,俺爹俺妈会咋想? 你不考虑后果,我还要考虑。特别是俺爹,辛辛苦苦把我给养大,即便他不是我的亲爹,但是我也不愿意看到,因为你的出现让他心里不得劲。明白了吧?"

岳曼香自己也不知道,来之前那满腔的怒气都跑到哪里去了,或许是父亲眼眶里始终在打转的泪水,或许是他战栗却依然在笑的面容打动了她,总之不知为什么,肚子里早已想好的那些谴责的话语,竟然一个字也没能说出来,而父女俩见面的唯一话题,就是她劝他从哪里来,还回哪里去,就像他从未存在过一样。

"孩子,你不要误会,我这次来,其中一个目的,就是要向你的养父廖普生先生,表示一下感谢,这是我的真心话。"胡国杰还在做最后的努力。而岳曼香却已显得极不耐烦了:"中啦,中啦,你别再说了,我相信你这句真心话。可是,我不想让俺爸俺妈见到你,这也是我的真心话,如果你真是我的亲爹,你心里还有我的话,你就听我的,赶紧走,越快越好,回你的美国去。"

胡国杰摇着头:"我不明白……"

"你不明白的事儿多着呢。"

"听说你也有孩子了,能不能让我见见?"胡国杰想换一个角度,介入一下女儿的生活。说实话,这么多年,他曾无数次在脑海里想象自己留在

四、西服

大陆的骨肉到底是个啥样,尽管他不知是个儿子还是个闺女,但有一点是可以肯定的,若是儿子的话,一定会比自己的个头还要高一些,模样也会比自己更加俊朗;是女儿的话,那就更令人欣慰了,有她亲娘岳翠儿在那儿站着,不用说就一定是个出类拔萃的姑娘。但是眼前岳曼香的形象,却如同一记重锤,把他以往所有的美好想象都给击了个粉碎。若是在早些年,他一定会蹭廖普生的八辈祖宗或是去跟他拼命,但如今这个岁数,他早已看破了一切,如今能知道亲人都还活着,就得感谢苍天啊。现在他已不再奢望什么老友团聚了,只想找个机会,向与自己有血缘关系的下一代、下下一代,弥补一下自己的愧疚之情。

但是岳曼香却并不打算给他这个机会,说:"见啥见,见了又能咋样?我觉得,我的孩子跟你就更有啥关系了。胡先生,求求你了,别再搅和俺了中不中!"

女儿嘴里的这句"胡先生",让胡国杰心如刀绞,万念俱灰,他张了张嘴,却终究说不出一句话,只能把闪动着泪光的眼睛长久地盯在女儿那张被硫酸破坏的脸上。

岳曼香站起身来:"该说的话我说完了,多保重吧,胡国杰先生,我要告辞了。"说罢朝房门外走去。

"等等。"胡国杰回过神来,急忙喊了一声。

岳曼香止住脚步:"还有啥事儿?"

"我最后想问问,你的脸是怎么回事儿?"胡国杰觉得,压岳曼香进屋到现在,这才是他这个当父亲的最该问的一句话。

岳曼香淡淡一笑,说道:"胎里带的。"说罢径直走出了房门。

离开酒店的岳曼香有回家,她独自去爬上了位于城北边的龙亭。她曾经听养父说过,当年解放祥符的最后一仗就是攻取龙亭,用养父的话说,国民党反动派就是压这里被赶出祥符城的。不知为何,她今个特别想来龙亭,而且,她一个人在龙亭上待了很久。风吹拂在她的脸上,引发了一阵阵痛痒,也引出了一段段记忆……

午饭过后,岳翠儿还有见女儿的影子,她决定拉着廖普生先去酒店见一下胡国杰,不管咋说,人家是远来的客,不让人家跟亲生女儿见面,已经是有悖人伦了,咱要是再不去照个面儿,那就太不讲礼数了,不能让美国人瞧不起咱。起初，廖普生真是不愿意去，后来一想，都是经过大风大浪的人，都是一大把岁数的人，又有啥深仇大恨。当初，又不是自己拖岳翠儿的后腿不让她跟胡国杰走，就是见面俩人理论一番，自己也占着理儿呢。不管咋说，要不是自己，岳翠儿娘俩还不定是个啥样的结局呢。廖普生觉着，唯一让他心里愧疚的就是，岳曼香被硫酸泼出的那张脸。如果胡国杰早俩月来祥符，他会理直气壮问心无愧地去见他……事已至此，去就去吧，用岳翠儿的话说，都老眉咔嚓眼了，胡国杰肯定也是有孙男嫡女一大家子人了，见见面还能咋着啊，求大同存小异，不打不成交，跟美帝国主义不是都建立外交关系了嘛。

　　岳翠儿和廖普生来到胡国杰下榻的酒店，敲开房门一瞅，里面住的人不是胡国杰，一问前台才知，胡国杰中午十二点前已经结账走了，觅①了一辆车去了郑州飞机场。岳翠儿对胡国杰的突然离开大惑不解，咋说走就走了呢？转念一想，走就走吧，不走才是个碍噎，虽然廖普生摆出了姿态来见胡国杰，可这俩人毕竟年轻的时候是情敌，见面后的话题肯定少不了扯每章儿的事儿，不定哪句话说呲喽，尿不到一个壶里，那可就不得劲了。走就走吧，要是胡国杰听说了女儿被泼硫酸的事儿，还指不定咋想呢，保不住俩眼一翻，人撂这儿了，那才是得不偿失呢。想到这儿，岳翠儿心里不禁猛然打了个激灵，哎，别是这货真的听到了啥风声，赌气走了吧？

　　在回家的路上，岳翠儿把自己的担心说给廖普生听，廖普生也觉得应该有这种可能，义丰厚人多嘴杂，胡国杰上午在义丰厚待了恁长时间，不定谁会说漏了嘴。说到底，胡国杰这次是冲着自己的亲妞儿来祥符的，眼望儿岳曼香成了这般模样，再粘住自己的亲爹诉点儿苦，说点儿啥，可有法办，还是走的好，一走了之，一走百了，心静。

　　其实，胡国杰这么一走，真正心静不下来的却是廖普生。压酒店里出来后，廖普生就被一种难以自拔的心情笼罩着，他觉得自己很亏，把胡国杰的亲妞儿养大成人了、结婚生子了，却出了被人泼硫酸破相这么恶心的事儿，自己多少年辛辛苦苦的养育之恩，被一瓶硫酸泼得荡然无存，功臣变成了罪人，有嘴也难以说清。在国民党被打窜的这三十多年里，廖普生

　　① 觅：方言。租。

　　　　　　　　　　　　　　　　　　　四、西服

也不止一次想过，如果胡国杰还活着，早晚有一天会回到祥符来，一旦他回来了，自己还会像当年打窜国民党一样，让胡国杰在自己面前抬不起头，问问他眼望儿谁是胜利者，谁坐了江山。这下可好，胡国杰不吭不哈地偷偷窜了，这一窜说明了啥？不愿意再见面？不愿意再见面的潜台词就是，你廖普生是个胜利者咋着，你坐了江山又咋着，说到底你不是个啥好东西，当年要死要活地把岳翠儿争到手，现如今却让岳翠儿母女落到这般田地，如果当初他胡国杰带着母女俩离开祥符，亲生女儿也不至于被人泼一脸硫酸……

　　廖普生越想心里越别扭，越想越觉得自己亏得慌，越想越钻牛角尖，压酒店到家后，他闷闷地坐在屋里，每章儿那些与胡国杰摊为岳翠儿较劲的往事儿，一幕幕出现在自己脑海里。一连几天，他也不去马路沿看别人下象棋打牌了，茶不思，饭不想，随后就病倒在床上……

五、牛仔服

1. 反正都是咱的妞儿

漂亮的布衫是裁缝师傅缝制的,官阶和地位是吏部衙门定制的,在看透这个社会的人眼里,等级不过就是一个价钱,而明白这个道理的人,才是黄金。这话是谁说的,不知。

压岳曼香的那张脸被破了相之后,商业局的领导便提出义丰厚必须更换主任,从大局考虑,总不能让一张少了一只眼睛的恐怖脸在店里招呼顾客吧。义丰厚是啥地方,是祥符城里妇孺皆知的商业老字号,是这座城市的门面,经常有迎来送往的外事活动,岳曼香那张脸有损义丰厚的形象那还是小事,关键是若由此而影响到了整个城市的形象,耽误了招商引资,那就不是小事儿了。其实,就是商业局冇换人的意思,岳曼香本人也不准备再干这个主任了,她有自知之明,不光是因为自己撇巴着半拉脸和左眼眶里那只玻璃假眼球让人看着不舒服,更重要的是,她整个人的精神被压垮了。特别是那个胡小沪,于珊珊她妈兑现了承诺,让于珊珊跟他离婚了,可就在岳曼香期盼着跟他结婚的时候,传来了一个犹如晴天霹雳的消息,胡小沪住进了精神病医院。怎么会是这样?岳曼香不相信,也不死心,就去精神病医院看过他几次,那种巨大的打击,让岳曼香彻底失望。住在精神病医院的胡小沪,已经完全不认识岳曼香了,他木瞪着俩眼坐在病床上,脸上皮笑肉不笑,不停地摇晃着瘦弱的身躯,嘴里不歇气儿地自言自语反复嘟嚷着同一句话:"穿这布衫,穿那布衫,恁知啥布衫穿着好看啊?啥布衫穿着也不好看,全世界穿着最好看的布衫就是赤肚(裸体)不穿布衫。"无论岳曼香跟他说啥,他始终就是不停地在重复这么一段话……

人要是走背运,躲都躲不过去。自打胡国杰压祥符走了之后,廖普生便因心力衰竭而住进了医院,他似乎能感觉到,自己活不了太久了。在廖普生住院期间,岳曼香和母亲轮换着陪护在他身边,廖普生也跟胡小沪一样,嘴里不停地在说话,他像是在讲一个很长的故事,前三皇后五帝,把每章儿他经历的那些事儿,毫无保留地都讲给了岳曼香听,有些事儿岳曼香根本就不知。廖普生最爱讲的就是,当年他咋追求的岳翠儿,咋摊为岳翠儿跟胡国杰叫板,又咋不顾一切让岳翠儿变成自己的女人。每当廖普生说到过去那一板一板,守护在病床边的岳曼香就觉得自己这个养父格外可怜,不由也联想到她小时候那一板一板,每一板竟然都少不了有她自己对养父的忤逆和冲撞。唉,过去的事儿算是说不清也道不明了,要是让岳曼香现在来评价廖普生,她觉得大体上他还算是一个名副其实的养父,而且除了"养父"俩字儿,她实在也找不到其他合适的称呼——老婆不是你的,闺女也不是你的,但最终都跟你过了一家人,至于过得好还是不好,各自心里都清亮,也各自认命。为了安慰廖普生,岳曼香把胡国杰被她轰走的那一板,如实地讲了出来。躺在病床上的廖普生,听着听着,老泪纵横,他埋怨岳曼香不该那样,不管咋说那是你的亲生父亲,并责怪岳曼香,不管咋着,也应该留一个胡国杰在美国的联系地址……

廖普生在医院一住就是小半年。一天早晨,陪护在病房里的岳曼香一觉睡醒以后发现,自己的养父静静地躺在那里,神态安详,却没有了呼吸。对廖普生去世,岳家母女俩是有一定思想准备的,尤其是老伴岳翠儿,别管她这一辈子跟廖普生经历了多少磕磕碰碰,她对这个男人的喜好还是了如指掌的,知道他这辈子最在意的是啥,最舍不得、死了也要一起带走的是啥。岳翠儿回到义丰厚,挑选了一块类似军装颜色的黄绿色呢子,并亲自剪裁缝制了一套解放军的军装,让廖普生穿着这套军装离开了这个世界……

办完廖普生的事儿,母女俩在家里进行了一场推心置腹的谈话。

娘儿俩坐在床沿上,岳翠儿拉着岳曼香的手,说道:"我老了,不中用了,你也成了这副样子,从今往后咱岳家所有的念想都在叶子身上了,决不能让叶子再摊上个不好的命运,叶子今后是好是孬,就看你这个当娘的了……"母亲变得有点唠叨,话一说起来就没完没了,不过岳曼香觉得她有些话还真说到了点子上,眼望儿这个家男人全都有了,孤儿寡母,若是啥事不提前想到,冇个思想准备,那以后的日子简直就冇法过了。她点了点头,认同道:"妈,你放心吧,我都成这个样子了,也冇啥指望,把叶子抚养成人,把你老服侍好,就是我的最大心愿。"可岳翠儿听了这话却把手一摆,说道:"我可不要你服侍,民政局新开办了一家养老院,我去瞅了瞅,怪好,我已经办好了手续,明个就去养老院。"岳曼香感到很惊讶:"你咋也不跟我说一声啊?"自己的亲娘要去住养老院,这让岳曼香很难为情,虽然祥符城里现在去住养老院的老人也不在少数,但人们都习惯将这事儿与"不孝"俩字儿连到一起。岳翠儿当然知道女儿在担心啥,呵呵笑着说:"别想恁多,嘴在别人身上长着,谁想说啥就让他去说。我又不指你生活,恁爹是离休干部,抚恤金高,我的退休工资也不低,得得劲劲住养老院,还可以贴恁娘儿俩几个。还是那句话,你的主要任务,就是把叶子抚养成人,让她幸福……"

其实,母亲在进养老院之前就是不说这话,岳曼香也知,残酷的现实就摆在面前。

叶子一天天在长大,虽然家里大人的事儿能瞒着就都瞒着她,可是有些事儿终究是瞒不住的,比如自己的父母离婚,她虽然知道得冇那么详细,但有一点她是知道的,那就是母亲摅为爱上了别的男人,脸被别的女人泼了硫酸,别管姥姥咋说朱大林有多孬孙,可在她看来,朱大林就是再孬孙也是她爹,也冇丢人到被人泼硫酸这个份儿上。更有一个不争的事实就是,恁都指责朱大林先搞上了那个叫杨红的女人,可他跟母亲离婚之后,并没有去和那个叫杨红的女人结婚,而是跟一个在相国寺市场做布料生意的女人结了婚。千变万化的生活别说让一个年纪尚小的叶子摸不着大头小尾巴,就连岳曼香也被搞得头蒙,在她跟朱大林离婚后的第二天,朱大林就跟那个做布料生意的寡妇娘们儿去领了结婚证。岳曼香对叶子说:"瞅见冇,男人有几个好东西啊,你长大以后可得把眼睛睁大点儿,可别再找一个像恁爹那样不是摊儿①的男人……"

日子趋于平静了,不再当义丰厚主任的岳曼香,生活似乎一下子轻闲了许多。但是,出乎她意料的是,义丰厚接替她的新主任,竟然是最不被

---

① 不是摊儿:方言。不是好东西。

人看好的王汴生。岳曼香觉得非常奇怪，就王汴生那副小人得志的德行，咋就入了商业局领导的法眼？真是世事难料啊。且不说王汴生是咋当上这个主任的，岳曼香办完她爹的后事来上班的第一天，王汴生就给她来了一个下马威。

在主任办公室里，王汴生跷着二郎腿给岳曼香安排了新的工作。他一本正经地说："改革开放，形势发展很快，服装也得跟上潮流，眼望儿满大街穿啥最时髦啊，你知不知？"

"不知。"

"真不知假不知？"

"想说啥你就直接说，别卖关子打官腔绕弯子。"

王汴生笑了，对方这口气又让他感到熟悉和亲切，但这一笑就把一本正经的劲儿给笑冇了，变得不太正经："咱俩太熟了，熟得不能再熟了，都熟透了。"

"你这话啥意思？"

"冇啥意思，我只是在想，给你安排个啥活儿最合适。"

"啥活儿都中。"岳曼香摆出一副无所谓的姿态。

"哎，我先问你个事儿。"

"啥事儿？"

王汴生老毛病又犯了，觍着个脸凑近岳曼香："我听说，你这只玻璃假眼，需要一会儿一洗，如果一会儿不洗，眼眶里就会起眵目糊①，真的假的？"

岳曼香冇吭气儿，抬起手压自己的左眼眶里，一把就抠出了那只玻璃假眼球，然后伸过手去，端起了王汴生放在办公桌上的喝水杯。王汴生惊恐地问道："你，你弄啥？"岳曼香若无其事地说道："真让你给说对了，我这只玻璃眼珠，就是要一会儿一洗，不洗就起眵目糊。"王汴生瞪着惊恐的俩眼，瞅着岳曼香用杯子里的凉开水冲洗着那只玻璃假眼球，冲洗完后直接又塞回了左眼眶。她这一系列从容不迫的娴熟动作，可把王汴生给吓孬了，吓得他张嘴说不出话来。

---

① 眵目糊：方言。眼屎。

"瞅见了吧,就是这样洗,可简单,不洗的话,一会儿眵目糊就会糊住眼眶,可不好受。别说是只假眼,真眼照样也起眵目糊,照样也要经常用手去抠一抠。"岳曼香一边说着,一边使手抹着左眼眶一圈残留的眵目糊痕迹,"特别是天热的时候,更要洗得勤。人已经成了这个德行,再不讲究点儿卫生,多活几年,那不才去球了吗?你说对不对,王大主任。"

王汴生下意识地抠了抠自己眼角上的眼屎,语无伦次地说道:"以后,你,最好不要,中不中啊……"

"啥中不中啊?不要啥啊?"岳曼香故意装作有听清。

"不,不要当着有外人在场,洗,洗你的眼睛……"王汴生说话的声音都在颤抖,"让人瞅着吃不肚里饭。"

"你眼望儿也有吃饭啊?"

王汴生不想再跟她扯闲篇了,极不耐烦地一摆手:"中了,别再说了,压今个开始,你的新工作就是,登记和盘点进到咱店里的牛仔服布料,还有负责入库。"

岳曼香摇了摇头:"这活儿我干不了。"

王汴生一瞪眼:"咋干不了啊?"

"我这假眼珠子,一会儿一洗一会儿一洗,多不卫生啊,一不招呼再把眵目糊弄到布料上,你说恶心不恶心。"

王汴生眨了眨眼,觉得对方这个理由很充分:"那你说,你能干啥,干啥活儿合适你,你说吧。"

"我说?我又不是主任,我说让我就在咱店的大门口坐着,给咱义丰厚当个招揽顾客的模特,中不中啊?"

"你这是装孬孙!"

"装孬孙是你的小名,你的大名叫王汴生,小名叫王孬孙。"

"你咋骂人啊?"

"骂你是客气的,像你这号货,我杀你的心都有!要不是你,老娘也走不到今天这一步!腌臜孙,你还有脸给我发号施令,哪天你把老娘给惹急喽,我站在店门口吆喝你,把你干的那些腌臜事儿全给你吆喝出来!你信不信?"岳曼香觉得,自己现在有资格耍光棍,尤其是在当了主任的王汴生面前,更有资格耍光棍。你不是想操我的心吗?你不是想占我的便宜吗?

你不是想让全世界的男人都离我远远的吗？中，满足你个赖孙，从今以后老娘就贴住你，让你甩都甩不掉。

王汴生怯气了，腔调立马就变了："中中中，我怕你中不中？你说吧，你想干啥活儿，干啥活儿任你挑，你挑……"

还干啥活儿啊？岳曼香现在根本就冇考虑工作，而想的是咋收拾王汴生，她说："啥活儿我也不想干，搁家歇着，想来就来，不想来就走，工资奖金一分钱也不能少老娘的！"

王汴生是彻底孬了，刚当上主任，正是要样儿的时候，咋能禁得起岳曼香的攉搅①啊，若换个人这样对他，他早把对方给甩到八股道上了。可岳曼香不同，眼望儿所有人都知她名声不好，最要命的是他跟她还有个叶子，真要闹将起来，他王汴生不当主任是小事，他的家庭、儿女还有他本人的名声那统统都会被闹得一塌糊涂。要说这也是报应，当初他咋拿捏人家的，现在人家咋拿捏他。所以在岳曼香说罢之后，他就像被对方一把搦住了蛋一样，忙不迭地点头答应道："都依你，都依你，中了吧？"

"不中，还有！"

还有？王汴生不知是该哭还是该笑，去球吧，反正已经孬了。"还有啥？你说。"

岳曼香脸上怒不可遏的情绪慢慢消失，她用那只完好无缺的右眼瞅着王汴生，眼神里飘着一股说不来的意味儿，她往他跟前靠了靠，说道："你看吧，虽然我眼望儿成了这副不招人待见的模样，以后也不可能再结婚了。可是，不管咋说我还很年轻，才三十啷当岁，不成家吧，也中，可是，不弄那事儿，心里闹和得慌，不是我非得要弄那事儿，年轻力壮的，有生理需要，自己也不当家，你说是不是啊？"

王汴生再一次被吓蒙了。面前这个已经把颜面和自尊统统扔掉的岳曼香，这简直就是在威逼还要和他睡觉。王汴生不知该咋回答。答应吧，太恐怖；不答应吧，更恐怖，一个已经沦落到这一步的女人，干出任何事儿都有可能。王汴生的嘴在不停地吓瑟着，不知该说啥，他怕哪句话再说刺了把岳曼香激怒，那可真冇好果子吃了。

---

① 攉搅：方言。捣乱。

岳曼香似乎也看出王汴生内心想的啥,于是又往他跟前凑了凑,温柔地小声说道:"哥,别担心,冇事儿,咱俩的事儿这多年都冇人知,你怕啥呀。当然,我也知你害怕我眼望儿的这张脸,其实你不用害怕,哥,咱俩干那事儿的时候,你挤住眼别瞅我,要不就用块布搭在我的脸上,不啥都齐了吗?搭块布,关住灯,权当我是女明星。哥,其实说白了,干那事儿跟脸冇啥关系,你说是不是?"说着,她把手搭在了王汴生的肩膀上。

王汴生浑身一吓瑟,急忙闪身往后退了一步,抬手阻止岳曼香再次靠近,连连说着:"中,中中,我,我考虑,让我考虑考虑……"

岳曼香再次凑了上去:"有啥可考虑的,又不是让你花钱,我这是白送,啥时候想干了啥时候干,干罢提上裤子就走,又不耽误你啥事儿,你说是不是啊,哥。"

王汴生听了这话,瞬间便觉得天黑了,全身突然有了一种漂浮的感觉,都说自己挖坑自己跳,可现在他所跳的却不是个坑,而是一个看不见底的深渊——只要你是个人,无论是男是女,干那事儿还是需要点感情的,最起码要有"喜欢"俩字儿,哪怕这喜欢是单方面的,也能凑合说得过去。当初自己用咪咪罩对她进行要挟,说到底还是摊为喜欢她。可眼望儿她竟让自己"干罢提上裤子就走",这是把我王汴生给当成啥了,是驴,是马,还是鸡鸭猫狗?别管是啥,反正不是人。

岳曼香走出了主任办公室,长长出了一口气,并不是她达到了什么目的,而是她心里清亮,压今天开始,自己必须以一种新的生活方式来过自己的日子。经历了这场大磨难之后,她对生活已经彻底无所畏惧了。出院后,当她坐在镜子前,揭开满脸的纱布,第一次看到自己这张被毁坏的面容时,她放声大哭了一场,所有的怨恨,所有的委屈,所有的不公,所有的愤怒,所有的所有,都随着那场撕心裂肺的哭声烟消云散了。从那以后,她就啥都不怕了,啥都不担心了,啥都不用顾忌了,她已经彻底明白,摆在自己面前的只有一条路,顽强地活下去,不再委屈自己,比什么都重要,哪怕自己在别人眼里就是一个货真价实的半掩门。

王汴生在岳曼香走后,独自坐在办公室里,俩眼瞅着墙壁贴着的那些各种样式牛仔服的图案发呆。岳曼香给他的压力还没有消散,而图案上那些样式各异的牛仔服,却突然让他有所开悟。这东西不就是过去的劳动布工作服吗,眼望儿经过水洗石磨就又变成了在全世界都流行的时髦服装。这就是轮回啊,三十年河东三十年河西,当年的劳动布工作服要是个人的话,它打死也不会想到会有今天的风光。自己不也是这样吗? 当初进义丰厚的时候,可冇想到今天会当上主任。看来啥事都要有取有舍才中,若不经过水洗石磨,劳动布永远都是不值钱的劳动布,那么对自己来说,所谓的水洗石磨是啥? 当然是岳曼香所提出的那些要求了……唉,认了吧,你说咋着就咋着吧,不就是让跟你再睡觉吗? 睡就睡,又睡不少自己身上一两肉,只要你能安生,不再寻事儿,能让自己安安生生当这个主任就中。想到这里,他也深出了一口气,自言自语叹息了一句:"报应啊……"

岳曼香变成了自由身,便没有了时间观念,因为现在的日子对她来说,过一年跟过一天一个球样。她爱睡懒觉,每天想睡到几点就睡到几点,起来后想干啥干啥,要么骑着辆自行车满大街瞎转悠,要不就是去养老院跟那帮老头老太太们打牌。对她来说生活也只能这样了。由于自己相貌变化的原因,以前那些经常在一起玩的朋友也不常见面了,并不是人家不跟她玩,而是她自身有心理障碍。这种懒散的生活,让岳曼香的身体逐渐发胖,而发胖又导致她更懒散。但有一件事儿她干得很勤快,那就是隔三岔五,王汴生在店里值夜班的时候,她一定会去骚扰,搞得王汴生都不敢去值夜班,总以各种理由回避着她。可越是这样,她就越是不愿意放过王汴生,小时候看《白毛女》,她就觉得当黄世仁比当喜儿强,如今能把王大主任搞得跟喜儿一样,她觉得可有意思。冇事儿的时候,她经常会去到店里,坐在主任办公室里和王汴生聊天,闲聊的话题基本上都是围绕着"下三路"。店里那些得一点儿闲空的职工,也会进到主任办公室跟她一起喷空,每当有店里职工和她一起说笑的时候,王汴生从不制止,因为只要屋里有人,她就不会无所顾忌。久而久之,店里的人都习惯了,谁也不会去多想啥,无论岳曼香把"下三路"的玩笑开成个啥样,大家都非常习以为常,也都认可。大家认可的不是她开的玩笑,而是眼望儿的岳曼香开啥样"下三路"的玩笑,对她来说也只是个玩笑。

叶子已经十三岁了,生活自理能力很强,基本上不用岳曼香操心。每天早上,叶子都按时按点起床,自己去街口喝一碗胡辣汤吃俩油馍头,然后去上学。母女俩对这种生活状态似乎都已经习以为常,彼此之间说话归说话,也有啥深入的交流,因为娘俩的作息时间完全不同步,妞儿起床的时候娘还在呼呼大睡;娘二半夜回来,妞儿也早洗洗睡了。岳曼香也知道责任主要在自己,可她总觉得叶子还小,自己的经历太复杂,跟她说多了反而是害了她。直到有一天,发现叶子不把自己的话给当回事了,岳曼香这才陡然意识到,这个妞儿已经长大了,翅膀硬了……

这天,放学后的叶子向岳曼香提出想买一条牛仔裤,岳曼香瞅着女儿问:"学校里让学生穿牛仔裤吗?"叶子点点头,回答说:"俺班主任老师说,我个子高,腿长,穿牛仔裤保准好看。"岳曼香听着都出奇,在她印象里,老师啥时候操心过学生穿啥好看啊,都是强调好好学习,提高成绩。她说:"俺上中学那会儿,穿个花布衫都会被老师骂个不停,为啥,那就是臭美呗,心有在学习上。眼望儿确实跟每章儿不一样了……"叶子撇撇嘴,不屑地说:"别老提恁上学那会儿,旧社会的女人还裹小脚呢。"

"一条牛仔裤要多少钱啊?"岳曼香问。心想要是便宜的话,就给她买了。

叶子可机灵,一听她娘问价钱,就赶紧举手声明:"要穿我就穿名牌,我可不要恁义丰厚做的牛仔裤。"

"我问一条名牌牛仔裤要多少钱?"

"价钱不等,有十来块钱一条的,有二三十块钱一条的,名牌苹果牛仔裤,至少要一百块钱吧。"

岳曼香闻听吓一跳:"快拉倒吧,恁娘一个月这百十来块钱的工资,别说买一条苹果牌牛仔裤,就是买一条二三十块钱的牛仔裤,这个月咱家都别打算吃肉。"

叶子的脸立马就吊了下来,嘴里嘟囔着:"我就要苹果,别的我不要。"

"你爱要不要,反正我买不起。"

"你买不起拉倒!"叶子说罢这句话扭脸走出了家门。

其实,叶子在向岳曼香开口提出要买名牌牛仔裤之前,就预料到她娘会舍不得花这笔钱。但她觉得,不管咋说这是自己第一次跟家里提出要求,给不给买是母亲的事儿,敢不敢提则是自己的事儿。家里的情况她也知道,压根也冇想难为母亲,因为她冇忘了她还有个爹——我又不是压石头缝里蹦出来的，你就是跟俺妈离婚了也有抚养我的义务——所以叶子并没有跟岳曼香吵闹，而是去找了朱大林，在她看来，让朱大林花钱给自己买条牛仔裤，就等于替她娘减轻了经济压力。

此时的朱大林，已经跟相国寺市场那个卖布料的女人结罢婚后又生了一个男孩儿，已经上幼儿园了，叶子是在朱大林去幼儿园门口等着接孩子的时候找到了他。

一听叶子问他要一百多块钱去买条牛仔裤，朱大林一下子恼了："恁妈有钱，我就有钱了？我又不是大款，当个鳖孙记者能有几个钱，成天东奔西走、累死累活的，挣点辛苦钱还要养活你弟弟。让恁妈给你买，我有钱！"叶子有想到朱大林会是这个态度，委屈地指着幼儿园的大门，也冲朱大林瞪着眼道："你的钱都花给这个小崽子了，我就不是你的孩儿吗？"

"你是不是我的孩子，你回去问恁妈，让我给你买牛仔裤，我也不知恁妈是咋想的，可能吗？"

朱大林这话，让叶子一下子蒙顶了，啥意思啊，我不是你亲妞儿？就因为一条牛仔裤，说我不是你亲妞儿？

朱大林哼哼一笑，对愕然看着他的叶子说道："我啥意思？我的意思是，我朱大林对恁娘俩已经够好的了，我不是说了吗，回去问恁妈吧。"

自打朱大林和岳曼香离婚以后，叶子也找过朱大林几次，在有触动他利益的时候，朱大林每次见到叶子还算明事理，装得还像个长辈的样儿，问寒问暖，对叶子客客气气。而随着叶子一天天长大，朱大林便觉得她是个累赘了，尤其是在有了自己的儿子之后，平时在她身上大小不忍花的那几个小钱，也由过去的无所谓，变成了眼望儿的格外肚疼。而这一次，这个不亲的妞儿，竟然要让他花恁多钱去买一条名牌牛仔裤，朱大林觉得实在是忍无可忍，便彻底翻了脸。

叶子带着两眼泪回到了家，狠狠地关上自己的房门。岳曼香一瞅不对劲，在外边又敲又喊，但叶子始终有搭理她。岳曼香寻思，眼望儿的小妞儿们都可要样儿，穿得都一展二展的，只是这个家的情况比较特殊，叶子从来有提过这方面的要求，好不容易张一回口，也只是想买条牛仔裤，自己像她这么大的时候，不是也因为一件布拉吉，闹得家里稀嚓嚓吗？买就买吧，别管钱挣多挣少，左右不是都要花在孩子身上吗？于是，岳曼香信誓旦旦地向叶子保证,我的乖乖妞儿,只要你开开门,那苹果牌的牛仔裤咱买,一定买!

岳曼香好不容易哄叶子打开了房门,却被叶子问到脸上的一句话给搞得头皮发麻。叶子抹着眼泪问她:"朱大林到底是不是我的亲爹啊?"岳曼香癔症了半天才反应过来,原来叶子生气,是摊为买牛仔裤的事儿去找了朱大林,被对方给怼了一顿。她不由得心里开始蹼辈儿,妈那个赖孙,一百多块钱你都看在眼里头,俺妞儿喊你一声爹就得值一百万!亏你还是个长辈,啥成色,不想给俺买也就算了,至于当着那么多人恨叨俺吗?随后她安慰女儿道:"是不是亲爹又能咋着,这号人就是个活孬孙,你别管了,苹果牌牛仔裤咱一定买,而且还得买最好的!"

岳曼香用满满的口气说这个话的时候就想好了,女儿想要的这条苹果牌牛仔裤,自己就是有钱也不该自己给她买,应该让她亲爹掏钱让她亲爹来买。

第二天,岳曼香晃悠着就去了义丰厚,她像往常一样,坐进了主任办公室。正在办公室里忙着的王汴生,抬眼瞅了一下岳曼香后,习以为常地说了一句:"来了。"当他发现坐在那里的岳曼香一直冇吭气儿,感到有些反常,便搁下手里的活儿,问道:"咋啦?今个咋恁严肃啊?也不花搅了,瞅你今个的模样,是不是有啥事儿啊?""当然有事儿,恁亲妞儿的事儿。"岳曼香说罢,抱着膀儿等着看王汴生的反应。

王汴生急忙把食指竖在嘴上,示意岳曼香小点儿声,他又瞅瞅办公室门外的动静,然后低声询问:"叶子有啥事儿啊?"

岳曼香实话实说:"她想要买一条苹果牌牛仔裤,我一问,可贵,我是买不起,只有你这个亲爹给她拨钱了。"

王汴生一听,大松了一口气:"我当啥事儿呢,把你愁成这个样儿,不就是一条牛仔裤嘛,咱店里的牛仔裤随她挑,别说一条,两条都中。"

"你耳朵背啊,她要的是苹果牌,名牌,美国的。"

"啥美国的中国的,不都是牛仔裤吗?眼望儿咱义丰厚做的牛仔裤可畅销,不比美国的差。"

岳曼香听了哭笑不得,她一直觉得王汴生在义丰厚当主任就是个笑话,在服装这个行当里,眼光、见识还有审美那都是很重要的,而这货身上缺的恰恰就是这些关键的东西。于是她不得不进一步跟他掰扯："你还是个做布衫的,连牌子都不懂吗? 别管是卖布衫还是买布衫,要的就是一个牌子,只有名牌才卖得上价钱,咱义丰厚的牛仔裤能跟人家苹果名牌比吗?"

"咋不能比,质量绝对是能比,就是价钱不能比而已。"其实王汴生这话也不能算错,岳曼香讲的是穿衣的品位,他强调的则是实惠。再说,王汴生心里也清亮,只要是叶子的事儿,岳曼香开口了,他就丝毫没有推托的余地和理由,可明明自己和岳曼香都守着服装店,何必去花那个冤枉钱呢? 他说:"这个我懂,我的意思是,苹果牌牛仔裤太贵,买一条贴住①咱店里的好几条也不拉倒。"

"我说的就是这。"岳曼香用手指敲了敲他跟前的办公桌,意思是就是因为贵,才需要你出血。

王汴生想了想,说道:"要不这样,你也别发愁,咱给妞儿做一条,然后弄上个苹果的商标,不就完了吗?"

"你说得轻巧,咱做出的活儿,能跟人家美国人做出的活儿一样吗? 懂行的人一瞅立马就露馅了。"岳曼香摇头否定了对方的想法。

"看你说的,有几个懂行的啊,叶子懂行吗?"

"你可别小看恁妞儿……"

王汴生立即又把食指竖立在嘴上,满脸紧张:"小声点儿中不中? 别让人家听见嘞,啥恁妞儿恁妞儿的……"

"本来就是恁妞儿嘛,你要不认账,听说眼望儿已经有了一种高科技,验血都能验出来,不中咱就去验验血?"

"中了中了,别高科技低科技了,咱还是说牛仔裤的事儿吧。"

"牛仔裤的事儿,事儿不大,你看着办,反正我是讹住你了。"

王汴生又想了想,说道:"要不这样,咱还是实事求是一点儿,买一条正宗的苹果牌牛仔裤实在太贵,买一条得花咱一个月的工资都不拉倒,我的意思不是咱买不起,是裹不着花那个冤枉钱。还是依我的意思,咱还是给妞儿做一条,只要咱的做工讲究,做出来的活儿不粗糙,钉上个苹果牌

---

① 贴住:方言。顶上。

商标,保准让妞儿看不出来。你说呢?"

其实,岳曼香在王汴生第一次说出要给叶子做条贴牌的牛仔裤时,心里就认可了这个办法,之所以刚才嘴上右同意,就是想看看这货对他亲妞儿是不是真的上心。说实话,要买条正牌的美国造确实有点难为人。她点了点头,算是放了对方一马,但随后又担心道:"不是我说难听话,就咱义丰厚这几块料,人比活儿都粗糙,哪个有这个能耐?"

王汴生睁大眼睛看着岳曼香道:"你呀,你有这个能耐啊。"

"别打麻揶①了。"这两年懒散惯了,岳曼香似乎都忘了自己过去都干过啥。但是王汴生却有忘,见对方一副颓废的样子,便一本正经地说:"打啥麻揶啊,我可不是乱花搅,就恁妈教给你的这副手艺,别人不知我还不知?"

岳曼香白了王汴生一眼:"你啥不知啊,我穿啥裤衩、戴啥咪咪罩你都知。"

王汴生吓得食指又竖在了嘴上,扭脸往门外瞅了瞅,咬着牙低声狠劲地说:"我的姑奶奶,说正经事儿呢,你能不能正经一点!"

岳曼香咯咯地笑了起来。

"别笑了,你看我说的中不中吧?"

岳曼香把笑收敛住,说道:"我看你说的中,不是都嫌弃我这张脸吓人吗? 我就让那些嫌弃我的货瞅瞅,义丰厚是看脸的还是看活儿的!"

见岳曼香终于答应了,王汴生一脸的兴奋:"好,咱就这么定了,你负责做,我负责去找苹果牌商标,咱俩就一起来满足妞儿的心愿。"

岳曼香道:"咱俩可是有言在先,别当着店里人的面来做这个活儿,咱不能让人家说闲话,说咱是在占公家的便宜。"

"放心吧,那是当然。不管咋说,你是义丰厚的老主任,我是义丰厚的新主任,这要是让外人知了,还不定会咋想呢。"

"会咋想? 不就是亲爹亲妈给亲妞儿做条裤嘛。"

王汴生整下脸,用手指着岳曼香:"我警告你岳曼香,如果你再这么不分场合胡说八道,从今往后谁要是再跟你干那事儿,谁就是妞儿生的!"

---

① 麻揶:方言。嘲笑。

岳曼香冇脸冇皮地嬉笑道："中中中,依你还不中吗? 牛仔裤有没有都中,那事儿没有可不中。"

王汴生和岳曼香商定,店里人多眼杂,嘴也杂,为了不让店里人说闲话,等王汴生值夜班的时候,岳曼香再来干这个私活儿,用岳曼香花搅王汴生的话说:一举两得,革命生产两不误,反正都是干私活儿。

在岳曼香的强烈要求下,王汴生把值夜班的时间换在了当天晚上。

天黑以后,义丰厚里很安静,只有后作坊传出一阵阵缝纫机嗒嗒的响声。岳曼香十分专注地干着活儿,她熟练的技艺让站在一旁的王汴生发出了衷心赞叹:"不一样,就是不一样,老将出马一个顶俩,这不是顶俩,咱义丰厚那些货加到一块儿,也顶不住你一个。"岳曼香停住了手,仔细检查着自己干出的活儿,问道:"商标呢,你不是说你去找吗? 找着了冇啊?"随后就见王汴生压衣服兜里摸出了个小塑料袋,里头装着一个苹果牌商标。

岳曼香接过王汴生手里的小塑料袋,取出里面的商标,仔细瞅了瞅,问道:"别说,还真是。你压哪儿弄的?"

王汴生故作神秘地说:"鸡鸭尿尿,各有便道。保密。"

"你保密个球啊,快说,压哪儿弄的?"

"那你得答应我,不能跟任何人说。"

"不就是一个商标吗,犯得着这么神神鬼鬼吗?"

"太过得着了,因为给我这个商标的人你也认识。"王汴生在得到对方不到处乱说的保证后,把这枚商标的来路说了出来。

岳曼香听了不由得一愣:"朱大林?"

"准确地说,这东西是从朱大林的现任老婆那儿来的。"王汴生补充道。

随后他告诉岳曼香,朱大林那个现任老婆,不是在相国寺市场里做服装生意吗? 那娘们儿可不是个一般的娘们儿,她的进货渠道是在义乌,义乌是个啥地儿,凡是做服装生意的人冇不知的,个个心知肚明,就是冇捅破那层窗户纸。这么说吧,义乌那个地儿,只要是服装生意,只有你想不到的,没有他们拿不出来的。朱大林的现任老婆,用祥符人的话说,绝对是个"老黄角"①，在服装生意这个江湖上，只有你不懂的，没有她不知的。说得再具体一点儿，只要你肯掏钱，就冇她弄不来的商标，别管是中国的，外国的，老牌子，还是新牌子，只要你能说个样儿，她绝对会像说相声的贯口一样如数家珍。

岳曼香支棱着那只好眼盯着王汴生："恁俩是咋认识的，你跟她不会有一腿吧？"

"还有八腿呢！"王汴生知道，岳曼香说这话并不是真的怀疑他，而是这娘们儿别管啥事，只要一听里头有男人和女人就忍不住往下三路去想。他说："这年头，你只要舍得花钱，啥弄不来啊。"

"这块商标她要了你多少钱啊？"岳曼香不甘心，继续刨根问底儿。

王汴生故意卖关子："听实话还是听瞎话？"

"实话瞎话我都能听出来。"

"一分钱都冇花。"王汴生一脸的得意。

"不可能。"

朱大林那个现任媳妇岳曼香也不是冇见过，那就是个要钱不要命的主儿，说给个商标一分钱都冇要，打死她也不相信，除非王汴生跟她真的有一腿。可王汴生却指着天赌咒发誓："谁说瞎话谁是妞儿生的。"

岳曼香冇再吭气儿，那只独眼紧紧盯着王汴生，听他说着这块商标是咋压那个娘们儿手里弄过来的。王汴生说，下午他去了相国寺市场，找到那个娘们儿，说想买一块苹果牌牛仔裤的商标，那娘们儿说一块不卖，要买就买一沓，可当那娘们儿听罢要买这块商标的来龙去脉之后，啥也不再说了，立马就拿出了一块苹果牌牛仔裤的商标，递到王汴生的手里，而且说啥也不要钱。按照行规，只有收了钱，才能保证使用假商标一旦出事儿，风险才能共担，可那娘们儿却说，不管咋着，岳曼香也曾是朱大林的前妻……

岳曼香埋怨道："你把家里的事儿告诉她弄啥？"

王汴生脸上露出了他惯常有的坏笑："我就是告诉她，她回家后一定会传话给朱大林的，我就是要让朱大林那个卖尻孙心里不得劲。"自打从

①　"老黄角"：方言。意为老江湖。

岳曼香嘴里得知了朱大林恨叨叶子的事儿,他就恨上了朱大林。

岳曼香说:"他才不会不得劲,他又不是叶子的亲爹。"

"别管他是亲爹还是后爹,不管咋说,要不是恁家,那个卖屄孙早就复员回湖北农村去修地球了。"

岳曼香听他说话的意思,好像自己落到今天这个地步,全是朱大林的错,有他王汴生一点责任似的,便撇嘴道:"快拉倒吧,你还有脸说,就你才是得了便宜还卖乖的货,叶子是你亲生的,弄一块商标还有花你的钱。"

"可是我也付出了啊。"

"你付出啥了?"

"别冇良心啊,这二半夜的,你就是来做牛仔裤的吗?"

岳曼香听对方一下子把话题扯到了男女之事上,便鄙视道:"你还好意思说,干了恁些回,你比个太监强不到哪儿去!"

王汴生被岳曼香这一句话给打蒙,不再吭气儿了。

岳曼香说:"我就奇了怪,咋回回你都不中,早先你咋一满劲啊? 咋,你天天都要给家里'交公粮'啊?"

王汴生极不耐烦地打断她的话:"胡说啥,不是的……"

"那你说是啥? 你也不是七老八十干不动了,我看你就是纯装孬孙!"

"谁要装孬孙谁是妞儿生的。"

"妞儿生的,妞儿生的,我看你这个孬孙就是妞儿生的!"

王汴生被岳曼香怼得还不上价钱,只有闷头不吭。其实,他心里可清亮自己为啥不中,对他来说,他不是不想满足岳曼香的生理需求,最根本的原因还是在岳曼香那张脸上,即便真是给岳曼香的脸上搭块布,挤住眼,他该不中还是不中,因为,岳曼香眼望儿的这张脸,已经彻底跟每章儿对不上号了,就是脑子里强迫自己去吻合也不可能再吻合。每一次他俩在后作坊里干完那事儿,他都觉得自己比岳曼香还悲哀,得不到满足的岳曼香越是满口牢骚他越是悲哀,一直悲哀到自己恨自己咋恁不争气。

牛仔裤做好了,苹果牌商标也钉上了,俩人又搅腻①到一起干那事儿了,可,照样速战速决了……

---

① 搅腻:方言。搂抱。

岳曼香一边穿着衣服，一边哀叹着说道："去球吧，以后俺也不跟你弄这事儿了，还不如自己干自己痛快。"

王汴生长叹了一声："唉……"

一条崭新的"苹果牌"牛仔裤，套在了叶子那两条秀美的长腿上，她一边开心地审视着自己的腿，一边兴奋地对母亲说道："俺班的同学都说我长得像叶倩文，穿上这条牛仔裤，我觉得就更像叶倩文了。"

听女儿嘴里说出了一个陌生的名字，岳曼香傻傻地问："叶倩文是谁?"她以为是叶子班上新来的女同学。叶子像看傻瓜一样看了看母亲，而后告诉她，叶倩文是香港女歌手，就是唱《潇洒走一回》的那个，自己认为叶倩文唱得最好的歌是《夜上海》。

"《夜上海》不是周璇唱的吗?"岳曼香不想扫女儿的兴，竭力想让自己能够跟上对方的思维。而后母女俩开始就《夜上海》这首歌，到底是周璇唱的，还是邓丽君唱的抬起杠来。叶子也许是看出了母亲的勉为其难，也许是觉得这么争下去毫无意义，便停止了争论，拿出了邓丽君是原唱的证据，那就是她记得小时候有一次，看见爸妈关住房门，堵上窗户，在屋里偷偷摸摸听邓丽君的磁带。

随着女儿的诉说，岳曼香也情不自禁地回忆起来，苦笑着说道："那都是八十年代初的事儿了，可把恁那个孬孙爸给吓孬了，说是靡靡之音，非得让我把那盒磁带处理掉不可。"这句话说罢，她就不想再回忆下去了，过去的那些事如今不敢翻扯，每次翻扯涌上心头的无一例外都是恨，一种是对自己的恨，一种是对别人的恨。前一种恨她还可以通过作践自己来发泄，后一种恨如今也只能是恨恨罢了。于是她说："中了，管它邓丽君和叶倩文，爱谁谁。牛仔裤你也穿上了，安生好好学习吧，恁妈我这一辈子就这了，咱家就看你的了。"

像这一类话，岳曼香经常在叶子耳边叨叨，这也是当娘的心里话，这个家所有的指望全在叶子身上，可是，叶子并不是像岳曼香期望的那样，把心操在学习上。这并不是她不愿意好好学习，而是她对学校里学的那些东西冇一点兴趣。用叶子的话说，不是她一个人不感兴趣，而是她很多同学都不感兴趣，尽管老师不止一次与家长沟通，可叶子和她那帮趣味相投的同学，始终把兴趣点放在了时尚和各种社会新潮上面。

转眼,叶子就要上高三了,岳曼香心里最着急的就是明年高考,学校老师对她说,就凭叶子目前的学习情况,别说考一个好点的大学,就是考个一般的大学都难心。岳曼香去到养老院跟岳翠儿商量,她想让母亲出钱,让叶子去学艺术,明年高考可以走艺考那条路,相对来说,艺考对文化课的要求不是太高,只要够杠杠,再找找熟人,不管咋着,一定要混个大学文凭,要不以后连工作都难找到。

听罢岳曼香的想法,岳翠儿觉得这条路可行,叶子喜欢唱歌,找个老师给她辅导,明年就让她去考河南大学,不管咋说,河南大学守在家门口,考试的时候真要是少个几分,找找关系,花俩钱,也能保把一点儿。她说:"钱不是问题,你去给叶子找个老师吧,恁爹那笔抚恤金还在那里存着呢,用在叶子身上绰绰有余。"

征得母亲同意之后,岳曼香又征求了叶子的意见。叶子一听让她去学唱歌,高兴得差点蹦起来,破天荒地抱着母亲亲了一口,连声说了一大串"中中中中中……",别管明年能不能考上大学,也别管母亲是让她去学唱歌还是学跳舞,只要不逼着她去看那些无聊的课本,不逼着她去做那些没完没了的作业她就心满意足了。

见女儿如此兴奋,岳曼香也可提劲,寻思这妞儿眼望儿才开始转行学艺术,肯定比不上那些压小就被家里定向培养的孩儿,不如提早给她找个好一点的辅导老师,也许能让叶子进步得快一点。而让岳曼香自己都感到惊愕的是,这一想辅导老师,竟不知不觉地想到了这些年一直都冇见过面的汤建国。

据说,汤建国在河南大学宣传队混了几年后,被推举为工农兵学员,正式上了大学,毕业后就留校了,尽管河南大学的艺术系已经改了称呼,眼望儿叫河南大学艺术学院,可祥符人都知,那是换汤不换药,一码事儿,只是换了个名称罢了。岳曼香想,只要汤建国在那儿工作,托他给叶子介绍一位教声乐的老师,这样一来,等到明年考试就会更方便。自打汤建国离开义丰厚,岳曼香就冇再见过他,尽管时而能听到一点儿他的消息,也就是听听罢了,毕竟一晃这么多年过去,年轻时候的那些往事儿,已经被她深埋在心里,就像歌里唱的那样,"从来也不曾想起,永远也不会忘记",偶尔回想起来,也只是瞬间的回味一下,心里也不会再有任何波澜。再说,此一时彼一时,两个人已经都像是脱胎换骨了……

岳曼香去到了河南大学艺术学院,别说,汤建国还真在那里当老师,岳曼香找到他时,他正在琴房里给学生辅导二胡。人常说相见不如怀念,可多年不见的汤建国猛然映入眼帘的时候,岳曼香还是怦然心动了一下,蛰伏已久的陈年旧事顷刻间像开闸的洪水般在心底倾泻而出。然而,岳曼香的出现,汤建国似乎一点儿也不惊讶,他把学生打发走以后,就在那间琴房里接待了岳曼香。

汤建国似乎变化不大,除了一些白头发,还是那样精瘦,皮肤依然很白,他看岳曼香的目光,似乎带着一点儿闪烁。

"你咋也不显老啊。"时隔多年再次相见,岳曼香依然觉得他是个永远也长不大的孩儿。

"咋不老,我只比你小一岁。"汤建国说着把自己手里的保温杯递给岳曼香:"姐,先喝点水,我知你找我一定有事儿,不着急,慢慢说。"

岳曼香瞅着汤建国手里递过来的保温杯,冇接。他的举动让她有些惊愕,一时间愣在那里,杯子她没接。甚至,他的话儿也不知道该如何接。

汤建国:"这是我的杯子,喝吧。"

一阵温暖涌上岳曼香的心头,不知咋的,让她的鼻子有点发酸。她伸手接过保温杯,问道:"我冇把你吓着吧?"

汤建国:"你的事儿我听说了,本来想去看看你,后来一想,怕影响你的生活,犹豫再三,我想还是算了吧,怕你见到我会更难受……"

岳曼香:"咱不说这,中不?"

汤建国:"中,咱不说这。"

岳曼香:"眼望儿你咋样?日子过得好吗?"

汤建国:"你这不是也瞅见了吗,学校里面很单纯,除了教学生,冇别的事儿,不像在义丰厚的时候,成天被一些乱七八糟的事儿烦心。"

岳曼香:"成家了吧?"

汤建国:"都这把岁数,能不成家吗?孩子都上初中了。"

岳曼香点了点头,冇再多问,但她能压汤建国的脸上,看出大学老师那种有条不紊的工作和家庭生活。

汤建国:"叶子咋样,不小了吧?"

岳曼香:"我今个来找你,就是因为叶子的事儿。"

汤建国一笑:"是考学的事儿吧。"

岳曼香有些惊讶地:"你咋知?"

汤建国:"你找我不会有别的事儿,凡是平时不太交往的朋友来找我,基本上都是为孩子考学的事儿。说吧,姐,说说叶子的事儿吧。"

岳曼香把自己的想法告诉了汤建国,汤建国坐在那里纹丝不动听得很认真,但能看出,他的那种认真,又不是完全在叶子要学声乐这件事儿上,他的思绪好像飘得很远。

岳曼香:"叶子她要喜欢拉二胡多好,就用不着费那个事儿了。"

汤建国的思绪压很远的地方飘了回来,稳了稳神儿,说道:"姐,叶子学声乐这事儿,你就不用操心了,我会给她找我们学院最好的声乐老师。"

岳曼香带着激动说道:"谢谢你,汤老师,谢谢……"

"汤老师"三个字微微撞击了一下汤建国的心扉,他知道杯子制造的亲切气氛远不会弥合他们之间那种生分感。看着她客气而激动的神情,汤建国真诚地说:"别说外气话,咱俩谁跟谁呀,说实话,今个见到你我可高兴,在我心里,你一直就像我的亲姐姐一样。"

岳曼香重重地点着头,不知为何,心里一发酸,泪水压那只好眼睛里流了出来,与此同时她站起身说道:"我去一下卫生间。"

走出琴房的岳曼香,按汤建国的指点方位找到了卫生间,她并不是要解手,而是拧开卫生间里的水龙头,抠出自己那只玻璃假眼球,在水龙头下一个劲地冲洗着,同时又洗了一把脸,然后将玻璃假眼球塞回眼眶后,走出卫生间,朝琴房走去。就在她返回琴房的时候,突然听见那间琴房里,传出一阵激昂的二胡旋律,那首久违了的《志愿军战歌》让她停住了脚步。尽管琴房外面的走廊里,飘荡着各个琴房发出的不同乐器和不同旋律的声音,但,此时的岳曼香,并没有感到一丝嘈杂,她耳朵里只有那把久违了的龙头二胡奏出的旋律,她听着、听着,顷刻之间泪如雨下,然后,她返身再次跑回了卫生间……

2. 孩儿大了真的不由娘

一位大学教授说过:别管是中国人还是老外,穿衣打扮就是他们的皮肤,服饰的变迁也就是一个民族文化的变迁。在审美和实用的外衣下面,常常涌动着人类被压抑的潜意识。

汤建国很尽心,他给叶子找的声乐老师确实是高水平的,起初,因为新鲜,叶子也乐此不疲,每周按时按点去河南大学接受专业老师的指导,可时间一长,就开始三天打鱼两天晒网了,甚至有时打着去河大上课的幌子,也不知窜到哪儿去玩了。声乐老师找到汤建国,说还是算了吧,这孩子的心思根本就不在学习声乐上,照这样下去,谁也保证不了她能考上大学。冇办法,汤建国只能把这些情况如实地告诉了岳曼香,并提醒她要做另一手打算。听罢汤建国说的情况,岳曼香非常生气,把叶子叫到跟前训斥。

岳曼香:"文化课你不中,唱歌你又不好好学,眼看就要高考了,这要是考不上大学,你准备干啥? 你又能干啥?"

叶子不卑不亢地说:"不是我不想好好学唱歌,是河大的声乐老师不对我的路,不对路你让我咋学啊?"

岳曼香:"不对你的路? 那你跟我说说,你是啥路?"

叶子:"我是叶倩文那一路,根本不是河大老师们教的那些民族唱法和美声唱法,见天不是唱'一条大河波浪宽'就是唱'桑塔露琪亚',越唱越恶心。"

岳曼香:"人家河大老师教的那是正路子,你喜欢的那是野路子,人家是正规军,你连游击队也算不上!"

叶子一脸的半烦儿:"啥正规军游击队,你根本就不懂,我跟你说不着。"

岳曼香:"你跟我说不着,可我给你掏钱的啊!"

叶子:"掏钱咋啦? 掏钱我就该委屈我自己吗? 压今个开始,我也不让你掏钱了,河大我不去了! 咪咪咪妈妈妈我不学啦!"

岳曼香:"不学可以,那你想干啥?"

叶子:"我干我想干的事儿!少管我,你还是把你自己管好吧!"

真是孩儿大了不由娘,岳曼香气得一鼓一鼓的,却一点儿办法也冇。时间一长,岳曼香也想开了,只要叶子不出大的岔纰,不上大学就不上大学吧,就叶子长的模样,以后找个好人家还是不成问题的。真正的问题是自己这副遭人嫌弃的模样,不可能再有什么机会重新择偶去过一个女人正常的生活。尽管汤建国鼓励她不要自暴自弃要好好生活,岳曼香觉得他是站着说话不腰疼,就自己这副模样,还能好好生活吗? 就连自己的亲妞儿都嫌弃自己了。

岳曼香觉得自己的日子越过越有劲,越过越沮丧,也越过越邋遢。再有就是自己的身材,在一个劲地发胖,以前自己喜欢的那些布衫一件也穿不上了,要是有一件还算穿着合适的,她一穿就是好些天,恨不得绑在身上。这些她喜欢的布衫上,到处粘的都是饭裕褙①,她也懒得去洗。越是这样,她越是啥也不再顾忌,冇事儿去店里消遣跟同事们瞎喷的时候,嘴里几乎也冇了一点正经话,张口闭口全围绕在"下三路"上,而且矛头还经常对着王汴生,听上去好像是在乱花搅,其实都夹枪带棒,带着针对性,经常给王汴生搞得很难堪,用岳曼香的话说:"咱俩搞不成那事儿了,还不让过过嘴瘾?"

这天,邋里邋遢的岳曼香又去到店里消磨时间,让她奇怪的是,今个王汴生一反常态,脸上挂着神秘的微笑,对她小声地说:"今个晚上我值班,你来吧。"

岳曼香满眼疑惑地瞅着王汴生,问道:"太阳真是压西边出来了,这多天耷拉着头抬不起来,今个是咋啦? 吃春药啦?"

王汴生挤眉弄眼地小声说道:"咋恁多废话,叫你来你就来,比吃春药厉害多了。"

岳曼香严肃地:"你可别榨我啊?"

王汴生同样严肃地:"榨你我是赖孙!"

对岳曼香来说确实很奇怪,自打她不再跟王汴生有那种事儿以后,她

---

① 饭裕褙:方言。食物痕迹。

早已经断了这个念想，自己的事儿自己解决，个人需求自给自足，说到底这也不是个求人的事儿，求了也冇用。她心里可清亮，眼望儿自己在男人们的眼里，连个女流氓都算不上，也就是个祥符人常腌臜人的形容，自己就是"恶心八回带干哕"的半掩门，要不是这，像王汴生这号男人也会躲着自己？男人有几个好东西？在这种事上就冇一个好东西，可是他们还想挑个好东西。她可清亮，在男人们的眼里，她早就不是个好东西了，是个人见人恶心的烂东西。

晚上，岳曼香掐着点儿到了义丰厚。在后作坊里，王汴生带着满脸神秘的淫笑，对她说道："脱吧。"

岳曼香："咋？你还真的吃药了？"

王汴生："让你脱你就脱，咋恁多废话。"

岳曼香："你让我脱，你咋不脱啊？"

王汴生："我用不着脱，你脱吧，一会儿你就知了。"

岳曼香一边脱着身上的衣裤，一边带着疑问在说："乖乖咪，我看今个你能生出个啥幺蛾子来……"

当王汴生瞅着岳曼香脱去身上所有衣物，一丝不挂地躺在布料堆上时，他压自己手里一直提溜着的小布袋里取出一个奇怪的物件。

岳曼香："这是啥啊？"

王汴生："啥？蚂蚱！"

岳曼香满脸疑惑地盯着王汴生手里那个奇怪的物件。

王汴生："看不出来是啥吗？"

岳曼香仔细辨别着："我瞅着，咋像个鸡巴？"

王汴生："别说得那么粗鲁中不中，这叫震动棒，专门用来解决像你这号性欲特别强、瘾特别大的娘们儿的需要。"

岳曼香不吭气了，瞪大着一只眼，瞅着王汴生手里掂着的那个被称作"震动棒"的物件，除了好奇和不解之外，似乎还有一种期待。

王汴生开始给岳曼香做详细介绍："说白了，这玩意儿就是个性工具，压外国传到咱国来的。这玩意儿分两种，一种是男人使的，一种是女人使的。我手里这个就是女人使的，用粗糙的话说就是个假鸡巴，是娘们儿用来进行自我性刺激的工具。"

　　　　　　　　　　　　　　　　　　　　　　五、牛仔服

岳曼香看着这玩意儿,五味杂陈,在王汴生眼中,她俨然成了欲壑难填的动物,可自己却也怒己不争,长期的自暴自弃慢慢消耗掉了她最后的那点羞涩感。第一次见到这玩意儿,她居然是满满的好奇:"外国人可真会想鲜点儿。"

王汴生:"据国外的调查数据显示,这玩意儿在全世界的年销售额高达百亿元,眼望儿传到咱国来以后,据说咱国的娘们儿使用这玩意儿的,已经占了快百分之五十。"

岳曼香:"净瞎说,我咋不知,我也冇听别人说过啊。"

王汴生:"你不知的东西多着呢,眼望儿咱国改革开放,啥没有啊,不能说你不知就代表没有,咱祥符是个小地儿,别看历史上牛逼烘烘,可到现在吃过大盘荆芥的人还是太少。随着社会物质文明和精神文明的高速发展,这玩意儿的使用也开始被咱国的娘们儿接受。"

岳曼香:"接受又咋着,说到底是个假玩意儿,能有真家伙得劲? 我不信。"

王汴生:"得劲不得劲,你听我把话说完中不中?"

岳曼香:"你说吧,我听着呢。"

王汴生:"要在以前,使用震动棒,是一种被人认为可丢人的行为,但是随着社会的发展,人们越来越认识到,摊为种种原因,并不是所有朋友和夫妻都能在一起发生性关系的。自打有了这玩意儿,一下子缓解很多矛盾,一方面解决了自身生理需求,另一方面也减少了犯罪。实践证明,这玩意儿中,对社会还是有很大帮助的,你要说使着不得劲,全世界哪会有恁大的市场需求啊,这就像咱义丰厚做服装一样,生意好是因为活儿好,有人喜欢,如果活儿不中,哪会有市场啊? 一个道理,你说是不是?"

岳曼香:"光说不练假把式。来,练罢再让我说是不是这个理儿,这玩意儿到底中不中,如果真像你说的那样,我可得好好谢谢你!"

"来,开练,这玩意儿就是专门对付恁这号娘们儿的。"王汴生问道:"是你自己练还是我帮着你一起练啊?"

岳曼香压王汴生手里接过震动棒,认真地审视着,说道:"呦,跟手电筒一样,还需要用电池啊。"

"里头有电池,我新装上的。"王汴生伸手推了一下震动棒上面的开关,震动棒瞬间伸缩扭动了起来。

岳曼香:"乖乖咪,劲儿还怪大。"

王汴生笑着说:"反正比真玩意儿的劲儿大,像你这号瘾大的娘们儿,劲儿小喽还打发不住你呢。"

岳曼香翻了王汴生一眼:"就你那玩意儿是个摆设。"

王汴生:"你也别再叨叨我了,你的啥事儿我不挂在心上啊。再说了,不管咋着我眼望儿算是你的领导,关心群众生活也是领导应该做的嘛。"

岳曼香扑哧一声笑了。

在王汴生的"陪练"之下,岳曼香完成了有生以来第一次使用震动棒的性生活,对她来说,可以说是一次接近完美的性生活,那种酣畅淋漓的感觉让她腾云驾雾,如入仙境一般,高潮过后,她四仰八叉地躺在后作坊的布料堆上,依旧回味无穷。

王汴生佝着腰问了一句:"哎,咋样啊?"

岳曼香懒散地回了一句:"谢谢领导关心。"

有了第一次体验以后,岳曼香像是变了一个人,精神头比以前好多了,毕竟她还不到四十岁,女人生理上的需求也是正强烈的时期,有了这么个能解决实际问题的家伙什儿,她觉得完全可以不依赖男人去过自己的生活了:母亲在养老院里有人照顾,自己不用上班每月还能按时拿到工资,想吃啥自己做点儿,不想自己做去街上买点儿吃,怪省心也怪得劲。眼下,唯一让她不省心和不得劲的就是叶子,她实在也想不出该咋办。过罢年叶子就满十七岁,已经是一个标标准准的大姑娘了,那个头,那长相,走在大街上回头率之高,被岳曼香看在眼里急在心里。叶子彻底放弃了考大学,成天跟着一帮同龄人钻进卡拉OK里面唱歌,根本就不考虑自己的前途,可对岳曼香来说,叶子不考虑,她这个当娘的不能不考虑啊。思来想去,岳曼香跑到了养老院,去跟自己的娘商量,目的就是想让老太太出面,看能不能找找老关系,给叶子安排个合适的单位去上班。对岳曼香来说,她也只能这样了。

当姥姥的岳翠儿,同样也为叶子着急,但心有余力不足。自从廖普生过世以后,已经冇啥老关系可以去利用了,即便像崔洪那样的老领导,也都在家里安度晚年,不在其位不谋其政,一朝天子一朝臣,根本冇人再认

　　　　　　　　　　　　　　　　　　五、牛仔服

可这些老家伙说话的分量。尽管这样，老崔洪还是很够意思，当岳翠儿找罢他之后，崔洪抓起电话就打给了相关部门，得到的答复基本上都是，眼望儿跟每章儿不一样了，即便是走后门去哪个机关单位正式上班，一律都要经过考试。只要一听考试，叶子立马就不干了，她说压小学考到中学，压中学考到高中，早就把她给考恶心了，可是不考试，不走正规程序，谁也不敢给她安排进机关单位。要不，就走另外一条路，就是花钱送礼请客吃饭，给叶子"买"一个不是机关单位的体面工作，可这条路也走不通，别看廖普生是老革命，生前他是个老八板，靠工资活了一辈子，压根就冇太多的积蓄，谁都清亮，眼望儿花钱买工作可不是个小钱。所以，如果冇得劲人，又冇钱，想找个像样的工作，可以说连门都没有。岳翠儿和岳曼香娘儿俩，商量来商量去，最后岳翠儿说，想要保把，还是去义丰厚上班最保把，谁也不用求，就咱娘儿俩往这儿一站，叶子去义丰厚上班谁都不敢放个屁。

中，就这么定了，岳翠儿和岳曼香娘儿俩一拍即合。可是，当岳曼香把两个老人的决定告诉叶子的时候，麻烦又来了。

叶子瞪着乌黑水灵的大眼睛："啥？让我去义丰厚上班？恁咋想出来的啊？"

岳曼香："啥咋想出来的，这还用想吗？去别的单位上班需要考试，需要花钱，去义丰厚上班不用考试也不用花钱，这你还不懂？"

叶子："拜托，这跟考不考试、花不花钱冇关系，我的娘！"

岳曼香："你啥意思啊？"

叶子："我啥意思，真可笑，恁也不想想，我可能去义丰厚上班吗？"

岳曼香："义丰厚咋啦？你咋就不能去义丰厚上班？"

叶子："俺姥姥和你卖了一辈子布，做了一辈子布衫，难道还要让我去卖一辈子布做一辈子布衫不成！"

岳曼香："你咋就不能卖一辈子布做一辈子布衫啊？你多主贵，你是名门望族的大小姐？卖布做布衫丢你的人了？"

叶子："这跟丢不丢人冇关系！"

岳曼香："跟啥有关系啊？"

叶子："跟我的志向和理想有关系，跟我希望的生活有关系，跟我的人生更有关系,我才不会像你和俺姥姥那样,把自己这一辈子都搭在一个卖布做布衫的商店里,怹不觉得亏,我还觉得亏呢。咱今个把话挑明了吧,我不喜欢祥符这个地儿,早晚我会离开这里,所以我不可能按照怹给我设计的道路去生活,怹就死了这条心吧!"

岳曼香:"别好高骛远了,怹姥姥跟我都是过来的人,每章儿年轻的时候俺也跟你一样,想得都可美,可是锅是铁的,盐是咸的,日子是苦的,等你到了俺这把年纪,你才会明白,女人别管在哪里生活,最当紧的是,要有个适合自己的活儿干,到了谈婚论嫁的年龄,再找个好人家,这样才能把日子过踏实。"

叶子不屑地问:"说得不错,可你把日子过踏实了吗?"

岳曼香:"正因为怹妈有惨痛的教训,才要提醒你!"

叶子:"妈,我说句话你别不爱听,你人生的道路冇走好,才有了惨痛的教训,可你咋就知我会有惨痛的教训呢? 你冇找到一个好人家,不代表我以后找不到一个好人家;你喜欢义丰厚,不代表我就喜欢义丰厚。实话告诉你吧,不管我今后靠啥来生存,我都不会像你和俺姥姥这样目光短浅,这座祥符城我是一定要离开的!"

岳曼香:"你,你要去哪儿?"

叶子:"我要去我想去的地方,去一个不会往人脸上泼硫酸的地方!"

岳曼香被女儿这句话给打蒙,张嘴还不上价钱,不单是还不上价钱,而且她觉得自己在女儿面前颜面无存,因为这句话里潜台词已经向她挑明——"你有什么资格说我,你曾经的那些事儿我全都知道。"尽管叶子说罢这句话后,觉察到母亲的情绪发生了很大变化,也意识到自己不该说得那么露骨,不该这么狠去伤母亲的心,可说出去的话就像泼出去的水,收不回来了,她也没有勇气再去向母亲道歉,毕竟这是她的心里话。

晚上,这娘儿俩在各自的床上双双失眠。岳曼香躺在那里闭着眼睛,伸手在自己的脸上抚摸着,那些不堪回首的细节,随着自己的手被一段段抚摸了出来,眼泪也不由汩汩地流下来,那只装着玻璃假眼球的眼睛居然还可以淌泪。最终,她压那些残忍的细节里找到了一个答案,那就是,叶子说得对,且不说女儿要去她想去的地方是哪里,但一定要让女儿去一个不会往人脸上泼硫酸的地方。岳曼香在心里对自己说:这辈子就这了,自己今后所有的希望和寄托全依附在女儿身上，无所谓考不考大学，也无所谓干什么工作，只要女儿能离开祥符，只要她能有一个让她自己认为理想的归宿，做娘的也就心满意足了。可是，咋样才能兑现自己内心的这份盼望，岳曼香却不知。

早上起床后，岳曼香像往常一样，洗漱罢自己的左眼眶，将那只玻璃假眼球塞进去的那一瞬间，她突然强烈地产生了要去找汤建国的愿望，在她周围已经没有能理解她、能听懂她心里话的人了，或许只有汤建国还愿意与其分担，她真的是想找一个能理解自己的人说说话。于是，吃完早饭后，她就去了河南大学。

岳曼香来得太早，她独自在校园里闲转了一会儿后，瞅见一些手里掂着乐器的学生，正往琴房的方向走，于是她迎上前去，一打听才知道，汤建国老师今个不上课，他这一段时间在学校大礼堂负责组织民族乐队排练，要去北京参加全国大学生民族音乐周的演出。

河南大学的校礼堂，是民国时期的一幢宫殿式建筑，青砖灰瓦，飞檐斗阁，气势恢宏，童年时代，岳曼香经常跟着小伙伴们来此玩耍，大礼堂里那一排排座椅留下许多她躲猫猫的记忆。另外让她记忆犹新的就是，当年河南大学的红卫兵，在这里批斗学校的老师，那时候她还是个少女，跟着那些群情激昂的成人，高喊着打倒这个打倒那个的口号，再后来就是，她经常来这里参加一些祥符市组织的各种会议，这座历史悠久的大礼堂，似乎早就不属于一座大学，而是与一座城市有着剪不断理还乱的各种关系。

正因为这座礼堂对岳曼香不陌生，她才绕过紧锁的大门，压舞台后面的偏门进入了大礼堂内。空空荡荡的大礼堂，舞台上不见有一个人影，只有侧幕旁边传来一些响动。岳曼香朝侧幕的方向走了过去。

由于整个大礼堂里面冇开灯，舞台上显得昏暗，视力不好的岳曼香在摸索前行的时候，喊了两句："有人冇？这里有人冇？"

"谁啊？"侧幕后面走出来的那个人，正是汤建国。

在岳曼香还不敢确认那个人是不是汤建国的时候，汤建国已经确认出了岳曼香。

汤建国略有惊讶地："姐，你咋来了？"

岳曼香定住神儿,确认压侧幕后面走出的那个人是汤建国之后,说道:"冇事儿,我是瞎转悠转到这里的。"

汤建国半信半疑:"不会吧,大早起咋会转悠到这儿?"

岳曼香:"真的冇事儿,听学生们说你在这儿,我就来瞅瞅你。"

汤建国:"北京要搞全国大学生民族音乐周,我负责俺学校的乐队排练。这不,学生们还冇来,我提前来准备一下谱架啥的。"

岳曼香:"怪忙。我不耽误你的正事儿,瞅瞅你我就走。"

汤建国:"学生们排练还要待会儿。来,姐,坐一会儿。"

岳曼香:"我怕耽误你的事儿。"

汤建国:"不耽误,来坐会儿。"

岳曼香跟着汤建国去到了侧幕旁边,坐在了一片谱架后面的椅子上。

汤建国:"姐,咱俩别外气,你有啥事儿需要我帮忙,你只管说。大早起你跑到这儿,肯定是有事儿。"

不知为何,岳曼香在坐下来之后,突然啥都不想说了,甚至连自己为啥会跑到这儿来都不知了,此时此刻,她觉得自己不应该来给汤建国找麻烦,汤建国这个几十年前的情人,似乎与自己的家事儿冇啥关系,她觉得自己这种做法有点自作多情和不自量力,人家汤建国眼望儿是大学老师,自己是啥? 自己是一个要啥冇啥,只有一副丑陋面孔的老女人。想到这里,她突然悲伤到了不想再说一句话的程度。

昏暗的光线中,汤建国仿佛觉察到了什么,问道:"姐,你咋啦?"

岳曼香:"咋也不咋。"

汤建国:"那你说话啊。"

片刻沉默之后,岳曼香说道:"我来这里,是想听你拉二胡。"

汤建国半信半疑地:"只是想听我拉二胡?"

岳曼香点点头。

汤建国笑着说:"听我拉二胡啥时候都能听,既然你来了,我就跟你说件事儿。其实,前两天我就想去义丰厚。"

岳曼香:"有啥事儿吗?"

汤建国:"当然有事儿,还是可重要的事儿。"

岳曼香认真地:"啥事儿,你说,只要姐能派上用场。"

汤建国:"看你说的,不光是派上用场,还能派上大用场,非姐莫属。"

岳曼香来了精神头,催促着:"你快说,啥事儿?"

汤建国压一旁端过自己的保温杯,拧开盖子,递给岳曼香:"别急,姐,你先喝口水,再听我跟你慢慢说。"

岳曼香压汤建国手里接过保温杯,和上次一样,她并冇喝,而是再次催促汤建国说他要说的事儿。

静谧的大礼堂内,回荡着汤建国因为激动而语速稍显急促的声音。他告诉岳曼香,此次北京举办的全国大学生民族音乐周,是新中国成立以来头一次对全国高等院校民族音乐教学的大检阅,其重大意义不言而喻,河南大学艺术学院民族乐器的水平,在全国高校一直处于不高不低的水平,要想推陈出新,在此次音乐周上让人们刮目相看,汤建国觉得,除了在乐曲的选择和演奏方面要动脑子,舞台上的表现形式也相当重要。在动了一番脑子之后,汤建国想出了一个他认为能吸引观众和评委的舞台表现形式,那就是演出服装上的另类。他不想遵循一般人那种传统审美,民族器乐演奏就非要穿民族服装,他设想的是,如果河南大学的民族乐队穿着一身牛仔服坐在舞台上,拉着二胡齐奏《赛马》,给人们的听觉和视觉会产生一种奇特效果,没准这样的"洋为中用"可以出奇制胜。

听罢汤建国的想法,岳曼香在感到很新奇的同时带着质疑问:"穿牛仔服拉《赛马》,中不中啊?"

汤建国:"中!姐,我说中就一定中,你相信我。"

岳曼香:"你的意思是让俺义丰厚来做恁演出穿的牛仔服?"

汤建国:"恁不做谁做?你说说,这个祥符城还有哪家能做出让我满意的牛仔服?"

岳曼香:"这倒是,眼望儿祥符城里,做牛仔服的快跟卖胡辣汤的差不多了,到处都是,论质量,能入眼的,也只有义丰厚,俺义丰厚做的假苹果牌牛仔服,比真苹果牌的牛仔服还像真苹果牌的,行家也难分辨真假。"

汤建国:"俺可不要苹果牌的,俺就要义丰厚的。"

岳曼香笑道:"我跟你说着玩呢。"

"我知你是跟我说着玩呢。"汤建国沉默片刻,低声说道,"姐,有些话,装在我肚子里很久,我不知该不该对你说。"

岳曼香："啥话？你说吧，我听着呢。"

汤建国低着头说道："姐，这些年，我一直觉得挺对不起你的。"

岳曼香："这叫啥话，你冇对不起我啥啊。"

汤建国："特别是，在当我听说你出事儿以后，非常内疚。我在想，如果当年我不离开义丰厚，也许就不会发生那样的事儿……"

岳曼香："别瞎说，你不离开义丰厚，不去考学，不去有更好的追求，哪里会有你今天的生活啊，你说是不是？人啊，谁也冇长前后眼，谁能料到自己会是个啥命运啊，怨不得别人，只能怨恁姐的命不好。"

汤建国："姐，有件事儿一直压在我心里，也一直想问你。"

岳曼香："啥事儿啊？"

汤建国："我要是问你，你可不要生气啊。"

岳曼香淡淡一笑，从容地说道："都啥年纪了，别说你问我啥，你就是骂我是个半掩门，我也不会生气了。问吧，啥事儿？"

汤建国："我想问问，叶子到底是谁的孩儿……"

这句话仿佛让空气骤然凝结了，大礼堂里出奇的安静，神情慵懒的岳曼香，坐在那里也非常安静，她感觉到自己的眼睛又起了眵目糊，但她并没有起身去找水龙头，她慢慢地压兜里掏出了一块手绢，在自己的左眼眶周围揾了揾，如今，可以说体己话的人只剩下汤建国了，可真的交心了，却聊这压箱底的、永不想再提的话题，这是该欢喜还是悲哀呢？她对汤建国说道："弟弟，姐想听你拉二胡。"

汤建国慢慢起身，去一旁掂过来他那把龙头二胡，问道："姐，你想听啥？还听《志愿军战歌》吧。"

岳曼香语气平和地说："我想听《赛马》。"

……

王汴生很高兴地接下了河大艺术学院这批牛仔服的活儿，还在全店的职工会上表扬了岳曼香，与其说是表扬，不如说是花搅，他说岳曼香是"身残志坚，不吃老本，再立新功"，虽说早已不再是主任，但依旧在为义丰厚创造业绩，这十来套牛仔服虽然不算大单，却能造成较大影响，大学生们穿着义丰厚制作的牛仔服进京演出，媒体跟着一宣传，照片登上报纸，那就是给义丰厚做了一个大大的广告。

全体职工会开罢，岳曼香进到主任办公室里，指着王汴生的脸就骂："要做就做，不做去球，啥身残志坚？残也是恁这号男人们给害的！"

王汴生急忙把办公室的门关上，说道："你见天不来上班，大家嘴里不说，不代表心里有意见，我表扬你不是为你好吗，你咋不识好歹呢？你呀，这辈子都不识好人心。"

岳曼香："你是好人？你跟我说说，你是啥好人？我还不知你心里是咋想的！"

王汴生："我心里是咋想的？你说给我听听。"

岳曼香："中了，你肚子里那几根肠子弯几道弯我能不知？撅屁股就知你拉啥屎，你是瞅着人家河大老师不顺眼！"

王汴生："快拉倒吧你，就他？汤建国？他是河大老师，老话咋说的你知不知？"

岳曼香："啥老话咋说的？我不知。"

王汴生："老话说，'一条河里洗过澡，谁有见过谁的屌'？"

岳曼香："你要点脸中不中？还老话咋说的，用不着老话咋说，恁俩的屌我都见过，他比你强！你还有脸吃醋，我能成了这副模样，哪个男人还会要我！"

王汴生："我说的不是这个意思。"

岳曼香："那你说的是啥意思？"

王汴生："我说的意思是，当年他就应该娶你。"

岳曼香冲着王汴生的脸："呸！你还有脸说这，当年你咋不娶我？得了便宜还卖乖，要不是你个赖孙在里头掺杂面，俺那锅馒头早蒸熟了！"

王汴生被岳曼香这一句话给打蒙，任凭岳曼香再咋骂，一声不吭了。他心里可清亮，那本老皇历真的不能再翻，把每章儿那些事儿翻出来，冇人家汤建国一点儿错，只是让他心里感到不舒服的是，岳曼香又跟汤建国挂上钩，会不会一起来跟他算那笔陈年老账？因为正像岳曼香说的那样，当年要不是他掺杂面，眼望儿还真不一定是个啥样儿呢。不管是个啥样儿，他输理了，岳曼香骂啥他都得听着。

不管咋说，接下了牛仔服这单活儿，应该是件高兴事儿，店里内部对职工在外面接到活儿是有规定的，凡是接了十套以上活儿的，店里有百分之十五的提成奖励。在岳曼香骂罢王汴生之后，王汴生叫来店里的会计，现拔现将牛仔服的提成奖励的钱递到了岳曼香的手里。可是，把钱装进兜里的岳曼香却高兴不起来，脑子里一直回想着在河南大学礼堂里，汤建国问她的那句话——叶子到底是谁的孩子？在她压王汴生办公室走出来之前，她当着店里会计的面，指着王大主任的鼻子狠狠又骂了一句——你就是个卖尻孙！

那天岳曼香回到家，她奇怪地发现，以往像算盘珠子拨一下动一下的叶子，今个把家里打扫得干干净净，还主动在做晚饭。她站在那里不解地瞅着叶子。

叶子面带笑容地："你是不是觉得太阳压西边出来了？"

岳曼香："啊？哦，有点儿。"

叶子："我今个头一次学蒸卤面，好不好吃请多包涵。"

岳曼香："乖，你是不是有啥事儿啊？"

叶子："先吃卤面，吃罢了再说。"

说实话，叶子的卤面做得真不咋地，齁咸，尽管叶子一个劲地问是不是咸了，岳曼香却一个劲地表示好吃，对她来说，叶子今个的表现真是太阳压西边出来了。吃罢了卤面，叶子又沏了一杯茶搁在了岳曼香的面前。

岳曼香："你这是不打算让我晚上睡觉啊。"

"忘了，你晚上不能喝茶，我给你换杯白开水吧。"叶子说着就要去把茶杯端走，被岳曼香伸手阻止。

岳曼香："睡不着就睡不着吧，今个能吃上俺妞儿做的卤面，睡不着也值。"

叶子停顿了一下，说道："妈，我要给你说的这件事儿，你听罢可能就不高兴了。"

岳曼香瞅着叶子的脸，温和地说道："乖，坐下慢慢说，让我听听你说的是啥事儿，咋会让我不高兴。"

叶子坐在了岳曼香的身边："妈，这事儿我想了很久，彻底想透了才敢告诉你。其实，我完全可以不告诉你，但是，我需要你的帮助。"

岳曼香："不管啥事儿，你只要告诉我、信任我，我这个当妈的，就是砸锅卖铁，也一定会帮助你，因为你是我的亲妞儿。"

叶子使劲地点着头。

其实,叶子在冇告诉岳曼香之前,岳曼香心里也能猜出个八八九九,自己的妞儿需要自己帮助,最大的可能就是在经济上,要用钱去办一件啥事儿,很可能是一件与她个人前途和人生道路有关的事儿。

叶子说,她认识了一个朋友,她让岳曼香不用担心,是个年龄比她大的女朋友。说来也巧,她认识的这个女朋友也是做服装生意的,与义丰厚不同的是,她这个女朋友做的不是外衣,是内衣,而且还是内衣里的内衣——被祥符人称为咪咪罩的乳罩。在岳曼香这一代人的眼里,咪咪罩根本就不属于服装,而叶子她们这一代人的认知却不一样,乳罩也是衣。

叶子在跟岳曼香说的过程中,拿出了许多有关乳罩的时尚刊物,这些图文并茂的刊物大多来自国外,叶子一边给岳曼香翻看着,一边做着介绍,不光是介绍,还讲出了关于乳罩的很多历史。她告诉母亲,乳罩最早源自法国,当时中世纪的欧洲贵族流行穿一种非常紧身的束衣,后来因束衣穿起来太麻烦,就改用两条手帕制成胸衣,成为现代胸罩的雏形,上世纪九十年代初期,乳罩这一称呼被正式写进了法国的牛津词典。

岳曼香:"乳罩俩字是洋词儿,恁姥姥第一次让我戴的时候,说它是咪咪罩。"

叶子:"你第一次让我戴的时候,也说它是咪咪罩。"

岳曼香:"可不是吗,我到眼望儿还改不过嘴来。"

叶子:"俺那个朋友对我说,欧洲文艺复兴以前,西方女人的身体几乎冇任何束缚,贵妇人们穿上的衬裙叫作内衣,劳动妇女穿的是小束腰,胸前系带子,后来有一个叫亨利的人发明了俩对称的圆球形来遮胸,还申请了专利。"

岳曼香:"外国人就是洋蛋,发明个咪咪罩还申请专利。前不久还有个熟人问我,恁义丰厚的招牌注册了冇?我说,义丰厚是老字号,注啥册啊,祥符城里的老一辈少一辈,谁不知马道街上的义丰厚啊。"

叶子:"那我问你,义丰厚的招牌是谁起的名儿?"

岳曼香摇头:"我还真不知,我问过恁姥姥,她也不知。"

叶子:"在国外,所有专营服饰的商店,都注册有自己的招牌,一千年也不会变。服装就更不用说,就连乳罩也有自己的商标。"

岳曼香："乖,你别给我上商标品牌课,你就说你想弄啥吧,卖咪咪罩?"

叶子："截至到目前,咱祥符还冇一家专营乳罩的商店,在咱中国人的眼里,乳罩不算服装,但在西方却不是这样,乳罩是最漂亮、最神秘、又是最难制作的服装。我的想法是,用咱义丰厚的名义,创建一个乳罩品牌。由义丰厚设计制作,我负责销售,我朋友说了,她在香港有专营乳罩的商店,只要咱的乳罩制作精良,就可以走出国门。"

岳曼香："啥走出国门,香港已经回归罢了,也是咱国的。"

叶子："我的意思是,咱通过香港这个窗口,把咱的乳罩销售到全世界去。"

岳曼香："想法是不孬,可是我咋就觉得,跟咱义丰厚有点不沾边啊……"

叶子："我不是说了吗,咋不沾边啊,乳罩也是衣服,而且是最难制作的衣服,可以这么说吧,一款特型的乳罩,比做一件衬衣还废布料。"

岳曼香："滚吧去,有恁大的咪咪?我才不信。"

叶子："你别不信,吉尼斯纪录中,全世界女人最大的乳房重达56磅,也就是一百四十多斤呢。"

岳曼香："乖乖唻,这得做多大个咪咪罩啊!"

叶子："除此之外,现代乳罩还具有医学功能,可以防癌和防心脏病,国外已经有人申请了专利。还有更神奇的呢,国外还有人设计了可以检测核辐射的乳罩,还有人发明了戒烟乳罩,这种戒烟乳罩只要你一戴上,就能释放出一股神秘气味儿,可以消除人吸烟的欲望。这还不算最新奇的,用咱祥符人的话说,最气蛋的还有一种防抢劫的乳罩,就是在遇见坏人抢劫的时候,这种乳罩能够检测出心跳速度,并在主人惊慌失措的时候自动报警,通知警察,这种智能性的乳罩,还可以在你需要的时候自动拉紧。你不知吧?国外奇奇怪怪的乳罩多得很,可花哨,只有咱中国人想不到,冇人家外国人做不到……"

岳曼香真有点听傻了,直愣愣地瞅着自己的女儿,似乎一下子觉得,坐在自己跟前的不是自己的女儿了,这个高中毕业在家待业,冇事儿就去唱卡拉OK无所事事的女儿,瞬间变成了一个不可小视的大女孩儿了。

　　　　　　　　　　　　　　　　　　五、牛仔服

岳曼香："你都是压哪儿知的恁多啊？你那个朋友呢？"

叶子笑着说："妈，你知啥叫改革开放不？改革开放就是让自己的亲妈不认识自己的亲妞儿。"

岳曼香也笑了："中，咱也叫咱的祥符人不认识咱的义丰厚。"

第二天，岳曼香去到店里，正式通知王汴生，说叶子要请他吃饭，搞得王汴生丈二和尚摸不着头脑，因为每次他在岳曼香跟儿说到叶子的时候，岳曼香都是满嘴的难听话，不是骂他就是噎他，这么多年来，甚至他很少能见着叶子的面，用岳曼香骂他的话说，"你个腌臜孙就有资格提妞儿的名字！"或许那些不堪回首的往事儿也让王汴生感到了内疚，无论岳曼香对他说多难听的话，骂他多少个腌臜孙，他都不敢还嘴，他心里可清亮，自己就是个腌臜孙。今个听岳曼香说叶子要请他吃饭，他有点蒙顶，叶子咋会要请他吃饭呢？摊为啥要请他吃饭呢？他心里在打鼓。

王汴生谨慎地问道："这不响不夜的，请我吃个啥饭啊？"

岳曼香："别问恁多，你就说去吃不去吃吧。"

王汴生："你让我心里有个底儿中不中？"

岳曼香："少废话，晌午12点整，去第一楼吃包子，过时不候啊！"

晌午头12点整，王汴生乖乖地来到了第一楼小笼包子馆。在四楼的小包间里，只坐着他们仨人，面对着已经彻底长成大姑娘的叶子，王汴生都不敢用正眼去瞅，坐在那里埋头抽着烟，听着叶子讲述夜个给她妈讲的那番关于乳罩的事儿。其实，叶子讲的啥他并冇上心，他满脑子里全是当年他和岳曼香在后作坊布料堆上发生的那事儿。他偷偷用眼睛瞅了一眼岳曼香，只见岳曼香正用那一只好眼盯着他，那只好眼似乎在对他说：腌臜孙，给你个重新做人的机会。

叶子讲完她所有的计划之后，问道："伯，你还有啥不明白的可以问我。"

王汴生："啊？哦，明白，明白。"

岳曼香："明白你就表个态，咱义丰厚做咪咪罩中还是不中？"

王汴生："中也得中，不中也得中，妞儿发话了，就按妞儿说的办吧……"

3. 秋去冬来,冬去春来

　　每个人都穿了一辈子布衫,有的人穿到老也冇穿明白,而有的人穿着穿着就明白了:永远不要让布衫去适应你的身体,而要锻炼让你的身体去适应布衫。这句话也是个老扁糊说的,这个老扁糊他也不是个做布衫的。

　　义丰厚增添乳罩制作时间不短了,也不知是啥原因,冇像做其他服装那样受到祥符人的欢迎,负责销售的叶子长年累月不在家,穿梭在国内的各大城市,可忙,但销售状况一直不见起色。好在义丰厚有旗袍、西服这类品牌项目垫底,处于一种吃不饱也饿不死的状况。对王汴生来说,他是打碎牙往肚里咽,面对职工们的埋怨和质疑,他只能说:"急啥急,啥生意不都是熬出来的吗? 等熬到时候就好了。"可啥时候才能熬到让乳罩不赔本的时候,他也不知。有人给他建议,干脆放弃做乳罩这个项目,他也曾几次让岳曼香给叶子递话,看是否能让叶子放弃,可每次都被岳曼香怼道:"跟我说管屁用,等叶子回来你跟她说去。"可叶子每次回来都是来去匆匆,甚至根本就不跟他照头,他也曾几次想给叶子打电话,可是一想到叶子那张漂亮的脸,他就怯了气。到底是因为叶子的脸漂亮,还是因为他害怕那张漂亮的脸,他自己也不知。

　　乳罩成了整个义丰厚的一块心病。

　　叶子在外地的时间越来越长,回祥符的时间越来越少,有时几个月还不回来一次,每次回来,基本上都是跟岳曼香诉苦,讲述在外面的艰辛和自己的坚持。岳曼香劝她,不中还是回祥符来吧,好在守住家,生存压力冇那么大。叶子却不愿意回来,说外面虽说生意难做,但做人却要比在祥符开心,并说,不干出个模样来决不回祥符。岳曼香很理解女儿,也不想让女儿在祥符待一辈子,每次叶子回来,岳曼香唯一能做的,就是在叶子临走前给上她一些钱。时间一长,家里那点积蓄也给得差不多了,岳曼香不得不去养老院向老娘诉苦,每一次诉完苦,都能得到母亲一些赞助。不管叶子在外面生意做得咋样,她不愿意回祥符来,就说明在外面发展的空间要比祥符大。那就挺吧，挺到一切都慢慢变好为止吧。

　　由于叶子在外面的乳罩生意不理想，岳曼香也不太愿意多去义丰厚，她的日子就越发过得简单，每天晚上看电视看到很晚才睡，生理上的需求虽然冇以前那么频繁，但又必不可少，王汴生送给她的那个震动棒，给她帮助不小，经常在她睡不着觉的时候，胡思乱想的时候，一番"自娱自乐"的消耗之后，她才能睡上个安稳觉。可是，她发现，虽说自我满足的次数比以往减少，但每一次的时间却越来越长，最初使用时的那种敏感和刺激似乎有所减弱，但是，有一点她已经发现，离开了震动棒这个玩意儿，她已经很难睡着觉了。最让她窝火和沮丧的就是，经常会出现一种情况，自慰的时间已经和电池的耗电量不成比例，有时正进入高潮，电池冇电了，每当在这个时候，她不得不自己折腾到满头大汗。

　　不管夜里折腾不折腾，每天白天必须要做的一件事儿，就是去养老院陪老娘聊一会儿天，看看有啥洗洗涮涮的，虽然养老院里的服务还算不错，但咋着也冇自己家人细心。你别说，虽然岳翠儿已经八十多岁，看上去倒是显得越活越提劲，每次岳曼香来，她都会嘴里不识闲地给女儿叨叨各种养生方法，当娘的显得精神头很足，女儿却显得老气横秋。

　　转眼又到了秋天，叶子又打电话需要母亲的接济，但这次打电话却让岳曼香有点兴奋，因为叶子在电话里告诉她，正在接触一个大人物，如果进展顺利的话，很快就会得到那个大人物的帮助，乳罩生意就变成了小菜一碟，随之而来的就是更大的生意，具体是啥更大的生意，叶子冇说，但叶子的口气里流露出了一股稳操胜券的自信。

　　放下电话，岳曼香来了精神，收拾了一下屋子后，背着挎包出了门，她准备在去养老院之前，去办一件她认为很重要的事儿。

　　秋高气爽，不冷不热，满大街的人显得都那么逍遥。岳曼香推着自行车来到自由路，在临街的一个修理家用电器的门面前停住了脚步，当她刚把自行车扎稳当，准备进入店门的时候，抬头瞅见了一个熟悉的身影。

　　岳曼香大声叫道："汤建国！"

　　果然是汤建国，他正要朝马路对面的人民会场走去。

　　汤建国走了过来："你咋在这儿？姐。"

　　岳曼香抬手一指修理家用电器的门面："我来这儿，拾掇点儿东西。"

汤建国:"拾掇啥东西啊?"

岳曼香:"你先别问拾掇啥东西,我正说这两天去河大找你呢。"

汤建国:"有事儿啊?姐。"

岳曼香:"当然有事儿,我想让你帮我分析分析个情况。"

汤建国:"分析个啥情况啊?你说,姐。"

岳曼香:"要是不耽误你的事儿,咱俩可以聊一会儿。"

汤建国:"中央民族乐团来咱祥符商演,在人民会场,我就是去瞅瞅门票的情况,想领着学生们来观摩。不耽误,咱俩可以先聊一会儿。"

岳曼香:"不耽误你的事儿就中。我先把东西搁这儿拾掇,咱俩再聊。"

汤建国陪着岳曼香一起走进了修理家用电器的门面。这是个非常小的修理铺,一个玻璃柜台就把店门挡得严严实实,柜台里坐着一个五十来岁的男人,正用电烙铁在焊接一台半导体收音机的电路板。

岳曼香:"哎,老板,拾掇个东西。"

五十来岁的男人搁下手里的电烙铁,起身问道:"拾掇个啥东西啊?"

岳曼香从容不迫地打开自己身上的挎包,压里头拿出了那个震动棒,往玻璃柜台上一搁:"就是这。"

老板眨眨眼,压柜台上掂起震动棒,瞅了瞅,皱着眉头问道:"这是啥啊?"

岳曼香:"你不知这是啥?"

老板又仔细瞅瞅,摇着头:"不知。"

站在一旁的汤建国也感到好奇,问道:"就是,这是啥啊?好古怪。"

岳曼香侧过脸问:"你也不知这是啥?"

汤建国摇头:"不知。"

岳曼香:"都啥年代了,恁连这都不知是啥啊。"

汤建国:"这是啥啊?"

岳曼香面带微笑,铿锵有力地说:"假鸡巴!"

听到岳曼香嘴里蹦出的这仨字儿,吓得修理铺的老板急忙把手里正掂着的震动棒扔在了柜台上,与此同时,汤建国睁大了眼睛瞅着柜台上的震动棒,惊讶地张嘴说不出话来。

瞅见这俩男人惊慌失措的表情,岳曼香咯咯地笑出了声,说道:"改革开放都恁些天了,恁这些男人连这都不知? 不过也不能怨恁,恁的媳妇使不着这个假玩意儿。"

修理铺老板的俩眼,压柜台上移到了岳曼香的脸上,询问道:"老姊妹,咋啦,你把这玩意儿给使坏了?"

"冇使坏,好着呢。"岳曼香压柜台上掂起震动棒,一推电源开关,震动棒瞬间扭动起来:"电池的电不足了,要不比这有劲。"

老板眨巴着俩眼:"这,这不是好好的吗,修啥?"

岳曼香:"不是修,我是觉得电池用得太费,装上两节新电池,使不一会儿就冇电了,可打兴头,我想让你把它改成直接插电源的,咋使都中,使多长时间都中。"

老板:"你的意思是,把直流电改成交流电,插上电门就管使,对吧?"

岳曼香:"对对,就是这个意思。"

老板停顿了一下,非常严肃地对岳曼香说道:"老姊妹,你这个物件俺修不了,直接插电门需要变压器,别说俺这儿冇恁小的变压器,就是有我也不敢改装。"

岳曼香不解地:"为啥啊?"

老板:"不为啥,我怕出岔纰,改装后万一不符合标准,你使的时候漏电咋弄? 那是要出人命的! 老姊妹。"

在一旁无法再忍受的汤建国,对岳曼香说:"姐,咱走吧,你陪我去人民会场吧。"

老板瞅了瞅汤建国,故意装孬地花搅道:"哦,你是她弟弟啊,我还以为是你的不管使,她才弄了个这假玩意儿呢。"

岳曼香一把抓起柜台上的震动棒塞进挎包里,怒不可遏地冲着老板吼了一句:"说的啥话,你的才不管使呢!"

压修理家用电器的小门面里出来,岳曼香和汤建国朝着马路对面的人民会场走去。

岳曼香边走边问:"建国,你真的冇见过这物件吗?"

汤建国冇说话,他显得心情有点儿沉重。

岳曼香:"你咋啦? 不高兴了吗?"

走过马路后的汤建国,站在人民会场跟前,瞅着门柱子上贴着的告示,只见那告示上写着:因剧场内部维修,中央民族乐团的演出改在大众影剧院。看罢告示之后的汤建国,依旧站在那里,很显然,他脑子里想的已经不是中央民族乐团演出的事儿了。

岳曼香:"弟儿,你咋啦? 咋不说话啊?"

"我……"汤建国憋了半天也冇说出来。

岳曼香:"你啥你,别吞吞吐吐的,该说啥说啥,该咋说咋说。"

汤建国:"我,我就是觉得……"

岳曼香:"觉得啥? 说啊?"

汤建国:"我就是觉得你不该这样。"

岳曼香:"不该哪样啊?"

汤建国:"尽管生活里有这样或那样的不如意,可你不该这样颓废。"

岳曼香:"你的意思是说,我应该像你一样?"

汤建国:"不不,我不是那个意思……"

岳曼香:"你是啥意思? 你不用解释我也知你是啥意思,你的意思不就是想说我,不该自暴自弃,不该不知羞耻,不该说话办事儿那么鲁道①,不该不要一点血脸,不该使那个假鸡巴,对不?"

汤建国低着头不吭气儿。

岳曼香接着说:"实话对你说吧,走到今天这一步,我谁都不怨,要怨只能怨老天爷不长眼,要怨只能怨自己的命不好。其实,我早就想开了,别管命好命不好,活法儿只有两种:一种是憋住,认了,要哭把头蒙在被窝里哭;另一种就是不认,别管活成个啥样儿,该咋着咋着,打嗝放屁,随自己的意。眼望儿不是兴用手机打电话了吗,叶子也给我买了个手机,我照样不使。生活是我自己的,我想咋喽就咋喽,用不着顾忌这个顾忌那个,用文明礼貌去待人接物,在我身上根本就用不着,即便是不出事儿,我的脸还是可展样,我也知自己是个弄啥的,不就是个做布衫的吗? 眼望儿成了这副德行,我才真正知自己是个弄啥的了,连个做布衫的都不是了,孤魂野鬼一个,白天瞎转悠让自己高兴,晚上使假鸡巴让自己开心,过一天

---

① 鲁道:方言。鲁莽。

活两晌，要饭的挂根油漆棍儿，高兴一会儿是一会儿。谁嫌弃我都无所谓，只要我自己不嫌弃自己就中了。实话告诉你，我眼望儿只有一门心思，那就是俺家叶子能遇上个好男人，一个一心一意对她好的男人，不能像跟我睡过觉的那些男人一样，末底了冇一个能把我留在身边的。女人啊，就像俺妈说的那样，啥都不重要，找个好婆家最重要，俺家叶子要是能找个好婆家，那我就是死也瞑目了……"

汤建国愣愣地听完，他深深地知道，东郊化肥厂那个曼香姐已经再也找不到了。一阵悲凉和无奈袭上心头，对于岳曼香，他虽然有份天然的亲切感无法割断，可他们之间那个看不见的鸿沟，渐行渐宽，直至无法弥合，他有点看不懂她了。

压这次在自由路遇见汤建国之后，非常奇怪的是，岳曼香开始使用手机了，那只手机是叶子上次回来的时候淘汰给她的。尽管她已经开始使用手机，可她的那只手机从早到晚都冇响过，冇人给她打电话，都是她给别人打电话，她打得最多的电话就是叶子的电话，偶尔也给汤建国打过，汤建国却从来冇主动给她打过，她也从来不计较，也不生气，每次她主动给汤建国打的时候，除了闲聊冇其他事儿，闲聊的内容基本都是围绕在叶子身上，只要叶子有一点好的风吹草动，她都会给汤建国打个电话。

尽管汤建国心里清亮，自己已经跟岳曼香不是一个阶层的人了，也失去了共同语言，但每一次接到岳曼香的电话，他都会耐心去附和，尽可能用不是自己文化环境里的语言方式去和她对话，毕竟是这么一层老关系，毕竟自己是一个有文化教养的人。

这天，刚下课的汤建国又接到岳曼香打过来的电话，他感觉到电话那端的岳曼香兴奋异常，这种兴奋是前所未有的，岳曼香告诉他，叶子有男朋友了，是一个显赫家族的后代，而且是显赫到了妇孺皆知的程度。

汤建国："你说名气可大，到底是谁啊？"

岳曼香："你猜猜，是一个全世界都知的人。"

汤建国："全世界有名的人多呢，我难能猜着。"

岳曼香："香港的，猜吧。"

汤建国："香港的名人也可多，刘德华？"

岳曼香："别往戏子上猜，比刘德华有钱一百倍！"

汤建国:"说吧,姐,我真的猜不着。"

岳曼香一字一顿地大声说道:"李,嘉,诚!"

汤建国:"李嘉诚?真的假的?你可别吓我啊。"

岳曼香:"真的,弟弟,是李嘉诚的亲孙子!"

汤建国:"乖乖咪,李嘉诚的孙儿,这要是真的,叶子可掉进福窝里了!"

岳曼香:"真的真的,叶子说了,李家马上就在深圳给她买房子,大别墅!李家的孙子给叶子说,还要把我和她姥姥接到南方去,那边的气候比咱这边好,适合养老……"

在岳曼香毋庸置疑的口气中,汤建国相信这一切都是真的了,并为岳曼香感到高兴,不管咋说,叶子能嫁进豪门,岳家一家人的命运都将随之改变,更何况李氏家族可不是一般的豪门。不久前,在新闻联播里,国家领导人还接见了这位香港富豪。岳曼香在电话里告诉他,叶子认识李家的孙子起先是因为生意,叶子在朋友帮助下,在香港一家服装商场里租用了一个柜台,生意始终不尽如人意。一直处于苦心经营中的叶子,不得不去参加一些与服装有关的活动来补贴亏损。一日,她参加了一次大型的服装展示表演活动,穿了一身义丰厚制作的牛仔装,这身牛仔装又经过了她的一番改造,她把牛仔装磨破几个大窟窿,把裤腿和袖口磨出毛边,这一身破洞牛仔装穿在身上十分打眼,在时装走秀时,被参加此次活动的嘉宾李家孙子一眼楞中,活动结束后李家孙子主动与叶子搭讪,并在第二天找上门要求合作,就这样一来一往,他俩就从生意关系转变成朋友关系,又从朋友关系转变成了情侣关系。

汤建国在电话里问道:"李家不是做房地产生意的吗?咋还做服装生意?"

岳曼香:"你说这话一听就是个白脖,李家啥生意不做啊,全世界都有他家的生意,房地产只是他家生意中的一项。我听叶子说,李嘉诚的孙子还准备来咱祥符开发清明上河园呢,他说咱的清明上河园不是那回事儿,他来跟咱市政府商量,重新建一个清明上河园,还有咱的包公祠之类的东西。人家玩得大,给咱祥符投点资都不算个问题。"

汤建国感叹地对岳曼香说:"中了,姐,你的苦日子终于熬到头了,先去香港住上一段日子,享几天清福吧。"

岳曼香不以为然地说:"享啥清福啊,只要叶子好就中,我哪儿也不去,就在祥符待着,香港又有胡辣汤……"

叶子报来的这个好消息,岳曼香也在第一时间让整个义丰厚的人都知了。很长时间不往义丰厚去的岳曼香,推着自行车来到了义丰厚,由于发胖的身体,自行车她已经基本不骑,她把自行车变成了一个扶手。

当义丰厚的职工们听到岳曼香带来的消息,个个都很兴奋,他们个个都意识到,叶子与李家孙子的这种关系,有可能直接影响到义丰厚的发展,他们将岳曼香团团围住,场面十分热烈,气氛十分融洽。

王汴生抑制不住自己的兴奋,大声说道:"只要叶子把李家孙子带回祥符,咱一定要好好接待一下!"

岳曼香:"根本轮不着咱接待,市政府直接就照上头了,人家是来跟咱市里谈合作的,咱义丰厚不够那个级别。"

王汴生:"吃顿饭总可以吧,咱总得尽尽地主之谊吧。"

店员甲:"就是,不管咋说,他李家孙子也算是咱义丰厚的女婿吧。"

店员乙:"就是,咱都属于娘家人,不让俺请一顿,咱就不把闺女嫁给他。"

店员丙:"请也不能白请,咱得给他说点事儿。"

岳曼香:"说点啥事儿啊?"

店员丙:"让李家帮咱在香港开个义丰厚的分店,咱也能去香港遛一圈玩玩。"

店员甲冲店员丙:"搞蛋吧,别光想着去玩,咱的目标是香港的服装市场,咱就是要让香港人瞅瞅,咱义丰厚做的布衫不比他们差!"

店员乙冲店员甲:"错!不是要让香港人瞅瞅,是要让全世界的人瞅瞅才对,香港是全世界做生意的地儿,全世界的人都窜到香港去买布衫,你懂啥!"

王汴生点头道:"说得好!咱义丰厚的目的,就是冲着全世界的服装市场去。只要李家孙子能来咱祥符,别管了,有他丈母娘在,就有咱说话的份儿,你说是吧,老岳?"

此时,岳曼香坐在那儿听着众人说话,在大家的你一言我一语中,她十分享受,她带着满身的自豪说道:"别管了,他只要来,不跟咱说个小鸡叨米,他就别想走!"

......

转眼,又到了秋天。岳曼香推着自行车出门的频率越来越低,即便是出门,走路的速度也越来越慢。去养老院陪母亲聊天也冇那么勤了,她越来越不愿意出门的原因有两个:一是她觉得自己的身体力不从心,多走一点路就喘个不停;另一个就是,叶子还冇领着李家孙子回来,她不愿意多出门,是怕熟人们碰见了要问,搞得她很被动。因为往香港打电话的电话费很贵,每一次她和香港通话都是叶子打过来的,这一段儿叶子的电话也逐渐少了,有时个把星期才打一个过来,但是,只要接到叶子的电话,她就会像立马吃了兴奋剂,然后把通话内容如实地打电话告诉汤建国,然后再把电话打给王汴生。

每一次叶子来电话,都会摆出一大堆暂时不能回祥符的原因,不是跟着李家孙子去欧洲了,就是陪同李家孙子去美国了,要不就是又去哪儿哪儿哪儿做啥啥啥生意去了。虽然叶子暂时回不了祥符,但还是好消息不断。时间一长,岳曼香慢慢也变得麻木,用汤建国的话说:"年轻人,忙点儿是好事儿,你以为当李家的孙媳妇就那么容易,世界级商人都是世界级的生意,大船都是在太平洋里航行,你以为是咱的龙亭坑啊……"

岳曼香觉得汤建国这话说得在理儿,叶子眼望儿吃的是大盘荆芥,重建个清明上河园和义丰厚开个分店,对人家李家来说那都是小打小闹,根本顾不着。那就等吧,等到啥时候他们顾着了再说吧。不过有一点她可以肯定,那就是叶子已经过上了富裕的生活,自打和李家孙子恋爱以后,就冇再向家里伸手要过钱。

日子越来越单调,除了每天必需的生活程序和盼着叶子的电话之外,岳曼香几乎再没有其他事儿,就连晚上自己在床上"自娱自乐"的兴趣都渐渐失去,她也懒得再找地方把直流电改装成交流电,那个震动棒一直在她的枕头下面睡觉,已经很长时间,偶尔她躺在床上的时候,把它压枕头下面拿出来,又索然无味地塞回到枕头下面。

冬至的那天早上,她在准备起床的时候,突然感到背部一阵疼痛难忍,试了几试之后才艰难地压床上爬起来。她感到有点不太对劲,起床后就给王汴生打了个电话,让王汴生陪她去一趟医院。王汴生算是人物,把店里的工作交代了一下后便来到她家,用她那辆自行车驮着她去了人民医院。整整一个上午,王汴生陪着她做完各种检查,最后大夫的结论是——住院。

大夫把王汴生拉到一旁,告诉他,背疼是肺癌早期的症状,但也未必就是肺癌,只能让病人住院做进一步的观察。这一下可让王汴生犯起了愁,住院是可以,医疗费用虽然很高,但义丰厚勒紧裤带也不能差这个钱,可是,住院后谁来照顾她呢,在养老院里的老娘不可能,义丰厚派个职工来也只能是暂时行为,请个护工吧,费用不少也不一定会精心照料,只有家里人最合适,可,叶子又不在身边。王汴生在征得岳曼香同意之后,给叶子把电话打了过去,电话响了很长时间才接通,王汴生听见叶子电话那边的嘈杂声很大,有说有笑像是很多人,直到叶子去了一个相对僻静之处,才听清了王汴生的声音。

叶子:"啥? 俺妈住院了?"

王汴生:"乖,别说恁多了,你赶紧回来吧,恁妈身边有人照顾可不中。"

叶子:"伯,我看还是先请个护工吧,护工费我来出,眼下我这边实在是走不开啊。"

王汴生:"乖,走开走不开你也得回来,恁妈得的可不是一般二般的病,一旦确诊是肺癌那可就麻烦大了。"

叶子在电话里哀求道:"伯,我知道,麻烦你再坚持两天,等我把手头的事儿处理完以后,马上就回祥符。"

王汴生:"乖,你有啥事儿比恁妈的性命更重要啊?"

叶子:"求你啦,伯,我手头真的有一件很重要很重要的事情,这件事情直接关系到咱义丰厚在香港开分店,能不能成就看这两天了,我要是一离开,可就真的前功尽弃……"

王汴生:"乖,你听我说,是咱义丰厚去香港开分店重要,还是恁妈的命重要? 乖,你可要搞清楚啊!"

电话那端的叶子有说话,王汴生在电话里一个劲地"喂"了老半天,叶子才平静地说道:"伯,其实我不应该叫你伯,我应该叫你爸。"

王汴生顿时蒙顶，彻底卡住了壳。

叶子继续平静地说："我虽然看不见你脸上的表情，但是我能感觉到你的恐慌。伯，其实你用不着害怕，我是你亲生女儿这事儿，如果我想让别人知道，我早就不会再叫你伯了，早就认你这个爸了。你一定可奇怪，我是咋知道的这件事儿吧？今个我就和你把这件事儿给挑明。俺那个爸，就是朱大林，他跟俺妈冇离婚的时候，我上小学三年级，有一次，他在外面喝多酒回到家，俺妈不在家，他问我长得像谁？我说长得像他，可他却说我长得像俺妈店里一个人，他还说那个人是俺妈店里最孬孙的一个人。他说这话听上去好像是醉话，却被我记在了心里，因为在他和俺妈打架的时候，他经常骂俺妈是个半掩门。起先，我不知半掩门是啥意思，随着逐渐长大，我开始慢慢明白了，半掩门就是不正经的女人，爱乱搞男女关系的女人……别管俺妈是啥样的女人，也不管朱大林骂俺妈的话是真是假，我是俺妈的女儿，这么多年，我目睹了她的艰难，我也能感受到她内心的痛苦，不管生活对她有多不公正，或者她真是个半掩门，作为她的女儿，我都得认这个妈。当然，我也想知我的亲爹是谁……压那以后，每次我去义丰厚，我都会注意观察你，特别是注意观察俺妈恁俩的说话，我是压俺妈那张骂骂咧咧的嘴里，和你对俺妈的怯气程度里发现，你在俺妈跟前输过理儿，输过啥理儿咱且不说，咱也不说朱大林是咋知道你跟俺妈发生过关系，你就冇发现吗，咱俩有个地方长得特别像，像得简直是一模一样。"

王汴生："哪儿，哪儿，哪儿长得特别像……"

一直在说祥符话的叶子，突然转成了普通话："伯伯，你没事吧？我怎么听着你的声音有点儿在发抖啊？"

王汴生："冇，冇吓瑟啊……"

叶子又转换成了祥符话："中了，别再装了，害怕也冇用。王汴生，你给我听好了，我在香港认识了一个医学博士，这位医学博士告诉我，在基因遗传中，如果爹妈本身有胎记，他们的孩儿有胎记的概率会比较大。王汴生，你摸摸你右耳朵根儿，那块胎记是不是还在？如果随着年纪增长，你的那块胎记已经消失了，可我左耳朵根儿的那块胎记还在，别管是左耳朵根儿还是右耳朵根儿，你老人家强大的遗传基因，已经像一枚钢印一样嵌在了我的身上。或许有一种可能，你的父母，也就是我亲爷爷奶奶，他们根本就冇告诉你，在你的右耳朵根儿有这么一块指甲盖大小的胎记，就像俺妈一样，她早就把我左耳朵根儿有这么一块东西给忘掉了。但是我冇忘，永远也不会忘，因为这块胎记就像'半掩门'那仨字一样，已经深深烙在了我心里……"她停顿了片刻，用一种不容置疑的语气说道："伯，你给我听好了，到目前为止我还叫你伯伯，但是，在俺妈性命攸关的时候，你如果敢离开她身边，我回到祥符后，一定去找我那个朱大林爸爸，让他帮我在报纸上登一个声明，我要告诉全祥符人，你才是俺的亲爹！"

电话被挂断了，王汴生呆若木鸡地站在那里。许久，他慢慢抬起右手，朝自己的右耳朵根儿摸去……

王汴生这辈子都不敢奢望叶子认父，今天，终于，平生第一次被叶子喊了爸爸，却没有想到是这样的方式，这样的情形，人生啊，咋就这样吊诡?!

就在王汴生跟叶子通罢电话的第三天，经省里来的专家会诊，岳曼香被确诊为肺癌。王汴生几次拿起电话想把这个诊断结果通知叶子，几次拿起，几次又放下……

当岳曼香得知自己的诊断结果后，瞬间垮掉，连病床都爬不起来。她躺在那里用微弱的声音嘱咐守在病床边的王汴生，暂时不要把这个结果告诉叶子，让叶子在香港先把开分店的事情落实下来;也暂时不要告诉养老院里的母亲，老人家恁大岁数知道了怕是戗不住;她唯一想尽快见到的人就是汤建国。王汴生在病床旁给汤建国打了电话，把岳曼香的情况如实告诉了他……

当天下午，汤建国怀里抱着一束鲜花来到了病床旁边，当他把鲜花摆放在床头柜上后，他瞅见躺在那里的岳曼香，俩眼直勾勾地瞅着花一动也不动。

汤建国伏下身去，轻声问道："姐，这花漂亮吗?"

岳曼香木呆着的脸上冇任何表情。

一旁的王汴生冲岳曼香说道："建国问你这花咋样? 漂亮不漂亮?"

岳曼香把目光转向王汴生："你先出去。"

王汴生冇敢多言，知趣地走出了病房。

岳曼香的目光转向了汤建国,冲他微笑了一下。

汤建国:"姐,刚才我问罢大夫了,你有事儿,大夫说,你这号病不是冇治好的先例,让你不要有思想包袱。你先化疗着,等叶子回来,咱就转到河南医学院去,那里的专家会有更好的治疗方案,冇事儿,姐……"

岳曼香依旧微笑着,有气无力地说:"啥事儿啊,恁姐啥事儿也冇。弟儿,姐把你叫来,是要告诉你,咱叶子眼望儿可好,干着大事儿呢。"

汤建国:"我知,姐,叶子在香港给咱义丰厚跑分店的事儿呢。"

岳曼香眨了眨眼,说道:"弟儿,我眼望儿可后悔一件事儿。"

汤建国:"你后悔啥事儿啊?姐。"

岳曼香:"那年,俺亲爹来,就是叶子她亲姥爷,我真应该留他个地址和电话。"

汤建国:"留不留都无所谓。姐,咱眼望儿不是挺好的吗?再说,叶子她亲姥爷眼望儿还不知在不在了呢。"

岳曼香:"不是这。"

汤建国:"不是这,是啥?"

岳曼香:"咱叶子眼望儿恁出息,马上就要嫁给李家的孙子,我想让咱叶子以后能关照一下她亲姥爷那一家人。你想想,李嘉诚是啥人啊,在海外跺跺脚,太平洋都会被他吓瑟的人,咋着也能给她亲姥爷那一家人一点儿关照吧。"

汤建国:"叶子她亲姥爷那一家人不是在美国吗?让李家人打听一下不就齐了,就按你的话说,跺跺脚太平洋都会吓瑟的人,去美国找个美籍华裔还是啥难事儿吗?别操这个心了,等叶子回来跟她说一声就齐了。"

岳曼香眨眨眼:"是这个理儿。"

汤建国:"姐,你放心吧,这事儿我记着呢,就是叶子冇空去找她亲姥爷,我去帮着找。你还不知吧,俺河大的民乐团过罢年就要去美国,参加耶鲁大学音乐学院的学术交流活动,到时候我在美国打听打听,你尽管放心,这不算个啥事儿,交给我了,姐。"

岳曼香把手伸给汤建国:"弟儿,我不想躺着,你把我扶起来。"

汤建国:"你还是躺着吧,姐。"

岳曼香:"躺着我背疼,还是坐着舒服点儿。"

305

汤建国慢慢地把岳曼香扶了起来。

岳曼香："弟儿，你坐到我后面，顶住一点儿我的背，我就不疼恁很了。"

汤建国坐到了岳曼香身后，用半边身子顶住了她的后背。

"中了，这样就得劲了。"岳曼香舒了口气，说道："弟儿，姐有些话想跟你说说，你可别烦啊。"

汤建国："我不烦，你说吧，姐。"

岳曼香弓着背坐在那里，她那只玻璃假眼已经被眵目糊彻底糊住，那只完好的右眼在眨动中散发着无神的光亮。她沉默地坐在那里思索着什么。

汤建国："姐，说吧，想说啥都中，我听着呢。"

又是一阵沉默之后，岳曼香用微弱的气力开口说道："弟儿，我冇得病之前，有一天，天气可好，你猜我转到哪儿了？"

汤建国："转到哪儿了？"

岳曼香："我转到东郊化肥厂那一片。你冇想到我会转到那儿吧。"

汤建国冇吱声，在等岳曼香往下说。

岳曼香："那一片全部变了样，化肥厂北墙外面已经不是农田，到处是房子，也不知咋会盖恁多的房子，还有恁多的人、恁多的车，瞅着可让人失望……"

汤建国："正常，姐，时代不一样了，咱年轻的时候七亿人，眼望儿十四亿人，要不咋会盖恁多的房子。"

岳曼香："啥都变了，房子变多了，人也变老了，就是化肥厂那个高烟囱里，冒出的黄烟儿冇变，还是那么黄……这个世界上啊，还有一样东西不会变，那就是人的念想，到老、到死也不会变……恁姐活着一辈子啊，在别人眼里可能觉着不值，但我觉着值，原因就是我心里那个念想一直都在，一直都伴随着我……"

汤建国："姐，你说得对，人是为一种精神而活着的，你说的念想其实就是一种精神，只要这种精神不丢，人心就永远不老。"

岳曼香脸上露出了微笑："弟儿，有件事儿，我啥时候想起来，啥时候就想笑。"

汤建国:"啥事儿啊,恁可笑?"

岳曼香:"每章儿,恁妈听恁爹拉了一段二胡,就爱上了恁爹。当初我喜欢你,也是听罢你拉了一段二胡,你说可笑不可笑?啥时候想起来,啥时候就可笑……"

缄默。俩人都不再说话。

突然,汤建国的嘴里铿锵有力地哼唱出:"雄赳赳,气昂昂,跨过鸭绿江,保和平,为祖国,就是保家乡……"

随着汤建国的哼唱,岳曼香的嘴唇也颤动着哼唱了起来,虽然不合拍,也不跟调,但她很愉悦、很舒心,带着无穷无尽的念想……

一周后,岳曼香走了。她的死既在情理之中,又在意料之外。用祥符老百姓的话说,她要不知自己得的是啥病,她也走不了恁快。确实是这样,压她知道自己得啥病一直到她死,满共不到一个月的时间。她的葬礼非常简单,到火葬场去给她送行的人,只有义丰厚的几个职工。王汴生也通知了汤建国,火化那天,汤建国有去的原因,是他要举办个人讲座,时间正好冲突。岳曼香火化完了以后,王汴生跟义丰厚的人再三强调,暂时不能告诉养老院里的岳翠儿,担心已经八十多岁了的老太太戗不住,万一再有个啥意外,叶子回来后不好交代。至于啥时候告诉老太太,还是等叶子回来后决定。

叶子是在岳曼香火化后的一个多星期才回到祥符,王汴生打电话告诉她母亲去世消息的时候,她正在巴厘岛上避台风,当然还有李家孙子。叶子说,他们是在巴厘岛与一位俄罗斯富商,谈一个关于创建"宇宙空间商场"的重大项目……

叶子是过罢春节离开祥符的,她临走之前对王汴生说,暂时还是要对姥姥封锁母亲去世的消息,姥姥要问,就说她安排母亲去国外度假,要过一段时间才回来。她还告诉王汴生,义丰厚在香港开分店的事儿基本上已经落实,等她下次回来就可以签合同了。王汴生问她下次回来是啥时候?她说很快,并说她的下一站要去北京,李家孙子又在北京买了一幢别墅,他俩准备把婚礼放在北京来举办。临离开祥符之前,叶子请王汴生吃了一顿饭,她端着酒杯严肃地对王汴生说:"俺妈走了,我又不在家,这段时间照顾俺姥姥的重任就落在了你的肩上,别不愿意,还非得是你不中,

五、牛仔服

因为你是俺的亲爹。"她用手摸了摸自己的左耳朵根儿……

说来真是巧,那天在去往北京的火车上,刚坐在座位上的汤建国,就听见身边座位上传来一个女声:"建国叔!"

汤建国一瞅:"叶子?"

叶子:"你去哪儿啊,建国叔?"

汤建国:"我去北京,你去哪儿啊?"

叶子:"我也去北京。你去北京弄啥啊? 建国叔。"

汤建国:"去美国大使馆办签证,俺学校的民乐团要去耶鲁大学搞交流活动。"

叶子:"你啥时候压美国回来啊?"

汤建国:"交流活动,时间不长,很快就回来。"

叶子:"你到美国后,帮我个忙中不中?"

汤建国:"你说,帮啥忙。"

叶子:"我听俺妈说过,俺亲姥爷在美国,你能不能帮我找找。"

汤建国:"恁妈临走前也跟我说过这事儿,可我觉得,这事儿根本用不着我帮忙啊,李嘉诚在美国的影响恁大,你是李家的孙媳妇,多少动动劲都比我强,我不理解,这还用得着我帮你去找吗?"

叶子的脸严肃了起来:"建国叔,有些话,俺妈活着的时候我不能说,眼望儿俺妈走了,我也就冇啥可以顾忌的了。实话告诉你,李嘉诚他家的门朝哪儿我都不知,李家孙媳妇的事儿我是瞎编的。这些年,我在外面有多难只有我自己知,不到万不得已,我也不会编出恁大个瞎话去骗俺妈,去骗我身边的所有人……"说到这里,她说不下去了,眼里充溢着泪光,竭力不让自己的泪水流出眼眶。

许久,汤建国才默默地问了一句:"乖,这些年,你在外头是咋生活的啊?"

叶子深深出了一口气,面带微笑:"建国叔,说到咋生活,我真的还要感谢你。"

汤建国有些不解:"感谢我?"

叶子:"对啊,如果没有在河大学习声乐的那段经历,我也很难靠唱歌来养活自己。"

汤建国:"靠唱歌养活自己？在哪儿唱歌？"

叶子宛然一笑:"在哪儿唱歌并不重要,重要的是养活自己。建国叔,你是个聪明人,我就不说,你也应该能猜到……建国叔,现在我才算明白,你要是不会拉二胡,当初俺妈也不会喜欢你。我说的对吧,建国叔。"

汤建国不再去接叶子的话茬,他已经彻底明白了。慢慢地,他闭上了自己的俩眼,似在养神,又似在思考。但是,坐在他斜对面的叶子却能感觉得到,他那双闭着的眼睛里,整个世界都被他瞅得清清亮亮……

这时,车厢那头,有俩四五十岁的娘们儿,压祥符站上车后,摊为坐错了座位,俩人一直在争吵不休,吵着吵着变成了对骂。

娘们儿甲:"坐错了座位还要泼妇,你就是个半掩门!"

娘们儿乙:"你才是个半掩门!"

娘们儿甲:"你是半掩门!"

娘们儿乙:"你是半掩门!"

娘们儿甲:"恁妈是半掩门!"

娘们儿乙:"恁奶奶是半掩门!"

娘们儿甲:"恁全家都是半掩门!"

娘们儿乙:"恁祖宗八代都是半掩门!"

……

全车厢里,有人懵懂有人笑,有人兴奋有人撇嘴。汤建国把目光转向了车窗外流动的田野,叶子慢慢地也将目光投向了车窗外。

车厢里,那俩娘们儿嘴里的"半掩门"还在继续,汤建国把自己的目光收回了车厢,转向车厢那头仍在不依不饶骂架的两个娘们儿。

叶子:"叔,我想问你个事儿。"

汤建国:"你说。"

叶子:"为啥咱祥符人,骂人总是爱骂半掩门啊?"

汤建国想了想,反问了一句:"为啥晚上睡觉的时候,要把房门关严实啊?"

叶子:"怕进坏人呗。"

汤建国:"要是来的是好人咋办?"

叶子:"好人来了就敲门呗。"

汤建国："不想让别人听见敲门声咋办？"

叶子眨了眨大眼睛："哦，我知了，把门掩住……"

汤建国端起自己的保温杯，呷了一口，说道："不管啥事儿，有利有弊，把门掩住，万一来的不是好人是坏人，那可就麻烦了。咱祥符人头脑简单，认为好人晚上不会去敲别人家的门，那些晚上虚掩着门的，也基本上都不是好人。"

叶子不再说啥了，她眨动着那双美丽的大眼睛，瞅着车窗外流动的田野……

汤建国："叶子，你穿的这身衣服不孬。"

叶子："自己做的。"

汤建国："这叫啥款式？牛仔冬装？"

叶子："我也说不上来，只是自己觉得设计成这样好看，就这么做了一件。"

汤建国："总得有个参考吧。"

叶子："真的冇啥参考，我就觉得，不管啥衣裳，只要适合自己穿就中。"

汤建国点着头，自语感叹地："人是衣裳马是鞍，这话永远不假啊……"

叶子："你说啥，建国叔？"

汤建国："哦，我说，穿衣裳要看人。"

……

2020 年 1 月 22 日于王大昌金瓦刀工作室

后记　半掩门

"半掩门"在河南是一句骂"不正经"女人的话。

啥时候明白这句骂人话的具体含义我记不得了,但可以确定,应该是在我了解女人与男人的差别之后,我指的差别不是生理上,而是伦理上。这虽然是一部写女人的开封方言小说,但绝不是一部写开封女人的方言小说。女人就是女人,在中国,别管她操的是北方口音还是南方口音,也别管她生活在哪个年代和哪个历史时期,一个奶奶谈恋爱和一个孙女谈恋爱,再过一万年她们的基本感受是一样的,不同的只是身上千变万化的服饰。

经常有人问我,你写小说是不是都有原型? 这句话对写小说的人来说很多余。但,如果我是读者一定也会这样问,这与懂不懂文学无关,与故事有关。可以这么说,我写的每一部小说,故事里的主人翁必须是我熟悉的人,或间接熟悉的人,至于故事本身,虚实结合是为了让故事好看,仅此而已。

1974 年,我从农场回到城里当代课老师,在一个女同事家里认识了小叶。其实,小叶比我大好几岁,因为大家都叫她小叶,我也就没大没小跟着叫她了。我的那位女同事跟小叶关系甚密,用当下时髦话叫"闺蜜"。可奇怪的是,在我那位女同事的嘴里,我几乎没有听到过一句夸奖小叶的话,全是男女之间蝇营狗苟那些事。正因如此,在之后与小叶交往的几十年里,我对她的看法始终打折扣,直到小叶出事,被人往脸上泼了硫酸成为开封城里"红极一时"的人物,我才从义孩哥哥嘴里得知,小叶的养父曾是地委大院里一位高级别干部,由于不在血脉,小叶从小缺乏管教,又早早嫁给了一名部队排级干部,结婚后家庭生活极不和睦,常惨遭家暴,不得已结束婚姻。泼她一脸硫酸的那个女人,是小叶工作单位男同事的老婆,这种恨之入骨的残忍手段,恰恰是出于小叶与那位男同事之间有着

"不正当"的男女关系……

又过了许多年。一天，义孩哥哥对我说："小叶得了不治之症，快不中了，咱去人民医院看看她吧。"震惊之余，我和义孩哥哥去了人民医院，那段记忆基本如实呈现在了故事里……

女人是用眼泪博得男人同情的，可像小叶那样被破了相的女人，她就是哭成个泪人也不会被男人同情，在男人以及所有社会人眼里，她就是个咎由自取的"半掩门"，没有人会去看她身后成长的道路……

有时我在想，人们常说，"人活一张脸，树活一张皮"，其实，对女人来说，这张脸指的不完全是漂亮的脸蛋，还有身材和衣着打扮。当年，我认识小叶正是全中国风靡军便服的年代，那时小叶很年轻，一身合体的军便服照样能衬托出她的风韵，齐耳短发与一张细皮嫩肉的白脸庞，很招人眼，要不也不会被她那位排级干部的前夫一眼愣中，那时的小叶，用开封人的话说，"要个儿有个儿，要样儿有样儿"。她为啥与前夫离婚我不想多说，因为她的前夫也已经过世，再说夫妻之间有些事情是"狗皮袜子没反正"，咱也不了解。小叶的那位前夫同样是一个给我留下深刻印象的人，一个农村青年，一米八多的大个子，浓眉大眼身穿军装，转业到地方后，穿西装打领带，也很帅。同样印证了那句话：人是衣裳马是鞍。

人是衣裳马是鞍，这句中国老百姓认可的俗语是强调服装的重要性，而外国人罗曼·罗兰却说："不管你穿什么样的衣服，人总还是那样的人。"没错，人总还是那个样子，不管你穿什么样的服装，还是那句话：再过一万年，一个奶奶谈恋爱和一个孙女谈恋爱，她们的基本感受是不会变的。服装同样也是，无论人类怎么变化，再过一万年，它都穿在人身上。

熟悉我小说的人，对我的小说有一个基本共识，就是故事性强，是个编故事的"高手"。对这个共识我不反对，小说是啥？不就是讲故事嘛，把故事编好看，写顺溜，要比那些矫情、读着费劲的小说平易近人。哦，还需要重复一句老话，我的故事是编给那些不懂文学的人看的，也不是为奔着什么奖去的。但是，我的小说从不缺乏文化感，我所编的那些故事，一定是挂在一面结实而宽阔的历史墙壁之上。

《人是衣裳马是鞍》是以女性为主线的小说，而女人对服装的喜好又是不以她的意志为转移的，从秦皇汉武到唐宗宋祖，上下几千年，从女性服装的变迁中能看到她们身上的苦难、挣扎、不屈和解放，还能看到每一个朝代在她们身上所打下的那种深深烙印。就老百姓而言，衣食住行，衣排列第一，足以说明，无论改什么样的朝，换什么样的代，服装是最能表现与显示历朝历代政治文化变迁与时代前进中的风起云涌的。于是乎，我就把目光对准了古城里一个已经消失多年的老字号布庄，以它为背景来写这个故事，用服装在人物身上的变迁，来衬托时代的发展。

可是，稍一琢磨，似乎又有点灰心丧气，服装随着时代发展在审美上有了翻天覆地的变化，可人呢？不管生活方式如何朝着现代化发展，美丽衣衫内的灵魂却无本质上的太大变化。为什么呢？或许这才是我要写这个小说的根本目的，就像故事结尾那段描写，汤建国在火车上偶遇叶子时，对牛仔装的审美已经超出了汤建国这一代人对美的认知，可车厢那端两个娘们儿嘴里世袭传承的叫骂，也能被叶子这一代人麻木接受，而且还是那种不以他们意志为转移的接受，或许下一代人，再下一代人……

在我最讨厌的标语口号里面，其中有一句就是"男女平等"，这种所谓的男女平等在我眼里就是一种意淫。只要这个地球存在一天，男女可能永远不可能平等。

雌雄，公母，男女，阴阳，这是平衡中不可能改变的不平衡。然而，我们需要改变的是从不平衡中找到平衡，这种平衡不是从某种社会制度里去寻找。在中国这个古老的国度里，需要一场真正意义上的"文化革命"，这与中国人的男女属性无关，与君君臣臣父父子子的儒家文化有关。如果文化革命依然是穿着汉服唐装的外衣去批判传统文化，那跟故事结尾叶子穿着牛仔装在车厢里听两个女人骂架又有什么区别？

好了，别啰里啰唆冒充评论家了。小说就是故事，把故事讲顺溜，让那些不懂小说的人看懂、喜欢，才是一个小说家要做的事儿，所谓的文学性不是你的文字有多矫情，所谓的深刻，也不是你的故事有多另类，而是那句常被人挂在嘴边的——雅俗共赏。

这篇小文只是提供给看故事的人一个思考方向，算是赘述吧……

2020 年 2 月 18 日写于因疫情而封城的家中